그대로
있어줘

**NON TI MUOVERE**
by Margaret Mazzantini

Copyright © Arnoldo Mondadori Editore S.p.A., Milano, 2001
Korean Translation Copyright © MUNHAKDONGNE Publishing Corp., 2005

This Korean edition is published by arrangement with Arnoldo Mondadori Editore S.p.A.
All Rights Reserved.

이 책의 한국어판 저작권은 Arnoldo Mondadori Editore S.p.A.와
독점 계약한 (주)문학동네에 있습니다.
저작권법에 의해 한국 내에서 보호를 받는 저작물이므로
무단 전재 및 무단 복제를 금합니다.

이 도서의 국립중앙도서관 출판시도서목록(CIP)은
e-CIP 홈페이지(http://www.nl.go.kr/cip.php)에서 이용하실 수 있습니다.
(CIP제어번호: CIP2005001860)

# 그대로 있어줘

NON TI MUOVERE

마거릿 마찬티니 장편소설 — 한리나 옮김

문학동네

세르조에게

빨간불이었는데도 넌 그냥 달렸어. 귀에 이어폰을 꽂고 인조 모피 재킷을 걸친 네 몸뚱이가 공중으로 튀어올랐지. 이제 막 그친 비는 금방이라도 다시 쏟아질 것 같았다. 하늘은 잿빛이었고, 플라타너스 나뭇가지와 텔레비전 안테나들 사이로 한 떼의 찌르레기들이 시끄럽게 지저귀며 날아가고 있었지. 회색 하늘을 배경으로 열을 지어 나는 새들은 커다란 검은 반점처럼 보였어. 녀석들은 서로 닿을 듯 가까이 붙어 날갯짓을 했지만 서로에게 상처를 입히지는 않았다. 그러다가 갑자기 대열을 무너뜨리고 뿔뿔이 흩어지더니, 시야에서 거의 사라져버리는가 싶다가, 이윽고 처음처럼 다시 자욱하게 모여들고 있었지. 그 밑을 지나던 사람들은 우박처럼 쏟아지는 새똥 세례를 피하려고 신문지나 아니면 기껏해야 두 손으로 머리를 가리며 지나갔어. 새들의 배설물은 비에 젖은 낙엽과 함께 아스팔트 위에 수북이 쌓였고, 행인들은 그 들척지근하고 역한 냄새를 피하기 위해 걸음을 서둘렀다.

가로수 길을 따라 질주하던 네가 교차로에 들어섰을 때였다. 너나 자동차 운전자나 잘하면 사고를 피할 수도 있었어. 하지만 찌르레기들이 싸놓은 똥 때문에 도로가 번질거렸고, 그 위로 자동차 바퀴가 살짝 미끄러져 들어가고 말았지. 아주 조금이었지만, 네 오토바이를 덮칠 만큼은 치명적이었어. 너는 새들을 향해 날아올랐다가, 새똥 무더기 위로 곤두박질쳤다. 그리고 뒤이어 오물로 범벅이 된 네 배낭이 바닥으로 떨어졌다. 두 권의 노트는 도로변의 시커먼 흙탕물 속에 처박혔고, 버클을 채우지 않았던 헬멧은 주인을 잃은 머리처럼 길바닥으로 나뒹굴었다. 금세 누군가 너를 향해 달려왔다. 너는 눈을 뜬 채였고, 얼굴은 더러웠고, 앞니는 모두 부러져 있었다. 살갗을 파고든 아스팔트 분진 때문에 네 뺨은 거뭇하게 수염이 난 것처럼 보였다. 음악은 멈췄고, 워크맨 이어폰은 네 머리카락에 휘감겨 있었다. 자동차 운전자는 차에서 튀어나와 문을 열어젖힌 채로 네게 달려왔다. 그는 크게 찢어진 네 이마를 바라보며 휴대 전화를 찾아 주머니를 더듬었지. 하지만 당황한 나머지 휴대 전화를 떨어뜨리고 말았어. 어떤 소년이 그걸 주워 들고 앰뷸런스를 불렀어. 그러는 동안 교통이 마비되었다. 자동차가 선로를 가로막고 있어서 그곳을 지나던 시내전차는 꼼짝할 수가 없었지. 전차 운전사가 내리자 뒤따라 사람들이 우르르 내려서 네가 있는 곳으로 모여들었다. 생면부지의 낯선 사람들이 너를 에워싸고 지켜보고 있었다. 네 입에선 선홍빛 거품과 함께 가느다란 신음 소리가 새어나왔지. 너는 의식을 잃어가고 있었어. 극심한 교통체증 때문에 앰뷸런스의 도착이 늦어지고 있었다. 하지만 더이상 서두를 필요는 없어 보였어. 너는 날개를 접은 한 마리 새처럼 인조 모피 재킷 속에서 굳어져가고 있었으니까.


　잠시 후, 너를 실은 앰뷸런스가 요란스럽게 사이렌을 울리며 자동차들 사이를 빠져나갔다. 앰뷸런스가 지나가도록 길을 내주려고 일부 차

량들은 도로 가장자리로 비켜났고, 다급해진 앰뷸런스 운전기사는 강을 따라 이어진 인도까지 침범했다. 네 머리 위에서는 링거 병이 대롱거렸고, 누군가의 낯선 손이 네 폐에 숨을 불어넣기 위해 커다란 하늘색 튜브를 연거푸 눌러댔다. 너를 인도받은 응급실 여의사는 네 입 속에 손가락을 넣어 하악골*과 설골** 사이를 눌러보았다. 그곳은 매우 민감한 통점(痛點)이지. 하지만 너는 너무나 미미한 반응을 보였을 뿐이다. 여의사는 거즈를 집어 네 이마에 흐르는 피를 닦아주고는 동공을 살펴보았다. 네 눈동자는 아무런 움직임도 없이 풀어져 있었다. 너는 호흡장애를 겪고 있었고, 맥박은 너무나 느렸다. 의사들은 기도유지기를 넣어 기도를 막고 있는 혀를 제자리에 돌려놓은 다음, 콧속에 흡입관을 넣어 기도 속 이물질들을 빨아냈다. 핏덩어리, 타르, 타액 그리고 치아 조각 하나를 꺼냈지. 그러고는 혈액 속의 산소 농도를 재기 위해 손가락에다 산소측정기 클립을 끼웠다. 산소헤모글로빈 수치 85퍼센트. 위험할 정도로 낮았어. 그들은 즉각 튜브를 삽입했다. 후두경은 차디찬 빛을 발하며 입 속으로 미끄러져 들어갔다. 간호사가 심전도 측정기를 끌고 와 플러그를 꽂았지만 기계는 작동하지 않았지. 그녀가 모니터 옆쪽을 가볍게 툭 치자 서서히 화면이 밝아졌다. 그들은 네 스웨터를 걷어올리고 가슴에 전극패치를 붙였어. 시티 촬영실이 사용중이라 너는 잠시 기다렸다가 방사선 촬영기의 터널 속으로 밀어넣어졌지. 모니터의 화면이 불빛을 깜박이며 네 머리에 난 상처를 그려 보였다. 유리창 너머에선 여의사가 방사선과 의사에게 외상을 좀더 가까이서 촬영해달라고 부탁했지. 뇌 조직에서 유출된 혈종은 상당한 깊이까지 퍼

---

* 아래턱을 이루는 말굽 모양의 뼈.
** 후두와 혀뿌리 사이에 있는 '브이' 자 모양의 작은 뼈.

져 있었다. 반충(反衝)손상*에 의한 혈종은 보이지 않았지만, 혈관에 조영제**를 주입하지 않은 상태의 촬영이라 확실치는 않았다. 조영제는 신장에 문제를 일으킬 우려가 있었다. 그들은 즉시 삼층 수술실에 연락해 수술 준비를 하라고 지시했다. 여의사가 물었다.

—지금 신경외과엔 어느 분이 계시죠?

의사들은 서둘러 수술 준비를 시작했다. 간호사 한 명이 네 옷을 벗기려고 가위로 천천히 자르기 시작했지. 그들은 가족에게 연락할 방법을 몰랐단다. 네 신분을 알려줄 물건을 찾아보려 했지만 아무것도 없었지. 그러다가 네 배낭을 보게 되었고, 일기장을 발견한 거야. 응급실 여의사는 일기장에 적힌 네 이름을, 그 다음 성을 읽었어. 그녀의 눈길이 몇 초 동안 그 위에 머물러 있었지. 그리고 그녀는 불현듯 더위를 느꼈어. 얼굴이 타는 듯했지. 심호흡을 하려 했지만 입 속에 음식물이 가득 차 기도가 꽉 막힌 것만 같았어. 그녀는 자신이 피비린내 나는 응급 상황에 처한 의사라는 사실을 잠시 잊고, 평범한 일반인의 표정으로 네 얼굴을 살펴보았다. 그녀는 부어오른 네 얼굴을 보면서 자신의 생각이 틀렸음을 증명해줄 단서를 찾기를, 그래서 불길한 생각을 떨쳐버릴 수 있기를 바랐다. 그러나 넌 나를 닮았고, 아다는 그 사실을 눈치 채지 않을 수가 없었다. 그러는 동안 간호사가 네 머리를 깎았어. 머리카락들이 하나 둘 바닥에 떨어지고 있었지. 아다는 떨어진 갈색 머리카락을 주우며 낮게 속삭였어. 조심, 조심해요. 그리고 중환자실로 가서 당직 신경외과 의사에게 말했어.

—좀전에 들어온 여자애 말인데요.

---

* 특히 뇌 등에서 충격받은 반대쪽에 생기는 손상.
** 엑스선 촬영시 사진이 또렷이 보이도록 환자에게 주입하는 바륨이나 요오드 등의 제제.

—마스크를 착용하지 않았군요. 나갑시다.

두 사람은 조용히 무균실을 빠져나왔다. 그곳은 외부인의 출입이 엄격히 금지된 곳이었고, 환자들은 발가벗은 채 인공호흡기에 의지하고 있었어. 두 사람은 간호사가 수술을 준비하고 있는 방으로 다시 돌아왔지. 신경외과 의사는 모니터를 통해 심전도와 바이털사인*을 체크했어.

—저혈압 상태군요. 흉부나 복부 손상 가능성은 확인해봤습니까?

그는 너를 곁눈질로 슬그머니 훑어보고는, 빠른 손놀림으로 눈꺼풀을 들어 동공을 살폈다.

—어떤가요?

아다가 물었어.

—수술 준비는 다 됐나요?

그는 간호사에게 물었어.

—지금 준비하고 있습니다.

아다는 물러서지 않았어.

—교수님과 닮은 것 같지 않아요?

신경외과 의사는 말없이 돌아서더니 네 시티 촬영 필름을 들고 햇살이 비쳐드는 창가로 가서 비춰 보았어.

—대뇌와 경뇌막 사이에 혈종 확장이 있군요.

아다는 양손을 맞잡은 채 목소리를 더 높였어.

—그를 닮았어요, 맞죠?

—경막 내에도 혈종이 생겼을 가능성이 있어요.

밖에는 비가 내리고 있었어. 하지만 아다는 응급실과 일반병동을 연결하는 외부 통로로 나갔지. 팔이 꼭 끼는 반소매 가운 차림의 그녀는

---

* 맥박 호흡 체온 혈압과 같이, 생명이 있다는 것을 입증해주는 징후가 되는 요소.

수술실에서 신는 초록색 고무신을 신고 소리 없이 걸었어. 그리고 수술실까지 가는 엘리베이터를 타지 않고 계단을 걸어 올라갔지. 계속 움직이기 위해 그녀는 뭐든 할 일이 필요했어. 나는 그녀와 이십오 년 전부터 알고 지내왔단다. 결혼하기 전, 한동안 그녀에게 농담 반 진담 반으로 애정 공세를 펼치기도 했지. 그녀가 의사 대기실로 들어섰을 때 남자 간호사 한 명이 커피잔을 치우고 있었어. 그녀는 황급히 수술용 마스크와 모자를 꺼내 쓰고 수술실로 들어갔지.

내가 그녀와 눈이 마주친 건 수술보조 간호사에게 겸자를 넘겨주려고 시선을 돌렸을 때일 거야. 순간, 그곳에 그녀가 있는 것이 이상하게 여겨졌지. 그녀는 응급실 전담이어서 우리가 마주치는 경우는 아주 드물었거든. 이따금 병원 지하에 있는 스낵바에서나 마주치곤 했지. 하지만 난 그 순간 그녀에게 특별히 주의를 기울이지도, 가볍게 목례를 건네지도 않았어. 그냥 또다른 겸자를 제거해 간호사에게 넘겼지. 아다는 내 손이 수술대에서 떠나기만을 기다리고 있었어.

─교수님, 와보셔야겠어요.

그녀가 나지막이 속삭였지. 내가 아다를 쳐다봤을 때, 수술보조 간호사가 멸균 포장된 봉합용 바늘을 꺼내려고 비닐 포장을 뜯는 소리가 들렸어. 그녀는 아주 가까이 다가와 있었지만, 난 그때까지 그걸 의식하지도 못했단다. 그리고 화장기 없는 얼굴에, 눈물을 반짝이며 떨고 있는 그녀의 눈동자를 보았지. 응급실에 근무하기 전 그녀는 병원에서 가장 훌륭한 마취의 가운데 한 명이었고, 내가 수술했던 환자들에게도 마취제를 투여해주곤 했지. 아무리 위급한 상황에서도 감정의 흔들림이 없이 침착했고 그래서 늘 존경스러운 여자였단다. 그녀가 사사로운 감정을 그 초록색 가운 아래에 묻어두고 의사로서의 본분을 다하기 위해 얼마나 애쓰는지를 난 잘 알고 있었다.

─나중에.

내가 대답했어.

─안 돼요. 응급상황이에요, 교수님. 제발 부탁입니다.

그녀의 목소리는 생소했고, 명령이라도 내리는 듯 격앙되어 있었다. 당시 나는 별다른 생각을 안 했던 것 같다. 아무런 의심도 하지 않았지. 하지만 갑자기 양손이 무겁게 느껴졌어. 마침 간호사가 봉합용 바늘이 담긴 케이스를 가져왔다. 나는 수술 마무리를 남에게 맡겨본 적이 한 번도 없었다. 주먹을 쥐어보았는데, 반응이 너무 느리더군. 그래도 나는 환자의 복부 봉합을 시작했어. 그리고 환자와의 간격을 유지하기 위해 뒤로 한 걸음 물러서다가 누군가의 어깨에 부딪히고 말았지.

─자네가 끝내게.

결국 나는 레지던트에게 수술을 넘겼다. 간호사가 그에게 봉합용 바늘 케이스를 주었지. 장갑을 낀 손에 부딪히는 수술 도구의 둔탁한 소리가 내 귓전에 울리고 있었지. 수술실에 있던 모든 사람들의 시선이 일제히 아다에게 쏠렸다.

우리는 조용히 수술실 문을 닫고 나와 마취실 앞에 멈춰 섰다. 서로 마주보며 서 있었지.

─무슨 일이오?

아다는 가슴이 들썩거리도록 숨을 몰아쉬었고, 반소매 밑으로 드러난 팔에는 소름이 돋아 있었지.

─교수님, 심각한 두개골 외상을 입은 여자애가 응급실에 들어왔는데……

나는 아무것도 눈치 채지 못한 채 무의식적으로 수술 장갑을 벗었다.

─말씀하세요.

─일기장을 봤는데…… 선생님과 성이 같아요.

나는 손을 뻗어 그녀의 입을 가리고 있던 수술 마스크를 벗겼다. 그녀의 목소리가 더이상 들썩거리지 않았다. 선뜻 용기가 나지 않았는지, 그녀는 기도하듯 숨죽이며 가라앉은 목소리로 물었다.

—따님의 이름이 뭐예요?

그 순간 나는 그녀를 더 자세히 보려고 몸을 기울였던 것 같다. 그녀의 눈동자에서 네 이름이 아닌 다른 누군가의 이름을 찾으려는 듯이 말이야.

—안젤라.

그녀의 눈에 숨결을 불어넣듯 네 이름을 불렀다. 그러자 그녀의 눈에서 눈물이 흘러넘쳤다.


나는 계단을 뛰어 내려가 비를 맞으며 달렸다. 응급실 입구로 들어오던 앰뷸런스는 갑자기 앞을 가로지른 나 때문에 급브레이크를 밟아야 했지만, 나는 그냥 무시하고 달렸다. 응급실 유리문 안으로 달려 들어갔다. 간호사실을 가로질러 달렸다. 어떤 병실 안으로 달려 들어갔다. 골절상을 입은 환자가 고함을 지르고 있었다. 그 옆 병실로 달렸다. 몹시 어수선한 채 텅 비어 있었다. 거기서 나는 우뚝 걸음을 멈췄다. 병실 바닥에 떨어져 있는 네 갈색 머리카락을 보았다. 너의 곱슬곱슬한 갈색 머리카락들이 피 묻은 거즈들과 뒤섞여 작은 더미를 이루고 있었다.

순간, 머릿속이 아득해졌다. 그래도 나는 걸음을 옮겼다. 홀을 가로질러 유리벽으로 된 중환자실을 향해 걸어갔다. 거기 네가 있었다. 삭발을 하고 튜브를 끼고 있었지만, 부어오른 얼굴 주위로 넓고 하얀 붕대가 감겨 있었지만, 그건 분명히 너였다. 나는 안으로 들어가 네 곁에 다가섰다. 나 역시 아버지였다. 자식의 처참한 모습에 고통스러워하는 여느 아버지들과 다르지 않은 아버지였다. 전신이 땀으로 뒤범벅이었고, 입 안은 바싹 말랐고, 오한이 일었다. 머리꼭지가 서늘했다. 주위에서 무슨 일이 일어나고 있는지 알 수 없었다. 불길한 기운이 자욱하게 일어나 나를 덮치려 하고 있었다. 나는 아득한 일종의 혼수상태에 빠져들었다. 고통이 내 눈을 멀게 했고, 나를 불구로 만들고 있었다. 나는 눈을 감고 고통을 거부했다. 저기 누워 있는 건 네가 아니야. 넌 학교에 있어. 다시 눈을 뜨면 넌 없을 거야. 다른 사람이 누워 있을 거야. 누구든 상관없어. 이 세상에 흔하디흔한 네 또래 여자애들 중 하나겠지. 너만 아니면 돼. 나는 눈을 떴고, 너는 거기 있었다. 이 세상에 흔하디흔한 어떤 소녀가.

'의료 폐기물'이라고 씌어진 상자가 바닥에 놓여 있었다. 나는 내 안의 일부를 떼어내 그 안에 던져버렸다. 외과의사가 아닌, 한 인간을. 나는 그렇게 해야만 했다. 그건 내 임무였고, 내가 할 수 있는 유일한 일이었거든. 냉정을 찾기 위해 나는 너를 낯선 사람 보듯 바라보아야 했다. 나는 네 가슴 위에 아무렇게나 붙어 있는 전극 패치를 조심스럽게 떼어 다시 적절한 위치에 붙였다. 그런 다음 모니터를 살펴봤다. 심장 박동수는 54를 가리키다가 이내 52로 떨어졌다. 네 눈꺼풀을 올려보았더. 양쪽 동공의 크기가 서로 달랐다. 동공은 움직이지 않았다. 오른쪽 동공은 완전히 풀려 있었다. 두개골 안쪽의 손상은 혈종 때문에 생긴 것이 틀림없었다. 뇌에 산소를 공급하려면 당장 수술이 필요했다. 단단한 두개골 아래에서 혈종이 부풀어 뇌를 압박하면 몸 전체의 신경을 관장하는 신경중추가 손상되기 때문이었다. 자칫하면 너의 생명까지도 위태로워질 수 있었다. 나는 아다를 쳐다보며 말했다.

―코르티손은 투여했나요?

―네, 교수님. 위장보호제도 주입했습니다.

―신체에 다른 이상은 없습니까?

―비장이 손상된 것 같아요.

―헤모글로빈 수치는?

―십이입니다.

―신경외과엔 누가 있나요?

―내가 있으니 걱정 말게, 티모테오.

알프레도가 내 어깨에 손을 얹으며 말했다. 그의 흰색 재킷 단추는 다 풀려 있었고, 머리카락과 얼굴은 땀으로 흠뻑 젖어 있었다.

―병원을 막 나섰는데 아다가 전화를 했네.

알프레도는 신경외과에서 가장 뛰어난 의사란다. 하지만 아직 실력을 제대로 인정받지 못하고 있지. 그는 우유부단하고, 종종 거슬리는 행동을 하며, 눈에 띄는 업적도 세우질 못했거든. 그는 늘 주눅 든 채로 외과과장의 그늘 밑에서 일하고 있단다. 오래전 내가 그 점에 대해 충고했지만, 그는 들으려 하지 않았다. 의사로서의 재능에 비하면 정말이지 그의 성격은 결함투성이였다. 그는 아내와도 이혼한데다, 사춘기에 접어든 네 또래의 아들이 하나 있지. 그날 그는 비번이었기 때문에 굳이 병원으로 돌아올 필요가 없었어. 그 어떤 의사도 동료의 가족을 수술하려 하지는 않으니까. 하지만 그는 택시를 잡아 탔고, 차가 막히자 도로 한가운데서 내려 병원까지 비를 맞으며 뛰어왔지. 글쎄, 내가 그 친구처럼 할 수 있었을지 모르겠구나.

―수술 준비는 다 됐나요?

알프레도가 물었다.

―네.

간호사가 대답했다.

―어서 올라가세.

너를 수술실로 옮기기 위해 아다는 인공호흡기를 떼고 임시호흡기를

은 술집에 모여 앉아 폐쇄적인 생활을 즐기고 있었지. 그러나 안젤라, 너와 친구들은 정말 보기 좋았단다. 네게 이 말을 해주고 싶었어. 나는 밀려오는 부끄러움을 참아가며, 너희들을 몰래 지켜봤어. 그건 마치 선물 포장을 뜯는 어린아이를 호기심 어린 눈으로 바라보는 노인의 심정과 같았지. 그렇게 난 담배 연기 가득한 술집에서 인생을 열어보는 너희들을 몰래 훔쳐보았단다.

방금 전 내 비서가 벌써 히스로 공항에 연락을 취했다는구나. 공항 관계자들이 엘사를 마중 나갈 거고, 도착하는 대로 대기실로 데려가 상황 설명을 할 거라고 했다. 하늘 위를 날고 있는 네 엄마는 지금 아무것도 모른 채 수북이 쌓인 신문을 읽고 있겠지. 그런 엄마에게 이 사실을 알린다는 건 너무나 끔찍한 일이야. 엄마는 지상에 있는 우리가 자신보다 더 안전하다고 믿을 텐데 말이다. 사랑하는 내 딸아, 차라리 네 엄마가 탄 비행기가 영영 착륙하지 말았으면 좋겠구나. 하늘 저 너머 영원에 다다를 때까지 말이야. 아마 지금쯤 엄마는 태양을 가린 구름을 바라보고 있을 거야. 작은 창으로 들어온 반짝이는 햇살을 받으며 엄마는 동료 기자가 쓴 기사를 읽으며 촌평을 늘어놓고 있겠지. 네 엄마의 일상적인 습관들은 마치 미세한 탐지기라도 달아놓은 듯 얼굴에 그대로 드러나곤 했지. 나는 엄마와 여러 번 비행기를 타봐서 엄마의 자잘한 습관들을 잘 알고 있단다. 뭔가 읽느라 고개를 숙일 때면 턱 아래 생기는 도독한 살집과 목의 주름살, 안경을 벗을 때 드러나는 피곤한 두 눈. 그러면 네 엄마는 등받이에 머리를 기대고 눈을 감겠지. 잠시 후 스튜어디스가 아침식사를 권하면 엄마는 유창한 영어로 거절하겠지. 대신 블랙커피나 한 잔 주세요, 라고 말할 거야. 그러고는 기내에 가득한 음식 냄새가 어서 사라지기를 기다리겠지. 구름 위라고 해서 네 엄마의 성격이 변할 리는 없으니까. 이제 엄마는 창밖을 바라보고 있을 거야. 어쩌면 덮개를 내렸을지도 모르겠구나. 그러고는 삼십 분 정도 휴식을 취하며 앞으로 할 일들을 생각해보겠지. 분명히 오늘도 뭔가 사러 시내에 나가고 싶어할 거다. 저번에 네게 선물한 멋진 판초 기억나니? 아니야, 이번에 엄마는 너에게 아무 선물도 사오지 않을 거야. 아마 너에게 화가 나 있을 테니까…… 공항 직원이 마중을 나오면 어떤 반응을 보일까? 그 순간 무슨 생각을 할까? 다리가 풀려 제대로 걷지도 못하면 어쩌지? 오가는 수많은 외국인들을 어떤 표정으로 바라볼까? 도대체 어떤 심정일까? 안젤라, 넌 짐작할 수 있니? 엄마는 곧 늙어버릴 거야. 그만큼 널 사랑하니까. 엄마는 진보적이고 매우 교양 있는 여자란다. 엄마는 많은 것을 배웠지만, 정작 고통에 대해선 잘 몰라. 스스로는 잘 알고 있다고 여기지만 사실은 그렇지 않아. 지금 하늘 위를 날고 있는 엄마는 이 아래에서 일어난 일들을 아직 모르고 있겠지. 하지만 영혼이 존재하지 않는 가슴속에는 지독한 상처만이 자리잡을 뿐이란다. 그 상처엔 마치 회오리바람처럼 모든 것을 삼켜버리는 구멍이 하나 있단다. 서랍, 옷, 사진, 생리대, 펜, 시디, 지상의 냄새들, 생일, 보모, 수영 튜브, 기저귀와 같은 일상의 기억들을 말이야.

이제 공항에서 엄마는 있는 힘을 다 쥐어짜내야 할 거야. 어쩌면 활주로가 보이는 창가로 달려가 야수처럼 울부짖으며 투명한 창문으로 몸을 날릴지도 모르겠구나.

비서가 공항 관계자와 이야기를 나누었는데, 엄마가 지나친 충격을 받지 않도록 최대한 신중히 행동하겠다고 약속했다는구나.

이제 필요한 준비는 다 끝났다. 엄마는 영국에 도착하자마자 이탈리아로 출발하는 첫번째 브리티시에어라인을 타고 돌아올 거야. 공항 직원들은 조용한 곳으로 엄마를 안내해 차를 대접하고, 전화기를 가져다

줄 게다. 나는 엄마 전화를 받으려고 호주머니 속에 휴대 전화를 넣어두었어. 그것 역시 소홀히 할 수 없는 부분이니까 말이야. 나는 아무렇지 않은 듯 전화를 받을 거고 네가 위급하다는 얘기도 하지 않을 거란다. 당연히 엄마는 내 말을 믿지 않겠지만 말이지. 어쩌면 엄마는 네가 죽었다고 생각할지도 모르겠구나. 하지만 상황을 납득시킬 수 있도록 최대한 노력해볼 작정이야.

네 엄지손가락에 처음 보는 반지가 끼워져 있더구나. 조금 전 아다가 그 반지를 빼느라 한바탕 곤욕을 치렀단다. 그 반지는 내 주머니에 넣어두었어. 내 엄지손가락에 한번 껴보려고 했는데 들어가지 않는구나. 나중에 중지에 껴봐야겠다. 혹시 거기엔 들어갈지 모르니까 말이야. 안젤라, 제발 죽지 말아다오. 네 엄마가 도착할 때까지 기다려다오. 엄마가 평온히 바라보고 있을 구름 저편으로 아직 네 영혼을 떠나보내지 마. 그 길을 건너가선 안 된다. 내 딸아, 제발 그대로 있어줘.


한기가 느껴지는구나. 난 아직도 수술복 차림이다. 아무래도 다른 옷으로 갈아입어야겠지. 내 소지품들은 캐비닛 안에 들어 있단다. 정성 들여 다려놓은 셔츠 위에 재킷을 걸어두었고, 위칸에 지갑과 자동차 열쇠를 놓아두었지. 그리고 언제 캐비닛을 잠갔더라? 세 시간 전, 아니 그 이전이었는지도 모르겠구나. 세 시간 전만 해도 난 다른 사람들과 다를 바가 없었는데, 지금 내 고통은 시간이 지날수록 더욱 악독해지는구나. 마치 부식제가 내 몸속을 산화시키고 있는 것 같다. 나는 다리 위에 팔을 올려놓고 커튼 너머 암 병동을 내려다보았다. 전에는 이 방에 그리 오래 머물러본 적이 없었어. 지나가다 잠깐 들르는 정도였지. 지금 나는 인조가죽으로 된 소파에 앉아 있다. 앞에는 작은 테이블과 빈 의자 두 개가 놓여 있고. 초록색 바닥 위의 검은 얼룩들이 현미경으로 본 미생물처럼 산란스럽게 움직이는 듯하다. 마치 내가 이 비극을 기다려온 듯한 심정이다.

복도와 두 개의 문, 그리고 너의 혼수상태가 우리를 갈라놓고 있구나. 우리 둘 사이의 거리가 마치 감옥처럼 느껴지는데 과연 여기서 도망칠 수 있을까? 내 딸아, 얼룩들이 산란스럽게 움직이는 바로 이 바닥이 내 이야기를 들어줄 누군가가 있는 고해소라고 상상할 수 있을까?

나는 외과의사로서 질병을 치유하는 법을 배웠고 지금까지 많은 생명을 구해왔다. 하지만 정작 내 딸인 너를 구해내지는 못하는구나, 안젤라.

우리는 지난 십오 년 동안 한집에 살았지. 넌 나의 체취와 걸음걸이, 행동거지, 단호하게 들리는 내 목소리 그리고 대체로 다정하지만 한번 화가 나면 때론 제어하지 못할 만큼 격분하는 내 성격도 잘 알고 있었지. 글쎄, 네가 나를 어떻게 생각하고 있는지 모르겠구나. 아마 책임감 강하고, 냉소적인 유머 감각도 있긴 하지만, 가까이하기엔 어려운 아버지라 생각하겠지. 난 네가 엄마와 더 깊은 유대감을 느끼고 있다는 걸 안단다. 가끔씩 어긋나긴 해도 두 사람 사이엔 공감대가 있었어. 너와 엄마 사이에서 난 허수아비 같은 남자였을 뿐이다. 너는 내가 아니라 나의 부재, 서재의 책들 그리고 현관에 걸린 내 레인코트를 통해 내가 어떤 사람인지 알게 되었지. 엄마와 너는 내가 남긴 흔적들을 소재로 자주 이야기를 나누곤 했었어. 너도 엄마처럼 나의 부재를 더 반기는 듯했다. 아마도 나란 사람과 지내기가 힘겹기 때문이었겠지. 나는 꽤 여러 번, 아침에 집을 나설 때면 두 사람의 어떤 기운이 나를 현관문 밖으로 밀어내는 듯한 느낌을 받았다. 더이상 내게 방해받고 싶지 않다는 듯 말이야.

하지만 엄마와 네가 잘 지내는 모습은 정말 보기 좋았어. 나는 미소를 지으며 두 사람을 바라보기만 하면 그만이었고 어떤 의미에서 그런 두 사람은 나를 지켜준 셈이었어. 나는 두 사람과 한 번도 자연스럽게 지내질 못했다. 나는 두 사람과 친해지기 위해 좀 과감하게 노력했지만 네 엄마와 너는 그러질 못했지. 그래서 난 순순히 두 사람이 원하는 모습으로 남기로 했던 거란다.

나는 집에선 늘 손님 같은 사람이었지. 비번 날 비가 와 가정부가 내 서재의 라디에이터 가까이에 빨래 건조대를 펼쳐놓아도 한 번도 화내지 않았다.

내 서재를 가득 채운 습기에 나는 아무렇지도 않은 듯 익숙해졌다. 나는 소파에 앉아 다리도 제대로 못 편 채 무릎에 책을 올려놓고는 너와 네 엄마의 빨래들을 물끄러미 바라보았다. 아직 마르지 않은 빨래들 속에서 나는 두 사람을 대신할 벗을 발견하곤 했지. 얇고 깔끔하게 만들어진 그 옷들 사이에서 나는 향수를 불러일으키는 어떤 친숙한 냄새를 맡을 수 있었거든. 물론 나는 두 사람을 생각했지만, 무엇보다 나 자신에 대한 연민과 그동안 내가 비워놓았던 나의 빈자리에 대한 그리움이 더 컸단다. 안젤라, 오랜 세월 동안 네가 나의 키스와 포옹을 어색해하고 부자연스러워했다는 걸 알고 있단다. 너를 껴안을 때면 넌 불편함을 감추지 못하고 몸을 떨었지. 나와 있는 걸 불편해하고 내 앞에도 잘 나타나지 않았어. 너는 내가 어디에 있는지만 확인하고 멀리서 바라보는 걸로 충분하다고 여겼을 테지. 마치 내가 다른 기차의 창문에 기대어 앉아 있는 나그네인 양 말이다. 내가 아는 너는 감성이 풍부하고 밝은 아이다. 하지만 요새는 쉽게 이성을 잃고 화를 내곤 하더구나. 나는 늘 너의 그 알 수 없는 분노가 혹시 내 잘못으로 인해 비롯된 우울하고 혼란스런 감정은 아닐까 하고 생각했단다.

안젤라, 티 없이 순결한 너의 등뒤에는 텅 빈 의자 하나가 놓여 있구

나. 그리고 내 안에도 빈 의자가 하나 놓여 있단다. 나는 그 주인 없는 의자를 바라보며 기다리다 무슨 소리를 들은 것 같다. 어떤 희망의 소리를 말이야. 나는 희망에 대해서 알고 있어. 그것은 죽어가는 환자의 육체에서 힘겹게 고동치기도 했고, 수많은 환자들의 눈 속에서 환하게 동터오기도 했었지. 한 생명을 구하려 할 때마다, 나는 수술실 안 어딘가에서 간헐적으로 그 소리를 들었다. 그건 분명 착각이 아니었다. 나는 그을음처럼 천천히 움직이고 있는 바닥의 검은 얼룩들을 바라보고 있다.

순간 나는 내 안의 텅 빈 의자에 앉아 있는 한 여인의 환영을 보았다. 그것은 그녀의 육체가 아니라 그녀의 자비와 동정이었다. 와인빛 구두와 스타킹을 신지 않은 맨다리 그리고 그녀의 넓은 이마가 보인다. 그녀는 내가 얼마나 형편없는 남자이며, 사랑하는 이의 마음에 얼마나 쉽게 상처를 주는 남자인지 일깨워주려고 내 앞에 나타난 것이란다. 너는 그녀를 모를 거야. 네가 태어나기도 전에 내 삶에 들어와 마치 화석같이 잊을 수 없는 흔적을 남기고 스쳐간 사람이니까. 네게 가고 싶다, 안젤라. 무시무시한 수술 도구들로 가득한, 지옥 같은 곳에 누워 있는 너에게로 달려가 이 여인의 이야기를 들려주고 싶구나.

내가 그녀를 만난 건 외곽에 있는 어느 그저 그런 술집에서였다. 술집 안에는 사람들의 분풀이를 견디다 못해 머리가 날아간 낡은 축구게임대가 놓여 있었고, 뒤편에서는 화장실 냄새가 나는 커피를 팔고 있었다. 그날은 질식할 듯한 폭염이 내리쬐었다. 나는 여느 금요일처럼 네 엄마를 만나러 도시 남쪽 해안에 얻어놓은 별장으로 가는 길이었다. 그런데 도시를 떠나 공장 창고들과 황량한 들판이 번갈아 이어지는 도로를 따라 달리던 자동차가 갑자기 성냥불 꺼지듯 힘없이 멈추고 말았다.

나는 정비소를 찾기 위해 멀리 있는 한적하고 외진 동네까지 땡볕 속을 걸어갔다. 십육 년 전, 칠월 초순의 일이었다.

그 술집 안으로 들어갔을 때 나는 더위로 땀에 흠뻑 젖어 불쾌한 기분이었다. 나는 바텐더에게 커피와 물 한 잔을 주문하면서 자동차 정비소가 어디 있는지 물어보았다. 그때 그녀는 허리를 구부린 채 냉장고 안을 이리저리 살펴보고 있었다.

—그냥 우유 없어?

그것이 그녀가 처음 내뱉은 말이었다. 얼굴이 곰보투성이인데다 작고 꾀죄죄한 앞치마를 두른 바텐더 청년을 돌아보며 그녀가 물었었다.

—몰라.

청년은 주문한 물컵 아래 아직 물기가 남은 작은 받침을 받쳐 내게 건네면서 대답했다.

—알았어, 상관없어.

그녀는 이렇게 대답하고는 내 옆의 카운터 위에 저지방 우유 한 통을 올려놓았다. 그리고 소녀들이나 가지고 다닐 법한 작은 꽃무늬 지갑 속에서 돈을 꺼내 우유 옆에 놓았다.

—정비소는 있어요. 하지만 열었는지 모르겠네요.

그녀는 건네받은 잔돈을 주워 넣으며 말했다. 나는 고양이 울음소리 같은 목소리에 고개를 돌렸다. 그때 처음으로 그녀와 나의 시선이 마주쳤다. 그녀는 아름답지도, 그다지 젊지도 않은 여자였다. 보기 흉하게 탈색된 머리카락에 마르고 단단해 보이는 얼굴, 그리고 짙은 화장을 한 두 눈이 슬프게 빛나고 있었다. 그녀는 카운터에 우유를 놔둔 채 주크박스로 다가갔다. 당시 유행했던 영국 밴드들의 따분한 음악이 음침하고 악취가 진동하는 술집 안에 가득 차기 시작했다. 주크박스에 몸을 기댄 그녀는 눈을 감고 머리를 천천히 흔들기 시작했다. 술집의 구석진 그늘 속에서 그녀는 몸을 흔들며 흥겨워하고 있었다. 바텐더 청년은 카운터에서 문 있는 곳까지 나와 내게 길을 알려주었다. 나는 그 외진 마을의 도로 주변을 돌아다녀보았지만 정비소를 찾지는 못했다. 거리에는 개미 한 마리 얼씬하지 않았다. 어느 테라스 위에선가 노인 하나가 테이블보를 털고 있는 모습만 눈에 띄었다. 완전히 지쳐버린 나는 땀에 흠뻑 젖은 채 다시 술집으로 돌아갔다.

—길을 못 찾겠어요.

나는 종이 냅킨 몇 장을 집어 들어 이마에 흐르는 땀을 닦았다.

주크박스는 꺼져 있었고, 그녀는 고개를 떨구고 정신이 나간 듯 나른한 모습으로 의자에 앉아 껌을 씹고 있었다. 곧이어 그녀는 일어나 카운터에 놓아둔 우유를 집어 들고 바텐더 청년에게 작별 인사를 했다. 그러고는 출입문 앞에 멈춰 서서 말했다.

—제가 정비소 앞을 지나가는데, 혹시 괜찮으시다면⋯⋯

나는 뜨겁게 타오르는 태양 아래로 그녀를 따라 걸어갔다. 그녀는 보랏빛 셔츠에 연초록빛 미니스커트를 입고 있었다. 끈이 달린 알록달록한 샌들을 신은 삐쩍 마른 다리는 불편한 발 때문에 걷기 힘들어 보였다. 그녀는 무릎까지 내려오는 긴 가방 안에 우유를 집어넣었다. 그리고 신발이 뒤틀릴 정도로 발을 세게 내디디며 울퉁불퉁한 아스팔트 위를 빠르게 걸어갔다.

그녀는 한 정비소 앞에서 발길을 멈췄다. 하지만 정비소 문은 닫혀 있었고, 그 위에는 몇 시간 뒤에 다시 열겠다는 글이 적힌 누런 종이가 붙어 있었다. 그 순간 서둘러 네 엄마에게 전화를 해야겠다는 생각이 들었다. 땀이 머리에서 귀 뒤로 목을 타고 흘러내렸다. 우리는 길 한가운데 서 있었다. 그녀는 숨막히는 열기와 햇빛 때문에 가늘게 뜬 눈으로 나를 쳐다보며 말했다.

—이마에 냅킨 조각이 붙었어요.

나는 냅킨 조각을 찾아내려고 땀으로 범벅이 된 이마를 손으로 더듬으며 물었다.

—혹시 이 근처에 공중전화가 있습니까?

—그러려면 되돌아가셔야 해요. 되돌아가더라도 전화가 될는지는 모르겠어요. 여기는 모든 것이 엉망이거든요.

껌을 씹고 있는 그녀의 두 뺨이 요동치듯 씰룩거렸다. 그녀는 손으로 태양을 가리고 서 있었다. 그제야 드러난 창백한 회색 눈동자가 번개처럼 나를 스쳐 지나갔다. 그녀는 낯선 사람을 꺼리는 것 같지는 않았지만, 내 손가락에 끼워져 있는 결혼반지와 넥타이가 그녀를 완선히 안심시킨 듯했다.

─괜찮으시면 저희 집에서 전화하세요. 전 저 뒤쪽에 살아요.

그렇게 말하고 나서 그녀는 목을 치켜들고 길 맞은편 어딘가를 가리켰다. 그러더니 나를 돌아보지도 않고 길을 건넜다. 나는 그녀를 따라 지저분한 언덕길을 올라갔다. 우리는 유령처럼 보이는 건물들의 미로 속으로 더욱 깊이 들어갔다. 아직 공사중이었지만 그 건물들에는 이미 많은 사람들이 살고 있었다.

테라스가 있어야 할 곳에는 철제 기둥이 훤히 드러나 있었고, 입구는 문 대신 스프링이 드러난 침대 매트리스로 메워져 있었다.

─지름길로 가요.

그녀가 말했다.

우리는 버려진 거대한 창고처럼 보이는 시멘트 구조물들 사이를 걸어갔다. 그리고 드디어 땡볕에서 벗어날 수 있었다. 얼마 가지 않아 우리는 스프레이로 휘갈겨 쓴 낙서들로 뒤덮여 있는 어두운 출입문 안으로 들어갔다. 지독한 오줌 냄새와 어디서 나는지 알 수 없는 튀김 냄새가 한데 섞인 악취가 풍겨왔다. 엘리베이터 문은 활짝 열려 있었고, 덮개가 없는 버튼엔 전선이 그대로 드러나 있었다.

─걸어서 올라가요.

나는 그녀를 따라 한참 계단을 올라갔다. 이따금 갑작스런 비명 소리가 들려왔고, 지옥 같은 삶의 존재를 증명하는 표시인 양 텔레비전 불빛이 어둠 속에서 새어나오고 있었다. 불결한 계단 위에는 버려진 주사 바늘들이 널려 있었지만 그녀는 무심하게 맨발의 샌들로 그 위를 걸어갔다. 안젤라, 그때 나는 다시 돌아가고 싶은 마음뿐이었다. 누군가 갑자기 튀어나오지나 않을까 두려워하면서 무슨 소리가 나기만 해도 그쪽을 돌아봤지. 혹시 앞장서 가는 저 천박한 여자와 한패인 누군가가 나를 납치하거나 죽이려고 숨어 있을지도 모르니까 말이야. 그녀의 가방이 쿵 소리를 내며 난간에 부딪힐 때마다 먼지가 구름같이 피어올랐고, 그녀 쪽에서 땀과 화장품이 섞인 미지근하고 눅눅한 냄새가 풍겨왔다.

— 짜증나지만 이게 가장 빠른 길이라서요.

그녀는 마치 내 근심을 알아차린 양 중얼거리듯 말했다. 그녀의 목소리에선 가벼운 남부 억양이 느껴졌다. 몇몇 음절은 입 안에서 음울하게 맴돌았고 다른 음절들은 아예 들리지 않았다.

한 층을 더 올라간 그녀는 지저분한 바닥을 지나 어느 철제문 앞으로 재빨리 걸어갔다. 그러고는 자물쇠가 없는 구멍 안쪽으로 손가락을 집어넣어 무거운 철문을 자기 앞으로 끌어당겼다. 문이 열리자 무서우리만큼 강렬한 햇빛이 쏟아졌다. 나는 팔로 눈을 가렸다. 태양은 바로 내 곁에 있는 듯했다.

— 이쪽으로 오세요.

그녀는 전신이 땀에 푹 절어 있었다.

'저 여자는 미쳤어. 나는 지금 정신병자를 따라가고 있는 거야. 자살을 도와줄 사람을 찾다가 술집에 있는 나를 보고 유인한 게 틀림없어.'

나는 건물 밖으로 나 있는 비상계단 꼭대기에 서 있었다. 경사가 급한 나선형의 철계단이었다. 그녀는 두려워하는 기색도 없이 내려가고 있었고, 나는 위에서 검은 뿌리가 드러난 그녀의 금발 머리를 내려다보며 걸었다. 높은 굽을 신었는데도 그녀는 남자아이나 고양이처럼 민첩하게 움직이고 있었다.

나는 녹슨 계단 난간을 꼭 붙잡고 아슬아슬한 모험을 감행해야했다. 재킷이 뭔가에 걸린 것 같아 홱 잡아당기자 등뒤에서 옷감 찢어지는 소리가 났다. 그때 어디선가 갑자기 고막을 찢을 듯한 소음이 들려왔다. 아주 가까이, 바로 내 눈앞에 커다란 고가도로가 보였다. 가드레일 너머로 자동차들이 빠른 속도로 달리고 있었다. 도무지 내가 어디에 있는 건지 알 수가 없었다. 여자는 벌써 꽤 먼 거리를 걸어가 파헤쳐진 공터에 서 있었다. 노란 머리칼과 짙은 화장으로 얼룩진 얼굴에 조잡한 색깔의 가방을 든 그녀는 마치 서커스 패가 버리고 간 광대처럼 보였다.

—다 왔어요!

그녀가 외쳤다.

그녀 뒤로는 집 같아 보이지 않는 건물의 낡은 핑크빛 벽이 보였다. 그 벽을 따라 돌아가니 고가도로 아래 다 허물어져가는 허름한 무허가 주택이 보였다. 먼지 날리는 덤불 사이를 지난 우리는 계단 두 개를 올라 마침내 현관문 앞에 다다랐다. 무늬가 새겨진 현관문은 그녀의 치마처럼 초록색이었다.

그녀는 문 위의 벽돌 틈으로 손을 뻗어 껌에 달라붙어 있는 열쇠를 꺼내 문을 열었다. 그러고는 씹고 있던 껌을 뱉어내 다시 열쇠에 꼭꼭 눌러 높은 곳에 붙여놓았다. 그녀가 열쇠를 꺼내려고 팔을 뻗자 겨드랑이가 훤히 드러났다. 깔끔하게 제모하지 않은, 그렇다고 흉할 만큼 무성하지도 않은 겨드랑이의 가늘고 긴 털들은 땀으로 젖어 있었다.

문을 열자 한줄기 햇빛만이 비쳐드는 어두운 집 안에는 뭔가 타는 듯한 냄새와 코를 찌르는 표백제 냄새 그리고 쥐약 냄새가 진동하고 있었다. 그것이 그 집에 대한 나의 첫인상이었다. 진갈색 타일이 깔린 정사각형 모양의 거실 한쪽 구석에는 입을 검게 벌린 벽난로가 있었다. 집 안은 말끔히 정돈되어 있었지만, 창문이 하나밖에 없어 조금 답답한 느낌을 주었다. 열려 있는 창의 덧문으로는 고가도로의 기둥이 보였다.

테이블보가 덮인 식탁 아래로는 북유럽식 의자 세 개가 놓여 있었고, 그 옆에 열려 있는 문으로는 인조 코르크판을 덧댄 부엌 찬장이 보였다. 그녀는 그 열린 문 안으로 들어가며 말했다.

—우유를 냉장고에 넣고 올게요.

전화는 아무리 찾아도 보이지 않았다. 나는 조개 모양의 재떨이가 놓인 작은 테이블과 자질구레한 물건들이 널려 있는 가구 위, 꽃무늬 커버를 씌운 낡은 소파 위도 살펴봤지만 소용이 없었다. 벽에는 스튜디오의 조잡한 조명 아래서 찍은 사진—작은 플라스틱 파라솔 밑에서 아기 모자를 쓰고 젖병을 쥐고 있는 원숭이 포스터가 걸려 있었다.

—전화는 저기, 침실에 있어요.

금방 돌아온 그녀는 내 등뒤에 있는 플라스틱 커튼을 가리키며 말했다.

—고맙습니다.

나는 술집에서나 볼 수 있는 커튼을 바라보며 낮은 목소리로 말했다. 누군가의 습격을 받지나 않을까 나는 다시 두려워졌다. 그녀는 치열이 고르지 않은 작은 이를 드러내며 미소 지었다.

커튼 안쪽의 방은 아주 좁은데다 더블침대가 방의 대부분을 차지하고 있었다. 머리 받침대도 없는 침대는 담배 색깔의 커버로 덮여 있었고, 그 위에는 십자가가 약간 비뚜름하게 걸려 있었다. 전화기는 콘센트와 가까운 바닥에 놓여 있었다. 나는 침대에 앉아 전화기를 집어 들고는 네 엄마의 전화번호를 눌렀다. 그리고 해변의 우리 집에 울려 퍼지고 있을 전화벨 소리를 뒤쫓았다. 거실에 깔린 야자수 카펫을 지나, 밝은 색 계단을 따라 올라간 후, 다시 위층에 있는 방으로, 그곳에서 다시 군청색 회반죽 벽에 조각거울들이 장식된 넓은 욕실 안을 지나면 아직 흐트러져 있는 침대 시트와 책이 쌓여 있는 책상이 있다. 벨소리는 그곳을 지나 하늘거리는 커튼 너머 정원 아래로 미끄러져 내려가 하얀 재스민 꽃이 만발한 안뜰과 그물침대를 지나 낡은 내 베이지색 모자에까지 다다랐지만 네 엄마는 전화를 받지 않았다.

아마도 수영을 하고 있거나, 아니면 수영하다 잠시 뭍으로 올라와 있는 모양이다. 다리를 간질이는 바닷물결을 음미하며 해변에 누워 있을 네 엄마의 몸을 떠올렸다. 나는 수화기를 내려놓았다. 그러고는 무심코 자수가 놓인 침대 커버 장식을 만지작거리다가, 고물 옷장 밑에서 먼지가 까맣게 내려앉은 연홍색 슬리퍼 한 짝을 발견했다. 거울에는 한 젊은 남자의 오래된 사진 한 장이 붙어 있었다. 낯선 여자의 방 안에, 그것도 그 여자의 침대에 앉아 있는 나 자신이 갑자기 당혹스럽게 느껴졌다. 어릿광대같이 치장한 그 여자는 밖에서 나를 기다리고 있을 터였다. 살짝 열린 서랍장 사이로 광택이 도는 진홍색 공단 자락이 보였다. 나는 무의식적으로 손을 넣어 옷감의 매끄러운 감촉을 느껴보았다. 그때, 어릿광대 여인이 커튼 사이로 얼굴을 내밀었다.

―커피 드시겠어요?

나는 원숭이 포스터가 걸려 있는 거실로 자리를 옮겨 소파에 앉았다. 심한 갈증으로 목 안이 뻑뻑했고 뒤이어 불쾌한 기분마저 치밀었다. 나는 불편해하며 소박하게 장식된 거실을 둘러보았다. 선반 위에는 엷게 비치는 양산을 쓴 도자기 인형이 깜짝 놀란 듯한 표정을 한 채로 하나같이 똑같은 크기의 책들 중 첫번째 책에 기대 서 있었다. 그것은 대개 할부로 들여놓는 백과사전이었다. 좀 쓸쓸한 풍경이었지만 나쁘지 않았다. 그녀는 커피잔을 쟁반에 받쳐 들고 돌아왔다. 집 안의 어두운 공기에 물든 그녀의 얼굴은 생기 없어 보였다. 하지만 그녀에겐 집 안의 다른 것들처럼 초라한 품위가 배어 있었다. 그것은 나를 우울하게 했다. 내 옆에 있는 선반에는 조잡한 장식품들이 잔뜩 놓여 있었다. 안젤라, 너도 알다시피 난 그런 장식물들을 아주 싫어한단다. 한구석에 스탠드와 책 몇 권 말고 다른 건 아무것도 놓여 있지 않았다. 그 지저분하고 추한 것들을 모조리 바닥에 내동댕이치고 싶은 욕구가 치미는 바람에 어깨가 살짝 떨렸다. 그런 생각을 하는 동안 그녀가 커피를 내 앞에 가져다 주었다.

—설탕은 얼마나 넣으세요?

나는 커피잔에 입술을 대고 홀짝홀짝 마셨다. 정말 맛있는 커피였지만, 피로와 불쾌감 탓에 입 안은 쩍쩍 달라붙었고, 혀에 남은 뒷맛이 쓰게 느껴졌다. 그녀는 내게서 약간 떨어진 소파에 앉았다. 빛을 등지고 앉은 그녀의 헝클어진 앞머리는 지나치게 튀어나온 이마를 가리기에 충분하지 않은 것 같았다. 크고 두툼한 입술에는 립스틱이 발라져 있었고 얼굴은 찡그리면 하나로 모여들듯했다. 찻잔을 들고 있는 손을 보자 이로 물어뜯었는지 짧은 손톱이 빨갛게 부어 있었다. 손가락 끝에서 말라버렸을 침 냄새를 상상하자 오싹 진저리가 쳐졌다. 그녀는 몸을 구부리고 있었는데, 자세히 보니 소파 아래에 개 한 마리가 얼굴을 내밀고 앉아 있었다. 졸린 표정에 황갈색 털이 곱슬거리고 귀가 긴, 보통 크기의 개였다. 개는 상이라도 받은 양 신나게 주인의 손과 손톱을 핥고 있었다.

—크레발코레.*

그녀는 자기의 넓은 이마를 개의 얼굴에 비비면서 속삭이듯 중얼거렸다. 개는 나의 존재를 알아차렸지만 백내장에 걸렸는지, 초점 없이 흐릿한 눈으로 내 쪽을 쳐다봤다. 그녀는 빈 잔을 모아 쟁반에 올려놓았다.

---

* '무정한 연인'이라는 뜻의 이탈리아어.

—앞을 보지 못해요.

그녀는 개가 듣기라도 한다는 듯 낮은 목소리로 말했다.

—물 한 잔 주시겠어요?

—어디 안 좋으세요?

—아니요. 더워서요.

나는 부엌으로 걸어가는 그녀의 마르고 빈약한 엉덩이를 쳐다봤다. 그러고는 뒷모습을 쭉 훑어봤다. 좁고 굽은 등, 비쩍 마른 허벅지. 그녀의 몸매는 전혀 매력적이지 않았고, 척박하고 메마른 느낌만을 주었다.

하이힐을 신은 그녀가 비틀거리며 다시 내게로 다가왔다. 그러고는 물잔을 건넨 뒤 내가 잔을 비울 때까지 기다렸다.

—좀 괜찮아지셨어요?

다행히도 물을 마시고 나니 입 안이 깨끗해진 기분이 들었다.

그녀는 나를 배웅하지 않았다.

—고맙습니다. 그럼 이만.

—안녕히 가세요.

무더위는 여전히 대기를 뜨겁게 달구었고, 주위의 사물들을 요동치게 만들고 있었다. 발 밑에서 아스팔트가 녹아내리는 듯했다. 나는 다시 정비소로 가서 문이 열리기를 기다렸다. 그러나 곧 땀이 비오듯 쏟아졌고, 참을 수 없는 갈증이 일었다. 하는 수 없이 아까 들렀던 술집으로 발길을 돌렸다. 나는 또 물을 주문했다. 하지만 곰보 바텐더 청년의 머리 위에 진열되어 있는 술병들을 보자 생각이 바뀌어 보드카를 큰 잔으로 한 잔 시켰다. 그러고는 알루미늄 용기에 얼음을 함께 넣어달라고 부탁했다. 얼음이 녹으면서 걸레나 상한 마요네즈에서 나는 역겨운 냄새를 풍길지도 모르지만 어쨌든 상관없었다. 나는 주크박스에서 가까운 구석진 곳으로 자리를 옮겨 앉았다. 단숨에 보드카를 들이

켜자 알코올이 날카로운 통증처럼 내 몸을 자극하며 흘러 들어왔다. 그것은 금세 짜릿하고 기분 좋은 불길로 변했다. 시계를 보니 아직도 한 시간은 더 기다려야 했다.

안젤라, 아빠는 아무것도 하지 않는 한가로운 휴식에 익숙하지 않았 단다. 막 마흔 살에 접어들었을 때 나는 이미 오 년 전부터 병원에서 가 장 젊은 일반외과 과장이었어. 나를 찾는 환자들도 점점 늘어나고 있었 지. 하지만 그와 더불어 조금씩, 아니 점점 더 자주, 나는 내키지 않는 기분으로 수술을 하는 일도 많아졌단다. 환자들이 돈을 지불하고, 깔끔 히 정돈돼 있고, 조용한, 병원이라는 장소를 소중히 여기는 내 모습에 문득문득 놀랄 때도 많았지. 겨우 마흔 살에 나는 이미 의사라는 내 직 업을 더이상 사랑하지 않게 되었는지도 모르겠구나. 젊었을 때 나는 곧 잘 충동적인 기분에 휩쓸리곤 했었지. 전공 과정을 마친 후 시작한 수 련의 생활의 처음 몇 년은 혹독하리만치 강인한 열정으로 보낸 시기였 단다. 한번은 수술 도구를 소독하는 고압살균기가 미처 소독 과정을 마 치기도 전에 기계를 꺼버린 한 남자 간호사에게 주먹을 날린 적도 있었 으니까. 그러나 시간이 흐르면서 어느덧 환상이 깨지고 담담하고 평온 한 마음이 찾아왔지. 네 엄마와도 그 점에 대해 이야기를 나눈 적이 있 단다. 네 엄마는 그것이 더욱 성숙한 삶의 단계로 나아가는 과정이고, 어쩌면 인생에서 꼭 필요한 변화이자 기쁘게 받아들여야 할 현상이라 고 말했었지. 그때 겨우 마흔 살이었던 나는 성내는 일을 그만둔 지 오 래였어. 그건 악마에게 영혼을 팔아서가 아니라, 단지 신의 존재를 믿 지 않았기 때문이었지. 그 초라한 술집 안에 앉아 있던 그때 나는 후줄 근한 여름 양복 주머니에 영혼을 넣어두고 있었단다.

보드카는 내 인생에 예상치 못한 일격을 가했다.

─어휴 더워. 선풍기 좀 돌리라고!

　어디선가 시멘트 얼룩이 잔뜩 묻은 키 큰 남자가 땅딸막한 남자와 함께 나타났다. 축구게임대 쪽으로 걸어가던 그들은 꺼진 선풍기를 보더니 불평하듯 소리쳤다.

　이윽고 그가 원통형 손잡이를 거칠게 당기자 둥근 홈을 따라 공들이 굴러나왔다. 그와 같이 온 땅딸막한 남자는 첫번째 공을 높이 던졌다가 머리 위 높은 곳으로부터 필드 안에 떨어지도록 했다. 게임을 시작하기 전 승리를 기원하기 위한 일종의 의식인 듯했다. 그러고는 두 사람이 게임을 시작했다. 그들은 별다른 대화도 없이 손잡이가 달린 긴 대가 흔들릴 정도로 거칠게 이리저리 손목을 돌리고 있었다. 하는 수 없이 바텐더 청년은 젖은 손을 앞치마에 닦으며 카운터 밖으로 나와 선풍기를 틀었다. 나는 다시 카운터 쪽으로 돌아가는 그에게 컵을 내밀었다.

　―한 잔 더 갖다줘요.

　선풍기 날개가 술집 안의 뜨거운 공기를 힘없이 휘젓기 시작했다. 나는 선풍기 바람에 날려 바닥으로 떨어진 냅킨을 주우려고 몸을 숙였다. 바닥에 널려 있는 지저분한 톱밥 부스러기들과 게임에 열중하고 있는 두 남자의 다리가 보였다. 냅킨을 주워 몸을 일으키자, 갑자기 움직인 탓인지 머리로 피가 몰리는 느낌이었다. 바텐더 청년은 테이블 위에 보드카 잔을 내려놓았고, 나는 다시 단숨에 술잔을 비웠다. 나의 몽롱해진 두 눈은 주크박스 주위를 배회하고 있었다. 주크박스는 푸른색 얼룩이 진 낡은 모델이었고, 화면 너머로는 작동할 때마다 디스크들을 옮겨 나르는 기계 장치가 보였다. 어떤 노래라도 좋으니 한 곡 듣고 싶었다. 갑자기 머릿 속에서 짙은 화장을 한 그 여자의 얼굴이 떠올랐다. 주크박스에서 흘러나오는 빛 사이로 초라한 그녀의 얼굴이 흔들리고 있었다. 게임대에서 공 하나가 튀어나와 바닥에 떨어졌다. 술집을 나서기 전, 나는 청년에게 꽤 많은 팁을 주었다. 카운터를 닦고 있던 청년은 수 세미를 내려놓고 젖은 손으로 그 돈을 덥석 받았다.

　나는 다시 정비소로 향했다. 내 앞에는 반 벌거숭이의 어린애 몇 명이 물을 가득 담은 큰 비닐봉지를 수레에 싣고는 물이 새는 줄도 모른 채 힘겹게 나르고 있었다. 정비소의 셔터는 반쯤 열려 있었다. 나는 고개를 숙이고 안으로 들어갔다. 정비소 안에는 오일을 바른 가슴을 드러낸 여자가 그려진 달력 아래, 내 나이 또래로 보이는 건장한 남자가 있었다. 그는 몸에 꼭 끼는 기름 범벅의 까만 작업복을 입고 있었다. 우리는 뜨겁게 달궈진 낡은 시트로앵 자동차를 타고 내 차가 있는 곳으로 갔다. 그는 차를 살펴보고는 오일 펌프와 슬리브 관을 교체해야 한다고 말했다. 우리는 부품을 가지러 다시 돌아왔다. 정비사는 나를 정비소 앞에 세워두고는 필요한 부품과 도구들을 트렁크에 챙겨 다시 출발했다.

　달리 할 일이 없어 나는 이리저리 걸어다녔다. 셔츠는 땀에 젖었고, 안경은 더러워져 흐릿했지만, 무더위에 지친 나는 아무런 생각도 나지 않았다. 아까 마신 술 탓에 나는 주위에 무관심해졌고, 그것은 나의 가장 비밀스러운 욕망을 자극했다. 나는 성공을 위해 나 자신을 끊임없이 채찍질해왔고 예정된 코스와 안정된 궤도를 벗어난 적이 없었다. 그런 내가 아주 우연한 기회에 일상의 틀에서 벗어나게 된 것이었다. 그것은 생각지도 않았던 보상처럼 여겨졌다. 더이상 욕망에 저항하지 않고 마치 여행자처럼 나의 일탈을 즐기기로 했다. 나는 공사중인 아파트 건물로 다시 돌아왔다. 아까 본 아이들은 시멘트 더미 위에 수레로 운반한 물을 부어 작은 달걀 모양의 검은색 오두막을 짓고 있었다. 나는 붉게 달아오른 하늘 아래서 아무런 감각도 없이 그 아이들을 바라보고 있었다.

어릴 적에 어머니는 내가 다른 아이들과 나가 노는 걸 싫어했다. 결혼 후 어머니는 서민 동네에서의 생활에 적응해야 했다. 가난한 동네였지만 우울하기는커녕 많은 사람들의 활기가 느껴지는 밝고 유쾌한 곳이었고 시내에서도 그리 멀리 떨어져 있지 않았다. 하지만 어머니는 집 밖에 나가기는커녕 창밖을 내다보려고도 하지 않았다. 어머니가 보기에 동네 사람들은 전혀 슬퍼 보이지 않았으니까(어머니는 슬픔을 어떻게 참아내야 하는지 잘 알고 있었다). 어머니의 상황은 심각했다. 가난은 오히려 큰 문제가 아니었다. 어머니는 당신만의 세계에서 당신의 피아노와 아들과 함께 살고 있다는 듯 고립된 채 집 안에만 머물렀다. 가끔 울적한 기분이 드는 오후엔 나도 뜰에서 다른 아이들과 무리지어 놀고 싶었다.

하지만 어머니를 실망시키고 싶지 않았다. 그래서 아이들이 뛰노는 집 밖의 세계에 무관심한 척했다. 가끔 어머니는 나를 급히 버스에 밀어올려 태우고는 할머니가 계신 고향집으로 가곤 하셨다. 나무와 우아한 집들이 모여 있는 그곳에 가서야 마침내 나는 자유롭게 눈을 뜰 수 있었다. 그곳에서 어머니는 전혀 다른 사람처럼 밝고 환한 모습이었다. 우리는 어머니가 어린 시절에 쓰던 침대에 앉아 웃음을 터뜨렸다. 어머니는 활기가 넘쳤고 아름답게 빛났다. 그러나 그곳을 떠날 때면 다시 평상시의 눈빛으로 외투를 입었다. 우리는 바깥이 칠흑처럼 깜깜해져서야 버스를 타고 집으로 돌아왔다. 어머니는 나락 같은 어둠에 공포를 느끼며 버스 정류장에서 집까지 달려가곤 했다.

순간, 어머니의 얼굴이 눈앞을 스쳐 지나갔다. 생전의 수많은 모습들과 죽음을 맞이한 마지막 순간의 얼굴까지도. 나는 관을 묻으려는 일꾼들에게 잠시나마 어머니의 얼굴을 보여달라고 부탁했었다.

나는 기억을 떨쳐버리려 머리를 세차게 흔들었다.

'당장 내 차가 있는 곳까지 걸어가겠어. 차를 수리한 다음 정비사에게 돈을 지불하고 아내한테 가겠어. 그녀는 여전히 촉촉한 머리칼에 하늘거리는 엷은 노란색 셔츠를 입고 있겠지. 어두워질 무렵 우리는 해변의 불빛이 비쳐드는 레스토랑에 앉아 식사를 할 거야. 오늘은 아내에게 운전을 맡겨야지. 그녀의 어깨에 머리를 기댈 수 있도록 말이야……'

그녀는 그다지 놀란 것 같지 않았다. 오히려 나를 기다린 듯한 느낌마저 들었다. 들어오도록 한 발짝 물러선 그녀는 얼굴을 붉혔다. 집 안으로 들어가다 나는 발을 헛디뎌 그만 벽에 걸린 책 선반에 부딪히고 말았다. 그 바람에 도자기 인형이 바닥에 떨어졌다. 나는 인형을 주우려고 허리를 숙였다.

─괜찮아요. 그냥 놔두세요.

그녀는 그렇게 말하고는 재빨리 내게 다가왔다. 아까와 달리 화려한 꽃무늬가 장식된 하얀 티셔츠를 입고 있었다.

─자동차는요?

그녀가 속삭이듯 낮게 물었다.

그녀의 목소리는 립스틱이 지워진 그녀의 입술처럼 불분명했다. 나는 그녀의 어깨 너머로, 잘 정돈되어 있지만 여전히 쓸쓸해 보이는 집 안을 둘러보았다. 조금 전보다 더 적막해 보였다. 그렇지만 나는 전혀 불편한 기분이 들지 않았다. 정말 비참하고 초라해 보인다고 생각하면서도 오히려 알 수 없는 편안함을 느꼈다.

─지금 수리하고 있어요.

그녀가 등뒤로 두 손을 문지르는 소리가 들렸다. 그녀는 시선을 떨구더니 다시 고개를 들었다. 그녀의 몸은 아주 미미하게 떨리고 있는 듯했다. 어쩌면 내가 술에 취했기 때문에 그렇게 보인 것일 수도 있었다.

─전화하시려고요?

─네.

나는 방으로 들어가 다시 담배 색깔 침대 커버 장식을 손으로 만지작 거렸다. 이제 전화기는 통화가 되지 않는 플라스틱 상자처럼 보였다. 나는 전화기에는 손도 대지 않았다. 대신 열려 있던 장롱 서랍을 닫고, 비뚤어져 있는 십자가의 그리스도를 바로해 놓았다. 그러고는 일어나 방문으로 향했다. 그냥 나가고 싶어졌을 뿐이었다. 보드카 때문에 나는 심하게 머리가 아팠고 예의를 차려야겠다는 생각도 없어졌다.

'아무래도 별장엔 안 가는 게 낫겠어. 도시로 돌아가야지. 그리고 잠을 잘 거야. 지금은 아무것도 하고 싶지 않고 아무도 만나고 싶지 않아.'

─통화는 하셨나요?

─아니요. 못 했어요.


그녀 뒤로 꺼진 벽난로가 보였는데, 난로 속은 이가 다 빠진 입처럼 검고 휑하니 비어 있었다. 나는 그녀를 홱 붙잡아 세웠다. 그녀는 입을 벌린 채 생쥐처럼 가쁜 숨을 몰아쉬었다. 한순간 내 코앞에 있는 그녀의 얼굴이 일그러졌다. 어두운 그림자가 드리워진 깊은 눈동자는 마치 꼼짝없이 갇혀버린 곤충처럼 눈썹 아래에서 흔들리고 있었다. 나는 그녀의 팔을 붙잡고 놔주지 않았다. 그녀는 너무 낯설었고 아주 가까이에 있었다. 나는 어릴 때 무척 두려워했던 매의 모습을 떠올리고는 그녀와, 그녀의 잡동사니들과, 그녀의 누추함에서 도망치기 위해서 손을 들어올렸다. 하지만 그녀를 때리는 대신 나는 순식간에 꽃장식을 잡아당겨 그녀의 셔츠를 찢어버렸다. 우리는 서로 맞닿아 있었다. 그녀는 내 손을 물려고 했지만 소용없었다. 나는 아직도 그녀가 무엇을 그토록 두려워했는지, 그리고 그때 내 의도가 무엇이었는지 모르겠다. 단지 확실한 건 다른 한 손으로 그녀의 가느다란 머리칼을 감싸쥐고 그녀를 애무하기 시작했다는 것이다. 나는 야수처럼 그녀의 턱과 공포로 굳어버린 입술을 탐했다. 그러고는 그녀가 신음하도록 내버려두었다. 나는 찢어진 셔츠 사이로 그녀의 빈약한 가슴을 쥐고 애무하기 시작했다. 다른 손은 벌써 그녀의 다리 사이에 가 있었다. 그녀는 내 격정에 동참하지 않았고 고개를 떨구고만 있었다. 허공으로 들어올린 팔은 두려움에 떨리고 있었다. 나의 손길이 그녀의 은밀한 부분에 닿았기 때문이다. 그녀 몸의 다른 부분처럼 메말라 있는 그곳은 이미 내 몸과 밀착되어 있었다. 나는 서둘러 그녀를 벽으로 밀었다. 내 몸은 욕망으로 달아올랐고, 노랗게 물들인 머리를 숙인 채 벽에 기대어 선 그녀는 이제 줄이 풀린 꼭두각시 인형이었다. 나는 그녀의 턱을 들어올려 귀를 핥았고, 보금자리를 침략한 약탈자처럼 그녀의 육체를 탐하며 혀로 그녀의 등을 훑었다. 분별력을 잃은 그날 오후, 나는 그녀와 나 자신을 철저히 파괴해버리고 말았다.

그녀가 숨을 헐떡였는지는 기억나지 않는다. 어쩌면 나 몰래 눈물을 흘렸을지도 모른다. 그녀는 몸을 웅크리고 바닥에 누워 있었다. 나는 몹시 격앙되어 방 한구석으로 나가떨어졌다. 앞을 못 보는 개가 주둥이를 앞발에 고인 채 소파 아래서 얼굴을 내밀고 있었다. 귀는 늘어졌고 눈은 흐릿했다.

벽에 걸린 원숭이는 미동도 하지 않고 젖병을 빨고 있었다. 내 안경은 렌즈 한쪽이 깨진 채로 나뒹굴고 있었다. 나는 몇 발자국 걸어가 안경을 주워 들었다. 그러곤 땀에 젖은 셔츠 자락을 바지 속에 집어넣고 말 한마디 없이 그 집을 나왔다.

돌아와보니 자동차는 정비소 앞에 주차되어 있었다. 나는 열쇠가 꽂혀 있는 차에 올라 곧바로 그곳을 떠났다. 그리고 얼마 지나지 않아 소나무와 마른 갈대들이 늘어서 있는 해안도로로 접어들었다. 나는 속도를 늦춰 창문을 열고는 달리는 차 밖으로 토하기 시작했다. 물병을 찾으려고 의자 밑을 이리저리 뒤적였다. 플라스틱 병에 담긴 물은 더위 때문에 뜨겁게 데워져 있었다. 나는 물로 입 안을 헹구려고 머리를 뒤로 젖혔다. 그러고는 물이 아직 남아 있는 병에 입 헹군 물을 모두 뱉었다. 아스팔트 길은 계속됐고, 뜨거운 열기와 바다 냄새가 아주 가까이에서 전해져오고 있었다. 나는 차를 세우고 얼굴에 손을 갖다댔다. 안젤라, 그때 난 내 야만성의 흔적을 찾고 있었다. 하지만 손에는 계단을 내려올 때 묻은 녹 냄새만 남아 있었다. 그 냄새에 구역질이 났다. 나는 나의 삶, 나의 생각, 나의 마음에 역겨움을 느꼈다. 그것을 떨쳐내기 위해 나는 불이 날 정도로 손바닥을 비벼댔다.

해변에 있는 별장은 1950년대에 지어진 직사각형 모양의 다소 평범한 낮은 건물이었다. 주방 창문 밖으로는 키 큰 야자수가 서 있고, 그 옆 덩굴 시렁에서는 재스민 꽃향기가 황홀하게 퍼져나오고 있었다. 하지만 정원의 나머지는 바닷바람에 녹슨 철책으로 둘러싸인 황량한 땅에 불과했다. 바람이 불 때마다 대문은 폭풍우에 놀란 갈매기 울음소리를 내며 삐그덕거렸다. 별장은 비교적 한산한 해안선과 면해 있었다. 해수욕장은 그물을 주렁주렁 달고 있는 고깃배들과 강어귀를 지나 해안 기슭을 따라 즐비하게 늘어서 있었다.

여름휴가를 보낼 별장으로 그 집을 고른 사람은 네 엄마였다. 네 엄마는 텅 빈 정원에 드리워진 차양을 마음에 들어했고, 특히 저녁 때 바다의 밀물이 밀려와 마치 담을 움직일 듯 보이는 해넘이 광경에 감동하는 눈치였다. 그 집을 선택하는 데는 고양이도 한몫했다. 졸음에 겨운 유순한 고양이는 순순히 네 엄마를 따라와 부동산 중개인이 집 안의 창문들을 모두 여는 내내 네 엄마의 품에 안겨 꼼짝하지 않았다. 겨우내 문을 닫아놓은 집 안에는 곰팡이 냄새가 진동했다. 3월말 무렵에 그 집을 보러 갔었기 때문에 네 엄마는 한여름의 태양처럼 짙은 오렌지색 모직 코트를 입고 있었다.

돌아오는 길에 우리는 식사를 하기 위해 어느 레스토랑 앞에 차를 세웠다. 유리창 너머로 암석 해변이 한눈에 들어오는 곳이었는데, 유리는 바다의 소금기 때문에 불투명했다. 넓은 레스토랑 안에는 우리 둘뿐이었다. 쌀쌀한 날씨 탓에 한기를 느낀 우리는 포도주 한 병과 아마로 한 잔씩을 나누어 마셨다. 취기가 오른 우리는 서로 껴안은 채로 휘청거리며 기분 좋게 밖으로 나왔다. 그러고는 소나무 숲으로 들어가 사랑을 나눴다. 그런 다음 나는 네 엄마의 배 위에 머리를 기대고 누워 다가올 미래를 그려보았다.

잠시 후 네 엄마는 자리에서 일어나 바싹 마른 솔방울들을 주우러 갔다. 나는 그런 엄마의 모습을 물끄러미 바라보고 있었다. 그날이야말로 우리 인생에서 가장 행복한 순간이었다. 하지만 그때 우리는 그걸 미처 깨닫지 못했다.


3월의 그날 이후 십 년 가까운 세월이 흐른 뒤, 나는 아스팔트에 모래 먼지를 일으키며 그 소나무 숲을 지나고 있었다. 하지만 그곳은 더 이상 내 관심을 끌지 못했다. 집에 도착한 나는 정원 뒤편의 갈대로 된 차양 아래에 차를 세웠다. 나는 빨랫줄에 걸린 네 엄마의 수영복과 타월을 피해 몸을 숙였다. 수영복은 짙은 보라색에 신축성 있는 격자 조직으로 짜인 원피스 스타일이었다. 일광욕을 할 때면, 네 엄마는 수영복을 허리 아래까지 내리곤 했다. 수영복은 뒤집혀 널려 있었다. 나는 아내의 다리 사이, 은밀한 그곳을 감쌌을 하얀색 라이크라 안감을 어깨로 스치며 지나갔다.

나는 집 주위를 한 바퀴 돌아서, 푸른색 소파가 놓여 있는 거실로 들어갔다. 발밑이 서걱거려서 신발을 벗었다. 실은 내가 들어오는 소리를 네 엄마가 듣지 못하게 하고 싶었다. 나는 맨발로 차가운 대리석 바닥을 걸었다. 발바닥을 더 시원하게 하기 위해 발가락과 발꿈치를 쭉 펴고 주방으로 걸어갔다. 꼭 잠기지 않은 수도꼭지에서 흘러나오는 물방울이 지저분한 접시 위로 떨어지고 있었다. 식탁 위에는 먹다 남긴 빵조각과 부스러기들이 칼과 나란히 놓여 있었다. 나는 빵을 집어 들고 먹기 시작했다.

그때 네 엄마는 위층에서 낮잠을 자고 있었다. 나는 열린 문틈으로 어슴푸레한 방 안에 누워 있는 네 엄마를 살짝 들여다봤다. 훤히 드러난 다리와 얇은 끈이 달린 실크 슬립, 그리고 자면서 발로 밀어냈는지 침대 모퉁이에 말려 있는 시트와 머리카락으로 덮여 있는 얼굴이 보였다. 내가 전화를 걸기 전부터 잠들어 있어서 벨소리를 듣지 못한 모양이었다. 그 일이 일어나는 동안 네 엄마가 자고 있었다는 사실은 날 안심시켰다. 마치 꿈꾸는 듯한 기분이 들었다. 나는 계속 빵을 먹고 있었고, 엘사는 여전히 잠들어 있었다. 그 숨결은 창문 너머 보이는 바다처럼 평온하기 그지없었다.

나는 속옷을 벗어 빨래통에 던지고 샤워를 시작했다. 잠시 후 목욕가운을 걸치고 계단에 물방울을 떨어뜨리며 아래층으로 내려갔다. 나는 선글라스를 꺼내들고 정원 울타리로 나갔다. 어두운 렌즈를 통해 보이는 바다는 더욱 짙푸른 빛으로 생동감 있게 넘실거리고 있었다. 나는 다시 익숙한 것들의 향기에 둘러싸여 있었고, 당혹스러운 기억은 저 멀리 다른 곳에 떨어져 있었다. 그곳으로부터 도망쳐 왔지만 내 얼굴은 여전히 화끈거렸다. 나는 차근차근 그 일들을 생각해보며 무언가를 분명히 하려고 애썼다. 불결한 얼음 조각처럼 더러운 유혹이 녹아 있는 보드카 한 잔에 이성을 잃은 남자, 나는 스스로를 잘 알고 있다고 믿는 그 남자로 다시 돌아와야만 했다. 혹시 남아 있을지 모를 냄새를 맡아보려고 입가로 손을 가져갔다. 다행히 술 냄새는 나지 않았다.

—안녕, 여보.

엘사가 내 어깨 위에 손을 올려놓았다. 나는 고개를 돌려 바로 네 엄마에게 키스했다. 하지만 방향이 어긋나는 바람에 제대로 입을 맞추지 못했다. 엄마는 하늘거리는 셔츠를 입고 있었고, 그 속으로 아름다운 젖가슴이 비치고 있었다. 나를 바라보는 네 엄마의 눈엔 아직도 졸음이 가득했다. 나는 다시 키스하려고 네 엄마를 껴안았다.

—늦었네요.

—어려운 수술이 있었어.

나는 본능적으로 거짓말을 하고 말았다. 그리고 내가 한 거짓말은 돌이킬 수 없었다. 우리는 손을 잡고 해변의 모래사장을 걸었다.

—저녁에 외출할래요?

—당신이 원한다면……

—아니요. 당신 뜻대로 해요.

—그럼, 그냥 집에 있는 게 좋겠어.

우리는 모래 위에 앉았다. 태양의 열기는 서서히 수그러들기 시작했다. 엘사는 다리를 펴서 발가락 끝을 바닷물에 담그고는 젖은 모래 사이로 나타났다 사라지는 발톱을 바라보고 있었다. 우리는 그렇게 지내는 데 익숙했고, 아무 말 없이 있어도 전혀 어색하지 않았다. 하지만 며칠 동안 떨어져 지내며 생긴 외로움의 크기만큼 작아진 우리의 애정을 다시 돈독히 할 필요가 있었다. 나는 네 엄마의 손을 잡고 사랑스럽게 쓰다듬었다. 그때 네 엄마는 서른일곱 살이었다. 어쩌면 네 엄마도 오렌지색 모직 코트를 입은 십 년 전의 젊은 여자를 그리워하고 있었는지 모르겠다. 술에 취해 레스토랑을 나서며 파도의 포말이 흩날리는 방파제에서 허리를 굽히고 웃던 그녀를 말이다.

어쩌면 밀려왔다 빠져나가는 바닷물 속에 담근 발끝에서 네 엄마는 그녀를 찾고 있었는지도 모르겠다. 하지만 정작 사라진 사람은 엄마가 아니라 나였다. 정해진 근무 시간도 없이 일하던 나는 주는 데는 인색하고 받는 데만 급급했다. 그러나 우리는 서로 결점을 찾으려는 짓 따위는 하지 않았다. 우리 사이엔 더이상 과감한 용기가 존재하지 않았다. 안젤라, 용기란 새로 태어난 사랑에 깃들기 마련이어서 오래된 사랑은 언제나 조금은 나약한 법이란다. 난 더이상 네 엄마의 연인이 아니었다. 그저 차 안에서 상점에 들어간 아내가 돌아오기를 기다리는 남편이었다. 여물을 알아본 말이 주둥이를 들이밀듯 엘사의 손은 내 손 안으로 미끄러져 들어왔다.

―수영할래요?

―응.

―그럼, 수영복으로 갈아입고 올게요.

나는 집으로 걸어가며 모래사장을 오르는 단단하고 튼튼한 네 엄마의 다리를 바라봤다. 그리고 그 순간 비쩍 마르고 속살이 축 늘어진 누군가의 다리를 떠올렸다. 이내 그녀의 땀과 공포가 느껴졌다. "살려주세요……" 어느 순간 그녀는 속삭였었다. "살려주세요."

어느새 엘사는 정원으로 접어들었고, 그 모습에 나는 흐뭇한 미소를 지었다. 장밋빛으로 물든 수평선 너머로 해가 지는 모습을 바라보면서 내가 얼마나 어리석은 인간인지를 생각했다. 정말 내 인생에서 잊지 못할 만큼 아름다운 오후였고, 그 평화로운 순간에는 내가 저지른 죄악의 날개를 접어야만 했다.

보라색 수영복을 입은 엘사는 팔에 타월을 끼고 돌아왔다. 네 엄마는 여전히 눈부시게 아름다웠다. 처음 만났을 때보다 마르고, 더 엄격해졌지만 훨씬 우아한 모습이었다. 잘 단련된 네 엄마의 육체는 자신의 영혼과 완벽할 정도로 일치하고 있었다.

─이제 바다로 들어갈까요?

뒤집혀 있던 수영복의 하얀 안감은 이제 엘사의 허벅지 사이로 자취를 감췄다. 그것을 보자 나는 재판관 앞에 서 있는 것처럼 온몸이 떨렸다. 나는 단숨에 자리에서 일어나 바다로 향했다. 엘사는 파도가 밀려드는 바닷가에 서 있었고, 나는 등을 따라 드러난 그녀의 실루엣을 바라보았다. 나는 네 엄마의 유일한 남자로 살아왔단다. 하지만 언젠가는 나도 상점 밖에서 이중 주차를 하며 네 엄마가 나오기만을 기다리는 힘없는 노인이 되겠지. 나를 만나기 전 엄마는 다른 남자를 원했었거나 아니면 그와 사랑에 빠졌었는지도 몰라. 안젤라, 네가 좀더 자라 철이 들고 성숙해지면 알겠지만 정절은 그다지 중요한 가치가 아니란다. 오히려 불륜이야말로 그렇다고 볼 수 있지. 왜냐하면 불륜에는 신중함과 금욕 혹은 사려 깊은 절제 같은 성숙한 의식들이 요구되기 때문이야. 우리 두 사람은 모두 본래의 모양을 잃어버린 오래된 외투를 닮아가기 시작했지. 틀에 박힌 처음의 모양에서 벗어나, 세월이 지나며 주인 몸에 자연스럽게 길들여진, 이 세상에 단 하나뿐인 그런 외투 말이야.

나는 가운을 벗어 그대로 모래 위에 떨어뜨렸다. 당황한 엘사는 황급히 고개를 돌렸다.

─당신 발가벗었잖아요!

엘사는 물 속으로 들어가면서 남자 엉덩이치고는 지나치게 크고 하얀 내 엉덩이를 보며 웃었다. 엘사는 여전히 나를 좋아했던 걸까? 확실히 네 엄마는 옷을 입은 내 모습을 더 좋아했다. 벌거벗은 내 배는 불룩

했고, 팔은 근육 없이 축 처져 있었다. 하지만 나는 그녀가 있는 그대로의 내 모습을 가감 없이 봐주었으면 했다. 나는 네 엄마가 여생을 함께할 남자의 불완전한 모습을 객관적으로 평가할 수 있기를 바랐다. 물속에 뛰어든 나는 가슴이 부풀어오르고 단단해지는 느낌이 들 때까지물 밖으로 머리를 내밀지 않았다. 그러고는 입가로 찰싹찰싹 밀려오는잔물결을 느끼며 물 위를 고요히 떠다녔다. 물살을 가로지르며 헤엄치던 엘사는 어느새 내 옆에 와 있었다. 물에 젖은 머리칼이 네 엄마의 얼굴을 그대로 드러냈다. 내가 경험한 에로틱한 모험에 대해서 이야기했더라도 그녀는 그 말을 믿지 않았을 것이다. 나는 우리가 어두운 극장의 스크린에서 보았던, 은밀한 본능을 자극하는 음란한 영화들의 정사장면을 떠올렸다. 그때 네 엄마는 숨이 멎은 듯 앉아 있었고, 나는 불편한 감정에 연신 몸을 뒤척여대며 생각했다.

'그녀가 현실에서 저런 섹스를 할 수 있다고 믿을 만큼 바보는 아니겠지?'

그러나 영화가 끝나고 극장을 나왔을 때, 엘사는 넋 나간 사람처럼멍한 표정이었다.

엘사는 내 얼굴에 바닷물을 살짝 퉁기더니, 다시 나를 앞질러 가기시작했다. 그녀가 파도를 가르며 헤엄쳐가는 소리는 점점 더 멀어지고있었다. 나는 잠시 헤엄치는 것을 멈추고 가만히 눈을 감았다. 그리고다리를 약간 벌린 채 물의 흐름에 몸을 맡겼다. 어쩌면 물 속의 작은 물고기 몇 마리가 튀어나온 내 배를 구경하고 있었을지도 모른다. 나는눈을 뜬 채 푸른 바다를 관통하는 빛줄기를 따라 물 속으로 내려갔다.나는 물이 차갑고 이리저리 천천히 움직이는 모래로 뒤덮인 바닥에 닿았다. 그 고요한 바다 속에서 나는 입술을 움직여 외쳤다.

— 한 여자에게 끔찍한 일을 저질렀어.

　그러고는 커다란 흰 물고기처럼 팔을 벌린 채 입으로 물거품을 일으키며 다시 빛으로 가득한 수면 위로 올라왔다.

안젤라, 의대에 다닐 때 난 피에 대한 공포를 가지고 있었단다. 그래서 해부학 강의 시간엔 교수와 멀리 떨어져 다른 학생들 뒤에 숨어서 수업을 지켜보곤 했지. 나는 고개를 돌린 채 격렬한 수술 소리와 수술 과정을 설명하는 교수의 목소리를 듣곤 했단다. 해부학 시간에 본 피는 책에서처럼 회색이 아닌, 검붉은 색깔에 역한 냄새를 풍기고 있었어. 물론 나는 계획을 변경해서 네 할아버지처럼 실력 없는 내과의사가 될 수도 있었을 거야. 하지만 나 역시 결코 뛰어난 진단의가 되지는 못했을 거야. 나에겐 직관이 없었어. 그리고 난 몸 안에 숨어 있는 질병을 치료하는 일에는 흥미가 없었지. 난 몸을 열고, 보고, 만지고, 베고 싶었어. 나는 내가 유일하게 잘 할 수 있는 일이 바로 그것이라는 걸 알고 있었지. 운명은 내 꿈들로부터 나를 멀어지게 하고, 가고 싶지 않은 세계로 나를 추방시키려 했지만 나는 그런 운명에 맞서 온 힘을 다해 격렬히 싸웠단다.

그러던 어느날 아침, 화장실에서 면도를 하다가 날카로운 면도날에 엄지손가락을 심하게 베고 말았어. 상처는 금세 피투성이가 되었지. 하지만 난 눈을 뜨고 그 상황을 견디고 또 견뎌내야 했어. 그리고 결국 공포를 이겨냈지. 나는 세면대 위에 떨어지는 붉은 피를 똑바로 쳐다보았어. 약간 현기증이 났을 뿐 아무 일도 없었지.

그날 나는 마침내 수술대로 다가가 수술 장면을 지켜보았어. 내 심장은 더이상 격렬하게 반응하지 않았지. 살아 있는 사람의 몸에 처음 메스를 들이대던 날에도 아무렇지 않았고 말이야. 피를 흘리기 전의 환자의 절개된 몸을 다루는 시간은 아주 중요하단다. 피는 금방 솟아오르지 않지만, 절개 부위는 순식간에 하얗게 변하고 말거든. 그후로 수많은 수술을 해왔지만, 지금도 나는 수술 부위를 절개할 때는 약간의 현기증을 느끼곤 한단다. 아마 내가 치러야 할 싸움은 여전히 끝나지 않은 모양이야. 나는 동료 의사에게 손을 들어 소작술*을 대신 하도록 했어. 하지만 처음 수술을 집도했던 그날을 제외하면 어떤 절망스런 경우에도 평정심을 잃지 않았단다. 나는 항상 최선을 다해 수술했고 어쩔 수 없이 포기해야 할 때에는 환자들이 편안히 숨을 거두도록 해주었지. 수술이 끝나면 나는 마스크를 벗고 얼굴과 손 그리고 팔까지 씻었어. 그리고 최선을 다한 내 얼굴에 남아 있는 노력의 흔적들을 거울로 바라보았지. 사랑하는 내 딸아, 나는 죽은 사람들의 영혼이 어디로 가는지는 모르지만 그들이 어디에 머무는지는 알고 있단다.


알프레도는 벌써 수술을 시작했을 거야. 피부와 응고된 혈관을 거쳐 지금쯤 관자놀이 부위를 절제하고 있겠지. 그 다음엔 두개골을 절개하는 어렵고 힘든 시술이 시작될 거야. 두개골에 지나친 압력을 가하면

---

* 외과에서, 약품이나 전기로 병 조직을 태우는 치료법.

경뇌막을 손상시킬 위험이 뒤따르는 까다로운 시술이지. 그후엔, 만약 필요하다면 세균에 감염되지 않도록 뼈 부분을 복부에 봉합할 거야. 하지만 지금은 그럴 시간이 없어. 그들은 곧바로 혈종 쪽으로 달려들 거야. 뇌 안의 혈종이 지나치게 커져 있지 않기를 바라겠지. 난 그저 성직자를 대할 때처럼 의사들에게 고개를 숙이고 그들의 능력을 전적으로 믿고 의지하는 여느 아버지가 돼버린 것 같아. 하지만 운명의 힘에 견준다면 최상의 외과 기술이란 것도 얼마나 보잘것없는지 누구보다 잘 알고 있는 나로서는 그 사실을 모르는 척할 수가 없구나. 사랑하는 딸아, 지금으로선 내 두 손은 무용지물인 셈이란다. 하지만 신이 계시다면 반드시 우리를 돌봐주실 거야.

안젤라, 너에 대한 체면 때문에라도 나는 도저히 수술실에 들어갈 수 없구나. 만약 네가 영영 깨어나지 못한다면, 나는 너를 그런 모습으로 기억하고 싶지 않기 때문이야. 인간으로서의 존엄성을 박탈당한 그런 상황에서 네 심장 박동이 멈춰가는 모습을 보고 싶지 않아. 나는 다만 한 아버지로서 너를 기억하고 싶어. 제발 훤히 드러난 너의 뇌를 보는 일은 없어야 할 텐데. 난 그저 너의 머릿결을 기억하고 싶구나. 잠들기 전 네가 시무룩해할 때면 나는 네 쪽으로 몸을 굽혀 네 작은 얼굴과 머리카락을 쓰다듬어주곤 했지. 그러고 있자면 너의 미래에 대한 많은 생각들이 스쳐 지나갔어. 그 가운데는 네 결혼식 날의 풍경도 끼어 있었지. 내 양복 소매를 살포시 감고 있는 너의 희고 고운 팔과, 다른 남자에게 너를 떠나보내야 할 곳까지 우리가 함께 걸어가는 모습. 참 우스운 생각이란 건 나도 알아. 그렇지만 남자들의 진실이란 때때로 우스꽝스러운 것이란다.

이곳 수술실 밖에는 무거운 침묵이 흐르고 있어. 내 앞의 텅 빈 의자와 바닥에도 정적이 흐르고 있고. 이곳에서 나는 알프레도의 손에 신이

임하셔서 너를 구할 수 있도록 기도할 거란다. 아주 오래전, 나는 딱 한 번 기도한 적이 있었지. 수술을 성공적으로 마치지 못하리란 예감이 들었고, 나 자신을 용납할 수 없다는 사실을 깨달았을 때였어. 나는 하늘을 향해 피로 물든 손을 들고, 신에게 도와달라고 간청했어. 내 앞의 생명이 사라진다면 그와 더불어 세상의 나무들, 짐승들, 강들 그리고 천사들 할 것 없이 창조된 모든 것들 또한 생명을 잃을 테니 말이야.

내가 그들을 발견했을 때는 이미 너무 늦어버렸다. 더이상 피할 기회도 없었다. 나는 그들을 보고는 두려움에 휩싸였다. 그들은 방사선실에서 조금 떨어진 복도에 있었다. 문 옆에는 회색 제복을 입은 경찰 두 명이 서 있었다. 허리에 찬 가죽 케이스 안에는 권총이 들어 있었다. 그들은 사복 차림의 또다른 남자의 이야기를 듣고 있었다. 그는 말린 감초 뿌리를 씹고 있는지 검게 물든 입술을 조금씩 움직이며 낮은 목소리로 이야기하고 있었다. 여름이었고, 병원은 한산했다. 그는 내 쪽으로 눈을 돌렸다. 유리 구슬 같은 그의 두 눈동자는 나를 압도했다. 그가 목표물을 겨냥하듯 나를 뚫어지게 바라보자 경찰들 중 한 명도 내게 고개를 돌렸다. 엘리베이터는 그들이 있는 곳을 지나 맞은편에 있었다. 나는 고민 끝에 발걸음을 계속 옮겼다. 그러나 꼭두각시 인형처럼 공허한 기분이었다. 빈속에 미친 듯이 술을 마시고 비열한 짓을 저지른 그날 오후로부터 벌써 일 주일이 지났다.

나는 그날 무슨 일이 있었는지 정확히 기억해낼 수 없었다. 모든 게

끈적거리는 아교로 한 겹 둘러싸인 것처럼 혼탁했다. 그녀만을 제외하고는. 결코 그녀를 잊을 수 없었다. 나는 그녀를 벽에 밀치고 나서 해치우듯 강간한 후 어둠 속에 내버려두고 왔다. 그녀는 다 쓴 콘돔처럼 버려졌다. 어쩌면 경찰들이 서 있는 문 뒤에 그녀가 있을지도 모른다. 경찰들은 범인을 잡기 위해 그녀를 데려와 그 뒤에 숨겨놓았을 수도 있다. 지금 내가 올리브색 피부에 어딘가 꺼림칙한 구석이 있는 저 남자 옆을 지나간다면, 안에서 대기하던 그녀가 문 밖으로 튀어나올지도 모른다. 얼굴을 가리려고 챙 넓은 모자를 쓴 그녀는 고개를 숙인 채 나를 향해 팔을 뻗을 것이다. '저 남자예요. 붙잡아요.' 그녀는 볼품없이 비쩍 마른 그 다리로 교외 지역을 지나 내가 사는 부유한 동네까지 내 뒤를 바짝 쫓아올 것이다. 그러면 그들은 나를 멈춰 세우고는 공공장소에서 소란을 일으키지 않으려고 조용히 내 팔을 붙잡으며 이렇게 말하겠지. 잠깐 우리와 갑시다.

그러나 안젤라, 그들 중 누구도 나를 유심히 보지 않았다. 나는 손가락으로 붉은 버튼을 누르고, 엘리베이터가 열리기를 기다렸다. 하지만 그들은 여전히 그곳에 꼼짝 않고 서 있었지. 나는 그들을 차마 똑바로 보지 못하고 안경 낀 옆눈으로 흘깃 쳐다보았다. 드디어 엘리베이터 문이 열렸을 때 나는 제정신이 아니었다. 어느새 셔츠는 식은땀으로 젖어 등에 달라붙어 있었다. 나는 엘리베이터를 기다리던 어떤 부인과 어린 아이에게 미소를 지으며 정신 나간 사람처럼 말했다.

—어서 타세요.

'전 아무 죄도 짓지 않았어요. 부인 보셨죠? 전 아주 친절한 신사랍니다. 저기 아래층에 있는 불한당들에게 가서 말 좀 해주세요.'

그러는 동안 우리는 은색 상자 같은 엘리베이터에 실려 한 층 한 층 위로 올라가고 있었다.

나는 최근에 수술한 환자들의 병실을 회진하는 내내 사람들의 시선을 피했다. 눈을 아래로 내리깐 채 안경 너머 진료 차트와 처방전을 써내려가는 황금 몽블랑 펜촉만 바라보았다. 그런 다음 곧바로 수술실로 들어갔다. 긴장했던 탓인지 어깨가 마치 날개처럼 파르르 떨리고 있었다. 평상시처럼 손을 소독하고 수술실 문을 발로 밀고 들어갔다. 그러고는 수술 장갑을 끼워주는 간호사 앞에서 마치 범죄자처럼 양팔을 들고는 간신히 미소를 지었다. 드디어 내 일이 가져다 주는 고요함과 평화가 찾아왔다. 요오드 소독, 차디찬 메스, 그리고 피. 나는 언제나처럼, 아니 평소보다 더 차분하고 정확한 손놀림으로 수술을 해나갔다. 내 손은 내 것이 아니라, 내가 바라보고 있는 한 남자의 손이었다. 그는 의심할 여지 없는 탁월한 의사였지만 나는 이제 그를 존경하지 않았다. 흡사 곤충학자가 곤충을 바라보듯 나는 나 자신을 바라보았다. 그래, 지금 나는 벌레 같은 존재다. 그녀는 그저 우연히 희생된 가엾은 여인일 뿐이다. 난 그녀를 거칠게 다루고 상처를 입혔다. 장갑을 긴 이 손은 내 것처럼 보이지 않지만, 어쩌면 그것이야말로 완전한 내 손의 모습일지도 모르겠다. 의술을 베풀며 기민하게 움직이는 이 세계에서만 결백한 손.

─전기 메스. 혈관 소작(燒灼).

그들은 아직도 밖에서 날 기다리고 있을 거야. 내가 나오자마자 의사 가운을 벗겨내고 날 체포하지.

─코허 겸자. 거즈.

그들은 나에게 양심의 가책을 느끼게 하려는 거야. 그 전에 미리 체포하지 않은 건 이런 잔인한 고통을 겪게 하려는 의도였겠지. 분명히 그녀는 그 방에 있었어. 내가 지나가는 걸 보고 신호를 보냈겠지. 그러면서 부러진 갈대처럼 의자에 주저앉았을 테고, 경찰들은 그녀에게 물을 한 잔 가져다 주었을 거야. 그러고는 이렇게 말했겠지. 걱정하지 말아요. 그 망할 놈은 도망치지 못할 테니까.

나는 지나가면서 그 문을 쳐다보지도 못했어. 불행히도 그럴 용기가 나지 않았어.

아무리 노력해도 그게 어떤 방이었는지 기억나지 않았지. 첫번째 문은 채혈실로 통하는 것이었어. 하지만 회색 제복을 입은 경찰들 옆에 있는 문이 활짝 열린다면 그 뒤에는 뭐가 있을까? 곰곰이 생각해보니, 그 여자가 숨어 있었을지 모를 그곳은 기억에도 가물가물한, 용도를 알 수 없는 빈방이었어. 안젤라, 그때 일어난 순간적인 기억상실은 내가 저지른 행동을 기억 속에서 지워버리기에 충분하다는 생각이 들었다.

왜 나는 그녀에게 돌아가 달래주지 않았을까? 아무 일도 아니었다고 말이야. 상처받기 쉬운 마음을 어떻게 대해야 하는지도 잘 알고 있잖아. 용서를 구하고 돈을 줄 수도 있었겠지. 아니면 살해할 수도 있었어. 왜 그녀를 죽이지 않았을까? 그렇지만 난 살인자가 아니야. 살인은 살인자들이나 저지르는 것이고, 나 같은 외과의사들은 강간을 할 뿐이지.

—혈관 겸자. 흡입기.

그녀는 가방을 집어 들고 인근 경찰서로 가서 나를 고발했겠지.

그녀가 눈앞에 보이는 듯했다. 그녀는 스탬프 냄새가 진동하는 경찰서에 앉아 애써 용기를 내려고 손톱을 물어뜯고 있는 거야. 그러고는 창백한 다리를 모으고 앉아 자신을 강간한 남자의 인상착의를 설명하지. 누군가는 맞은편에서 진술 내용을 타이핑하고. 그녀는 그들에게 무슨 말을 했을까?

내가 그녀에게 남기고 온 것은 무엇일까? 그다지 매력적이지 않은 그녀의 몸에 내가 어떤 흔적을 남겼는지 알고 싶어. 그날 나는 무더위에 지쳐 있었고 알코올과 비정상적인 욕망에 사로잡혀 제정신이 아니었지. 하지만 그녀는 멀쩡한 모습으로 나를 쳐다봤고, 내 요구를 참아가며 들어주었어. 그러니 그날의 일은 그녀가 더 잘 기억하고 있을 거야.

―견인기.

혹시 경찰은 그녀를 산부인과에 데려가지는 않았을까? 하얀 병원 침대에 얼굴을 돌리고 누운 그녀는 순순히 치욕을 견뎠겠지. 다리를 벌린 채 허공을 바라보면서 나를 두고 영원한 복수를 다짐했을 거야.

―켈리 겸자.

어쩌면 경찰이 내 정액을 채취했을지도 몰라.

―다시 켈리 겸자.

아니야, 나를 찾는다는 건 불가능해. 그녀는 나에 대해서 아무것도 모르잖아. 그녀는 내 주소도 직업도 전혀 모르고 있어. 하지만 어쩌면 뭔가 알고 있을지도 몰라. 내가 전화를 걸러 간 사이 소파에 두었던 내 가방에서 뭔가를 훔쳤을 거야. 이런 젠장, 거지 같은 년. 네 말은 아무도 믿지 않을 거다.

―다시 거즈.

난 결백을 주장하겠어. 그리고 날 그 집으로 유인한 것은 그녀였다고 말하겠어. 아마도 내 물건을 훔치고 나를 죽이려는 속셈이었을 거라고 말이야. 악취가 풍기는 어두운 골목 사이로 그녀를 따라가는 동안에는 두렵지 않았다고 말할까? 하지만 나중에야 공포가 엄습해왔고 나 자신을 지키기 위해 그녀를 공격했던 것이라고.

―이제 담관을 분리합시다.

그녀는 유혹하는 듯한 자태로 나를 감쪽같이 속였고, 커피로 취하게 만들었다고 말하겠어…… 그래, 그 커피에는 아마 이상한 약이 들어 있었을 거야. 경관님, 그 허름한 집에선 독약 냄새가 났습니다. 직접 가서 조사해보세요.

―낭포. 실.

먼지가 풀썩대던 그 집 정원엔 시체가 묻혀 있을지도 모릅니다. 그 집은 고가도로 위를 지나는 자동차들 소음에 유리창이 흔들리는데, 바로 그 소음 때문에 가엾은 피해자들의 고함 소리가 들리지 않았던 거예요. 제가 살아난 건 기적이었죠! 어서 저 마녀 같은 여자를 체포하세요.

— 배설관.

나쁜 년! 어떻게 그럴 수가 있어? 어떻게 나를 속일 생각을 했어? 그런 다음 따귀를 세게 때리면 모자를 쓴 그녀의 머리가 흔들리겠지. 틀림없이 경찰들은 내 말을 믿을 거야. 그들은 서둘러 내게 사과를 하고, 나는 명함을 건네는 거야. 외과의사를 알아두는 건 언제나 유용한 일이니까.

— 다시 거즈.

입술이 검은 남자의 안색을 보아하니 간에 문제가 있는 것 같던데. 나는 너그러운 태도를 보이겠어. 그런 다음 수화기를 들고, 가까운 친구들에게만 특별히 해줬던 것처럼 대기할 필요 없이 곧바로 건강검진을 받을 수 있도록 동료들에게 말해두는 거야. 그러면 그는 머리를 숙여가며 내게 고마움을 표하겠지. 나중엔 내게 술 한 병과 경찰 달력을 보낼 테고. 그러면 난 그것들을 간호사에게나 줘버릴 거야.

— 다시 지혈 실시.

그러면 너는 수갑을 찬 채 떠밀려나가게 될 거야. 넌 네가 사는 동네처럼 음탕한 창녀에 지나지 않아. 너의 집을 부술 굴착기를 보내주마.

— 살균 수건을 대요.

너는 내 말과 상반된 진술을 하겠지.

— 수술 바늘.

어디 누구 말을 믿는지 두고보자고!

— 봉합 실.

드디어 수술은 끝났다. 나는 다시 고개를 들어 위를 쳐다보았다. 내 눈동자는 도전적이고 경멸스런 눈빛으로 가득 차 있었다. 레지던트 옆에 있던 헐렁한 가운을 입은 젊은 인턴이 얼빠진 표정으로 나를 바라보고 있었다. 나는 그제야 그가 가까운 곳에 있었다는 걸 알아차렸다. 그의 눈은 가혹한 의지로 스스로를 단련해온 사람의 것이었다. 그는 정신을 차리려 애쓰고 있는 것일지 모른다. 어쩌면 그도 피를 두려워했을지 모른다. 멍청한 녀석.

나는 장갑을 벗어던지고 수술실을 나와, 탈의실로 들어갔다. 그러고는 의자에 앉아 유리창 너머로 비치는 옆 병동의 일상적인 풍경과 계단을 오르내리는 사람들의 모습을 보았다. 사람들의 얼굴이 벽에 가려져 내 눈에는 그들의 다리만 보였다. 처음에는 바지를 입은 한 무리의 남자들, 그 다음엔 어느 간호사의 하얀 다리가 보였다. 예전에, 그 어떤 것도 우리를 스스로에게서 구할 수 없으며, 용서는 이미 썩어 땅에 떨어진 열매라고 생각했던 것이 떠올랐다. 이제 나는 그 모든 불순한 생각들을 접었다. 지금 나는 숨진 저격수처럼 아무짝에도 쓸모가 없었다.

문이 활짝 열려 있는 수술실 안은 여전히 어수선했다. 복도에는 손에 두루마리 화장지를 든 남자 환자 하나가 화장실로 걸어가고 있었다. 나는 간호사들과 레지던트들에게 인사를 건넨 뒤 엘리베이터를 타고 다시 아래층으로 내려왔다. 내 안에는 무언가에 대항해 고군분투한 흔적만이 남아 있었다. 일층에 가보니, 아까 서 있던 경찰들은 사라지고 없었다. 그들이 서 있던 문 뒤의 방은 투석 환자들을 위한 대기실일 뿐이었다. 안색이 누런 여자 두 명이 앉아서 순서를 기다리고 있었다. 그래, 안젤라, 그녀는 그 방에도, 그리고 병원의 다른 어느 곳에도 들어온 적이 없었어. 그녀는 원숭이 포스터 아래 기대어 얼굴조차 들지 않았던 거야.

안젤라, 그해엔 미처 예상치 못한 일을 겪었단다. 부활절 날 밤, 네 할아버지가 세상을 뜨고 만 거야. 고통 없이 돌아가셨지만 유감스럽게 도 나는 네 할아버지가 살아 계실 때 자주 찾아뵙지 못했어.

어머니가 돌아가신 후 아버지와의 만남도 뜸해졌지. 어느 양로원에 계신다는 건 알고 있었지만, 그곳의 주소조차 모르고 있었단다. 아버지 는 언제나 테니스장 근처 강 위에 떠 있는 통나무 바에서 만나자고 말 씀하셨지. 늘 그랬듯, 해질 무렵 가장 감상적이고 느긋한 시간에 말이 야. 아버지는 아페리티프와 잔 옆에 놓인 설탕 그리고 올리브가 들어간 전채 요리를 좋아하셨지. 맛있게 음식을 드시던 아버지는 가장 멋진 자 태로 앉아 있곤 하셨어. 당신은 다시 젊어진 기분을 느끼고 싶어했지. 많지 않았던 아버지와의 만남에서 기억나는 건 붉은 먼지가 휘날리는 코트에서 라켓에 맞아 튕겨 오르던 테니스 공 소리뿐이다.

장례식 날 나는 신부님의 장례미사 설교를 듣고 있었다. 옆에 앉은 네 엄마는 검은 베일을 드리운 채 눈물을 흘리고 있었지. 네 엄마가 무엇 때문에 그토록 울었는지는 모르겠구나. 그냥 그렇게 하는 것이 도리라고 여겼을 게다. 그때 머리가 희끗희끗한 건장한 남자가 성당 기둥쪽에서 나타나 내 옆을 지나갔다. 그의 검은 공단 넥타이는 장례 예절에 따라 셔츠 밖으로 나와 있었다. 그는 마이크로 가까이 다가가 손에쥔 글을 읽었다. 그것은 아버지가 좋아할 만한 상투적이고 공허한 말들이었다. 아버지의 절친한 친구인 듯한 그 남자는 견디기 힘든 슬픔으로울먹이며 추도문을 읽어 내려갔다. 손에는 콧물로 범벅된 손수건을 꼭쥐고 있었다. 그는 호감과 불쾌감을 동시에 불러일으키는 기묘한 분위기를 지니고 있었고, 머리칼부터 입고 있는 옷까지 죄다 니코틴에 찌든모습이었다. 교회 마당에서 담배를 피우던 그는 날 보더니 손을 꼭 잡으며 포옹을 하려고 했다. 하지만 나는 그만 뒷걸음치고 말았다. 친지들 중 어느 누구도 그를 아는 것 같지 않았다. 그는 몸에 비해 턱없이작아 보이는 낡은 재킷을 여미며, 성당 계단을 따라 사라져갔다. 나는낯선 남자가 남긴 복잡미묘한 자취에서 아버지가 남긴 유일한 유산을발견한 듯한 느낌이 들었다.

어느 날인가 나는 네 엄마가 있는 바닷가로 달려가면서 아버지를 생각했다. 갑작스런 아버지의 죽음은 한동안 나를 생각보다 훨씬 고통스럽게 했다. 밤이면 부엌으로 가 냉장고와 식탁 사이를 서성이며 혼자남겨졌다는 사실을 떠올리며 쉽게 잠들지 못했다. 그건 단지 아버지가돌아가셔서가 아니라, 내가 바랐던 아버지의 모습을 간직할 수 있는 어떤 기회가 없어졌기 때문이었다. 그 희박한 가능성이 무엇이든 그것은아버지와 함께 사라져버렸는지도 모른다. 늘 존재했지만 나는 자존심때문에 그 기회를 놓쳐버린 것이다. 그렇게 침울하게 가라앉은 후회는마음속에서 더욱 음울하고 고요한 형태로 굳어져갔다. 다행히 아직 여름이라 낯선 비애를 조심스럽게 지켜보며 깨어 있을 수 있었다. 하지만 추위가 엄습하면 나는 다시 견디기 힘든 고통에 몸부림치게 될 것이라 생각했다. 바닷가를 향해 차를 몰던 그 순간, 나는 8월 성모승천일 휴가 때 엘사와 노르웨이에 가면 어떨까 생각해봤다. 해수가 만들어낸 깎아지른 듯한 거대한 절벽 주변을 산책하고 베스트 협만을 거쳐 로포텐 제도*까지 항해하고 싶었다. 그리고 바닷바람에 그을린 채 코발트빛 바다에서 나보다 더 몸집이 큰 대구들을 낚아올리고 싶었다.

그때 내 차 앞에서는 한 중년 부인이 운전하고 있었는데, 어느새 내 차는 그녀 뒤에 바짝 붙어 있었다. 나는 방향지시등을 켜거나 경적을 울릴 수도 있었고, 아니면 액셀을 밟아 왼쪽으로 추월할 수도 있었다. 그러나 나는 핸들을 붙잡고 적당한 기회를 엿보고 있었다. 중년 부인의 짧은 머리칼은 핀으로 단정하게 정리되어 있었다. 그녀의 목 뒤엔 어떤 우수 같은 것이 서려 있었다. 아직은 젊음이 묻어나는 뒷모습을 지닌 그 부인은 가까스로 지금의 곤경을 버티고 있었지만, 이내 방향감각을 잃고 말았다. '더이상은 못 참겠군. 이제 귀청이 떨어져라 경적을 울리고 말겠어'라고 마음을 먹은 순간, 돌아가신 어머니 생각이 났다. 어머니에게 뒤늦게 딴 면허증은 무엇과도 바꿀 수 없는 선물이었다. 어머니는 가구 왁스 냄새가 나던 작은 차에 올라 어딘가로 향하곤 하셨다. 입고 있던 헤링본무늬 외투는 옆 좌석에 잘 접어놓으셨지. 그러고는 지금 내 앞에 가고 있는 여자처럼 뒤에서 누가 경적을 울려대지 않을까 걱정하며 핸들에 바짝 붙어 운전을 했다. 안젤라, 왜 삶은 이렇게 보잘것없이 왜소해지는 걸까? 이제 내 어머니의 심장 소리는 어디서 찾을 수 있을까? 내가 사랑한 모든 사람들의 살아 있는 심장 소리는 어디로 사라진 걸까? 사랑하는 내 딸아, 아빠에게 네가 유치원에 가지고 다니던 도

---

* 노르웨이 북서안에 있는 제도.

시락 바구니를 다오. 그 안에 어둠 속에서 빛나는 반딧불처럼 내 인생에 남겨진 빛들을 넣어두고 싶구나.

앞에 가던 부인이 속도를 늦춰서, 나 역시 속도를 줄였다. 나는 유모차 안의 아기처럼 순순히 그녀 뒤를 따르고 있었다. 길가의 풀밭은 무척이나 지저분했다. 몇 주 전 내 차는 이 부근에서 고장으로 멈췄었다.

초록색 대문은 잠겨 있었다. 여러 번 문을 두드렸지만 안에선 아무런 대답이 없었다. 고가도로 위에서는 자동차들이 쏜살같이 달리고 있었다. 글쎄, 바닷가 별장에 가느라 몇 번이나 그 위를 지났는지는 모르겠지만, 나는 매번 그곳을 지나면서도 도로 아래 있는 사람들의 생활에 대해서는 전혀 알지 못했다.

도로를 떠받치고 있는 기둥 너머로 작고 초라한 집들의 모습이 보였다. 풀숲에는 불에 탄 자동차의 잔해가 흉물스럽게 드러나 있었다. 아마 고가도로에서 떨어진 듯한데 어느 누구도 옮겨보려는 생각은 하지 않았다. 그 옆 햇빛에 갈라진 텅 빈 진흙밭 한가운데로 뱀 한 마리가 지나가고 있었다. 뱀은 검은 가죽을 햇빛에 반짝이며 풀 속으로 숨어들었다. 그녀는 집에 없었다. 다시 발길을 돌려 그곳을 떠나왔을 때 그녀의 집은 음울한 풍경 위로 길게 그림자를 드리우고 있었다. 그리고 그 그림자는 나를 서서히 어둠 속으로 집어삼켰다.

자동차에 올라 열쇠를 꽂았지만 시동을 걸지는 않았다. 나는 즐겨 듣는 음악 방송을 찾으려고 라디오 채널을 돌렸다. 그리고 의자에 머리를 기대고 앉았다. 나는 그늘 아래 있었다. 밖에서는 한여름의 지독한 무더위가 끊임없이 윙윙거리는 소리를 내고 있었고, 거리에는 개미 한 마리 얼씬대지 않았다. 다만 가끔씩 어느 집에선지 외마디 소리가 흘러나왔다. 나는 라디오를 껐다. 그리고 페달 위로 다리를 길게 뻗고, 반쯤 눈을 감았다. 그때 가늘게 뜬 눈꺼풀 사이로, 마치 와이드스크린 영화처럼 그녀가 보였다. 그녀는 아직 덜 지은 거대한 빌라의 시멘트 기둥을 지나쳐 가고 있었다. 그곳에서 그녀를 기다린 건 잘한 일이었다. 그녀는 태양을 피해 그늘진 길을 골라 걷고 있었다. 햇볕이 내리쬐는 곳에서는 몹시 서두르는 듯 걸었지만, 건물 기둥의 그림자가 드리운 어두운 그늘에 들어서면 다시 속도를 늦췄다. 그녀를 알아보지 못할까봐 내심 걱정했지만 나는 그녀를 보자마자 금세 알아볼 수 있었다. 멀리 있는 그녀는 그늘에 가려 작고 어두워 보였다. 허수아비 같은 머리칼과 가늘고 굽은 다리는 한눈에도 쉽게 알 수 있었다. 갈피를 잡지 못하고 이리저리 걸어가는 그녀의 모습이 보였다. 어쩌면 그 걸음걸이는 더위와는 무관한 평상시의 잘못된 습관일 수도 있었다. 그녀는 내게 가까이 오는 줄도 모르고 거리의 부랑자처럼 흐느적거리며 걷고 있었다. 양손엔 큼직한 장바구니가 힘겹게 들려 있었는데 무거운 탓인지 제대로 걷지 못하고 자꾸만 중심을 잃고 흔들렸다. 나는 속으로 생각했다. '이제 넘어져, 넘어지라고.' 나는 그녀를 만나러 나가기 위해 문 손잡이를 잡았다. 하지만 그녀는 넘어지지 않았고, 또다른 그늘 속으로 피해 들어갔다. 나는 손잡이를 놓고 다시 자리에 앉았다. 그녀의 넓은 이마는 햇빛을 피해 아래로 향하고 있었다. 그 순간 지금 내가 쫓고 있는 건, 그녀가 아니라 나 자신이라는 생각이 들었다. 그녀가 용광로처럼 뜨거운 햇빛과 그늘 속을 번갈아 걸어가는 동안 그날의 음란한 장면들이 계속 떠올랐다. 나는 의자에 바싹 기대앉아, 숨이 멎을 듯 강렬하게 솟구치는 욕망에 꼼짝도 하지 못한 채 땀을 흘렸다. 갑자기 그녀와의 일이 너무나 생생히 떠올랐다. 불 꺼진 난로처럼 식어버린 그녀의 몸과 아래로 떨군 하얀 목 그리고 뭐라 설명하기 힘든 슬픈 시선까지. 아니, 그날의 일은 나 혼자 저지른 것이 아니었다. 그녀도 나만큼 원했던 것이다. 어쩌면 나보다 더 원했을지도 모른다. 벽과 우리 몸에 부딪혀 쓰러진 의자, 그리고 번쩍이는 포스터 위로 잡아 비틀어 고정시켰던 그녀의 두 손목이 눈앞으로 생생하게 떠올랐다. 그 기억은 내 안의 어둠 속에 있었다. 그 안에서 우리 두 사람의 체취까지 되살아나고 있었다. 타버린 재의 냄새를 압도하는 미칠 듯한 열정의 냄새. 그것은 절망적인 정사(情事)였다. 절망은 온전히 그녀의 몫이었고, 지금 내게로 걸어오는 앙상한 그녀의 다리에 깃들어 있었다. 사랑을 나눈 건 내가 아니라 그녀였다. 그녀가 나를 끌어당긴 것이다. 그녀는 장바구니를 들고 걸어오고 있었다. 그 안에 뭐가 들었는지 궁금했다. '뭘 샀어? 주로 해 먹는 건 뭐야? 어서 장바구니를 땅에 던져버리고 이리로 와. 망할 계집.' 햇빛 속에서 그녀의 몸은 너무나 말라 보였다. 마치 봄이면 땅 위로 올라오는 연약한 껍질을 가진 곤충 같았다. 그만큼 그녀는 힘들어 보였다. 인생의 여느 다른 날들처럼 그녀는 우울하게 집으로 돌아가고 있었다. 어떤 성격일까? 왜 저렇게 짙은 화장을 하는 걸까? 끈 달린 그녀의 가방이 다리에 걸려 부딪히고 있었다. 나는 빨리 나가야 했다. 그녀는 그늘 속에 잠시 멈춰 섰다. 그러고는 땅에 가방을 내려놓고 햇빛에 달아오른 목덜미를 더듬으며, 흐트러진 노란 머리카락을 만지작거렸다. 땀으로 끈적이는 그녀의 목덜미에서 느껴지는 숨결을 떠올리며, 나는 그녀의 몸짓을 기억하기 위해 잠시 그대로 있었다. 술도 마시지 않았다. 내 속은 멀쩡했고, 의식도 또렷했다. 나는 분명히, 또렷한 의식으로, 아무것도 마시지 않은 텅 빈 위장으로 그녀를 열망하고 있었다. 나는 더이상 나 자신을 믿지 못했다. 나는 그녀를 바라보면서 어느새 그녀를 범하고 있었다. 모두 거짓말이었다. 사과를 하려고 그녀를 기다리고 있었던 게 아니었다. 나는 매처럼 숨어서 기회를 노리다가 또다시 그녀를 덮치려는 것이다. 그녀는 차 가까이 다가왔다. 아마도 나를 알아보지 못하고 지나치겠지. 나는 백미러로 멀어지는 그녀의 뒷모습을 지켜본 뒤, 떠나서 다시는 돌아오지 않으리라 다짐했다. 고개를 숙여 두 손을 내려다보았다. 두 손은 마치 내가 점잖은 사람이라는 사실을 나 자신에게 환기시켜주기라도 하려는 듯 허벅지 위에 그대로 놓여 있었다.

그녀가 조수석 쪽 창문 앞에 멈춰 섰다. 그리고 안을 들여다보려고 허리를 구부렸다. 나는 고개를 들었다. 금세 공포에 질릴 줄 알았지만 그녀의 눈빛은 그저 조금 당황해하고 있을 뿐이었다. 나는 차 밖으로 어정쩡하게 몸을 내밀며, 한쪽 발은 여전히 안에 둔 채 차창에 기대어 섰다.

　―그동안 잘 지냈어?

　―네, 당신은요?

　―말 낮춰도 돼.

　―여긴 웬일이세요?

　―자동차 수리공한테 돈 주는 걸 깜박했거든.

　―그렇다고 하더군요. 그 사람이 제게 와서 당신을 아는지 물어봤어요.

　―말 낮추라니까.

　―알았어요.

　―그래서 뭐라고 했지?

　―난 모른다고 했어요.

그녀는 화가 난 것 같지 않았다. 정말 아무렇지 않은 듯했다. 그런 일에 익숙해져 있어서일까? 어쩌면 그녀는 우연히 만난 남자와 쉽게 잠자리에 드는 여자일지도 모른다는 생각이 들었다. 이제 나는 아무런 두려움 없이 그녀를 바라볼 수 있었다. 비쩍 마른 몸에 어두운 음영이 눈가에 드리워져 있어 눈이 더 움푹 들어가 보였다. 푸르스름한 혈관이 목을 지나 노란색과 검은색의 체크무늬 셔츠 속으로 사라져갔다. 광택성 소재로 만들어진 그 셔츠는 아시아의 이름 모를 소년이 재봉한 듯한 싸구려 옷이었다. 그녀는 더이상 나를 쳐다보지 않았다. 대신 내 시선이 향하는 자신의 커다란 이마를 가리려고 자꾸만 한 손으로 앞머리를 잡아당기며 몇 갈래로 늘어뜨리기 시작했다. 환한 햇살이 그녀의 결점을 드러내고 있었고, 그녀 자신도 그것을 느끼고 있었다. 적어도 서른 살은 넘었을 그녀의 눈가에는 벌써 미세한 주름살이 잡혀 있었다. 피부로만 보면 매우 쇠약하고 건강하지 못한 인상이었다. 하지만 눈동자와 코, 입술처럼 내면의 숨결이 뿜어져 나오는 곳에서는 뭐라 설명할 수 없는 낮고 은은한 소리가 들리는 듯했다. 그 소리는 울창한 숲속 깊숙이 지나가는 바람처럼 느껴졌다.

—이름이 뭐지?

—이탈리아.

나는 미소를 지으며 비현실적으로 들리는 그 이름을 그대로 받아들였다.

—있잖아, 이탈리아. 지난번 일은 미안해……

나는 주머니에 손을 넣으며 말했다.

—전부터 사과하고 싶었어. 그날 나는 몹시 취해 있었거든.

—그만 갈게요. 안 그러면 냉동식품들이 다 녹아버리거든요.

그러고는 손에 든 장바구니를 힐끗 보았다.

—도와줄게.

나는 말을 채 끝내기도 전에 그녀의 손에 들린 장바구니를 들어주려고 허리를 숙였다. 하지만 그녀는 단호히 거절했다.

—아니, 무겁지 않아요.

—자, 어서. 부탁이야.

나는 낮은 목소리로 속삭였다.

그녀의 눈빛에선 더이상 어떤 것도 찾아볼 수 없었다. 전에도 본 적이 있는 공허한 시선은 마치 모든 의욕을 떨쳐버린 듯했다. 장바구니 손잡이에 남아 있던 그녀의 땀이 느껴졌다. 우리는 공사중인 아파트를 지나 녹슨 계단을 따라 내려가 그녀의 집 앞에 다다랐다. 그녀가 문을 열고 들어가자 내 등뒤로 문이 닫혔다. 집 안의 모든 것은 그때와 다름없이 쓸쓸하고 황량한 모습이었다. 소파에 덮인 꽃무늬 천이며 다리 사이에 젖병을 끼고 있는 원숭이 포스터, 그리고 세제와 약 냄새도 여전했다. 나는 서서히 내 몸 한구석이 뜨겁게 부풀어오르는 것을 느꼈다. 그러나 그것은 그다지 격렬하지 않았다. 그저 나른하고 기운이 빠져나간 것 같았다. 아무튼 나는 바닥에 바구니를 내려놓았다. 맥주 캔 하나가 떨어져 식탁 아래로 굴러갔지만 그녀는 줍지 않고 그냥 내버려두었다. 오히려 벽에 기대 서서 창살 사이로 밖을 내다보고 있었다.

나는 그녀에게 다가가면서 넥타이를 느슨히 풀었다. 다리 사이에서 단단해진 성기는 나를 고통스럽게 했다. 이번엔 그녀의 어깨를 잡았다. 나를 바라보는 그녀의 눈동자는 불안했다. 그리고 나는 마음먹은 대로 했다. 나는 그녀의 목덜미와 가슴에 드러난 쇄골들을 탐하고 싶었다. 그러는 동안 어쩌면 그녀의 등을 할퀴었는지도 모른다. 그러지 않을 수 없었다. 정사가 끝난 후 나는 바지 주머니에서 지갑을 찾았다. 그리고 테이블 위에 돈을 올려놓았다.

—녹아버린 냉동식품 값이야.

안젤라, 그녀는 아무런 대답도 하지 않았단다. 아마도 내가 그녀의 기분을 상하게 했던 것 같구나.

네 엄마는 정원에서 라파엘라와 이야기를 나누고 있었다. 여름이면 그녀는 우리 별장에서 그리 멀지 않은 해변에 집을 얻어 그곳에서 지냈다. 두 사람은 웃으며 이야기꽃을 피우고 있었다. 나는 고개를 숙여 엘사의 뺨에 키스했다. 긴 의자에 누워 있던 엘사는 나른한 손길로 내 머리카락을 쓰다듬었지만, 나는 서둘러 그녀의 손길을 피했다. 네 엄마가 이상한 냄새라도 맡을까 두려웠기 때문이다. 그러자 라파엘라는 자리에서 일어났다.

─그만 갈게. 가브리에게 내가 만든 무스*를 가져다주겠다고 약속했거든.

라파엘라는 머리에 수영 모자를 쓴 채 하루의 대부분을 물 속에서 보냈다. 그녀는 해변에서 얼마 떨어지지 않은 바다 위를 한가롭게 떠다니며 함께 수영을 즐길 사람을 기다리곤 했다. 그래서 안젤라 네가 바다

---

* 거품이 인 크림에 젤라틴, 설탕, 향료 등을 섞은 냉동 디저트.

쪽으로 몇 번만 팔을 저어도 그녀는 부표처럼 곧 네 앞에 나타나곤 했었지. 그녀는 수영하면서 사람들과 이야기하는 걸 좋아했고, 여러 나라를 여행했기 때문에 들려줄 이야깃거리도 많았어. 그럴 때면 엄마의 몸은 차가운 바닷물에 파랗게 질리곤 했었어. 그러나 라파엘라는 한기를 느끼지도 않는지 해가 진 후에도 여전히 수영을 하곤 했지.

나는 아무 생각 없이 그녀의 튼튼한 허벅지를 물끄러미 쳐다봤다. 그녀는 늘 그렇듯 나의 시선에 유머러스한 반응을 보이며 미소를 지었다.

—엉큼하기는.

그녀는 한마디 내뱉더니 엘사를 가리키며 말했다.

—마른 여자들 곁엔 항상 마음 넉넉한 친구가 있는 법이죠.

그러고는 자신의 비치웨어를 집어 들었다.

—티모, 얼굴이 창백해 보여요. 일광욕 좀 하지 그래요?

라파엘라는 삼 년 전에 죽었다. 난 두 번이나 그녀를 수술했다. 처음에는 유방을 수술했고, 그 다음엔 반 시간 동안 복부를 절개했다가 다시 봉합했다. 친구를 구하기 위한 수술이었지만, 나는 희망이 없다는 걸 알고 있었다. 첫 수술을 받은 후 그녀는 검진 한 번 받지 않고, 훌쩍 우즈베키스탄으로 떠났다. 암세포가 전이될 가능성이 있는데도 크게 신경 쓰지 않았다. 라파엘라는 참을성 많고 너그러운 마음씨를 지닌 여자였다. '있는 그대로 평화롭게 사는 삶'이 그녀 인생의 모토였다.

물론 지금 내가 말하는 건 그녀가 암에 걸리기 전의 이야기다. 그녀가 신은 샌들의 굽이 길에 깔린 벽돌에 부딪혀 참기 힘든 소음을 일으켰다. 나는 그 귀에 거슬리는 발소리가 모래에 묻혀 사라질 때까지 기다렸다.

엘사의 발은 의자 끝으로 뻗어 있었다. 나는 모래 위에 앉아서 네 엄마의 발가락부터 무릎까지 어루만져주었다. 선크림 향기가 나는 엄마의 피부는 매끄러웠다. 예전엔 바닷가에 있는 네 엄마를 만나러 갈 때마다, 그리고 그곳에서 우리 둘이 지낸 시간들을 생각할 때마다 행복했었다. 그러나 그 순간엔 네 엄마 곁에 있어도 아무런 기쁨을 느낄 수 없었다. 내가 기대했던 것들은 더이상 찾아볼 수 없었고, 단지 무신경한 흔적들만 남아 있었다. 냉장고 안에선 차가운 음료들을 찾아보기 어려웠고, 지난번 수영하고 벗어놓은 수영복은 양지바른 구석에 빛이 바랜 채 그대로 놓여 있었다. 게다가 내가 즐겨 입는 셔츠는 아직 다림질도 안 되어 있었다. 무엇보다 나를 본 엘사의 얼굴엔 반가운 기색이 없었다. 이젠 그녀가 나를 기다리지도 사랑하지도 않는다는 기분이 들었다. 하지만 내가 저지른 일에 비하면 그런 감정은 터무니없는 것이었다. 엘사는 분명 나를 사랑하고 있었다. 나에게 맞춰진 절제된 방식으로. 연애 초기에 그녀는 정말이지 더할 나위 없이 열정적이었다. 하지만 곧 냉정하고 날카로운 내 성격에 자신을 맞추려 노력했다. 나는 아버지의 죽음으로 다시 과거의 혼란 속으로 빠져들었고, 사춘기 때 일부러 외면했던 내면의 불안과 격렬한 방황들을 다시 고스란히 경험하고 있었던 것이다. 나는 내 유일한 가족인 그녀가 이런 내 상황을 알아주길 바랐다. 하지만 안젤라, 네 엄마는 결코 나약한 사람들은 사랑하지 않았다. 불행히도 난 그런 성격 때문에 엄마를 선택했었지. 네 엄마의 다리를 애무했지만, 그녀의 몸에선 아무런 떨림도 느껴지지 않았다. 선크림의 달콤한 향취만 감돌고 있을 뿐이었지. 물론 나는 그녀를 사랑했지만 더이상 그녀의 주의를 끌지는 못했다. 네 엄마를 사랑하면서도 나는 다른 여자의 품속에서 비정상적인 일탈을 벌이고 말았다. 그 낯선 여자는 나를 실망시키지 않았고, 섹스에 있어선 조심스러운 기색도 없었다. 결국 난 유령과 섹스를 한 셈이었다. 지극히 만족스러우면서도 비통한 마음을 숨길 수 없었던 그녀와의 기억 속에서 나는 내가 꿈꿔왔던 철부지

어린 소년이 될 수 있었다. 나는 어머니의 꾸지람에 아랑곳하지 않고 뜰에 나가 뛰어놀았다. 피아노 건반 위에 멈춰져 있는 어머니의 창백한 손을 보면서도 개구리의 몸을 찢고 함부로 다루며 놀았다. 하지만 놀이가 끝난 다음엔 이전처럼 다시 혼자가 되었다.

정원 한편의 갈대 수풀이 부드러운 바람에 흔들렸다. 내가 저질렀던 잔인한 죄악의 기운은 이제 어둠 속에서 솟아오르며 내 곁을 맴돌고 있었다.

— 우리 아버지 장례식 때 왔던 그 남자 생각나?

팔꿈치에 몸을 기대고 있던 엘사는 내 쪽으로 머리를 기울였다.

— 어떤 남자요?

— 추도사를 읽었던 남자 말이야.

— 아, 어렴풋이 기억나요……

— 당신 보기엔 솔직한 사람 같았어?

— 글쎄요, 그냥 다른 사람의 장례식에 참석하는 사람들도 있으니까요. 대부분 달리 할 일이 없는 불쌍한 인간들이죠.

— 그런 사람 같진 않았어. 아버지의 별명도 알고 있었고, 게다가 눈물까지 흘렸으니까.

— 사람들이 우는 데는 여러 가지 이유가 있어요. 장례식은 단지 좋은 기회일 뿐이죠.

— 당신은 왜 울었지?

— 당신 아버지 때문에 울었죠.

— 별로 뵌 적이 없었는데도?

— 사실은 당신 때문에 운 거예요.

— 하지만 난 조금도 슬프지 않았어.

— 그래도요.

엘사는 그만 다리를 빼내고는 미소를 지어 보였다.

—샤워하러 갈래요. 늦었어요.

그래, 샤워하러 가! 난 여기 좀더 남아 있을 테니까. 저 아름다운 붉은 노을과 바다 속으로 사라져가는 태양을 바라보면서 말이야. 이 광경을 본다면 누구라도 신의 존재를 믿게 될 거야. 그리고 죽음이 기다리고 있는, 아무것도 잃을 것 없는 세계도 믿게 되겠지. 날카로운 새의 부리 같은 것이 아버지를 생각하는 내 마음을 할퀴어버린 것 같아. 붉게 물든 선홍빛 하늘 아래서 나는 그래야 마땅하다는 듯 혼자 아버지를 생각하고 있겠어. 혹시 냉장고에서 맥주를 꺼내들지도 몰라. 만약 맥주가 아직도 부엌 탁자 밑에 미지근한 채로 놓여 있다면 나는 불같이 화를 내고 말 거야.


가브리와 로돌로의 집은 많은 사람들로 북적이고 있었고, 바람에 흔들리는 횃불들이 집 주변을 둘러싸고 있었다. 햇볕에 그을린 얼굴들이 어둠 속에서 하얀 이를 드러내며 내게 다가왔다. 나는 넥타이를 매지 않은 채 하얀색 수트를 입고 있었는데, 아직 마르지 않은 머리카락 때문에 셔츠 속으로 한기가 파고들었다. 여느 주말과 마찬가지로 면도도 하지 않은 채였다. 나는 술잔을 들고 이 사람 저 사람에게 마치 사도처럼 상냥하게 인사를 건넸다. 아페리티프가 놓여 있는 테이블에서 엘사는 만리오 부부와 이야기를 나누고 있었다. 찰랑이는 머릿결을 만지며 미소 짓고 있었지. 엘사의 도톰한 입술은 조금 튀어나온 윗니를 드러내며 벌어져 있었다. 그녀는 그렇게 벌어진 자신의 입술이 얼마나 매력적인지 잘 알고 있었다. 립스틱과 같은 색상인 진홍색 새틴 의상은 엘사가 웃을 때마다 미세하게 떨리며 그녀의 풍만한 가슴을 어루만지고 있었다. 파티장에서 우리는 늘 서로 떨어져 있었고, 그렇게 하는 것이 편했다. 가끔 서로 귓속말을 주고받기도 했지만, 대부분은 집에 돌아와서 네 엄마가 하이힐을 벗고 가벼운 샌들을 신고 나서야 우리의 대화는 시작되었다. 친구들은 모두 유쾌한 사람들이었지만 우리에게 웃어 보이는 것 이상의 아픔을 지니고 있었다. 우리는 그들에 대해 심술궂게 말하기도 했지만, 마음속엔 깊은 애정을 가지고 있었다. 그 때문에 별다른 죄의식을 느끼지 않았다. 엘사는 모든 관계의 핵심을 거침없이 파악해서, 허위로 가득한 껍질을 벗겨내고 다치기 쉬운 그들의 속살을 드러냈다. 그녀는 무엇보다 주변 사람들의 결혼생활을 날카롭게 파헤쳤다. 그리고 나는 네 엄마 덕분에 친구들이 하나같이 불행하다는 사실을 알게 됐다. 그나마 파티장의 그들은 행복해 보였다. 친구들은 먹고 마시며 다른 남자의 여자들을 쳐다보고 있었다. 분명 그들의 불행은 와인 몇 잔에 녹아 없어질 만큼 충분히 가벼운 것이었다. 그것은 별장 정원을 지나 저 아래 밤바다에 떠 있는 로돌로의 모터보트 너머로 사라질 만한 고통이었다. 아니 그들은 전혀 고통스러워 보이지 않았다.

만리오는 엘사와 이야기를 나누면서, 이따금 자신의 스위스인 아내에게 짧은 눈길을 던졌다. 그의 아내 마르틴은 지나치게 돌출된 남편의 부리부리한 눈동자를 따라 고개를 끄덕였다. 왜소하고 마른 체격에 주름살 많은 얼굴의 그녀는 흡사 화려한 목걸이를 한 거북이 같았다. 그녀는 자주 술을 마셨지만, 그날은 술을 가까이하지 않았다. 남편인 만리오가 그녀를 감시하고 있었기 때문이었다. 그가 일하러 간 사이 그녀는 혼자서 술을 마시곤 했다. 그가 병원에서 주로 행하는 시술은 분만과 소파 수술, 불임 치료를 위한 난자 이식과 추출, 그리고 자궁적출 등이었다. 만리오는 그녀에게 깊은 애정을 갖고 있었고, 이십 년 동안 한결같이 인형처럼 곁에 끼고 다녔다. 정말이지 그가 그녀를 장난감 가게에서 사온 듯 보일 정도였다. 그래서 친구들은 이구동성으로 말했다.

"그런 남자와 사는 기분은 어떨까?" 하지만 난 그에게서 어떤 특별한 점도 발견하지 못했다. 마르틴은 훌륭한 안주인이었고, 늘 변함없이 양고기 요리나 아마트리차나 스파게티를 요리했고, 자기 주장을 내세우는 법도 없었다. 어느 날인가 넌 맛있게 식사를 하고도 그녀에게 감사하다는 말을 하지 않았지. 인형에게 고마워하는 사람은 없을 테니까. 당연히 만리오는 그녀를 배신하고 말았다.

엘사는 "당연히"라고 했다.

—그렇게 뛰어나고 열정적인 남자는 거식증 걸린 알코올 중독자와 어울리지 않아요.

나는 사람들 사이에 서서 그들을 바라보고 있었다. 그리고 그가 내 아내와 얼마든지 불륜을 저지를 수도 있다는 생각이 들었다. 네 엄마 말대로 '당연히'. 엘사는 너무나 매력적이었고, 풍성한 머릿결과 탄력 있는 몸매에 묘한 미소를 띠고 있었다. 특히 가슴은 거부할 수 없는 유혹이었다. 그날 저녁 만리오와 함께 있던 엘사는 지나칠 정도로 유쾌한 모습이었다. 엘사의 산부인과 의사인 그는 그녀에게 팹 테스트*를 실시하고 자궁 내 피임 기구를 넣는 시술을 했었다. 그 일을 잊었을까? 물론 그는 잊지 않았을 것이다. 입에 시가를 물고 있는 그의 눈은 모닥불처럼 이글거렸다. 두 사람 사이에 있던 그의 인형 부인은 박하향 나는 담배 연기를 들이마시며 자리에서 벌떡 일어났다.

나는 와인을 한 잔 더 마시러 가면서 엘사의 붉은 새틴 의상을 스쳐 지나갔다. 만리오는 내게 친근함을 표시하려고 자신의 술잔을 높이 들어올렸다.

'만리오, 어서 네가 원하는 짓을 해. 거절을 모르는 천박한 엉덩이로

---

* 자궁암 조기 검사법.

당장 달려가라고. 지금 넌 고상한 셔츠를 입고 있지만, 그 안에는 툭 튀어나온 배가 있잖아. 그 배는 대학 시절부터 나오기 시작하지 않았나? 도대체 원하는 게 뭐야? 내 아내와 잠자리를 하고 싶은 건가?'

만리오는 나의 가장 친한 친구였다. 예전에도 그랬고 이후로도 변함이 없었다. 그것은 오랜 시간 마음이 요구하는 대로 이끌어온 우정이었다.


한껏 흥이 오른 라파엘라는 집주인 로돌로 옆에서 터키풍 드레스를 걸친 육감적인 몸을 흔들고 있었다. 구겨진 셔츠를 입은 채 그녀의 자태를 넋 놓고 바라보는 로돌로의 모습은 영락없이 꾀죄죄한 손님처럼 보였다. 리비아도 완전히 열기에 사로잡혀서 두 팔을 들고 격정적으로 머리를 흔들며 이국풍의 값비싼 목걸이를 흔들어댔다. 리비아는 아델레 쪽을 바라보며 춤을 추고 있었고, 오렌지색 드레스를 입은 아델레는 처음 춤을 추는 고등학생처럼 어색하게 몸을 흔들었다. 남편들은 부인들에게 별 신경을 쓰지 않은 채 조금 떨어진 곳에서 심각한 정치 토론에 몰두해 있었다. 훤칠한 키에 나이에 비해 일찍 머리가 센 리비아의 남편 줄리아노는 아델레의 남편 로돌포의 말에 귀를 기울이고 있었다. 그는 로돌포와 얘기를 나누느라 몸을 숙이고 있었다. 로돌포는 뛰어난 민법 전문 변호사로 여가 시간에는 아마추어 극단에서 연극 공연을 했다. 몇 년 후 어느 여름, 그는 가여운 아델레에게 이혼을 요구했다. 일말의 동정심이나 수치심도 찾아볼 수 없는 냉정한 법적 공방을 통해 부인과의 관계를 하루아침에 청산했다. 하지만 삶은 점진적으로 그 모습을 드러내는 것이다. 삶은 몇 달, 몇 년의 시간 동안 천천히 스스로 풀어져 마침내 모든 것이 가능한 시간 속으로 우리를 데려다놓는다. 그날 저녁 아델레는 자신의 불행한 미래를 짐작도 못 한 채, 머리를 흔들며 이 사람 저 사람에게 삼각형 모양의 화려한 귀고리를 선보이고 있었다.

—의사 선생님, 이리 와서 같이 춤춰요!

그녀가 소리쳤다.

나는 앞 사람들의 머리 위로 고개를 내밀다 잠깐 네 엄마와 눈이 마주쳤다. 엄마도 한 잔 더 할 생각이었던 모양인데, 두 눈에는 벌써 피곤한 기색이 감돌고 있었다. 나중에는 하품을 참느라 손으로 입을 가리기도 했지. 난 춤추는 걸 별로 좋아하지 않았다. 그래서 파티에서는 될 수 있으면 시끄러운 음악 소리에서 멀리 떨어져 있곤 했다.

만약 춤을 추게 되면 나는 제자리에 서서 한 발짝도 움직이지 않았다. 대신 눈을 감고 나른하게 팔을 허리에 늘어뜨린 채 몸을 흔들기 시작했지. 그러면 음악은 내 안에 들어와, 깊고 공허한 심연의 소리처럼 머물렀다. 마치 깊은 바다 밑, 거대하고 빛나는 조가비 속에서 공명하는 소리처럼. 얼마 전에 그런 조가비 껍질을 본 적이 있었다. 어디서 봤더라? 아! 그래, 그 여자의 집에서였지. 작은 서랍장 위에, 래커 칠을 해서 반들반들하고 이가 빠진 조가비가 옥으로 된 코끼리 상 옆에 놓여 있었다. 흐르는 땀방울 사이로 몇 번인가 가늘게 눈을 떴을 때, 나는 그 싸구려 조가비 껍질을 응시했었다. 여성의 성기처럼 매끄럽고, 장밋빛으로 말려 있는 조가비의 껍질 안쪽을 바라보았다. 지금 나는 머리를 젖히며 춤을 추고 있다. 저 높은 밤하늘엔 수많은 별들이 물결을 이루며 빛나고 있다. 불꽃놀이의 끝에 남겨진 어둠처럼 잊혀진 빛으로 가득했다. 그때 술잔이 손에서 미끄러져 바닥에 떨어졌다. 이내 신발 밑에서는 유리 조각들이 서걱거렸다. 나는 중심을 잃고 쓰러질 듯 라파엘라의 팔에 안겼다.

—조심해요, 티모테오. 춤 실력은 내가 인정할게요!

그녀는 웃음을 터뜨렸다. 귓가에 리비아와 만리오의 웃음소리도 들려왔다. 만리오는 나를 부축하면서 심술궂은 표정으로 아담한 리비아에게도 도움을 청했다. 두 사람은 나를 부축하느라 비틀거렸고, 그러는 동안 나는 라파엘라의 풍만한 허리를 붙잡고 놓지 않았다. 그러다가 그녀는 지나치게 긴 자신의 터키풍 드레스에 걸려 넘어질 뻔했다. 그녀의 손에 이끌려 사람들 사이를 빠져나가는 동안 그녀의 풍만한 배는 내 몸과 부딪쳐 출렁거렸다.

춤추자고 라파엘라, 어서 춤추자니까. 몇 년 후에 당신은 하늘색 병원 마크가 새겨진 베개를 베고 헝겊에 가려진 채 외롭게 수술을 받게 되겠지. 그러면서 이렇게 말할 거야. 안타까워. 드디어 날씬해졌는데…… 그러고는 울음을 터뜨리고 말겠지. 하지만 지금은 마음껏 웃고 춤추며 즐기라고!

안젤라, 나도 그녀와 함께 옛 추억을 더듬으며 삼바 춤을 췄단다. 나 역시 다른 사람들이 그렇듯 춤을 추며 모든 것을 잊으려 하고 있었다. 네 엄마도 예외는 아니었다. 엄마는 신발을 벗어 손에 든 채 춤을 추었다. 열정에 휩싸인 발가락은 포도를 밟아 으깨기라도 하듯 무대를 압도하고 있었다. 엄마의 발놀림은 음악에 맞춰 신들린 듯 움직였다.

─조심해, 내가 컵을 깨뜨렸어.

나는 그렇게 말하고 나서 춤추는 사람들 사이를 빠져나왔다.


드넓은 테라스 위에 꾸며진 정원엔 이국적이고 무시무시해 보이는 식물들이 우거져 있었다. 키 큰 나무의 줄기에는 이상한 옹이가 솟아 있는데다, 뾰족하고 딱딱한 잎이 나 있었다. 다른 식물들은 먼지처럼 피어오른 꽃과 날카로운 가시를 내밀고 있었다. 구름 사이로 나타난 하얀 달빛이 그 위로 창백한 빛을 드리웠다. 정원을 지나자 마치 유령의 땅에 들어선 듯한 기분이 들었다. 나는 적막한 울타리에 서서 밤의 풍경을 바라보았다. 검푸른 바다는 정말이지 고요하기 이를 데 없었다. 저 멀리 수평선 너머로, 나는 어둠 속에서 물결치는 바다의 불안한 심연을 바라보았다. 이제 아버지는 영원히 저세상으로 떠났다. 아버지는 갑작스런 심장마비로 길에 쓰러져 외로이 돌아가셨다. 이제 난 누구의 아들도 아닌 고아나 마찬가지였다. 부모님은 더이상 내 곁에 존재하지 않았다. 흰 옷을 입고 어둠 속을 응시하고 있는 나 역시 유령처럼 느껴졌다. 다시 파티장으로 발길을 돌려 유령이 나올 듯한 정원의 울창한 수풀 속에서 친구들을 물끄러미 바라보았다. 우리는 염소처럼 수염을 기르고 이상을 꿈꾸던 청년 시절부터 알고 지내왔다. 그동안 무엇이 변한 것일까? 비록 우리의 삶은 보잘것없었지만, 우리에게는 세상을 향해 열려 있는 창과 우리를 어디로든 데려다줄 수 있는 바람이 있었다. 어느 날 아침 우리가 그 창문을 닫았을 때, 봄은 끝나버렸고 죽은 참새 는 지붕의 홈통에서 떠다니고 있었다. 그리고 어느 사이엔가 갑자기 우리는 각자의 내면으로 숨어들었다. 거울을 보며 수염을 깎을 때면, 면도날이 지나는 자리마다 우리가 비웃었던 아버지들의 얼굴이 나타나곤 했다. 우리는 세상에 나와 명성을 쌓았고, 각자 고유한 영역과 다양한 화제를 지닌 신사가 되었다. 그날 저녁, 만리오의 새 별장에 있는 고급스런 디자인의 멋진 소파를 보며 지난 시절 우리 인생의 혹독한 계절을 떠올리긴 쉽지 않았다. 나는 집의 크기를 비교해보고 그의 별장이 우리 것의 두 배나 된다는 사실을 깨달았다. 어쩌면 엘사가 미리 일러주었을 지도 모른다. 나는 그들과의 대화에 끼어들어 침까지 튀겨가며 열변을 토했다. 마르틴에게서 파티 음식을 건네받은 후, 나는 곁눈질로 엘사를 쳐다보며 말을 이었다. 아내는 팔걸이의자에 다리를 포개고 앉아 밖을 내다보고 있었다. 하지만 밤하늘을 바라보는 것은 아니었다. 아마 그녀 는 바다를 향해 나 있는 테라스의 크기를 재보고 있었을 것이다. 그런 생각에 이르자 내 목소리는 격앙되었고, 태도 또한 공격적으로 돌변하고 말았다. 깜짝 놀라 나를 바라보는 만리오의 장밋빛 캐시미어 넥타이의 끝자락은 크리스털 와인잔 속에 늘어져 있었다. 돌아오는 차 안에서 엘사는 방금 전까지 비가 내린 도로를 바라보며 물었다.

　―그런데, 만리오 정도의 위치에 있는 사람은 수입이 얼마나 될까?

　난 지나가는 말로 대략적인 액수를 일러줬다. 그리고 집에 돌아와 소변을 보면서 울음을 터뜨렸다. 이제 우리도 늙었다는 생각이 들자 슬픔이 밀려왔던 것이다.

　나는 지옥 같은 정원의 울타리에 서서 정신 나간 사람처럼 웃고 또 웃었다. 키 작은 마르틴은 해변의 바위 뒤에 숨어 더없이 행복하게 취해 있었다.


　한밤중에 깨어난 나는 활짝 열려 있는 창밖을 바라보았다. 밖에는 야자수의 검은 잎들이 바람에 흔들리고 있었다. 네 엄마는 깊이 잠들어 있었고, 자기 전에 입고 있던 진홍색 가운은 의자 위에 놓여 있었다. 그때 갑자기 팔에 마비가 일어나 어깨 한가운데까지 깊숙이 파고들었다. 나는 몸을 조금 일으켜보려고 베개 아래에 팔꿈치를 집어넣었다. 잠이 깬 네 엄마는 어둠 속에서 고개를 돌렸다.

　―왜 그래요?

　네 엄마의 목소리는 피곤하게 들리긴 했지만, 무척 부드러웠다. 나는 팔의 감각을 느낄 수 없었고, 혹시 심장마비라도 찾아올까봐 두려웠다. 그래서 손을 더듬어 네 엄마의 몸을 꼭 붙잡았다. 네 엄마는 작은 리본 같은 어깨끈이 달린 실크 셔츠를 입고 있었다. 부드럽게 포개진 네 엄마의 가슴이 내게 닿았다. 나는 이내 네 엄마의 향기 속으로 파고들었다. 그리고 천천히 몸에서 시트를 걷어냈다. 그러자 한줄기 빛이 네 엄마의 다리를 따라 흘렀다.

—잠이 안 와요?

나는 아무 대답도 하지 않았다. 내 입술은 이미 엄마의 다리로 가 있었으니까. 네 엄마도 아무 말 없이 내 머리를 어루만져주었다. 그녀는 내가 어떻게 사랑을 시작하는지 알고 있었지만, 내가 두려움을 느낄 때도 그렇다는 것은 몰랐다. 나는 그녀를 대단한 황홀경에 빠뜨릴 수 없다는 걸 알았지만, 그렇다고 비참해하진 않았다. 오히려 우리는 그러한 극적인 흥분이 없다는 데 안심하며 우리에게 주어진 윤택한 생활을 누릴 수 있었다. 우리의 움직임은 느렸고, 서랍 속의 자명종 시계처럼 정확했다. 우리의 몸은 따뜻했고, 우리의 성기는 잘 훈련된 근육처럼 알맞게 무르익었다. 하지만 내 사랑, 그 속에서 무언가 생기를 잃고 메말라가고 있어. 오늘 밤 난 두려움에 휩싸여 당신 머리에 얼굴을 묻고 당신을 꼭 껴안고 있어. 우리는 눈을 감은 채 절정에 도달했고, 벌을 받는 아이들처럼 몸을 가린 채 웅크리고 있었지.

사랑의 행위가 끝난 후, 네 엄마는 목이 마른지 침대에서 일어났다. 그녀가 어두운 방 안을 가로질러 부엌으로 내려가는 소리가 들렸다. 나는 침대에 누워 곧 냉장고 불빛에 드러날 엄마의 벗은 몸을 상상했다. 그리고 여전히 네 엄마가 나를 사랑하는지 자문해보았다. 잠시 후 엄마는 콜라를 들고 돌아왔다.

—좀 마실래요?

엄마는 창틀에 걸터앉아 어두운 밖을 바라보며 콜라를 마셨다. 그녀는 검은 야자수 잎과 얼굴을 마주하고 다리를 살며시 포갠 채 벽에 기대 있었다. 실오라기 하나 걸치지 않은 육체는 어두운 밤, 나의 환영들과 마주하고 있던 것이었다. 아래서 바라본 그 모습은 흡사 청동상처럼 빛나고 있었다. 그 순간 단 하나의 생각이 마치 세상의 유일한 화두처럼 떠올랐다.

　─아이를 갖자.

그 말에 네 엄마는 무척 놀란 기색이었다. 엄마는 미소를 지으면서 눈썹을 치켜올리더니 다리를 긁적였다. 마음이 불편할 때 보이는 네 엄마의 버릇이었다.

　─이제 그만 피임 기구를 빼버려.

　─지금 농담하는 거죠?

　─아니. 전혀.

난 네 엄마가 차라리 모른 척하고 싶어한다는 걸 알았다. 결혼한 지 십이 년이 지났지만, 우리는 그동안 단 한 번도 우리 사이에 뭔가 필요하다는 생각을 해본 적이 없었다.

　─당신은 내가 믿지 않는다는 걸 잘 알잖아요.

　─뭘 믿지 않는데?

　─난 세상을 믿지 않아요.

대체 무슨 말을 하는 거야? 세상은 뭐고, 다른 사람들은 또 무슨 상관이지? 난 지금 우리 얘기를 하고 있는 거야. 지극히 내밀한 우리만의 이야기를 말이야. 우리의 관계를 완전하게 밝혀줄 어둠 속의 반딧불 같은 존재를 말하고 있는 거야.

　─난 이런 세상에서 아이를 낳고 싶지는 않아요……

당신은 다리를 오므리며 몸을 사리고 있군. 도망칠 수 있다면 바퀴벌 레라도 되어 벽 속으로 사라져버리고 싶겠지. 그럼 어디로 갈 작정이야? 당신이 아이를 원치 않는 건, 단지 이 세상이 폭력이 난무하는 야만적이고 타락한 곳이기 때문이야? 어서 내게로 돌아와줘. 난 침대 위에서 당신을 기다리고 있어. 제발 더 나은 대답을 해줘.

　─게다가 난 아이를 키울 자신이 없어요. 난 두려워요.

당신이 지켜온 여성성을 포기하는 게 두려운 거야? 당신이 사랑하는 스스로의 모습을 잃을까봐? 알아, 잘 안다고. 하지만 여보, 아이를 낳는다 해도 나빠지는 건 아무것도 없어. 우리의 자의식이 우리를 위로해주고 우리의 관계를 유지시켜줄 거야. 당신은 아까부터 내 시선에 지쳐 있어. 어쩔 줄 모르며 고민하고 있군. 더이상 나를 만족시키지 못하는 게 두려운 거야.

— 당신은 왜 아이를 원하는 거예요?

그렇게 묻는다면 혼란스럽고 낯선 내 생각들을 세상과 이어줄 끈이 필요하다고 말하겠어. 난 소중한 사람들을 잃었고, 그래서 나를 위로해줄 새로운 생명이 필요해. 그리고 난 고아니까. 그게 이유야.

— 우리 아이가 연 날리는 모습을 보고 싶어.

나는 생각지도 않은 대답을 했다.

이내 우리 사이의 긴장은 누그러지고 내가 한 말들은 농담처럼 흩어졌다. 네 엄마는 다시 안도하는 얼굴로 나를 바라보았다.

— 장난꾸러기.

네 엄마는 웃음을 터뜨리며 말했다.

그러고는 콜라가 조금 남아 있던 잔을 내던졌다.

— 우린 이렇게도 잘 지내잖아요, 당신도 그렇죠?

하지만 난 바람에 흔들리는 연처럼 나를 세상과 이어줄 끈을 생각하고 있어. 나를 지상에 붙들어놓을 작은 맥박 소리를 말이야. 엘사, 갈기갈기 찢어진 채 하늘을 날고 있는 그 연은 바로 나 자신이야. 나는 그리운 내 어린 혈육을 뒤쫓으며 거대한 그림자를 드리우고 있어.

나는 왜 그날 너를 학교까지 바래다주지 않았을까? 비 오는 날엔 종종 바래다주곤 했는데 말이다. 첫 수술이 아홉시에 있긴 했지만 그날도 충분히 데려다줄 수 있었지. 서둘러 학교에 데려다줬더라면, 넌 수업 종소리를 기다리며 친구들과 이야기를 나눴을 텐데. 너는 등교 시간보다 일찍 학교에 가는 걸 좋아했고, 나도 비 내리는 날, 너와 나란히 앉아 차를 타고 가는 게 좋았는데 말이야. 차창에는 우리가 내쉰 숨 때문에 김이 서려 있었는데, 너는 그걸 손으로 닦아내곤 했지. 너에게는 아침이라도 졸린 기색이라고는 찾아볼 수 없었고, 언제나 그렇게 또렷한 모습으로 네 주위의 것들을 세심히 살폈었지. 차를 타고 가는 동안 우리는 별로 말이 없었어. 난 긴 소매 밖으로 나와 있는 너의 손가락을 보고 있었고, 너는 자꾸만 옷을 아래로 끌어당기고 있었지. 요즘 넌 길이는 짧고 소매만 긴 이상한 스웨터들을 자주 입더구나. 하지만 안젤라, 배가 드러나 춥지 않니? 아니야, 넌 배가 아니라 손이 차갑지. 겉에 두툼한 점퍼를 걸치긴 했지만 안에 입은 옷은 너무 얇았지. 하긴, 너나 네 친구들의 옷차림은 여름이나 겨울이나 별반 다르지 않았지. 너희들은 계절의 변화를 따르지 않았으니까.

—학교 생활은 잘돼가니?

—네, 괜찮아요.

넌 항상 괜찮다고 말하지. 하지만 엄마는 너의 학교 생활이 신통치 않다고 말하고, 학교로 찾아가 네 선생님들과 이야기를 나누기도 해. 너도 나처럼 라디오를 들으며 공부하길 좋아하지. 그건 별 문제가 아니야. 요즘 아이들은 대부분 그러니까. 다만 집중력을 좀더 기르긴 해야 돼. 그렇지만 네 엄마는 무엇보다 나의 너그러운 태도가 문제라는구나. 사실, 나는 네 교육 문제를 전적으로 엄마에게 맡겼었어. 아침에 너를 침대에서 일으키고, 샤워 후엔 욕실 정리를 하라고 시키는 사람도 엄마였지. 하지만 나는 너를 야단치기는커녕 오히려 무질서하게 생활하는 너를 예쁘게만 봐주었지. 오늘 아침에도 세탁기 위에 무심코 놓아둔 네 생리대를 내가 대신 버리고 왔단다.

—아빠 안녕.

네가 나를 그렇게 불러줄 때마다 난 정말 기분이 좋았단다. 누가 뭐래도 넌 좋은 아이고, 익살스러움으로 가득한 밝은 얼굴을 가졌지. 나는 차에서 내려 빗속을 뛰어가는 너의 모습을 지켜보곤 했다. 넌 가끔 시험에서 낙제 점수를 받았지만 그건 그다지 중요하지 않았어. 사랑하는 안젤라, 넌 계절이 바뀌는 것도 모르고 앞으로만 나아가는 이 세상과 나를 이어주는 끈이니까 말이야.


얼마 전부터 너와 엄마가 말다툼을 벌이기 시작하면서 우리는 서로 조금씩 가까워지기 시작했어. 그 순간을 얼마나 기다렸던지! 난 오랫동안 내 감정들을 감추며 살아왔어. 종종 나는 욕실 문을 나서는 널 보며 미소 짓곤 했지. 아침마다 엄마와 넌 속옷 차림으로 욕실 세면대에 아이섀도를 떨어뜨린 채 옥신각신하고 있었으니까. 우리는 서로 미소를 지었고, 그걸 본 엄마는 단단히 화가 나서 말하곤 했지.

—드디어 두 사람이 똑같아졌군.

엄마는 너한테 오토바이 사주는 걸 허락하지 않았다. 사실은 나도 같은 생각이었지만 그렇다고 너한테 안 된다는 말을 하고 싶지는 않았어. 넌 지칠 줄 모르고 한동안 똑같은 투정을 부렸지. 그래서 난 네 엄마에게 말했지.

—저러다 헬멧도 없이 다른 아이의 오토바이에 올라타면 어떡해? 잘못하다 폭주하는 아이 뒤에 탈지도 모르잖아.

그러자 네 엄마가 말했다.

—그런 말은 아예 꺼내지도 말아요.

나는 더이상 입을 열지 않았다. 그날 네 엄마는 단단히 화가 나서 인사도 없이 외출해버렸고. 마음속으로 나는 네가 몹시 기뻐하며, 내 목에 매달려 '고마워요, 아빠' 하고 외치는 소리를 듣고 싶었다. 이 아빠는 어린아이처럼 그런 것들을 바라고 있었지. 결국 네 엄마와 나는 네 바람대로 해주기로 했지. 언제나 그랬듯이 네게 안 된다는 말을 할 수 없었으니까. 우리는 스스로에게조차 그 말을 하지 못했다. 엄마는 생각보다 훨씬 빨리 누그러졌고, 곧이어 두 사람 사이엔 애정 어린 충고와 맹세들이 오갔다. 나는 오토바이 가게의 계산대에 기대어 수표에 사인을 했지. 우리는 가장 비싼 헬멧을 골랐고, 엄마는 강도를 시험해보려고 손으로 두드려보기도 했다. 그런 다음 네 머리를 보호해줄 헬멧 안쪽의 완충패드까지 세심히 확인했다.

—보온까지 되겠는걸.

엄마는 그렇게 말하며 쓸쓸한 미소를 지었다. 너는 엄마의 어깨를 껴안으며 마치 부드러운 소용돌이처럼 엄마의 마음을 되돌려놓았지. 너의 밝은 모습에 엄마의 우울함도 금세 날아가버렸고.

그날 우리는 처음으로 단둘이 자동차를 타고 집에 돌아왔다. 너는 오토바이를 타고 천천히 우리가 탄 자동차를 따라오고 있었지. 백미러로 너의 붉은 헬멧이 보였다. 그때 난 네 엄마에게 이렇게 말했다.

—항상 걱정을 하면서 살아갈 순 없어. 안젤라가 스스로 성장할 수 있도록 내버려둡시다.

그렇지만 한편으로 나는 너를 죽음의 위험으로 내모는 것일지도 모른다는 생각에 두려웠단다.

현관에 들어서자마자 나는 탁자 위에 열쇠를 던져두고 서둘러 신발을 벗었다. 오후 내내 진료실에 있다가 돌아온 길이었다. 마지막 환자는 한눈에 봐도 부유해 보이는 여자였다. 짙은 마스카라를 바른 두 눈은 그녀가 입은 정장의 단추만큼이나 큼직했는데, 그것이 그녀의 유일한 인상으로 남았다. 단추에 새겨진 유명 디자이너의 이니셜이 계속 눈에 거슬렸고 나중에는 짜증마저 났다. 나는 옷을 벗으며 욕실로 걸어가고 있었다. 막 샤워를 하려는데 전화벨이 울렸다.

─저녁 장은 봤어요?

별장에 있는 엘사는 늘 어김없이 같은 시각에 전화를 했다.

─물론이지.

나는 천연덕스럽게 거짓말을 했다. 그해 여름 나는 아란치노라는 기름에 튀긴 고소하고 하얀 라이스볼로 자주 끼니를 해결했다. 지금은 없어진 그 가게 안에는 대리석으로 된 계산대가 있었고, 키가 크고 홀쭉한 주인 남자가 말없이 주문한 음식을 건네주었다. 식당에서 쓰는 무거운 접시에는 아란치노 세 개가 담겨 있었다. 사랑하는 딸아, 인생은 속임수로 가득한 종이봉투에 불과한 것 같구나. 기대에 차서 단단히 여며진 봉투를 펼쳐보면, 막상 안에 든 건 모두 엉터리 같은 것들뿐이지. 그 엉터리 같은 것들 중엔 아란치노 세 개가 담긴 식당 접시도 끼어 있지.

도시에서 혼자 지내고 있노라면 네 엄마가 만들어주는 저녁식사가 그리웠다. 하지만 동시에 난 엄마의 부재를 즐기고 있었다. 엉망진창인 작은 우리 속에서 맨몸으로 지내는 것도 나쁘지 않았다. 그건 고독의 묘미이기도 했다. 한쪽 방을 나와 다른 방으로 걸어가면서 나는 그리움이 매우 변화무쌍한 감정이라는 걸 알게 되었다. 그런 감정을 느낄 때면 자신에게 다가오는 모든 것들을 받아들일 수 있게 된다. 나는 텔레비전을 켰다. 텔레비전에선 뻔한 내용의 여름철 프로그램을 내보내고 있었는데, 사회자는 스티로폼으로 만든 인공 섬의 풀장에서 흑인 미녀와 함께 쇼를 진행하고 있었다.

나는 소리를 낮추고, 형편없는 쇼가 혼자 계속되도록 내버려두었다. 그러고는 방으로 들어가 침대 머리맡에서 읽다가 만 책을 집어 들었다. 나는 다시 거실로 돌아와 어릴 적에 종종 그랬던 것처럼 실오라기 하나 걸치지 않은 몸으로 소파에 드러누웠다. 여름에, 부모님이 휴가를 떠나고 나면 난 공부를 핑계로 혼자 집에 남아 있곤 했다. 부모님이 떠나는 날, 비좁은 자동차 트렁크에 마지막 가방을 싣는 아버지를 도와드리고 나면 난 혼자 지내는 며칠 동안 온 집 안을 어지럽히며 보냈다. 책과 속옷, 음식 부스러기들 그리고 카펫까지 여기저기 어질러놓았다. 나는 겨우내 어머니가 깨끗하게 정돈해놓은 말끔한 공간을 어지럽히는 것이 재밌었다. 휴가가 끝나고 부모님이 돌아오시면 모든 것이 다시 제자리로 돌아갔다. 나는 여름휴가 때 벌인 혼자만의 위반 행위를 소중한 기억으로 간직하며 남은 시간들을 잘 견뎌낼 수 있었다. 아마도 그런 심

보는 잘난 체하는 손님 접시에 몰래 침을 뱉는 식당 직원이 느끼는 악
의에 찬 희열과 같았으리라.

저 멀리 어디선가 낮고 둔중한 소리가 창문으로 들어와 집 안의 고요
를 뒤흔들었다. 아무래도 비가 오려는 듯했다. 전날 밤 나는 테라스에
의자를 놓아두었다. 그래서 서둘러 가운을 걸치고 의자를 가지러 밖으
로 나갔다. 정원에는 길을 잃은 듯한 새 한 마리가 나무 사이를 퍼덕거
리며 낮게 날아다녔다. 나는 그 광경을 보느라 음산하게 불어닥치는 무
더운 바람에 맞서다시피 하며 테라스에 서 있었다. 잠시 후면 비가 내
리기 시작할 것이다. 나는 곧 다가올 서늘한 바람을 기다리며 밖에 나
와 있었다. 의자는 푹신하긴 했지만 조금도 안락한 느낌을 주지 않았
다. 그때 검은 그림자가 내 머리 위를 스쳐 지나갔다. 드디어 길을 찾은
새가 하늘을 향해 날아가고 있었다. 정원의 공기는 무겁게 가라앉아 있
었다. 아마 먼 곳에서만 소나기가 내린 모양이었다. 나는 다시 집 안으
로 들어와 이를 닦았다.


'사랑하는 엘사, 난 어떻게 해야 할까. 오늘 밤 나는 한 여인과 뜨거
운 사랑을 나누며 내 몸에 그녀의 머리를 부비고 싶어. 그리고 어둠 속
에서 내 손을 애무해줄 그녀의 격정에 찬 숨결도 원해. 잠들어 있을 당
신에게 맹세할게. 이번이 마지막이야.' 나는 또 네 엄마를 배신하려 하
고 있었어. 하지만 그 밤을 괴로워하며 보내고 싶지는 않았다. 조금씩
도시를 벗어나 허름한 교외 지역으로 차를 몰자, 행복감이 밀려들었어.
그건 마치 또다른 세계로 들어서는 듯한 경험이었지. 강물 저편 수상
가옥들이 늘어선 나만의 작은 사이공. 점점 다가오는 초라한 풍경들과
흔들리는 불빛들은 마치 나만을 위해 불을 밝힌 놀이공원처럼 내 앞에
나타났지.

밤에 그녀의 집을 찾은 것은 처음이었다. 나는 도둑들이 그러듯 어둠 속에서 사물들을 더듬거리며 무엇인지 알아맞히는 것을 즐기고 있었다. 그러고는 마치 발삼 향을 들이켜듯 그곳의 불결한 냄새를 빨아들였다. 그곳의 어둠 속에서 두려워했던 나 자신의 일부와 함께. 어렴풋이 보이는 층계와 발밑의 지저분한 거리, 층마다 드리워진 긴 그림자, 그리고 늑대 같은 나의 욕망을 제외하고는 모두 깊은 침묵에 잠겨 있었다. 집 바깥으로 이어진 철계단은 어둠에 가려져 있었지만, 그 계단 끝자락에 그녀의 집이 유혹적인 자태를 드러내며 어렴풋이 서 있었다. 나는 계단을 향해 뛰어가기 시작했다. 점점 빠르게 달려가면서 나는 더욱 격한 흥분 상태에 빠져들었다. 고가도로 아래 제방처럼 보이는 계단 끝에 다다랐다. 발밑의 바닥은 흡사 버려진 바다의 밑바닥처럼 딱딱하고 건조했다. 드디어 나는 그녀의 수상 가옥으로 향하는 마지막 발걸음을 뗐다. 내 사이공의 그녀를 향해. 테라스 너머 창문에는 불이 꺼져 있었다. 나는 주먹을 쥐고 초록색 문을 두드렸다. 그러다 하마터면 계단에 걸려 넘어질 뻔했다. 발목에 격렬한 통증이 느껴졌다. 나는 비스듬히 선 채 주먹으로 더 힘차게 문을 두드렸다. 이 시간에 어딜 간 걸까? 친구들과 외출한 걸까? 그녀라고 친구가 없으리란 법은 없다. 하늘을 찌를 듯 조명을 밝힌, 공장 창고 비슷하게 생긴 클럽에 가 있을지도 모를 일이었다. 처음 봤을 때 주크박스에 기대어 있던 모습처럼, 두 눈을 감은 채 사람들의 무리 속에서 춤을 추고 있을 것이다. 그녀가 춤을 춘다면 이상할까? 지금쯤 자신처럼 가련한 애인의 품에 안겨 있을지도 모른다. 그리고 나의 존재는 오래전에 잊었을 것이다. 그녀는 어쩌면 매춘부일지도 모른다. 지난번 내가 내민 돈을 아무렇지 않게 받지 않았던가. 지금 이 순간 도시의 어느 황량한 거리에서 그녀는 삐쩍 마른 다리로 어두운 인도를 건너가고 있을 것이다. 차창에 팔을 기댄 채 핏기 없는 얼굴에 짙은 화장을 한 움푹한 눈으로 몸값을 흥정하고 있을 것이다. 어쩌면 그 차에는 만리오가 타고 있을지 모른다. 그는 가끔씩 타락한 밤의 창조물들과 어울리곤 했다. 그렇다면 그녀와도? 아니야, 그럴 리 없어. 그녀는 아냐. 나는 더이상 노크를 하지 않았다. 그러자 힘이 빠져나간 듯 팔이 떨렸다. 그녀는 아름답지 않았고, 창백한데다 우울해 보이기까지 했다. 그녀의 궁핍함은 그녀에겐 오히려 든든한 보호막과 같았다. 그녀가 만약 딴사람이 되어 그녀의 빈약한 육체가 생기를 얻는다면 어느 누구도 그녀를 알아보지 못할 것이다.

어쩌면 그녀는 그런 모습으로 많은 남자를 상대했을 것이다. 과연 내가 그들보다 나은 인간이라 할 수 있을까? 나는 아픈 팔을 들어올려 다시 문을 두드렸다. 그녀는 집에 없었다. 나는 문에 기대 서서 야경을 바라보았다. 고가도로는 텅 비어 있었고, 그 아래 오두막에서는 아직 잠들지 않은 사람들이 바스락거리는 소리가 들려왔다. '혹시 집시들을 찾아갔는지도 몰라. 술에 취한 채 집시들의 트레일러 안에서 초라하고 비참한 자신의 운명을 점치고 있을 거야.'

그때 문 반대편에서 끙끙거리는 소리와 함께 뭔가 부스럭거리는 소리가 들렸다. 나는 그녀의 몸과 손을 떠올려보려 했다. 하지만 이번에도 온전한 모습은 기억나지 않았다. 마치 그러길 바랐던 것처럼 모든 것이 어렴풋하기만 했다.

—이탈리아, 이탈리아……

나는 조용히 속삭였다.

마치 그녀에게 망토를 씌워, 사방이 그녀의 이름으로 뒤덮인 어느 방 안에 가둬놓듯이.

—이탈리아.

나는 그녀의 이름을 부르며, 나무로 된 문을 쓰다듬었다.

어디선가 개가 바닥을 긁으며 낑낑거리는 소리가 들렸다. 주인처럼 불쌍하고 가련한 그 눈먼 짐승은 곧 으르렁대기 시작했다. 그러나 늙은 개의 격렬한 울음소리는 금세 지쳐 수그러들고 말았다. 나는 그 모습에 미소를 지었다. '개를 두고 갔다면 곧 돌아오겠다는 뜻이야. 여기서 그녀를 기다리겠어. 그리고 오늘 밤 마지막으로 그녀와 잠자리를 같이하는 거야.'

그때 고가도로 위로 지나가던 자동차의 전조등 불빛이 그녀의 집 벽을 물들였다. 내 머리 위 벽돌 사이의 뭔가가 어둠 속에서 반짝이고 있었다. 그 순간 전에 그곳에 있던 열쇠가 떠올랐다. 나는 팔을 뻗어 헐겁게 벌어진 벽돌 틈새에 껌으로 붙여놓은 열쇠를 찾아냈다. 그리고 마치 그녀를 붙잡듯이 손에 꼭 움켜쥐었다. 해서는 안 되는 일이었지만 어느새 내 손은 끈적거리는 열쇠를 끼워 넣을 열쇠 구멍을 찾고 있었다.


어두컴컴한 집 안에선 지난번과 같은 냄새가 풍겼다. 다른 점이라면 전보다 더 정적에 휩싸여 있다는 것뿐이었다. 나는 그녀의 집에 들어와 있었고, 그녀는 그곳에 없었다. 나의 범죄행위가 나를 흥분시키기 시작했다. 그녀가 열쇠를 문 밖에 붙여둔 것은 단지 우연이 아니라 어쩌면 나를 위한 것이었을지도 모른다는 생각이 들었다. 나는 벽 주위를 더듬어 깨진 단자 안의 전기 스위치를 찾아냈다. 스위치를 올리자 값싼 전구 하나가 방 한가운데서 켜졌다. 그녀의 눈먼 개는 한쪽 귀만 치켜든 채 하얀 눈을 드러내며 내 앞에 서 있었다. 정말이지 가여운 녀석이었다. 나는 다시 불을 껐다. 차라리 컴컴한 어둠 속에서 그녀를 기다리는 편이 나을 듯싶었다. 어둠이 나 자신에게서 나를 숨겨줄 테니까. 나는 앞을 더듬으며 몇 발짝 더 걸어가 소파에 주저앉았다. 집 안은 적막한 고요함에 잠겨 있었다. 침입자의 몸에서 새어나오는 작은 소리와 소파

밑 제자리에 앉아 있는 개의 숨소리만 들릴 뿐이었다. 나는 어둠에 점점 익숙해지기 시작했고, 가구의 윤곽이라든지 선반에 늘어서 있는 자잘한 장식품과 벽에서 튀어나와 있는 벽난로도 구별해낼 수 있었다. 어둠이 내려앉은 집은 어떤 성스러움과 황폐함을 모두 지니고 있었다. 그리고 벽난로는 버려진 제단 같았다. 그녀는 이곳에 없었지만, 그것으로 그녀의 존재는 더욱 확실해졌다. 마지막으로 그녀를 만나 섹스를 했을 때 우리는 한 번도 서로를 쳐다보지 않았다. 나는 그녀의 얼굴을 소파 쪽으로 향하도록 밀어붙였다. 그리고 지금 나는 무릎을 꿇고 고개를 숙여 그녀가 내 아래에서 애써 저항했을 그 자리를 찾아 소파 여기저기를 살펴보았다. 그러고는 무릎을 꿇은 채 깜깜한 어둠 속에서 얼굴을 비볐다. 이탈리아의 자세는 이랬고, 나는 코와 입술로 그녀의 몸을 스쳤고…… 관계를 맺는 동안 그녀가 느꼈을 흥분을 경험하고 싶었다. 내가 그녀의 육체에 불러일으켰던 감각을 느껴보고 싶었다. 거의 무아지경에 이른 나는 단숨에 죽음 같은 절정으로 달려갔다. 쾌락은 배 속 깊이 따뜻이 퍼져나가 어깨와 목으로 번졌다. 마치 여자의 오르가슴처럼.

하지만 안젤라, 이내 난 한 남자로 돌아오고 말았다. 물론 내가 느꼈던 달콤한 행복도 사라져버렸다. 소파 위에서 마지막 열정들을 토해내며 내뱉었던 나의 숨결만이 주위를 맴돌고 있었다. 갑자기 당혹스러움과 슬픔이 한꺼번에 밀려왔다. 두 다리는 저려왔고 내 몸은 몽정한 사춘기 소년처럼 지저분해져 있었다. 내 무릎 옆에는 참을 수 없는 욕정의 처절한 고통을 지켜본 그녀의 눈먼 개가 있었다. 나는 자리에서 일어나 어둠 속에서 여기저기 부딪히며 화장실을 찾아보았다. 그리고 어느 문 곁에 늘어진 전깃줄을 발견했고, 그것을 더듬어 스위치를 찾아냈다. 나는 거울 앞에 선 내 모습과 마주했다. 싸구려 램프가 뿜어내는 빛 때문에 눈이 부셨다. 나는 낡은 타일로 뒤덮인 일종의 벽감 안에 서 있었다. 수도꼭지를 틀어 세면대 가까이 얼굴을 들이밀었다. 쇠로 된 둥근 고리에 걸려 있는 컵 속에는 낡아빠진 칫솔 하나가 꽂혀 있었다. 잔뜩 헤벌어진 솔을 보자 갑자기 역겨움이 밀려왔고, 그것은 곧바로 나 자신에 대한 혐오감으로 바뀌었다. 한쪽에는 엉덩이만 겨우 담글 수 있을 듯한 작은 욕조가 있었는데 그 위에는 고무 매트가 걸쳐 있었다. 비닐 샤워 커튼은 바닥에 닿는 부분이 심하게 때가 탄 채 높은 대에 매달려 있었는데, 당장이라도 떨어질 듯 위태로워 보였다. 비누는 비눗갑 안에 깔끔하게 들어 있었고, 거울 아래 선반에는 핸드크림과 불투명한 유리병이 놓여 있었고 병 안에는 파운데이션이 담겨 있었다. 바닥에선 버들가지로 엮은 바구니가 눈에 띄었다. 덮개를 들어보니 안에는 세탁해야 할 빨래들이 담겨 있었다. 구겨진 팬티들에 시선이 멈췄다. 내 안에서는 어서 그것을 주머니에 넣어가라고 애타게 부르짖는 목소리가 들려왔다. 나는 다시 거울을 보았다. 그리고 야수처럼 번쩍이는 내 눈동자를 응시하며 내가 대체 어떤 인간으로 변해버렸는지를 물었다.

불을 끄고 제자리로 돌아온 나는 컴컴한 어둠 속에서 꽃무늬 소파 커버를 원래대로 해놓으려 몸을 숙였다. 그러다 개의 발을 밟았고 개가 깨갱하는 소리를 냈다. 현관문을 잠그고 열쇠를 원래 자리에 밀어넣었지만, 껌이 딱딱하게 굳어 잘 붙지 않았다. 나는 손가락으로 껌을 부드럽게 만들어보려 했다. 침을 바르는 건 영 내키지 않았다. 그때 누군가 걸어오는 소리가 들렸다. 구둣굽이 철계단을 내딛는 소리였다. 다급해진 나는 입에 껌을 넣고 힘껏 씹었다. 하지만 손에 쥐고 있던 열쇠가 그만 땅에 떨어지고 말았다. 나는 열쇠를 찾으려고 서둘러 몸을 구부렸다. 발소리의 주인공이 평지로 내려왔는지 더이상 발자국 소리가 나지 않았다. 나는 열쇠를 찾아내 껌을 붙이고는 엄지손가락으로 힘껏 벽돌

틈에 붙여놓았다. 그러고는 수풀 사이로 기어들어가 불타버린 자동차 근처에 있는 집 뒤에 숨었다. 그와 동시에 그녀가 나타났다. 어둠에 익숙한 듯 그녀는 서두르지 않았다. 전과 똑같은 가방을 멘 그녀는 무척 피곤해 보였고 등은 평상시보다 더 굽어 있었다. 그녀는 아무렇지도 않게 컴컴한 문 위로 손을 뻗었다. 하지만 손에 닿기도 전에 열쇠는 그녀의 머리카락 사이로 떨어지고 말았다. 그 순간 그녀는 고개를 돌렸고, 나는 당황한 나머지 벽에 몸을 바짝 붙였다. 잠시 후 그녀의 손길이 열쇠에 닿았고 그녀의 안색은 변했다. 나는 그녀의 마음속에 어떤 생각이 떠오르고 있을지 짐작할 수 있었다. 그녀는 열쇠에 붙은 껌을 떼어내 손가락으로 만져보며 자세히 살폈다. 아마 껌이 젖어 있다는 사실을 눈치 챘을 것이다. 그녀는 짙은 어둠 속을 두리번거리더니 어느새 내가 있는 쪽으로 시선을 돌려 한참을 응시했다. '곧 나를 찾아내고 말 거야. 그러고는 내 쪽으로 다가와 얼굴에 침을 뱉겠지.' 하지만 그녀는 몇 걸음 걷다가 이내 멈춰 섰다. 달빛이 그녀를 환하게 비추고 있었다. 나는 불에 탄 자동차 아래 엎드려 몸을 숨겼다. 그녀는 내가 숨어 있는 어둠 속을 바라보았다. 어쩌면 나를 발견했을지도 모른다. 그녀의 시선은 허공을 향하고 있었지만 왠지 내가 거기에 있다는 걸 알고 있는 듯했다. 나에 대한 생각이 그녀의 얼굴 위로 스쳐 지나가고 있었다. 그녀는 더 이상 다가오지 않았다. 그녀는 발길을 돌렸고, 자물쇠에 열쇠를 밀어넣고는 등뒤로 문을 닫았다.

다음날 저녁 나는 시내의 한 식당에서 만리오와 저녁식사를 했다. 야외에 테이블을 놓은 식당이었는데, 울퉁불퉁한 인도에 나와 있는 테이블은 뒤뚱거리기 일쑤여서 몸을 숙여 다리 아래에 받침대를 괴어놓아야만 했다. 하지만 몸을 일으키면 이번엔 테이블의 다른 쪽 다리가 흔들거렸다. 마치 우리 인생이 그러하듯이. 만리오는 농담을 늘어놓으며 맛있게 식사를 했지만, 그다지 즐거워 보이지는 않았다. 그날 만리오는 분만실에서 몇 가지 응급 상황을 겪었고, 그 때문인지 횡설수설하며 자괴감 섞인 말을 늘어놓았다. 하지만 나는 그가 거짓말을 하고 있다는 것을 알았다. 그는 허심탄회할 줄 모르는 사람이었고 스스로를 탓하는 일도 없었다. 그럴 생각은 추호도 없어 보였다. 그는 다른 사람들의 반응을 살펴보다가 열심히 그들을 옹호하고 배려해주었다. 그날 저녁에도 그는 진정한 친구로서의 열의로, 입맛을 잃은 내가 방황하고 있는 깊고 어두운 굴 속으로 들어와 함께 있어주려 했다. 그는 그렇게 한참 동안 나를 위해 성의를 보여주었다. 나는 마음이 산란해서 아무 말 없이 앉아 있었다. 그러고는 앞에 놓인 애피타이저를 무심히 포크로 휘저어가며 먹는 둥 마는 둥 했다. 나는 아직 음식이 남아 있는 접시를 앞에 놓아두고 더이상 아무것도 주문하지 않았다. 만리오는 내 눈치를 살피며 기분을 맞춰주려 애썼다. 그러면서 구운 피망과 튀긴 리코타* 그리고 브로콜리 요리가 담긴 접시들을 오가며 조금씩 음식을 먹었다.

— 자넨 창녀들과 자러 가기도 하나?

만리오는 내가 그런 질문을 하리라곤 전혀 예상하지 못한 얼굴이었다. 그는 대답 없이 미소를 지으며 음료수를 마시고는 가볍게 혀끝을 찼다.

— 가, 안 가?

— 그럼 자네는?

— 물론 가지.

— 정말이야?

그는 불현듯 어떤 생각에 잠기는 것 같았다. 아마도 엘사를 생각하는 듯했다. 엘사 같은 아내를 두고서 창녀들한테 간다는 건 그에겐 믿기 어려운 일이었다. 하지만 이런 대화가 그다지 불쾌하지만은 않은 모양이었다. 그는 여자들과 와인을 마신 뒤 쉽게 잠자리를 가졌다.

— 나도 가끔은……

그는 어린아이처럼 수줍어하며 말했다.

— 항상 같은 여자? 아니면 다른 여자로 바꾸나?

— 뭐 되는대로.

— 어디서 해?

— 차 안에서.

---

* 소금이 들어가지 않은 하얗고 부드러운 치즈.

─왜 창녀한테 가나?

─같이 자려고. 제발 말도 안 되는 질문 하지 마. 그런 엉터리 같은 질문은 집어치우라고.

그는 눈이 보이지 않을 정도로 크게 웃었다.

'엉터리 같은 질문이 아니야, 만리오. 자넨 지금 건강한 사내와 팔짱을 끼고 걸어가는 반바지 차림의 여자 관광객에게로 시선을 돌리고 있군. 하지만 그러면 그 사실을 깨닫기엔 너무 늦어버리겠지. 이젠 자네 표정이 씁쓸해졌어.'

나중에야 나는 창녀한테 간다는 말은 사실이 아니라고 했다. 그는 화를 냈지만 여전히 웃음을 잃지 않으며 얼굴을 붉혔다. 그러고는 "형편없는 인간!"이라며 욕을 해댔다. 그렇지만 지루함은 일순간에 싹 사라졌다. 그날 저녁, 은밀한 비밀을 공유하게 된 우리는 진실을 닮은 그 무언가가 빛을 발하는, 보다 친밀한 장소로 들어선 것이다. 차를 향해 걸어가는 만리오의 모습은 절망에 찬 진실한 남자의 모습을 닮아 있었다. 우리는 서로 어깨를 두드리고 어둠 속으로 발걸음을 옮기며 인사를 하고 헤어졌다. 어느새 우리는 인도를 따라 각기 다른 곳으로 걸어가고 있었다. 우리의 우정은 그렇게 깔끔했다.


안젤라, 가로등의 그림자는 죽은 새처럼 내 차의 앞 유리창 위에 내려앉았다. 차창에 드리워진 그 추락의 그림자 속에서 나는 내가 가지지 못한 모든 것들이 한꺼번에 쏟아지고 있는 것을 보았다. 거칠게 차를 모는 동안 그림자는 점점 더 빨리 다가왔고, 어떤 것으로라도 이 그리움을 채우고 싶다는 욕망이 치솟았다. 이제는 네게 진실하게 고백할 수 있는 일들이 어쩌면 진실이 아닐 수도 있다는 생각이 든다. 글쎄, 난 진실이 뭔지 잘 모르겠구나. 그건 내 기억 속에서도 찾아보기 힘들다. 확

실한 건, 그 순간 내가 아무런 생각 없이 그녀를 향해 가고 있다는 것뿐
이었다. 이탈리아는 내게 아무것도 아니었다. 그녀는 그녀 뒤로 타오르
고 있는 석유램프의 검은 심지 같은 존재에 지나지 않았다. 하지만 기
름을 빨아들이며 타오르는 그 불 속에는 내가 필요로 하고 그리워하는
모든 것들이 깃들어 있었다.

나는 공장들이 늘어서 있는 긴 가로수 길을 달리기 시작했다. 자동차
헤드라이트는 해파리처럼 흐느적거리며 어둠 속을 잠깐 동안 눈부신
빛으로 물들였다가 다시 암흑으로 되돌려놓았다. 가로수 길의 마지막
나무 근처에 이르러 나는 서서히 속도를 늦추다가 차를 멈추었다. 그
때, 검은 망사스타킹을 신은 젊은 여자가 차로 다가왔다. 짙고 요란한
화장을 한 그녀의 얼굴은 냉소적이면서도 순진하고, 음침하면서도 우
수에 차 보였다. 매춘부의 얼굴이었다. 나는 여자를 뒤로하고 다시 차
를 몰았다. 백미러로 그녀가 욕인지 무엇인지 알 수 없는 말을 내뱉으
며 멀어지는 모습이 보였다.


그날 밤 그녀는 집에 있었다. 현관문은 살며시 열려 있었고, 개는 현
관 안쪽 옆에 고개를 내밀고 앉아 있었다. 그러다 코를 킁킁거리며 다
가오더니 내 다리 사이에서 꼬리를 흔들었다. 아마 나를 알아본 모양이
었다. 이탈리아는 희디흰 손을 문에 대고 내 앞에 서 있었다. 나는 그녀
를 문 안으로 밀어넣으며 껴안았다. 이미 잠에 취해 있었는지 그녀의
숨결은 여느 때보다 거칠었다. 그런 그녀가 마음에 들었다. 나는 그녀
의 머리를 붙잡고 고개를 숙여 아래로 향하게 했다. 그러고는 내 배에
그녀의 얼굴을 부볐다. 그녀에 대한 갈망이 날 고통스럽게 했다. '날 구
해줘, 어서……' 나는 허리를 숙여 그녀의 얼굴 전체에 키스를 퍼부었
고, 그녀의 콧구멍과 눈 주위를 혀로 애무했다.

  격정의 시간이 지난 뒤, 그녀는 소파에 앉아 은밀한 부위를 가리려고 티셔츠 자락을 잡아당겼다. 내가 샤워를 마치고 나올 때까지 그녀는 그런 자세로 나를 기다리고 있었다. 나는 때가 낀 샤워 커튼이 허술하게 걸린 욕조 가장자리에 앉아 몸을 씻었다. 화장실에서 나온 나는 그녀에게 다가가 손에 돈을 쥐여주면서 앞머리를 잡고 흔들었다. 나는 힘없이 늘어진 그녀의 손에 돈을 꼭 쥐여주었다. 그녀는 고통을 받아들이듯 아무 말 없이 내가 준 돈을 받았다. 나는 그녀 곁을 떠나야만 했다. 그녀 곁에 나 자신을 붙들어둘 수가 없었다. 볼일을 보고 나서 자신의 배설물을 바라보는 것처럼 불편한 기분이 들 테니까.

  '너도 혼자 있길 원하고 있잖아. 이젠 말 안 해도 네가 어떤 기분인지 알아. 넌 내가 원하는 걸 해주고는 내 곁을 떠나지. 날이 밝으면 사라지는 모기처럼 말이야. 넌 소파의 꽃무늬 커버 위에 앉아 내 눈에 띄지 않기만을 바라지. 넌 오로지 광기 어린 욕망 속에서만 빛날 뿐이야. 넥타이를 매고 있으니 넌 내가 곧 떠날 거라는 걸 알겠지. 그리고 내가 이미 모든 걸 역겨워하고 있다는 것도. 넌 내가 있는 동안에는 움직일 엄두도 못 내지. 화장실을 갈 때조차 엉덩이를 보여줄 용기가 없어. 아마 내가 널 죽일까봐 두려워하고 있는 거겠지. 혹시 고가도로에서 떨어져 검게 타버린 자동차처럼, 말라붙은 강바닥의 마른 진흙 위에 내던져질까 두려워하고 있는지도 모르지. 하지만 너와 정사를 벌일 때, 분노는 사라지고 나는 한 마리 온순한 사자처럼 변한다는 사실을 너는 모르고 있어. 내가 가고 나면 넌 뭘 하지? 내가 너에게 남긴 것은 뭐지? 사랑하지도 않으면서 한밤중에 너를 맘대로 능욕했던 이 흐트러진 방과 불 꺼진 난로만 남는 걸까. 그러면 너의 눈먼 개가 다가올 테고 넌 다른 곳을 응시한 채 개의 털을 쓰다듬으며 허전한 마음을 달래겠지. 그러다 보면 과거

의 일들이 강박관념처럼 밀려올 거고, 넌 너 자신을 위로하며 자리에서
일어나 쓰러진 의자라도 제자리에 세워놓으려 하겠지. 몸을 숙일 때 더
이상 티셔츠를 잡아당기지 않아도 되고 엉덩이가 드러나도 신경 쓰지
않으면서 말이야. 내 눈을 벗어난 너의 육체는 의자와 다를 바 없이 본
래 그대로의 의미로밖에 남지 않을 테지. 하지만 다시 일어서면서 넌 다
리 사이로 흘러내리는 내 정액을 보게 될 거야. 그 기분이 어떨지는 모
르겠어. 하지만 알고 싶어. 나와의 시간이 혐오스러웠는지 아니면……
아니야, 어서 가서 씻어, 이 창녀야. 더러운 샤워 커튼 속으로 들어가 목
욕 타월을 집어 들어 그 광기 어린 환영들을 어서 씻어내라고.'


    테이블에는 모과 몇 개가 놓여 있었다. 나는 그중 한 개를 집어 들어
먹기 시작했다. 입 안에 달콤한 맛이 감돌았다. 하나를 더 집어 들었다.
  —배고파요?
  그녀가 말했다.
  침묵을 깬 그녀의 목소리는 희미했다. 이탈리아도 뭔가 이상한 생각
을 하고 있었던 것이 분명했다. 잡고 있던 그녀의 손을 놓자 쥐고 있던
돈이 바닥으로 떨어졌다. 지금 그녀는 아무것도 없는 빈손을 내 앞에
내밀고 있었다.
  —그거 이리 줘요.
  나는 그녀에게 먹고 남은 모과 씨를 건네주었다.
  —스파게티 만들어줄까요?
  —뭐라고?
  나는 그녀의 제안에 소스라치듯 놀라고 말았다.
  —토마토소스를 넣거나 아니면 당신이 원하는 대로 만들게요.
  그녀는 내 반응을 이해하지 못한 채 금세 밝은 얼굴로 나를 바라봤

다. 그녀의 두 눈동자는 껍질을 깨고 나온 어린 생명처럼 빛나고 있었
다. 하지만 나는 그곳에 더 머무를 생각이 없었다. 그러나 나를 바라보
는 그녀의 얼굴엔 작은 바람이 깃들어 있었다. 그건 내가 원하는 것과
너무나 동떨어진 것이었다. 나 또한 그녀와 상관없는 다른 뭔가를 바라
고 있었기 때문이다. 어쩌면 우리 아버지의 육신과 함께 사라져가고 있
을지 모를 무언가를 말이다. 내가 전혀 알지 못하며, 정말이지 찾을 필
요가 없는 어떤 것을 나는 꿈꾸고 있었다.

　—소스는 맛있게 잘 만드나?

　그녀는 웃음을 터뜨렸고 얼굴엔 즐거운 표정이 감돌았다. 잠시 동안
어쩌면 나의 희망 또한 그녀의 희망처럼 작고 소박한 것일지도 모른다
는 생각을 했다. 그녀는 짧은 티셔츠로 힘겹게 몸을 가리면서 기우뚱한
걸음걸이로 침실까지 걸어갔다. 그러고는 멜빵바지에 이전에 본 요란
한 색깔의 샌들을 신고서 금세 내 앞에 다시 나타났다.

　—잠깐 나갔다 올게요.

　나는 창문으로 그녀의 모습을 지켜보고 있었다. 그녀는 뒤뜰에 작은
채소밭을 가꾸고 있었다. 그녀의 샌들 굽은 자꾸 땅 속으로 꺼졌지만,
그녀는 손전등을 들고 울타리를 쳐놓은 밭이랑에서 뭔가 찾고 있었다.
얼마 지나지 않아 이탈리아는 가슴 가득 무언가를 안고 나타나 부엌으
로 들어갔다. 나는 비스듬히 열린 부엌문 틈으로 그녀를 지켜봤다. 그
녀의 몸 전체가 보였다가 어느 때는 팔만, 또 어느 때는 앞머리만 보이
기도 했다. 그녀는 선반으로 팔을 뻗어 냄비와 접시를 꺼냈다. 그러고
는 조심스럽게 토마토를 하나씩 씻어서 큰 칼로 썰기 시작했고, 토마토
는 그녀의 민첩한 손놀림에 신선한 향기를 풍기며 작은 조각으로 잘렸
다. 칼을 다루는 그녀의 솜씨엔 전혀 서툰 기색이 없었다. 주방에서 이
탈리아는 깔끔하고 빈틈없는 요리사이자 한 집의 노련한 안주인이었

다. 그런 그녀의 모습이 무척이나 놀라웠다. 나는 공손한 손님처럼 조금 긴장된 자세로 예의를 갖추며 앉아 있었다.

―거의 다 됐어요.

그녀가 부엌에서 나와 욕실로 들어갔다. 잠시 후 샤워 꼭지를 트는 소리가 들렸다. 나는 옆에 있는 쿠션들을 본래대로 정리해놓았다. 먹음 직스런 토마토소스 향이 허기를 부추기며 방 안 가득 퍼지고 있었다. 그 순간 젖병을 안고 있는 원숭이와 눈이 마주쳤다. 정말이지 그 모습은 만리오와 조금도 다르지 않았다. 나는 원숭이에게 세상에서 가장 어리석은 친구에게 보내는 미소를 지어 보였다. 욕실에서는 급히 샤워를 하는 소리가 들렸고 어느 순간 물 소리가 멈췄다. 그녀는 어느새 샤워를 마치고 밖에 나와 있었다. 그녀의 젖은 금발 머리는 나무줄기처럼 뻣뻣해 보였다. 그녀는 베이지색 가운을 걸치고 있었다. 가운을 여미고 나서야 마음이 놓인 듯 숨을 내쉬었다.

―파스타 넣고 올게요.

그녀는 다시 부엌으로 돌아갔다. 내 곁을 지나가는 그녀의 몸에선 마치 어린아이 냄새 같은 달콤한 바닐라향의 파우더 냄새가 풍겼다.

―맥주 할래요?

그녀는 내게 맥주를 가져다주고 다시 사라졌다. 그러고는 식탁을 차릴 식기들을 가지고 돌아왔다. 나는 그녀를 도와주려고 자리에서 일어났다.

―아니, 괜찮아요. 그냥 있어요.

그녀가 말했다. 그녀의 목소리는 자신의 손길처럼 조심스러웠다. 그녀가 식탁을 준비하는 동안, 나는 그 모습을 지켜보고 있었다. 그녀는 그 늦은 밤에 놀랍도록 생기를 띠며 부엌과 거실 사이를 오가고 있었다. 나는 마치 처음 만난 듯 그녀의 모든 것이 생소하기만 했다. 그 낮선 느낌 때문에 가운을 두른 그녀의 육체는 내가 한 번도 소유한 적이 없었던 것처럼 느껴졌다. 그녀는 능숙하게 식탁을 차렸고, 식기와 냅킨들을 가지런히 정성스럽게 놓았다. 그런 다음 테이블 한가운데를 촛불로 장식했다. 그녀는 내 앞에 서서 눈썹을 치켜뜨고 코를 씰룩거리며 조그만 설치류처럼 윗니를 드러냈다.

— 파스타는 알 덴테*로 익힐까요?

그녀는 찍찍거리듯 말했다.

— 알 덴테로.

나도 그녀를 따라 코를 씰룩거리며 말했다. 하지만 그녀에 비해 내 코는 많이 씰룩거리지 않았다. 그 모습을 보고 그녀가 먼저 웃음을 터뜨렸고 이내 우리는 함께 웃었다. 그녀는 단순히 즐거운 것이 아니라 그 이상의 어떤 행복을 느끼고 있었다.

— 자, 여기요.

그녀는 파스타 접시를 들고 나와 식탁에 올려놓았다. 파스타 한가운데 바질 잎들이 꽃처럼 장식되어 있었다. 그리고 그녀는 내 앞에 앉아 테이블 위에 팔꿈치를 올려놓았다.

— 같이 안 먹어?

— 나중에요.

나는 배가 고파 허겁지겁 먹기 시작했다. 그런 허기를 얼마 만에 느껴보는지 기억조차 나지 않았다.

— 맛있어요?

— 응.

안젤라, 그녀가 만든 스파게티는 정말 맛있었단다. 내가 맛본 스파게

---

* 파스타를 삶을 때 면발 중앙에 하얀 심이 보이도록 살짝 덜 익힌 상태를 가리키는 말.

티 중 가장 훌륭했다. 나는 이탈리아가 지켜보는 가운데 맛있게 먹었
다. 그녀는 먹는 걸 지켜보는 데서 그치지 않고 두 눈으로 내가 식사하
는 모습을 따라하며 어깨와 팔을 조금씩 들썩였다. 마치 그녀도 나와
함께 파스타를 음미하고 있다는 듯.

—더 먹을래요?

—좋아.

기분 좋게 배가 불러왔다. 정말 오랜만에 느껴보는 포만감이었다. 접
시를 비우면서 나는 그녀가 만든 음식이 내 몸을 좋게 하고 있다는 것
을 느꼈다. 나는 자리에서 멀리 놓인 맥주병을 잡으려고 팔을 뻗었고,
그녀도 나를 도우려는 듯 팔을 움직였다. 냉장고 안에서 차가워진 유리
병을 잡는 순간 내 손은 뜻밖에도 그녀의 뜨겁고 떨리는 손에 닿고 말
았다. 나는 그녀의 손에서 떨어지기가 싫었다. 그리고 그녀 곁에 더 머
무르고 싶었다. 순간, 그녀의 손에 내 이마를 올려놓고 내 머릿속의 걱
정과 괴로움을 그녀에게 의지하고 싶은 욕망이 솟아났다. 그러다가 그
만 조심성 없이 맥주를 따르는 바람에 거품이 컵에서 넘쳐흘렀다.

이탈리아는 컵 밑에서 퍼져가는 맥주 거품을 바라보고 있었다. 그녀
의 눈에는 마치 광휘에 휩싸인 얼굴에서 스며나온 듯한 아주 비밀스럽
고 섬세하며 뭐라 설명하기 어려운 독특한 빛이 감돌았다. 갑자기 그녀
는 슬퍼 보였다. 나는 그녀의 목에 드리운 그늘을 따라 가슴이 맞닿은
곳까지 그녀의 슬픔을 뒤쫓았다. 내 눈길을 느낀 그녀는 가운을 당겨
가슴을 여몄다. 이제 그녀는 빛 속에 있었다. 촛불이 내뿜는 희미한 빛
속에서 내가 먹는 모습을 지켜보고 있었다. 깊은 밤의 큐피드처럼 두
팔을 포개고서 그렇게 내 앞에 앉아 있었다.


나는 협죽도가 늘어서 있는 길을 지나 모래가 흩어진 아스팔트 공터

에 멈춰 섰다. 그곳에서 철문과 울타리 너머로 우리의 별장을 바라보았다. 슬레이트 지붕과 희디흰 벽들은 이제 막 비치기 시작한 햇빛을 한 가득 머금고 있었다. 나는 집에 들어가지 않고, 새벽의 한기를 느끼며 차 안에 있었다. 차 안에서 얼마 동안이나 졸고 있었는지 모르겠다. 엘사의 소형차는 초가지붕을 올린 간이 차고 안에 세워져 있었다. 네 엄마는 내가 온 것도 모른 채 잠들어 있을 것이다. 뒤뜰의 텅 빈 빨랫줄과 벽에 기대어 놓았던 우리의 자전거는 새벽녘의 여명에 서서히 드러나고 있었다.

이제 하늘엔 떠오르는 태양과 함께 짙푸른 대기가 열리는 중이었다. 그 청명한 하늘 아래 모든 것이 너무나도 선명해 보였다. 어둠이 나를 보호해주었다면, 빛은 나를 다시 현실로, 그리고 나 자신에게로 돌아가도록 명령했다. 나는 작은 사각형 거울을 들여다보며 목을 긁적이면서 내 예전 얼굴을 다시 찾아보았다. 어느새 까칠까칠한 수염이 덥수룩하게 자라 있었다.

나는 차에서 내려 집 주변을 산책한 뒤 갈대밭을 통해 해변으로 발길을 옮겼다. 아무도 없는 그곳엔 오로지 바다만 출렁이고 있었다. 나는 모래사장까지 걸어가 물가에서 조금 떨어진 곳에 앉았다. 별장은 내 뒤에 있었다. 엘사가 침실 창문을 활짝 열면 해변에 앉아 있는 내 뒷모습을 볼 수도 있었을 것이다. 하지만 네 엄마는 아직 잠들어 있었다. 어쩌면 그 달콤한 꿈 속에서 또다른 운명을 찾아다니고 있는지도 모르겠다. 마치 물 한 방울 튀기지 않고 바닷물 속으로 뛰어들 때처럼, 온전히 그 세계에 침잠해 있는 듯.


안젤라, 마음이 경멸하고 있는 것을 몸이 사랑할 수 있을까? 다시 도시로 돌아오면서 나는 이런 생각을 하고 있었다. 언젠가, 어느 농가의 와인 저장고에 가본 적이 있었어. 그곳에서 매우 특별한 치즈를 맛보았는데 도저히 거절할 수 없는 상황이었지. 그 치즈의 이름은 포르마기오 디 포사였는데 표면은 검은 곰팡이로 뒤덮여 있었고 시체가 썩는 듯한 냄새를 풍겼어. 하지만 놀랍게도 그 안쪽의 맛은 강하면서도 부드러웠지. 입 안에는 치즈에 대한 감탄과 역겨움을 동시에 불러일으키는 심오한 맛이 감돌았다.

시계는 아침 여섯시를 가리키고 있었고, 출근하기까지는 아직 얼마간의 시간이 남아 있었지. 나는 커피를 마시러 어디서나 볼 수 있는 한 평범한 바에 들렀다. 그러고는 간밤에 두고 온 우산 때문에 아침 일찍 매춘부의 집을 찾아가는 남자처럼 그녀의 집으로 향했다. 아마 전날 밤 내 욕망을 채워주던 창녀의 모습은 사라지고, 볼품없는 차림에 슬리퍼를 신고 잠에서 덜 깬 한 여인이 내 앞에 나타나겠지.

그녀는 다시 찾아온 나를 보고 무척 놀란 기색이었다.

갑작스런 방문에 당황한 그녀는 문가에 서서 어색한 미소를 지으며 내게 들어오라는 말조차 하지 않았다.

―이 시간에 웬일이에요?

―그냥 들렀어.

그녀는 내 손을 잡고 안으로 끌어당겼다.

―들어와요.

이탈리아는 더이상 나를 두려워하지 않았다. 공포를 없애는 데는 스파게티 한 접시면 충분했다. 그녀는 이미 나를 자신의 쓰레기 같은 일상 속으로 빨아들여버렸다. 포스터의 원숭이처럼, 그리고 그녀의 눈먼 개처럼. 활짝 열린 창문으로 아침 햇살이 방 안 가득 비쳐들고 있었다. 의자는 테이블 위에 거꾸로 뒤집힌 채 놓여 있었고, 거실 바닥은 물기가 채 마르지 않아 반짝였다. 이탈리아는 벌써 그릇까지 닦아놓았다.

그녀는 할 일을 다 마친 데 대해 자부심을 느끼는지 깨끗해진 바닥을 흡족하게 바라보았다. 그런 그녀의 눈동자는 깨끗해진 바닥처럼 빛나고 있었다. 하지만 나는 그것이 그다지 달갑지 않았고, 피곤하게만 느껴졌다.

—다리미 끄고 올게요.

그녀는 구석에 있는 다리미대로 다가갔다. 그 위에는 앞치마로 보이는 하늘색 천이 펼쳐져 있었다. 외출을 하기 위해 이미 옷을 차려입었지만 아직 화장은 하지 않았다. 그녀의 창백한 눈동자는 나를 어루만지듯 바라보고 있었다. 덥수룩한 수염과 후줄근한 재킷을 보고 아마 내가 집에 가지 않았다는 사실을 쉽게 짐작했을 것이다.

—샤워할래요?

—아니.

—커피 줄까요?

—바에서 벌써 마셨어.

나는 소파에 털썩 주저앉았다. 그녀는 의자들을 식탁 아래로 내려놓았다. 머리칼은 뒤로 넘겨 낡고 짧은 끈으로 묶어놓아서 툭 튀어나온 이마가 훤히 드러나 있었다. 나는 간직하고 싶었던 그녀의 유일한 이미지를 마음속에서 되찾으려 노력하면서, 어리둥절해하며 복종하던 그녀의 육체를 떠올리려 애썼다. 하지만 나와 마주하고 있는 이 여인은 그 이미지와는 너무나 거리가 멀었다. 화장기 없는 이탈리아의 피부는 창백하리만치 하얬고 눈 아래와 코는 불그스름했다. 그리고 샌들 대신 검은 운동화를 신고 있어 평상시보다 더 작아 보였다.

그녀는 내 쪽으로 다가와 맞은편에 앉았다. 어쩌면 가정주부처럼 평범한 자신의 모습에 내가 놀라는 것을 보고 부끄러움을 느꼈는지도 모른다. 그녀는 붉어진 두 손을 맞잡고 애써 부끄러움을 감추려 했다. 그런

그녀의 모습은 지난밤보다 훨씬 더 유혹적이고 위험해 보였다. 그녀의
얼굴은 수녀처럼 나이를 가늠하기 어려웠다. 지금 생각해보면 그녀가
살던 집 역시 바닷가 마을에서 볼 수 있는 성당들을 닮아 있었다. 그녀의
집은, 프레스코화 대신 성찬대 위에는 예수 석고상이 올려져 있고 꽃병
에는 물도 없이 조화가 꽂혀 있는 현대적인 성당들을 떠올리게 했다.

　—이 집, 당신 거야?

　—예전엔 우리 할아버지 집이었어요. 하지만 돌아가시기 전에 집을
파셨죠. 할아버지 다리가 부러지는 바람에 전 할아버지를 간병하러 올
라왔어요. 그러고는 이렇게 남아 있게 됐죠. 하지만 곧 이 집을 떠나야
해요.

　—고향이 어디지?

　—남부 지방에 있는 칠렌토예요.

눈먼 개는 방을 건너와 이탈리아의 발밑에 웅크리고 앉았다. 그녀는
허리를 숙여 개의 머리를 쓰다듬어주었다.

　—지난밤 탈이 났었어요. 아무래도 쥐를 잡아먹은 것 같은데……

나는 개에게 다가갔다. 개는 앞으로 다리를 뻗고 배를 드러낸 채 내
가 만지는 대로 얌전히 있었다. 아픈 곳을 손가락으로 눌렀더니 끙끙
하는 소리를 냈다.

　—아무것도 아냐. 소독약만 있으면 돼.

　—당신, 의사예요?

　—응, 외과의사.

그녀의 다리는 바로 내 앞에 있었다. 나는 힘겹게 그녀의 다리를 벌
렸다. 그리고 희다 못해 푸르스름하기까지 한 그녀의 허벅지에 키스했
다. 흥분한 나는 허벅지 사이로 고개를 들이밀었다. 그녀의 허벅지엔
땀이 흐르고 있었지만 몹시 차가웠다. 이탈리아는 내게로 몸을 숙였다.

나는 그녀의 숨결을 맡을 수 있었고 곧이어 나의 목덜미가 그녀의 입술로 젖어드는 것을 느꼈다. 나는 갑자기 벌떡 일어섰다. 그 바람에 내 머리가 이탈리아의 얼굴과 부딪치고 말았다. 나는 다시 소파로 돌아가 이마에 두 손을 대고 앉았다. 나는 깍지를 끼고 울퉁불퉁한 내 손가락들을 바라보았다.

—난 아내가 있어.

그 말을 하며 차마 그녀를 바라보지 못했다.

—다신 오지 않을 거야. 이 말을 해주려고 왔어……

그녀는 고개를 숙인 채 한 손을 코 위에 대고 있었다. 아무래도 내 말에 큰 충격을 받은 듯했다.

—미안해. 사과하고 싶어……

—괜찮아요.

—도저히 아내를 배신할 수가 없어. 난 그런 남자가 못 돼.

—걱정하지 말아요.

그녀의 코에서는 피가 흘러나오고 있었다. 나는 달려가 그녀의 턱을 받쳐주었다.

—머리를 뒤로 젖히고 있어.

—괜찮아요, 걱정 안 해도 돼요. 당신은 왜 그렇게 걱정이 많죠?

희미한 미소를 짓는 그녀의 얼굴은 평온해 보였다. 하지만 그토록 온화한 모습 뒤로는 또다른 절망을 받아들이고 있는 듯했다. 이탈리아의 턱을 젖히면서 나는 그녀를 굴복시키고 싶어졌다.

—모르는 남자들과 잠자리를 자주 해?

그녀는 조금도 동요하지 않았지만 큰 충격을 받은 것이 분명했다. 그녀는 다시 고개를 제자리로 돌렸다. 나는 그녀가 무슨 생각을 하는지 전혀 알 수가 없었다. 그녀의 눈은 앞을 못 보는 그녀의 개처럼 촉촉이 젖어 있었다. 정말 말도 안 되는 일이었다. 나에겐 그녀를 모욕할 어떤 권리도 없었다. 나는 수치스런 생각에 얼굴을 감쌌다.

'제발 사실이 아니라고 말해줘. 나와 지내는 동안 죽어가는 뱀처럼 시들어갔고, 무척 우울했다고 말해줘. 그저 죽고 싶었다고 말이야.'

크레발코레는 주인의 슬리퍼 한 짝을 빼앗아 입에 물고 있었다.

―미안해.

그녀는 더이상 내 말을 듣고 있지 않았다.

'어쩌면 어느 날 갑자기 자살로 생을 마감할지도 몰라. 사랑도 없이 탐욕스런 욕망을 채우려 달려들 나 같은 남자 때문에 죽어버리고 말 거야.'

―그만 가세요. 일하러 가야 해요.

그녀가 말했다.

―무슨 일을 하지?

―몸을 팔아요.

그 순간, 그녀는 뱀이 남긴 허물처럼 텅 비어 있었다.

안젤라, 지금 나는 네가 목에 두르고 다녔던 보라색 스카프를 생각하고 있다. 네가 엄마한테서 빼앗은 그 울 스카프는 세월이 지나도 그대로였지. 네 나이보다 더 오래된 그 스카프는 엄마와 내가 노르웨이에 갔을 때 산 것이란다.

로포텐 제도로 가는 유람선에서 엄마는 뜨거운 찻잔을 손에 쥔 채 선실에서 차를 마시고 있었다. 하지만 나는 얼어붙은 강풍이 세찬 파도를 일으키는 갑판에 나가 늦게까지 시간을 보냈다. 우리 뒤로 멀어져가는 피오르드처럼 곳곳에 금이 간 유람선 안에는 우리 말고는 다른 관광객을 찾아볼 수 없었다. 대신 어부들과 생선 상인 같은 그 지방 사람들로 북적거렸다. 눈앞에는 맑고 푸른 대기와 바람에 출렁이는 바다밖에 보이지 않았다. 기후와 풍경의 변화, 그리고 내가 입고 있던 두 겹의 스웨터와 선창에서 올라오는 생선 냄새는 나를 전혀 다른 사람처럼 느끼게 했다. 낯선 곳을 여행할 때면 자주 경험하는 일이었다. 혼자 있어서 행복했고, 좋지 않은 날씨 때문에 네 엄마가 선실 안에만 있어서 또 행복했다. 선원 한 사람이 방수포를 입고 힘겹게 갑판에 올라왔다. 그는 내 곁을 지나가면서 안으로 들어가는 것이 좋겠다는 말을 일러주려는지 선실 문을 가리키며 알 수 없는 노르웨이어로 소리쳤다. 그때 갑자기 파도의 포말이 튀어올라 스웨터를 적셨다. 그제야 나는 고개를 끄덕였다. 그러고는 미소를 지으며 영어로 소리쳤다.

— 괜찮아요!

그도 내게 미소를 보냈다. 선원은 젊어 보였지만 거친 바람과 싸워야하는 직업 때문인지 얼굴엔 벌써 깊은 주름이 패어 있었고 몸에서는 술 냄새가 진동했다. 그는 하늘 높이 팔을 들어올렸다.

— 하느님, 맙소사!

그렇게 외치더니 그는 뱃머리로 사라져갔다.


그때 어디선가 새 한 마리가 날아와 내 곁에 앉았다. 새가 날아오는 모습을 미처 보지 못했기에 나는 깜짝 놀랐다. 회색과 푸른색이 섞인 지저분한 빛깔의 털에, 갈퀴가 달린 발은 작은 손처럼 갑판의 난간을 꼭 붙잡고 있었다. 새의 생김새는 물총새와 먹황새를 뒤섞어놓은 듯 이상했다. 새의 가슴께가 볼록하게 부풀었다 수그러들기를 반복하고 있었다. 아마 바다 위의 이 은신처에 다다르기까지 힘겨운 날갯짓을 하며 간신히 날아왔을 것이다. 녀석은 전혀 온순하지 않았고 오히려 매우 공격적으로 보였다. 붉은 테두리를 두른 두 눈은 바다를 매섭게 응시하고 있었다. 내 눈엔 다음 비행을 위한 장소를 물색하는 것처럼 보였다. 녀석은 신화에 나옴직한 새처럼 멋진 부리를 가지고 있었고, 바다를 바라보는 시선에서는 인간과 닮은 뭔가가 느껴졌다. 신발과 스웨터로 무장한 우리가 바다의 포말 앞에서 몸을 피하고 있을 때, 그토록 작은 생명은 자연으로부터의 도전들을 한순간도 쉼 없이 받아들이고 있었다. 이 얼마나 놀라운 일인지. 우리는 왜 이토록 용기가 없는 것일까?

여행하는 동안, 바닷가에 솟아오른 긴 절벽을 따라 말없이 앞서 걸어가는 내 뒷모습을 바라보며 네 엄마는 예전과는 다른 뭔가를 느꼈을 것이다. 하지만 그것에 대해 말하지는 않았다. 저녁에 우리는 벽돌과 목재로 지은 식당에서 다른 사람들과 함께 기다란 테이블에 앉아 큼직한 맥주잔을 앞에 놓고 생선과 감자 요리를 먹었다. 엘사는 자기 손을 내 손 위에 올려놓고 고마움과 애정이 가득 담긴 미소를 보냈다. 나도 네 엄마의 즐거운 기분을 망가뜨리고 싶지 않았다. 담배 연기와 음악이 넘쳐흐르는 낯선 사람들 사이에서 우리는 서로를 껴안았다.

그리고 잠시 후 다시 네 엄마의 몸에 손길이 닿았을 때 나는 그녀에게 전적으로 헌신했다. 나의 몸짓은 평소와 다름없이 따뜻하고 부드러웠다. 엘사도 그것을 느끼고 있었다.

—사랑해요.

그녀는 희미한 어둠 속에서 내 머리를 쓰다듬으며, '사랑해요'라는 말을 여러 번 속삭였다. 어쩌면 그녀는 며칠 전 내가 자기를 바닷가 별장에서 도시로 데려오겠다고 한 말 때문에 불안했는지도 모른다. 아마 우리 두 사람이 함께 있게 되는 것이 두려웠을 것이다. 나는 오르가슴에 이를 때까지 네 엄마를 부드럽게 애무했고, 마지막 절정이 지난 뒤 그녀 곁에 누웠다. 만족해하는 엄마의 눈엔 달콤하고 사랑스런 빛이 흐르고 있었다. 그녀는 나른해진 팔로 나를 만지며 말했다.

—기분이 어때요?

나는 네 엄마의 손을 잡고 결혼반지에 키스했다.

—지금 이 순간이 행복해.

내 성기는 벌써 작아져 두 다리 사이로 깊숙이 숨었고 어린아이의 그

것처럼 무기력해졌다. 나를 바라보는 엄마의 눈빛은 더 그윽해졌다. 그 순간 나는 네 엄마가 뭔가 묻기를 기다리고 있었다. 하지만 엘사는 애원하는 듯한 내 시선을 거두려는 듯 아무 말 없이 내 얼굴에 손을 갖다 댔을 뿐이었다. 아니, 그 완벽하게 평온한 순간에 네 엄마는 어떤 것도 복잡하게 만들고 싶지 않았던 것이다. 그러고는 이내 잠이 들었다. 나는 어떤 절망감이나 후회도 없이 먼 이국 땅의 낯선 나무 천장만을 바라보고 있었다. 상상 속에서 나는 환영들의 폭포를 지나 그녀를 기쁨으로 넘치게 할 뜨거운 모래사장까지 아내를 데려왔다. 이제 그녀는 그곳에서 쉴 테고, 나는 바위 사이를 한참 걸어다닐 것이다. 이튿날 아침은 맑고 투명했다. 우리는 아담한 여인이 커다란 진열대 앞에 서 있는 스카프 가게로 들어갔다. 엄마는 보라색과 자주색 실로 짠 스카프를 골랐고 상점 여인이 나무로 된 진열대 위에서 그것을 포장하는 걸 구경했다. 그러고는 휴가 내내 스카프를 걸치고 다니며 색깔이 어떻게 변하는지 보려고 밤낮으로 펼쳐 보았다. 그 스카프는 기억에서 잊혀졌다가 다시 나타나기를 반복하며 언제나 우리의 삶과 함께했단다. 너의 목을 감싸고 너의 향기가 짙게 배어들 때까지 말이야, 안젤라.

여행이 끝나고 비행기에서 내렸을 때 우리는 다시 여름의 뜨거운 열기와 맞닥뜨렸다. 엘사는 짐을 거실에 내려놓고 곧바로 수영복으로 갈아입더니 라파엘라가 수영하고 있는 곳까지 헤엄쳐갔다. 8월이 절정에 다다른 때여서 해변 마을은 피서객들로 북새통을 이뤘다. 그래서인지 잘 알고 지내던 식료품 가게 주인이나 신문 파는 남자까지도 평상시의 친절한 모습을 잃은 채 조급해 보였다. 사람들을 거의 찾아볼 수 없는 곳이라곤 지붕에 이엉을 얹고 모래사장에 테이블 몇 개를 내놓은 바 한 군데뿐이었다. 그곳은 악취가 나는 하구 가까이 위치해 있었기 때문에 피서객들에게 외면당했다. 주인은 가에라는 중년 남자였는데, 십자가에 못 박힌 예수 같은 몸에 빛바랜 비치웨어를 걸치고 있었다.

그해 여름, 우리는 하구까지 산책을 갔다가 우연히 그곳을 발견했다. 그곳은 보트를 보관하고 수리하는 가게와 가까이 붙어 있었다. 우리가 갔을 때는 기름 범벅이 된 폴란드 인부 두 명이 모터를 해체하고 있었다. 그들 너머에서 해변은 끝나고 있었다. 황량한데다 조금 지저분하기까지 한 가에의 바를 처음 발견한 사람은 엘사였다. 처음엔 네 엄마를 따라 그곳에 갔지만, 나중엔 매일 습관처럼 그곳에 들르곤 했다. 아침에 난 그곳에서 커피를 마시며 신문을 읽었다. 저녁이 되면 가에는 진한 아페리티프를 준비하는 데 몰두했다. 나중에 넌 그가 건넨 술을 몇 모금 마시고 어지러워했었지. 그 바에는 대체로 사람이 많지 않았다. 그날도 폴란드인 몇몇이 술에 취해 큰 소리로 떠들어대고 있었다. 가에가 내 테이블에 앉아 마리화나를 권했지만 사양했다. 나는 왠지 그곳이 마음에 들었다. 그곳에서 바라본 바다는 해초가 많아서인지 다른 빛을 띠었다.

어느 오후, 다시 바를 찾은 나는 그곳에서 목발을 짚고 휠체어를 탄 장애인들을 만났다. 그들은 한 발 한 발 힘겨운 여정을 모래 위에 새기며 해변에 모습을 드러냈다. 그러고는 얼마 안 되는 테이블에 빼곡히 앉아 음료수를 주문했다. 그중 한 사람이 가방에서 라디오를 꺼내자, 잠시 후엔 소박한 축제같이 들뜬 분위기가 이루어졌다. 햇빛에 그을린 주머니쥐 같은 얼굴을 한 육중한 몸매의 노파가 모래 위에서 춤을 추기 시작했다.

나는 당혹스런 기분이 들어 자리에서 일어나 돈을 지불하고 바로 그 자리를 뜨려고 했다. 하지만 한 소아마비 소년에게 시선을 빼앗기고 말았다. 비쩍 마른 소년의 팔은 경련을 일으키며 뻣뻣이 굳어 있었고, 마비된 손가락은 갈퀴 모양으로 벌어져 있었다. 그는 리듬에 맞춰 최선을 다해 머리를 흔들었다. 한쪽에서는 휠체어를 탄 소녀가 물고기 이빨처럼 뾰족하고 드문드문한 이를 드러낸 채 그를 바라보고 웃고 있었다. 플라스틱 귀고리를 하고 있는 소녀의 얼굴은 둔하고 느리게 움직이며 살아야 하는 삶을 견디고 있음이 역력했다. 하지만 소년을 바라보는 그녀의 눈빛은 비록 서툴지라도 사랑이 듬뿍 담겨 있었고, 내 숨을 멎게 할 만큼 떨리고 있었다. 그녀는 이미 소년의 부자유스런 몸짓 따위는 신경 쓰지 않았다. 진실로 그를 사랑하고 있는 것이다. 나는 서둘러야만 했다. 해는 벌써 수평선 너머로 사라졌고, 엘사는 나와 저녁식사를 하려고 기다리고 있었다. 나는 가에가 만든 독한 아페리티프를 적어도 반 잔 정도는 마신 상태라, 돌아가는 길에 취기를 없애야겠다는 생각을 하고 있었다. 그러면서도 손에 만 리라를 쥐고 계산대에 기대 서서 이런 생각을 했다. 저런 애정 어린 시선을 한 번이라도 받을 수 있다면, 기꺼이 건강한 사람들의 무리를 떠나 저렇게 불쌍한 사람들 속으로 들어가겠다고. 사랑하는 안젤라, 그런 생각에 빠져드는 순간, 내 마음 깊은 곳에서 불현듯 이탈리아가 떠올라 잠수함처럼 심연을 배회하고 있었다.

나는 다시 도시에서 홀로 저녁을 맞았다. 그날 저녁 나는 사진을 담아두는 큰 상자를 꺼내 그 안에 가득 들어 있던 사진들을 책상 위에 쏟아부었다. 사진들을 뒤적이다가 짧은 바지를 입고 얼굴에는 깊은 우울을 드리운 사춘기 시절의 내 모습이 담긴 사진을 발견했다. 기억하지 못하고 있었지만 옛 사진 속의 나는 무척 뚱뚱했다. 그러나 몇 년 뒤의 모습은 굉장히 말라 있었다. 대학 신입생 시절에 찍은 사진이 그것을 증명하고 있었다. 옛날 사진들을 살펴보면서 점차 나의 호기심은 이상한 비탄의 감정으로 변해갔다. 나는 내가 도피자였음을 깨달았다. 지나온 내 인생은 모두 사진들 안에 있었고, 손가락으로 그 반들반들한 표면들을 하나 둘 따라가다 보면 지금의 모습에까지 이를 수 있었다. 하지만 가장 최근의 사진들 속에서 나를 찾기란 쉽지 않았다. 많지 않은 사진들 속에서조차 나는 늘 옆으로 비켜서 있거나 무언가에 놀란 듯 눈을 제대로 뜨지 못하고 있었다. 계속 사진들을 들추다보니 흡사 숨겨놓은 비밀 지도라도 찾고 있는 듯했다. 내가 의도했던 대로 나는 기억의 감옥에서 빠져나와 있었다. 만약 내가 갑자기 죽는다면 엘사는 묘비에 넣을 나의 최근 사진을 찾느라 애를 먹을 것이다. 이런 상상은 슬프기는커녕 오히려 힘이 되어주었다. 나는 아무 증거도 남기지 않고 떠날 것이다. 어쩌면 나는 나를 어두운 그늘 속으로 끌고 간 아버지의 비극적인 이기주의를 비웃고 있는 것인지도 모른다. 아니, 훨씬 더 위선적인 나르키소스가 살고 있는 그림자 속으로 걸어 들어간 것이다. 어쩌면 내 인생을 통틀어 가장 가까운 가족들과의 관계에서조차 나는 위선적으로 살아왔는지 모른다. 그럴듯한 이미지를 만들어 그것을 과시해온 것이다. 방 안에는 스탠드 램프만이 어둠을 밝히고 있었다. 나는 안경을 벗고 내 앞에 있는 어두운 공간을 응시했다. 그런 다음 서재의 프랑스식 창문을 활짝 열고 테라스로 나갔다. 나는 화분에 오줌을 누며 식물 재배용 흙 속에서 올라오는 뜨거운 김을 바라보았다. 그 순간 전화벨이 울렸고, 나는 다시 안으로 들어갔다.

—엘사, 당신이야?

아무런 대답이 없었다.

—엘사?

잠시 후 수화기 저편에서 이탈리아의 쓸쓸하고 익숙한 숨결이 전해져왔다.


그녀를 보자마자 나는 두 팔로 꼭 껴안았다. 내 품안에서 그녀는 가쁜 숨을 내쉬고 있었고, 그렇게 우리는 한참 동안이나 서로 껴안은 채 움직이지 않았다.

—무서웠어요.

—뭐가 그렇게 무서웠지?

—당신이 다시는 오지 않을까봐……

내 품에 안긴 그녀의 몸은 떨리고 있었다. 나는 그녀의 검은 가르마 속에 코를 파묻었다. 서둘러 그녀의 체취를 빨아들여 내 폐부를 가득 채워야 했다. 그것이 내가 원하는 유일한 일이었다. 그러자 기분이 한결 좋아졌다. 그녀의 입술은 내 가슴까지 미끄러져 내려왔다. 나는 그녀의 팔을 들어올렸다.

—제발, 나를 봐.

그녀는 자신의 셔츠 단추를 풀었다. 풀리는 단추들은 그녀의 손길 아래 마치 묵주알처럼 미끄러져 내렸다. 그녀의 작은 가슴이 드러났다. 나는 그녀의 손을 낚아챘다.

—아니야. 여기서는 아니야.

나는 그녀의 팔을 잡아끌어 방에 있는 침대로 데려갔다. 그러고는 조심스럽게, 마치 해부할 육체를 다루듯이 섬세한 손길로 천천히 그녀의 옷을 벗겼다. 그녀는 아무런 저항도 하지 않고 내가 하는 대로 내버려 두었다. 드디어 실오라기 하나 걸치지 않은 그녀의 몸이 드러났을 때, 나는 그녀의 모습을 보기 위해 한 걸음 뒤로 물러났다. 갑작스런 나의 행동에 이탈리아는 당황한 듯 어색한 미소를 지었다. 그러곤 손으로 음부를 가렸다.

—내 모습은 너무 추해요. 제발 보지 말아요……

하지만 난 그녀의 손을 들어 침대 커버 위에 늘어뜨린 그녀의 머리 위로 올려놓았다.

—그대로 있어줘.

그리고 나는 천천히 그녀의 몸을 탐색하며 구석구석 애무했다. 그런 다음 나도 옷을 전부 벗었다. 그녀 앞에서 나는 한 번도 그래본 적이 없었다. 모두 벗어던진 내 몸 또한 그리 아름답지 않았다. 팔은 너무 가는데다 배도 많이 나와 있었고, 성기도 힘없이 한쪽으로 치우쳐 있었다. 나 역시 그녀처럼 부끄러운 기분이 들었다. 하지만 덜 매력적으로 보이더라도 이렇게 다 벗은 채로 있는 것이 좋았다. 서두름이나 격정 없이 서로 마주보며 시간 속을 유영하고 싶었다. 그녀의 몸 안에서 나는 나른하면서도 분명한 눈빛으로 그녀를 바라보며 한동안 그대로 있었다. 우리는 그렇게 열정의 세계에 머물러 있었다. 그녀의 볼에서는 눈물이 흘러내렸고, 나는 입술로 그녀의 눈물을 머금었다. 더이상 그녀가 두렵지 않았다. 나는 다 자란 남자처럼 혹은 아이처럼 그녀 위에 누워 있었다.

—이제 너는 내 여자야, 오직 나만의 여자.

잠시 후, 그녀는 침대 끝에 몸을 웅크린 채 조그만 가위로 내 발톱을 잘라주었다.

—몇 살이지?

—몇 살로 보여요?


우리는 서로 껴안은 채로 잠이 들었다. 나는 잠들기 전까지 그녀의 머리를 쓰다듬어주었다. 잠에서 깨어났을 때, 이탈리아는 내 곁에 없었다. 나는 테이블 위에서 메모지 한 장을 발견했다.

'될 수 있는 대로 빨리 돌아올게요. 커피를 준비해두었어요.'

메모 끝에는 붉은 립스틱으로 키스를 남겨놓았다. 나는 그녀가 남긴 키스 자국 위에 입을 맞췄다.

그러고는 부엌으로 가 커피 주전자가 올려져 있는 버너에 불을 켰다. 찬장을 열어 그녀가 정리해놓은 것들을 훑어봤다. 가지런히 놓인 접시들과 크고 작은 컵들, 그리고 나무 빨래집게로 밀봉한 설탕과 밀가루 봉지들이 보였다. 찬장 문 뒤에는 한 장짜리 달력이 숨겨져 있었는데, 지난 두 달 동안은 여기저기 작은 십자 표시가 되어 있었다. 나는 기억을 더듬어보다가 곧 더이상 그럴 필요도 없음을 알아차렸다. 그것은 바로 우리가 만난 날짜들이었다. 냉장고 위에서는 지폐 몇 장이 들어 있는 유리병을 발견했다. 몇 장은 꼬깃꼬깃했고, 다른 몇 장은 그냥 얌전히 접혀 있었다. 호기심에 나는 돈을 세어봤다. 내가 준 액수에서 한 푼도 차이가 나지 않았다.

나는 창밖을 내다봤다. 태양은 고가도로를 뜨겁게 달구며 덤불숲 위로 쨍쨍 내리쬐고 있었다. 집시 여자는 트레일러 옆에서 빨래를 널고 있었고, 꼬리를 세운 작은 암탉 세 마리는 한 줄로 나란히 서서 채소밭 가까이로 걸어가고 있었다. 채소밭은 방금 전에 물을 주었는지 흙덩어리들이 검게 물들어 있었다. '이탈리아는 내가 준 돈을 쓰지 않고 병에 넣어두었어.'

나는 샤워를 마친 뒤 이탈리아의 가운을 입었다. 그녀의 가운 소매는 내 팔꿈치까지밖에 닿지 않았다. 나는 바닥에 있는 전화기를 들고 침대에 앉았다. 그러고는 네 엄마에게 전화를 걸어 주말에 가지 못할 거라고 말했다.

—무슨 일 있어요?

—병원에서 당직근무를 해야 해.


나는 벽에 걸린 원숭이와 오래도록 눈을 마주쳤다. 어느 순간 문 열리는 소리가 들렸다.

—아직 안 간 거죠?

—응. 여기 있어.

그녀를 껴안자 몸에서 낯선 곳의 냄새가 났다.

—어디 갔었어?

—일하러요.

─무슨 일을 하는데?

─성수기 때 호텔에서 객실 청소를 해요.

그녀에게서는 만원버스 냄새가 났다.

해가 질 무렵 밖으로 나간 우리는 서로 손을 잡고 유령이 나올 듯한 변두리 지역을 걸어다녔다. 걸어다니는 동안 우리는 거의 아무런 대화도 하지 않았다. 오로지 우리의 발소리에만 귀기울이며, 각자의 생각들을 밤의 세계에 묻어두고 있었다. 나는 그녀의 손을 놓지 않았고, 그녀역시 내 손을 놓지 않았다. 잘 알지 못하면서도 무척이나 가깝게 느껴지는 여자가 옆에 있다는 것이 이상했다. 그녀는 외출하기 전에 화장을 했다. 아주 연약해 보이는 얼굴에 재빨리 분칠을 하고 있을 때 나는 거울로 그녀의 모습을 훔쳐봤다. 붉은 립스틱과 높은 하이힐, 노랗게 염색한 머리카락…… 내 취향에 맞는 것은 단 한 가지도 없었다. 하지만 그녀는 다른 누구도 아닌 이탈리아였고, 이유는 알 수 없었지만 나는 그녀의 모든 것이 좋았다. 그날 밤, 그녀는 내가 갈망하는 모든 것이었다.

─함께 달려요!

그녀가 소리쳤다.

우리는 달리다 서로 걸려 넘어질 뻔해 웃음을 터뜨리기도 하고, 벽에 기대어 포옹을 하기도 했다. 우리는 연인들이 하는 유치한 행동들은 모두 다 했다. 다음날 헤어질 무렵, 이탈리아는 또다시 떨었다. 그녀는 기르는 닭들이 낳은 달걀로 오믈렛을 만들어주었고, 내 셔츠를 빨아서 다림질까지 해주었다. 내가 키스하고 뒤돌아서려는 순간 그녀는 떨고 있었다. 안젤라, 새롭게 시작되는 사랑은 늘 두려움으로 가득하단다. 그런 사랑은 세상에서 머무를 곳을 찾지 못하고, 어디로 향해 가는지도 알지 못하지.

휴대 전화가 울린다. 나는 그것을 창가에 놓아두었다. 그곳의 수신율이 가장 높기 때문이지. 하지만 나는 전화를 바로 받을 수 없었다. 먼저 신선한 공기가 필요했어. 창문을 열고 그 다음에 푸른색 통화 버튼을 눌렀다. 네 엄마의 목소리는 믿을 수 없을 만큼 생생히 들렸다. 주변의 소음이라든지 비행기의 출발과 도착을 알리는 안내방송마저 들리지 않았다.

—티모, 당신이에요?

—응, 나야.

—사람들이 그러는데……

—뭐라고 했는데?

—가족 중 누가 사고를 당했다고…… 지금 비행기 티켓을 받았으니 곧 출발할게요.

—그래, 맞아.

—안젤라가 다친 거예요?

―응.

―어디를 다쳤어요?

―오토바이를 타고 가다가 사고가 났어. 지금 수술중이야.

―무슨 수술이에요?

―뇌수술.

네 엄마는 왈칵 울음을 터뜨리지는 않았지만 수화기 저편에선 흐느끼는 듯한 소리가 들렸다. 마치 누군가 엄마를 조각조각 찢어놓기라도 하는 듯한 소리였다. 그러나 고통스런 숨소리는 한순간에 사라지고, 차분하고 단조로운 목소리가 다시 들려왔다.

―당신 지금 병원에 있어요?

―응.

―의사들은 뭐래요?

―너무 걱정하지 말라고 했어. 괜찮을 거라고……

―당신은요? 당신이 보기엔 어때요?

―글쎄……

목 뒤에서 울컥 울음이 치밀어올랐지만 눈물을 흘리고 싶지는 않았다.

―걱정하지 마, 엘사. 괜찮을 거야.

나는 고개를 숙인 채 창문 밖으로 몸을 내밀었다.

'왜 당장 저 아래로 뛰어내리지 않는 거야? 외투를 걸친 환자들이 이야기를 나누며 걸어가는 바로 저곳으로 말이야.'

―언제 출발해?

―십 분 후에 브리티시 에어라인으로 출발할 거예요.

―기다릴게.

―그런데 헬멧은 안 쓰고 있었어요?

―쓰긴 했지만 버클을 잠그지 않았어.

—뭐라고요? 어떻게 그런 일이?

안젤라, 왜 약속을 지키지 않았니? 젊은 애들은 왜 항상 딴생각을 하는 거지? 넌 미소를 지으며 엄마의 말을 깡그리 무시했어. 게다가 엄마에게 치명적인 상처를 안겨주었지. 이제 어떻게 용서를 구할 거니, 안젤라?

—티모?

—응?

—안젤라는 죽지 않을 거라고, 그애를 두고 맹세해줘요.

—그래, 당신과 안젤라를 두고 맹세할게.


바깥으로 나가 산책하던 환자들은 벤치에 앉아 담배를 피우고 있다. 벽돌색 외투를 입은 중년 부인이 화단 옆을 지나고 있구나. 그래, 내 딸아, 인간은 저렇게 무리를 지어, 서로 할퀴고 생채기 내면서, 앞으로도 영원히 살아갈 것이다. 그런데 과연 나와 네 엄마는 어떻게 될까? 그리고 네 기타는 어떻게 되는 거지?

우리는 뜨거운 정사를 나눈 후 그대로 움직이지 않고 누워 있었다. 고가도로 위를 지나는 자동차 소리는 지붕 위를 지나는 것처럼 아주 가깝게 들렸다. 나는 당장 옷을 입고 집으로 돌아가야 했다. 하지만 우리를 가두고 있는 욕망의 감옥으로부터 벗어나기는 쉽지 않았다.

'내 양말과 바지는 어디 있지? 그리고 자동차 열쇠는?'

하지만 나는 그대로 머물러 있었다. 다음날 암 의학회 세미나에 참석해서 강연을 하기로 예정되어 있었지만 조금도 가고 싶지 않았다. 이탈리아는 자신에게 남겨질 고독을 생각하면서 천천히 내 팔을 어루만졌다. 나는 세미나가 열릴 회의장과 내 이름이 새겨진 명패 앞에서 안경을 끼고 앉아 있을 내 모습을 상상했다. 더 나아가 윗옷에 신분증을 달고 있을 동료들과 심지어 내가 묵을 호텔의 가운과 밤에 열어볼 미니바까지 그려보았다.

— 같이 가자.

베개에서 몸을 돌린 그녀는 믿지 못하겠다는 눈으로 나를 쳐다봤다.

─어서.

─아니, 싫어요.

그녀는 고개를 저었다.

─왜?

─마땅히 입을 게 없어요.

─속옷뿐이라도 괜찮아. 속옷만 입어도 멋지니까.


늦은 밤, 나는 보고서를 다시 정리하고 있었다. 붉은 펜을 들고 여기저기 밑줄을 긋거나 삭제를 하고 다른 말들을 추가했다. 그러고는 그녀에게 전화를 걸었다.

─자고 있었어?

─아무래도 안 가는 게 낫겠어요, 그렇죠?

─내일 아침 여섯시에 들를게. 너무 이른 시간이야?

─혹시 마음이 바뀌더라도 내 걱정은 안 해도 돼요.


다음날 아침 여섯시에 이탈리아는 벌써 화장을 하고 길에 나와 있었다. 나를 기다리는 그녀의 모습은 우울한 광대처럼 보였다. 나는 그녀에게 키스했다. 그녀의 몸은 차갑게 얼어 있었다.

─얼마나 기다린 거야?

─방금 전에 나왔어요.

하지만 그녀는 꽁꽁 얼어 있었다. 그녀가 입은 소매가 짧은 검은 재킷의 어깨는 패드가 너무 두툼히 들어가서 목까지 솟아올라 있었다. 드러난 팔은 추위에 질려 대리석에 새겨진 무늬처럼 울긋불긋했다. 그녀는 차가운 손을 허벅지 사이에 넣고 비볐다. 나는 그녀의 몸을 녹여주기 위해 히터를 가장 세게 틀었다. 그녀의 얼굴은 덜덜 떨렸고 눈까지 얼어붙은 듯했다. 그녀는 옷매무새에 신경 쓸 여력도 없이 의자 등받이에서 살짝 떨어져 앉은 채 꼼짝도 하지 않았다. 시간이 흘러 우리가 탄 자동차가 텅 빈 고속도로를 달리는 동안 그녀의 몸도 서서히 녹았다. 나는 그녀의 코끝을 만지며 말했다.

—이제 좀 괜찮아?

그녀는 웃으며 고개를 끄덕였다.

—안녕.

—안녕.

—기분은 어때?

나는 그렇게 말하며 그녀 다리 사이에 손을 넣었다.


우리가 도착한 곳은 화산암이 나는 작은 도시였다. 나중에 너와 함께 간 그곳에서 일방통행로들과 도로 표지판들 때문에 우리는 계속 같은 원형 광장 주위를 맴돌았었다. 나는 주차장에 차를 세워두고, 이탈리아에게 그녀 이름으로 방 하나를 더 예약했다고 말했다. 도저히 위험을 감수할 수 없었기 때문이었다. 세미나에는 많은 동료들이 참석할 예정이었고, 그들 중엔 만리오도 끼어 있었다. 차에서 내린 우리는 약간 거리를 두고 걸었다. 이탈리아는 나보다 더 걱정스런 얼굴이었지만, 어디로 갈지도 모르면서 허리를 펴고 천연덕스럽게 걷고 있었다. 그녀는 바퀴 달린 여행가방을 끌고 있었는데, 며칠 지낼 곳에 가져오기엔 지나치게 큰 가방이었다. 그녀는 반은 비어 있을 가방을 끌고 가느라 몸을 한쪽으로 기울인 채 걷고 있었다. 반면에 짧은 여행에 익숙한 나는 엘사가 선물한 우아하고 실용적인 작은 가죽 가방 하나만 가져왔다. 그날 아침 허리띠를 졸라맨 덕분에 내 배는 보기 좋게 들어가 있었다. 나는 너무나 들뜬 기분으로 가볍게 발걸음을 옮겼다. 마치 수학여행 온 소년

같은 기분이 들었다. 그래서 앞에 걸어가는 그녀의 엉덩이를 툭 건드리며 말했다.

— 실례합니다. 아가씨.

하지만 그녀는 진지했고, 고개를 돌리지도 않았다. 그녀는 자신이 침입자임을 알고 있었다. 그녀가 입은 초라한 재킷과 평상시에 입는 것보다 긴 스커트에서 남들 눈에 덜 띄려고 노력한 흔적이 엿보였다.

나는 곧바로 객실 열쇠를 받았다. 하지만 이탈리아는 여전히 리셉션 데스크에서 남자 직원과 이야기를 주고받고 있었다. 그때 동료 의사 두 명이 다가와 우리는 서로 인사를 건넸다. 나는 그녀 곁에 머무르기 위해 리셉션 데스크에 좀더 머무를 구실을 찾아내야 했다. 그래서 푸른 조끼를 입은 여직원에게 물었다.

— 사우나는 따뜻한가요, 아니면 더 기다려야 합니까?

그러자 그녀는 옆에서 잠깐 기다리라는 말을 했다. 이탈리아와 마주한 남자 직원은 손에 펜을 들고 예약 명단을 훑어봤다. 그녀는 난처한 눈빛으로 나를 돌아다봤다. 나는 그쪽으로 다가가 말했다.

— 제 동료에게 무슨 문제라도 있습니까?

남자는 고개를 들어 나를 보고는 다시 이상하다는 눈빛으로 이탈리아를 쳐다봤다.

— 지금 확인하는 중입니다만, 숙녀 분께서는 예약 명단에 등록이 안 되어 있군요.

남자는 붉은 립스틱을 바른 그녀의 입술과 탈색된 노란 머리카락 사이로 드러난 검은 가르마, 그리고 그녀가 입은 싸구려 재킷과 지나치게 큰 가방들로 그녀를 판단하고 있었다. 그녀는 데스크에서 고개를 숙인 채 뭔가를 적고 있는 직원을 바라보았다. 어쩌면 벌써 그곳에 온 것을 후회하고 있을지 모른다.

　그녀는 거의 적대적으로 보일 만큼 오만한 표정으로 호텔 로비를 지나갔다. 그 순간 그녀의 태도는 너무나 거칠고 무례해 보였다. 아마 그녀의 음울함 때문이었을 것이다. 그것은 그녀가 할 수 있는 최선의 노력이었다. 우리는 함께 엘리베이터를 타고 올라갔다. 우리 두 사람만 타고 있었지만 나는 그녀에게 다가가지 않았다. 문득 하이힐을 신고 어색하게 복도를 걸어가는 그녀를 보며 나는 죄의식을 느꼈다. 내가 예약한 방들은 같은 층에 있었다. 다행히 복도에는 아무도 없었다. 이탈리아는 재빨리 내 방으로 들어갔다. 그러고는 방 안을 둘러보지도 않고 그대로 서서, 손톱만 물어뜯고 있었다.

　학회는 나흘간 계속되었고, 강연과 학술 모임, 연수 과정이 진행되었다. 이탈리아는 호텔 밖으로 나오길 꺼려해 침대에서 텔레비전을 보며 시간을 보냈다. 나는 그녀 대신 먹을 것을 주문해 객실로 전해주도록 하고는 호텔 레스토랑에서 다른 동료 의사들과 저녁식사를 했다. 나는 불안해하거나 서두르지 않고 천천히 요리를 음미하면서 그들과 대화도 나누고 농담도 했다. 내 안에는 어느새 작은 기쁨이 물결치고 있었다. 위층에 있는 그녀는 아무도 모르게 몸을 숨기고 내 품에 안길 준비를 하고 있었다. 방 안에서 문을 잠근 채 나를 기다리고 있는 것이다. 내가 노크를 할 때마다 그녀가 서둘러 카펫 위를 맨발로 걸어오는 소리가 들렸다. 그녀는 말할 때 목소리를 낮췄고, 누군가 우리의 대화를 들을까 봐 항상 불안해했다. 그녀는 내가 예약해놓은 또다른 방이 비어 있는 것을 안타까워했다. 우연히 문에 걸려 있는 숙박 요금표를 읽고 나서는 그만 얼굴을 붉혔다. 그 때문인지 그녀는 미니바에서 아무것도 먹지 않으려 했다. 심지어 물조차도 미니바의 생수를 마시지 않고 수돗물을 마셨다. 나는 화를 냈지만 그녀는 고집을 꺾지 않았다. 청소부가 올 때도 그녀는 밖에 나가지 않고 구석에 앉아 그녀들이 일하는 것을 지켜보았다. 밤이 되면 우리는 잠도 자지 않고 오래도록 사랑을 나누었다. 이탈리아가 베개 바깥으로 목을 내밀자 그녀의 목젖이 가늘게 떨렸고 머리카락은 바닥으로 쏟아져내렸다. 그녀는 마치 나의 등뒤 저편에서, 잃어버린 그녀 자신의 일부분과 다시 하나가 될 수 있는 장소를 찾는 듯 보였다. 그녀는 하늘을 날고 있었다. 그녀의 일부가 나의 손을 빠져나갔다. 그녀는 호텔 정원의 불빛들이 비쳐드는 창문을 바라보았다. 정원에는 매일 밤 같은 시각에 작동을 멈추는 분수가 있었다. 이탈리아는 침대에서 일어나 분수가 멈추는 것을 보러 창가로 갔다. 그녀는 분수가 마지막으로 물을 뿜어내는 모습을 보는 것을 좋아했다. 그녀는 별말이 없었고, 장소에 대해 불평하지도 않았다. 그녀는 자신이 신혼여행을 온 신부가 아니란 걸 잘 알고 있었다. '나 이전에 얼마나 많은 남자들이 그녀를 사랑했었는지는 절대로 알 수 없을 거야. 하지만, 그 남자들이 그녀를 자상하게 돌봐주거나 아니면 상처를 주면서 지금의 모습으로 만들어놓은 건 틀림없어.'

이튿날, 우리는 한밤중에 방 밖으로 나와 프런트에 열쇠를 맡기고 호텔 로비를 유유히 빠져나왔다. 이탈리아는 내가 상점 진열장을 지나다 그녀를 위해 산 하얀 구두를 신고 있었다. 구두가 그녀의 발보다 커서 이탈리아는 구두코 속에다 화장지를 조금 말아 넣었다. 가파른 언덕 위에 자리 잡은 작은 도시는 미로처럼 뻗어 있는 골목길 사이사이로, 세월의 흔적이 고스란히 깃들어 있는 오래된 집들이 다닥다닥 붙어 있었다. 이탈리아는 너무 큰 신발을 신은 탓에 발꿈치가 자꾸 벗겨졌다. 우리는 시청 건물을 지나 성벽이 있는 언덕까지 힘겹게 올라갔다. 그곳에서 멋진 야경을 마주하며 빛의 물결을 이룬 밤의 도시를 바라보았다.

계단을 조금 내려오자 자갈이 깔린 광장이 있었다. 그곳 한가운데엔 어린아이들을 위한 놀이기구들이 몇 개 놓여 있었다. 그네가 바람에 삐걱거리는 소리를 내며 흔들리고 있었다. 로마네스크 양식의 첨탑이 어둠 속 검은 지붕들 사이로 빛나고 있었다. 우리는 돌로 만든 의자에 앉아 발판이 있어야 할 자리에 큼직한 스프링이 달려 있는 목마를 바라보았다. 이내 우수 어린 그림자가 우리의 비밀스런 관계에 깊은 음영을 드리웠다. 아이들이 없는 놀이터는 우리를 조금 쓸쓸하게 만들었다. 그네는 계속 삐걱거리는 소리를 내며 우리의 기분을 가라앉게 했다. 그때 이탈리아가 자리에서 일어나 그네를 타러 갔다. 그네에 올라탄 그녀가 발을 굴러 서서히 몸을 밀어올리자, 마침내 그녀의 다리가 공중으로 떠올랐다. 그녀의 몸은 위로 올라갔다가 다시 땅으로 내려왔다. 신부의 구두처럼 하얀 구두가 발에서 떨어져나갔지만, 그녀는 전혀 신경 쓰지 않았다.

　다음날 나는 복도에 있는 그녀를 보았다. 객실 청소부들과 친해진 그녀는 이 방 저 방을 옮겨다니며 청소하는 그들을 따라가 세탁한 시트를 집어서 건네주고 있었다. 내가 있는 줄 모르고 있는 그녀를 지켜볼 수 있는 기회였다. 그녀는 남부 억양이 섞인 빠른 말투로 이야기하고 있었다. 앞치마를 두른 그녀들 사이의 이탈리아는 어느 때보다 자연스러웠다. 감옥에서 빠져나와 자신과 비슷한 사람들에게 달려간 것이다. 머리에는 샤워 캡을 쓰고 있었는데, 누가 봐도 정말 우스꽝스러운 모습이 아닐 수 없었다. 그녀는 샤워중에 물이 나오지 않아 쩔쩔매는 거만한 손님의 몸짓을 흉내내고 있었다. 그녀 옆에 있는 뚱뚱한 여자는 재미있다는 듯 웃었다. 나는 이탈리아가 그토록 생기 넘치고 유머가 있는지 몰랐었다. 그녀를 부르자 이탈리아는 물론 일하는 여자들까지 고개를 돌렸다. 이탈리아는 머리에 쓴 캡을 황급히 벗고 내게로 다가왔다. 그녀는 붉어진 얼굴로 어린아이처럼 떨고 있었다.

—일찍 왔네요……

그녀는 나지막이 말했다.

마지막 날 저녁, 이탈리아는 내가 우기는 바람에 호텔 레스토랑에서 저녁식사를 했다. 나는 낯선 사람들 속에 있는 그녀의 모습을 보고 싶었다. 그녀는 생각보다 늦게 내려와 구석진 자리로 다가갔다. 그녀가 앉은 테이블은 다른 룸으로 통하는 유리문에서 가까운 자리였다. 나와 식사하던 동료 의사들은 와인 냄새를 풍기며 일에 대한 불평을 늘어놓았다. 만리오는 그날 아침에야 도착했기 때문에 세미나에는 참석할 수 없었다. 그는 연신 담배 연기를 내뿜으며 대체의학 전문가인 한 미국인 연구자를 신랄하게 비판했다. 그의 냅킨 옆에는 금으로 된 라이터가 있었다. 나는 이탈리아가 무엇을 주문했는지 궁금했고 그녀에게 와인을 한 잔 사주고 싶었다. 그러나 여전히 웨이터들은 그녀에게 아무것도 가져다주지 않았다. 그들은 어쩌면 그녀의 존재를 잊어버렸는지도 모르겠다. 나는 웨이터를 찾으려고 주위를 두리번거렸다. 그녀는 어색한지 가만히 있지 못하고 테이블 위에 팔꿈치를 올려놓고는 한 손으로 턱을 만지며 어서 자리를 뜰 시간만 기다리고 있었다. 나는 멀리서도 그녀가 난처해하고 있다는 걸 한눈에 알 수 있었다. 음식을 들고 온 웨이터는 그녀에게 다가가 허리를 굽히고는 요리를 따뜻하게 하느라 덮어놓은 동그란 뚜껑을 들어올렸다. 이탈리아는 수저로 수프 같아 보이는 음식을 먹기 시작했다. 나는 그녀를 주시하고 있는 만리오에게 고개를 돌렸다. 그녀도 그의 시선을 느꼈는지 먹는 것을 그만두고 냅킨 가장자리를 매만지기 시작했다. 그러고는 고개를 들어 아무런 거리낌 없이 만리오 쪽을 바라보았다. 다시 한 번, 그녀는 뻔뻔할 정도로 오만한 표정을 짓고 있었다. 만리오는 팔꿈치로 나를 치면서 말했다.

─나를 보고 있는데……

그는 얼굴 한가득 음흉한 미소를 띠며 말했다.

─혼자 있는데 여기로 데려와서 술이나 한 잔 권할까?

미처 말리기도 전에, 언제나 그랬듯 그는 벌써 자리에서 일어나 침팬지 같은 미소를 흘리며 그녀에게 다가갔다. 주위에 있는 다른 동료들은 하나같이 조금씩 취기가 올라 그저 웃고만 있었다. 하지만 이탈리아는 만리오의 제안에 머리를 흔들며 거절했고, 곧바로 일어나 뒷걸음질치다가 후식을 실은 수레에 부딪히고 말았다. 그녀는 황급히 그곳을 떠났다. 만리오는 다시 내 옆으로 와서 금으로 된 라이터를 집어 들며 말했다.

─멀리서 볼 때는 천박하더니 가까이서 보니까 추하더군.


이탈리아는 침대에서 호텔 안내책자를 펼쳐보고 있었다.

─그 무례한 남자는 누구예요?

그녀는 고개도 들지 않고 물었다.

─멍청한 산부인과 의사야.

나는 기분 좋게 먹고 마셨고, 이젠 사랑을 나누고 싶었다. 하지만 이탈리아는 욕실에 들어가 오랫동안 나오지 않았고, 나와서도 침대 가까이 오지 않았다. 그녀는 창가에 의자를 두고 앉아 정원 풍경을 바라보았다. 분수가 멈추길 기다리는 그녀의 얼굴은 정원에서 올라오는 빛으로 노랗게 물들어 있었다.


이탈리아는 돌아가는 길에 먹을 샌드위치를 만들었다. 밖으로 나가 빵과 치즈 그리고 살라미 소시지를 사와서는 침대 위에서 빵을 잘랐다.

내가 잠에서 깼을 때 그녀는 침대 위에 떨어진 빵 부스러기를 주워 담고 있었다. 그녀는 엘리베이터 앞에서 객실 청소부들에게 작별 인사를 하며 서로 주소를 교환하고는 마치 자매처럼 그녀들을 껴안았다. 돌아오는 차 안에서 우리는 별다른 말을 하지 않았다. 그러다 어느 순간 이탈리아가 먼저 말문을 열었다.

— 나를 부끄럽게 생각하는 거죠, 그렇죠?

그녀는 나를 쳐다보지도 않고 자기 쪽 차창에 기대어, 달리는 도로 위에 시선을 고정한 채 말했다. 그녀의 가방은 호텔에서 매일 아침식사 때마다 내놓았던 꿀과 잼이 담긴 작은 병으로 가득했다. 나는 미소를 띠며 팔을 뻗어 백미러의 위치를 조정했다. 이런저런 생각들로 머리가 복잡했다. 그 생각들은 어떤 확실한 연관성도 없이 서로 뒤죽박죽 섞여 있었다. 그날 아침 엘사는 객실에 있는 내게 전화를 걸었다. 나는 그 전에 벌써 짐을 챙겨놓은 상태라 리셉션 데스크에서 연락이 온 거라 생각했다. 그래서 아무런 의심 없이 전화를 받고 말았다. 그때 리셉션 데스크에서 신분증 돌려받는 걸 깜박 잊은 이탈리아가 내게 뭐라고 말을 건넸고, 네 엄마는 그녀의 목소리를 들었다.

— 누가 옆에 있어요?

나는 객실 청소부라 대답하고는, 청소를 하느라 문이 열려 있었는데 지금 나가는 중이라고 했다. 나는 일부러 목소리를 한껏 높여 말했다.

— 왜 화가 났어요?

— 지금 바빠서 그래.

그러고는 곧 네 엄마에게 사과했다. 그러나 다른 몇 가지 이야기를 전하는 동안 네 엄마의 목소리는 조금 달라져 있었다. 나는 운전을 하는 내내 스스로의 행동에 더이상 확신을 갖지 못하고 있다는 생각이 들었다. 드디어 이탈리아를 그 허름한 건물 앞에 내려주고 그녀의 손을 잡아 키스했다. 그리고 서둘러 그녀를 떠나왔다. 아마 그녀도 그것을 느꼈겠지. 나는 친절하고 정중하게 그녀를 대했고, 트렁크에서 그녀의 짐을 내려주려고 차에서 내렸다. 하지만 그녀가 역겨운 냄새가 나는 집 안으로 사라지자 나는 안도의 한숨을 내쉬었다. 잠시도 그곳에 더 머물고 싶지 않았던 것이다. 그날 아침 그곳은 너무나 끔찍해 보였다.

나는 곧장 병원으로 달려가 일에 몰두했다. 신참 보조간호사는 실수 투성이라 다른 사람으로 바꾸고 싶어질 지경이었다. 그녀는 힘없이 수술 도구들을 건넸고 나는 그 때문에 몹시 화가 났다. 그러다 결국 그녀는 핀셋 하나를 떨어뜨렸고, 나는 수술실 반대편으로 핀셋을 걸어차버리고 말았다.

여름이 끝나가고 있었다. 해변 별장에서 네 엄마는 짐을 꾸리기 시작했다. 나는 정원에 앉아 큰곰자리와 작은곰자리 그리고 북극성을 바라봤다. 네 엄마는 어깨에 카디건을 두르고 손에 컵을 든 채 내 옆에 와 앉았다.

—뭐 좀 마실래요?

나는 고개를 저었다.

—왜 그래요, 무슨 일 있어요?

—아무것도 아냐.

—정말 괜찮아요?

가을이 오면 바다는 회색빛으로 변할 테고 더러워진 모래는 바람에 날릴 것이다. 그때쯤엔 이 집도 어느새 굳게 잠겨 있겠지. 엘사는 조금씩 쓸쓸한 기분에 취하고 있었다. 그날 밤 잠자리에서 엘사는 내게 꼭 붙어 사랑을 나누고 싶어했다.

—벌써 자요?

나는 그녀에게서 등을 돌린 채 꼼짝하지 않고 그대로 누워 있었다.

—미안해.

네 엄마는 기분이 상했는지 더이상 키스를 하진 않았지만 여전히 내 곁에서 숨결을 보내왔다. 욕망에 달뜬 그 숨소리가 내 나른함 속으로 파고들었다.

—미안해, 여보. 오늘은 너무 피곤하군.

나는 그녀 쪽으로 고개를 돌렸다. 엘사의 얼굴은 어둠 속에서 싸늘하게 굳어 있었다. 그녀가 시트를 스치는 소리를 내며 내게서 멀어졌다. 그러고는 등을 돌리고 누워 있었다. 나는 잠시 그대로 있었다. 어떤 이유로든 네 엄마가 슬퍼지는 건 원치 않았다. 나는 그녀를 감싸안으려 했지만, 네 엄마는 가벼운 어깻짓으로 내 손길을 거부하며 말했다.

—그냥 자요.


다음날 나는 늦게 눈을 떴다. 실크 잠옷을 입은 채 엘사는 부엌에 있었다. 그녀에게 인사를 건넸다.

—안녕, 여보.

—안녕.

나는 커피 원두를 갈아 에스프레소 메이커에 넣은 뒤 물을 붓고 불 위에 올려놓았다. 그러고는 커피가 나오길 기다리면서 앉아 있었다. 나의 아내는 키가 늘씬했고, 양쪽 어깨의 곡선은 완벽한 실루엣을 이루며 잘록한 허리로 이어지고 있었다. 그녀는 줄기가 긴 꽃들을 화병에 꽂아 장식하고 있었다.

—어디서 난 거야?

—라파엘라가 선물했어요.

꽃을 만지는 손길을 보고 아직 그녀의 화가 풀리지 않았다는 걸 알았다. 그녀의 거친 손놀림은 내게서 신경을 끊으려는 것으로밖에 보이지 않았다. 네 엄마에게 꽃을 선물한 게 언제였더라? 어쩌면 네 엄마도 나와 똑같은 생각을 하고 있는지 모르겠다. 그녀는 귀 뒤로 머리를 넘기고는 창문에 기대 섰다. 면 커튼 사이로 비쳐 들어오는 눈부신 아침 햇살은 그녀의 몸에 부드러운 실루엣을 그리고 있었다. 나는 그녀의 옆모습을 찬찬히 살펴봤다. 립스틱을 칠하지 않은 입술은 뽀로통한 살덩어리로밖에 보이지 않았다. 그 입술엔 나에 대한, 전혀 호의적이지 않은 생각들이 담겨 있을지도 모를 일이었다. 나는 일어나 잔에 커피를 따라 마셨다.

—커피 좀 마실래?

—아니, 싫어요.

나는 한 잔 더 따라서 마셨다. 그녀는 뭔가를 하다가 그만 손을 베고 말았다. 그녀는 가위를 테이블에 떨어뜨리고 다친 손가락을 입속에 넣었다. 나는 재빨리 그녀에게 달려갔다.

—괜찮아요. 별거 아니에요.

하지만 나는 그녀의 손을 잡아끌어 싱크대의 흐르는 물에 상처 부위가 씻겨 내려가도록 했다. 피로 물든 붉은 물이 하수구의 검은 구멍 속으로 사라졌다. 나는 입고 있던 셔츠로 그녀의 손가락을 닦은 다음 약을 넣어둔 선반에서 소독약과 반창고를 꺼냈다. 네 엄마는 내가 하는 대로 가만히 있었어. 네 엄마는 언제나 내가 의사로서 자신을 대해줄 때면 무척이나 좋아했거든. 나는 간단한 응급치료를 마친 후 네 엄마의 목 뒤에 키스했지. 그리고 자연스럽게 머리카락으로 뒤덮인 목덜미에 다시 키스했다. 우리는 꽃이 흩어져 있는 부엌 탁자 위에서 포옹했다.

내가 샤워를 마치고 나왔을 때 네 엄마는 거실 한구석에서 타자를 치고 있었다. 일이 밀려 있어 서둘러 마쳐야 한다고 했다. 그녀는 더이상 수영이나 선탠에 홍미가 없었다. 이제 멋지게 그을린 피부가 겨울 내내 희미해져도 상관하지 않겠지. 그녀는 여전히 잠옷 차림이었다. 실크 잠옷은 두 다리를 훤히 드러내며 바닥까지 늘어져 있었다. 나는 차이코프스키의 〈비창〉을 틀었다. 아름다운 선율은 햇살이 크리스털처럼 쏟아지는 거실에 넘쳐흘렀다. 나는 맨발로 서서 책을 읽었다. 그녀는 타자기 자판 위를 끊임없이 쳐다보며 가끔씩 종이를 뜯어내 손으로 구겨 옆에 있는 등나무 휴지통에 던졌다. 그녀는 자신의 일과 몸매에 대해서 굉장한 자존심을 가지고 있었다. 그녀는 단 한 번도 나의 일부였던 적이 없었고, 지금도 마찬가지였다. '우리는 서로의 일부가 되어보려고 노력하지 않았어. 단지 함께 살고, 같은 비데를 쓰는 사이에 지나지 않았던 거야.'

네 엄마는 나를 보더니 타자기를 두고 내게로 왔다. 그러고는 나를 마주보며 소파에 앉았다. 한쪽 다리는 구부려 엉덩이 아래 깔고 앉았고, 아무것도 신지 않은 다른 쪽 맨발은 바닥에 닿아 있었다. 그러고 나서 네 엄마는 이야기를 쏟아내기 시작했다. 네 엄마가 하는 말들은 신중한데다 빠져나갈 틈 없이 논리적이고 신랄했다. 한참 동안 자신의 일과, 무례하게 굴었던 신문사 동료에 대한 이야기들을 펼쳐놓다가 그녀는 갑자기 화제를 바꿨다.

―학술 세미나에선 뭘 했어요?

그러더니 곧바로 누가 참석했고 누가 불참했는지를 물었다. 나는 그녀가 말하는 동안 포위된 듯한 기분이 들었다.

―호텔 방은 어땠어요?

―그저 그랬어.

나는 미소를 지으며 대답했다. 하지만 곤경에 처한 건 내가 아니라 그녀였다. 나는 그녀가 스스로의 생각에 골몰하도록 내버려두었다. 만약 내게 뭔가를 물어본다면 기꺼이 대답해줄 수도 있었다.

'자 어서, 용기를 내봐. 뭔가를 분명히 해두고 싶다면 이번에는 당신 혼자서 해결하도록 해. 난 도와주지 않을 테니까.' 난 조금도 죄의식을 느끼지 않았다. 차이코프스키의 음악은 집 안에 울려 퍼졌고, 오늘 아침엔 어느 때보다 더욱 드라마틱하게 들렸다. 엘사의 머리는 햇빛에 비쳐 하얗게 보였다. 그녀는 궁금증과 닥쳐올 고통에 대한 두려움 사이에서 갈등하고 있는 것이 분명했다. 만약 지금 내게 물어온다면 난 얼마든지 사실대로 말할 준비가 되어 있었다. 하지만 진실은 그녀를 절망스럽게 만들 테고 그건 내 아내의 고귀한 자존심과 어울리지 않았다. 네 엄마는 친숙한 눈길로 나를 바라봤다. 그제야 나는 쓸쓸하고 무딘 그 눈빛 속에 감춰진 감정이 무엇이었는지 알 수 있을 것 같았다. 그 안에는 공허한 그리움과 억눌린 무엇인가가 벽처럼 둘러싸여 있었다. 그 눈동자는 바보처럼 어리석어 보였다. 그건 정말 이전에는 몰랐던 충격적인 사실이었다. 너무도 지적인 모습 뒤엔 자의식이라고는 거의 찾아볼 수 없는 지독한 둔감함이 숨어 있었다. 그것은 고통을 피하는 그녀만의 해결책이었다. 난관에 부딪힐 때 나타나는 그 눈빛은 나를 외면하면서도 내 마음을 이해하는 척했다.

이윽고 그녀는 자리에서 일어나 부엌 쪽으로 갔다. 그녀의 등은 곧게 펴져 있었고, 걸음을 옮길 때마다 아름다운 머릿결이 찰랑거리며 흔들렸다. 나는 그녀의 몸 한가운데를 과녁인 듯 응시하며 칼처럼 날카로운 눈빛을 던졌다.

―내가 다른 여자와 잤는지 알고 싶어?

그러자 그녀는 돌아서서 말했다.

―뭐라고 했어요?

차이코프스키의 음악 때문에 그녀는 내 말을 듣지 못했다. 아니 어쩌면 들었는지도 모른다. 그 순간 그녀의 몸이 약간 휘청거렸으니까.

그날 저녁 우리는 뜨거운 사랑을 나눴다. 난 그토록 격정적인 그녀의 모습을 이전엔 본 적이 없었다.

—서두르지 마, 천천히.

나는 어색한 미소를 지으며 속삭였다. 하지만 엘사는 나보다 더 열정적이었고, 그녀의 몸은 자신이 생각한 대로 움직이고 있었다. 해일처럼 밀려오는 거대한 에너지는 나를 잠식시켰다. 나는 그녀의 사냥감이었다. 그것은 책과 영화에서나 나올 법한 에로틱한 연극이었다. 엘사는 열정을 불살랐고, 나는 그 한가운데서 당혹스러움을 감추지 못하며 경주에 내몰린 말로 전락한 듯한 기분을 느껴야 했다. 엘사는 내 아래에서 격정적인 숨을 몰아쉬었다. 너무나 순종적인 엘사의 모습은 왠지 낯설었다. 마치 나 때문에 엘사가 타락한 것만 같아서 죄의식이 들었다. 어서 그 자리를 떠나 침대에서 도망치고 싶었다. 하지만 그대로 있을 수밖에 없었다. 그때쯤 나 역시 흥분해 있었고, 어느 순간 그녀의 머리를 쳐다봤을 때 섹스에 대한 생각이 나를 더욱 흥분시켰다. 나는 그녀의 몸을 덮쳤고 가혹하고 난폭하게 대했다. 그녀를 침대 발치로 몰아넣어 동물처럼 다뤘다. 나조차도 내가 무슨 짓을 하는지 몰랐다.

모든 행위가 끝난 뒤 그녀는 깨진 달걀처럼 내 아래에 누워 있었고, 부서진 껍질 속에서 몸을 돌려 나를 바라봤다. 하지만 그 눈 속엔 또다른 욕망이 서려 있었다. 엘사는 행복해 보였고 마법에 성공한 마녀처럼 사악해 보였다. 그녀를 알게 된 후 처음으로, 나는 그녀와 헤어지고 싶다는 생각을 했다.

내 연인의 작은 몸은 침대 가장자리에 누워 있었다. 나는 그녀의 마른 등이 엉덩이 쪽으로 내려가며 풍만해지는 지점을 바라보고 있었다. 나는 그녀의 머리부터 발끝까지 몸 전체를 혀로 애무했다. 손가락과 발가락 사이사이 모든 틈새마다 내 입술이 닿았다. 그녀는 쾌락을 느끼는 동시에 오싹한 전율을 느꼈고, 내 입술이 닿을 때마다 피부엔 소름이 돋았다. 나는 그렇게 천천히, 고요함 속에서 그녀와 사랑을 나누고 싶었다. 우리의 섹스는 이제 전과는 달랐다. 더이상 눈먼 광란의 정사가 아니었다. 나는 단지 키스만을 하려고 그녀를 침대에 눕혔다. 내 섬세한 몸짓으로 그녀가 자기 자신을 느끼게 하고 싶었다. 나는 침이 말라 혀끝이 아려올 때까지 그녀를 애무했다. 그녀는 뻔뻔스러울 정도로 섹스에 대담했지만, 자신의 발바닥 굳은살과 사랑에 대해서만큼은 부끄러움을 감추지 못했다. 나는 이미 녹초가 된 마지막 순간에 이르러서야 한 마리 개처럼 그녀의 몸 속으로 들어갔다. 여러 날을 수풀과 가시덤불, 자갈길 사이를 배회하다 온 개는 마침내 진이 빠진 몸을 누일 보금

자리를 찾은 것이었다.

—우리 그만 헤어져요.

그녀의 목소리는 금속 조각처럼 차갑고 날카로웠다.

—뭐라고?

나는 다가가 그녀의 외로워 보이는 등을 쓰다듬었다.

—더이상 못 견디겠어요. 지금 그만두는 게 좋아요. 모르겠어요?

그녀는 고개를 저으며 손으로 얼굴을 감쌌다.

—나를 조금이라도 사랑한다면, 제발 그만 헤어져요.

나는 그녀를 꼭 껴안았고 그녀의 팔꿈치는 내 품 안에 놓여 있었다.

—난 절대로 널 떠나지 않을 거야.

나는 확신에 차 있었고, 그녀를 껴안고 있는 동안 나의 온몸은 마치 단단한 갑옷으로 두른 듯 단단해졌다. 우리는 그런 모습으로 서로의 품에 안겨 가슴속 텅 빈 곳을 바라보았다.

안젤라, 사랑한다는 건 무슨 의미일까? 너는 알고 있니? 나에게 사랑이란 품에 안긴 이탈리아의 숨결을 간직하는 것이었단다. 그 순간 세상의 다른 모든 소리들은 사라져버렸지. 나는 의사였고, 내 심장의 고동 소리를 언제든지 인식할 수 있었어. 심지어 내가 원하지 않을 때조차. 하지만 안젤라, 내 안에서 고동치는 심장은 맹세코 이탈리아의 것이었단다.


이탈리아는 항상 똑같은 꿈을 꾸었다. 그것은 타야 할 기차를 놓쳐버리는 꿈이었다. 꿈속에서 그녀는 아주 좋은 옷을 입고서 출발 시간보다 일찍 역에 도착한다. 잡지책 한 권을 사서 평온한 마음으로 플랫폼에 들어서면 기차가 그녀를 기다리고 있다. 붉은색과 회색으로 장식된 우아한 기차다. 기차에 오르려는 순간 가방 속에 있던 차표가 보이지 않고, 그녀는 표를 찾느라 시간을 허비한다. 잠시 후 표를 찾지만 목적지를 읽을 수 없어 또 시간이 지체된다. 이윽고 기차는 플랫폼을 벗어나고 그녀는 홀로 남겨진다. 순간 돌아보니 가방과 구두가 사라지고 없다. 기차가 떠난 역은 텅 비어 있고, 그녀는 실오라기 하나 걸치지 않은 맨몸으로 그곳에 서 있다.

—마치 그림에서처럼 말이에요.

그녀는 아주 어린 시절부터 그 꿈에 시달려왔다고 했다. 한동안 그 꿈을 꾸지 않다가 나를 만난 후 다시 그 꿈에 시달린다는 것이다.

안젤라, 나는 우리 스스로를 꿈속에서 벌하는 것이라 생각했다.


—손을 쥐봐요.

그녀가 말했다.

—왼손으로.

그녀는 내 손을 펼쳐 그 위를 자신의 손바닥으로 쓸었다. 마치 우리와 상관없는 먼지 같은 것들을 깨끗이 털어내려는 듯했다.

—중간에서 끊어지긴 했지만 생명선이 기네요.

나는 그런 엉터리 같은 얘기를 믿지 않는 탓에 어깨를 으쓱해 보였다.

—그건 무슨 의미야?

—당신은 살아남을 거라는 뜻이에요.

하지만 돌이켜보면 그 끊긴 선은 안젤라, 네가 아니었을까 하는 생각이 든다. 내 손 안에서 이탈리아와 네가 만난 건 아닌지 말이다.

—이젠 주먹을 꽉 쥐어봐요. 그러면 앞으로 몇 명의 자식을 둘지 알수 있어요.

그녀는 내 새끼손가락 옆에 생긴 선들을 자세히 살펴봤다.

—하나 아니 둘이에요. 축하해요!

그녀가 웃었다.

—그럼 넌?

내가 말했다.

—나한테도 손을 보여줘. 네 생명선은 어떤지 알고 싶어.

그녀는 웃음을 그치지 않고 자리에서 일어섰다.

—아주 기니까 걱정 말아요. 잡초는 절대로 죽지 않으니까. 엄마는 나를 잡초라고 불렀어요.

헤어질 때가 되자 그녀는 뒤에서 달려와 나를 와락 껴안았다.

—내가 헤어지자고 했던 말, 절대로 진지하게 듣지 말아요. 지금처럼 내 곁에 있어줘요. 제발 날 버리지 말아요. 한 달에 한 번이든 일 년에 한 번이든 상관없어요. 하지만 날 버리지는 말아줘요.

—물론이지. 절대로 널 떠나는 일은 없을 거야. 사랑해, 나의 잡초.

그녀는 울음을 터뜨리며 눈물을 쏟아냈다. 하염없이 흘러내리는 눈물이 내 어깨를 뜨겁게 적시고 있었다.

—왜 우는 거야?

그녀는 한 발짝 물러나 붉어진 얼굴과 눈으로 내 눈을 바라보며 팔을 살짝 때렸다.

—열두 살 되던 해부터 아무도 내게 사랑한다는 말을 하지 않았어요. 만약 놀리는 거라면 가만두지 않겠어요!

—이 작은 주먹으로?

—물론이죠!

안젤라, 넌 누군가와 사랑을 나눠본 적이 있니? 삼 년 전 네가 여자로 다시 태어났던 그날이 기억나는구나. 학교에서 영어 수업을 듣고 있던 널 선생님이 교장실로 데려다주셨고 넌 신문사에 있는 엄마에게 전화를 걸었다. 연락을 받은 엄마는 학교로 가서 너를 집으로 데려갔다. 차 안에서 엄마는 가벼운 농담을 건넸고 넌 아픈 사람처럼 힘없이 웃었지. 다른 때보다 예민해진 너는 조금 화가 난 듯 보였어. 너는 오래전부터 그 순간을 기다려왔지만 막상 어른이 된다니 싫었던 게지. 너는 독립적이고 반항적인 아이인데다 뭐든지 혼자 하는 것에 익숙해져 있었어. 그리고 열두 살이 된 너는 버섯처럼 쑥쑥 자랐지. 하지만 아직도 너의 몸은 네 친구들에 비해 훨씬 덜 성숙했고, 너의 사고방식이나 네가 하는 놀이들도 여전히 어린아이 같았지. 하지만 네 뜻과는 상관없이 너의 몸 속에서는 변화가 일어나고 있었던 거야. 너의 첫 생리였지. 네 몸 속에서 흘러나온 피는 네 유년 시절과 작별을 고했다.

네 엄마는 현관까지 나를 마중 나와 그 사실을 알려주었지. 네 엄마의 얼굴에는 기쁨의 빛이 흘러넘쳤어. 아침마다 현관을 나서던 커리어우먼의 모습이 아니라 산파 같은 얼굴이었어. 여자들은 변덕스럽고, 인생을 자기 것으로 만들어 아름다운 환상들로 가득 채울 준비가 되어 있지. 하지만 우리 남자들은 여자들의 벽 밑에 애벌레처럼 길게 늘어서 있는 존재들이야. 집에 돌아온 나는 천천히 웃옷을 벗으며 네게 미소를 지었다. 너는 크고 검은 눈동자를 깜박이며 아픈 고양이처럼 수척한 얼굴로 침대에 누워 있었지. 나는 네게 다가가 고개를 숙이며 너의 이름을 불렀다.

—오, 안젤라……

창백한 안색을 살짝 찡그리며 너는 미소 지었다.

—안녕, 아빠.

그 순간 난 뭐라 해야 할지 아무 생각도 나지 않았단다. 이제 넌 오로지 네 엄마만의 분신이었고, 난 다른 남자들과 마찬가지로 부주의하게 컵이나 쏟는 경솔한 손님일 뿐이었다. 너는 배 위에 손을 올려놓고 다리를 구부린 채 꼼짝도 하지 않고 있었어. 넌 내가 가장 좋아하는 달콤한 아스파라거스였고 내가 가장 사랑하는 향기였어. 얼마나 많이 너를 그네에 태우고 등을 밀어주었는지. 난 그 순간을 멈추지 않고 계속 이어왔었지. 어쩌면 그네를 탄 너를 밀어주기보다 신문을 더 읽고 싶었을지도 모르는데 말이다. 나는 네 이마를 손으로 쓰다듬어주었지.

—대견하구나. 정말 대견해.


얼마 후 나는 서재로 들어가 아르누보 스타일의 스탠드 아래 앉았다. 뜨거운 스탠드 불빛은 책상과 벗겨진 내 머리를 비추고 있었지만, 나는 여전히 네 생각을 하고 있었다. 이제 서재를 제외한 집 안의 나머지 공간들과 하얀 옷들, 생리대, 그리고 처녀의 첫 생리는 모두 너희 두 여자

들의 영역이 되었다. 엄마는 차를 끓여 런던에서 사온 고양이 그림의
쟁반에 담아 네 방으로 가져갔다. 두 사람은 또래 친구들처럼 다리를
포개고 카펫 위에 앉아 차에 비스킷을 적셔 먹겠지. 그리고 오늘은 특
별한 날이라 따뜻하고 편안한 집 안에 머무르며 저녁식사도 건너뛰겠
지. 나는 부엌에 가서 혼자 치즈를 조금 먹을 테고. 안젤라, 언젠가는
네게도 첫경험을 할 날이 오겠지? 수작이라도 걸려는 듯 뭔가를 지껄
이는 한 녀석의 손길이 네게로 다가오겠지. 녀석은 항상 짧은 바지를
입고 있는 늘씬한 내 딸에게 접근할 거야. 그림이 그려진 카드를 맞바
꾸자거나 이제 자기가 그네를 탈 차례라고 우기러 오는 건 아닐 거야.
자신의 성기를 네 몸 속에 넣으려고 다가오는 것이겠지. 나는 손으로
격렬하게 눈을 문질렀다. 그런 생각을 하는 동안 너무도 참을 수 없는
영상이 내 앞에 떠올랐기 때문이다. 아버지로서, 난 적어도 너의 사랑
은 해변의 모래 위에서 실오라기 하나 걸치지 않은 채 낭만적으로 이루
어져야 한다고 생각한다. 하지만 나 역시 남자일 뿐이지. 나 또한 이제
막 소녀티를 벗은 한 여자를 함부로 범한 야만적이고 음험한 남자였다.
순간적으로 그녀를 강렬히 원해서 했던 짓이지만 그렇다고 그녀를 사
랑하고 싶지는 않았다. 그녀를 죽이려고 한 행동이었지만, 그녀를 살려
두고 싶었다. 기억 속의 영상을 멀리 쫓아버리려고 눈을 비비는 순간,
욕정에 달뜬 한 사내가 네게 다가서는 영상이 보였다. 나는 그놈의 목
덜미를 잡고 이렇게 말했다. '조심해, 저애는 내 삶의 순결한 존재인 안
젤라야.' 그런 다음 사냥감을 놓아주듯 그 녀석을 풀어주었다. 그리고
이렇게 너를 모욕하는 생각들도 그만두었다. 너의 첫 섹스에 대해서까
지 상상할 권한은 내게 없으니까. 그것은 네가 원하는 방식으로 이루어
지겠지. 그 시간은 달콤할 거야. 넌 나보다 더 나은 남자와 함께하게 될
것이고.

  그날은 내 생일이었지만 특별히 기다려지는 기념일은 아니었다. 나는 어렸을 때부터 쓸쓸한 기분을 맛보며 한 살 한 살 나이를 먹어왔다. 생일 무렵 학교는 늘 방학중이었고 친구들은 어디에 숨었는지 나타나지 않았다. 그래서 난 한 번도 파티다운 파티를 해본 적이 없었다. 나이가 들면서는 그냥 생일을 무시하고 지나치기 시작했다. 그래서 네 엄마에게 내 생일 파티를 준비하느라 시간을 허비하지 말라고 당부했다. 게다가 엄마가 준비한 깜짝 파티들은 그다지 놀랍지도 않았다. 하지만 엘사의 고집을 꺾기는 어려웠다. 결국 나는 내 생각도 제대로 털어놓지 못했고 너무나 쉽게 내 의견을 흘려버리는 네 엄마의 태도에 화가 났다.
  그날도 역시 다른 때와 다르지 않았다. 태양은 모호한 형태의 거대한 구름 뒤에서 숨막힐 듯 내리쬐고 있었다. 홍해 크루즈 여행을 마치고 돌아오신 네 외할아버지와 외할머니가 우리를 보러 오셨다. 오후에 우리는 정원의 파라솔 아래로 들어가 자리를 잡았다. 외할머니 노라는 검버섯 제거 시술을 받아 검게 탄 치료 부위를 보여주었다. 외할아버지

뒬리오는 이마 앞쪽으로 챙이 솟은 선장 모자를 쓰고 있었다. 여름이면 장인은 늘 짧은 바지를 입고, 여전히 건장한 종아리 위에 양말을 신고, 끈 달린 신발을 신었다. 장인은 낮은 비치의자에 앉아 근엄하기 이를 데 없는 침묵의 시간을 재기라도 하듯 손가락으로 무릎을 두드리고 있었다. 나는 장인과 있는 것이 어색하고 불편했다. 넌 약간 멍한 눈빛에 언제나 자상하고 너를 너무나 사랑해주는 지금의 외할아버지 모습만을 알고 있겠지. 하지만 십육 년 전만 해도 네 외할아버지는 늘 탐탁지 않은 표정에 너그러움이라곤 찾아보기 어려운 분이었다. 물론 그것은 직업적인 명성 때문이기도 했다. 네 외할아버지는 이 도시에서 가장 영향력 있는 건축가 중 한 분이셨고, 만약 돌아가시게 된다 하더라도 함자 만큼은 틀림없이 거리 이름으로라도 남으실 분이었다. 이제 막 노년의 흔적들이 나타나기 시작했지만 네 외할아버지는 당신의 나이에 걸맞을 만큼 사려 깊지는 못하셨다. 네 외할아버지는 외할머니에게 끔찍할 정도로 심하게 대했지만 외할머니는 그런 행동을 너무도 무감하게 받아들였다. 엘사는 아버지에 대해 굉장한 존경심과 애정을 가지고 있었다. 결혼 초기, 아버지를 향한 엘사의 지나친 관심과 애정 때문에 나는 몹시 상심했다. 장인이 나타나면 나는 아예 없는 사람이나 마찬가지였다. 하지만 시간이 흐르면서 그런 일도 점차 사라졌다. 네 외할아버지는 이제 완전히 노인이 되셨고, 불행히 나 역시도 늙어가기 시작한 것이다. 지금은 당신을 돌보는 젊은 필리핀 가정부를 옆에 두고서, 텔레비전 앞에서 하루하루 시간을 보내고 계신다. 너도 알다시피 우리는 좋은 친구가 되었다. 일 주일에 두 번 이상 혈압을 재드리러 가지 않으면 몹시 서운해하실 정도다.

엘사는 팔로 머리를 괴고 옆으로 누워 장모와 이야기를 나누고 있었

다. 둘은 매우 친밀한 사이였지만, 엘사는 외할머니의 경박한 행동만큼
은 결코 용서하지 않았다. 장인을 닮은 엘사는 너그러운 면이 조금도
없었고, 그것은 그녀의 가장 큰 약점이었다.

　—우리 엄마는 너무 착하고 멍청할 정도로 어수룩해서.

　하지만 장모가 돌아가신 뒤 그녀는 그런 평가를 갑작스럽게 그만두
었다. 그러고는 무의식의 알 수 없는 변화에 떠밀려 장모를 전혀 다른
존재로 그리기 시작했다. 연약하지만 강한 의지를 가진, 자신에게 빛나
는 본보기가 되어준 존재로 말이다. 그런 변형 과정이 이제 완성되었는
지, 며칠 전 나는 네 엄마가 너에게 이렇게 말하는 소리를 들었단다.

　—너희 외할머니는 비록 많은 교양을 쌓으시진 않았지만 내가 알고
있는 그 누구보다 지적인 분이셨단다.

　내가 쳐다보자 네 엄마는 내 시선에 차분히 답했다. 네 엄마는 필요
하다면 얼마든지 지난 일들을 잊고 새로운 사실들을 만들어낼 줄 알았
다. 어찌 보면 무시무시한 일이었지만, 엄마 주위의 모든 것들은 그렇
게 계속해서 다시 태어날 수 있었다. 나 역시도, 깨닫지 못하는 사이에
여러 번 네 엄마의 손을 거쳐 다른 존재로 태어났을 것이다.


　그렇게 나는 익숙한 사람들과 함께하는 고요한 삶 속에 침잠해 있었
다. 그곳에서 나는 자유로웠고, 숨을 필요도 없었다. 아내와 장인 할 것
없이 모두가 나를 알고 있었다. 하지만 이런 삶은 지루한 일상에 지나
지 않았다. 세상과 격리된 채 밀어를 속삭이던 이탈리아와의 그 시간이
야말로 내겐 진짜 삶이었다. 비밀스럽고 은폐되어 있고 두려웠지만 그
것은 진실이었다.

　한 여인이 바다에서 수영을 하고 있었다. 그녀의 머리는 파도의 포말
사이로 나타났다 사라지기를 반복했다. 잠시 후 물 밖으로 몸을 내민

그녀는 손으로 머리카락의 물기를 짜내고는 머리를 흔들었다. 그녀가 서서히 해변으로 걸어오자 수면이 점점 낮아지며 그녀의 몸이 조금씩 드러나기 시작했다. 그녀는 푸른 터키색 비키니를 입고 있었지만, 피부가 많이 그을리지는 않았다. 하얀 배는 볼록한 어린아이의 배처럼 살짝 나와 있었다. 그녀는 야윈 엉덩이를 흔들며 내게로 다가왔다. 그녀가 내뿜는 숨결과 몸에서 흘러나와 모래 위로 떨어지는 물방울 소리들이 내 귀에 들려오는 듯했다. 그녀가 다가오는 걸 막으려고 팔을 들어올리려 했지만 몸이 전혀 말을 듣지 않았다. 모든 것이 정지되어 얼어붙은 듯했다. 그 순간 오직 그녀만이 천천히 움직이고 있었다. 돌처럼 굳어버린 나는 가만히 기다릴 수밖에 없었다. 그녀는 우리 곁을 지나갔고 내 시선은 그녀를 쫓아갈 엄두조차 내지 못했다. 갑작스런 충격으로 내 목은 뻣뻣해졌다. 하지만 두 눈동자에는 맨발로 모래 위를 걸어오던 그녀의 희미한 환영이 남아 있었다.

다시 주변의 소리들이 귓가에 들려오기 시작했다. 여전히 바람이 불고 있었고, 장모의 말소리와 장인의 거친 숨소리도 점점 더 뚜렷하게 들려왔다. 배가 뭍 가까이 다가가면 해변의 웅성거림이 더 가깝게 들리는 것처럼. 마침내 나는 뒤를 돌아보았지만 등뒤에는 모래언덕으로 만들어진 방벽 같은 것만이 남아 있었다. 이탈리아는 사라지고 없었다.

그녀가 사라진 후 나는 혼란 속에서 오후를 보냈다. 모든 것이 감당하기 힘들 정도로 과도해 보였다. 목소리들은 너무 날카로웠고 몸짓들도 지나치게 공격적이었다. 내 집에 머물며 내 곁에서 숨 쉬고 있는 이 지루한 사람들은 누구인가? 한때, 이런 사람들로 구성된 가족의 일원이 된다는 것을 굉장한 신분 상승이라 여겼던 적도 있었다니! 저녁식사 때, 입맛을 잃은 나는 포크를 입으로 가져가기도 힘들 정도였다. 접시에서 입술까지의 거리가 너무도 멀게만 느껴졌다. 나는 화장실에 가려고 테이블에서 일어났다. 장모의 애완견인 요크셔테리어가 어두운 복도 한구석에 있다가 이를 드러내고 으르렁거리며 튀어나왔다. 나는 발길로 그 애완견을 걷어찼다. 개는 다리를 절뚝거리며 주인이 있는 곳으로 뛰어갔다. 당황스럽게도 장모는 벌써 거기에 나와 있었다.

—죄송해요, 장모님. 실수로 발을 헛디뎠어요.

나는 위층에 있는 방으로 들어가 카펫이 깔린 바닥에 드러누웠다. 그렇게 누워 있으니 여름날 마른 넝쿨가지에 힘없이 매달려 있다가 소리도 없이 땅에 떨어진 애벌레가 된 듯한 기분이 들었다.

저녁식사를 마친 후 엘사의 부모님은 자리에서 일어났고, 나도 곧바로 아래층으로 내려갔다. 엘사가 교외 도로의 가로등이 시작되는 곳까지 차로 뒤따르며 두 사람을 안내해드리라고 부탁했기 때문이었다. 장인은 낯설고 어두운 도로를 천천히 달리기 시작했다. 나는 차창 너머로 미동도 없이 조용히 앉아 있는 두 분의 머리에서 눈을 떼지 못했다. 무슨 생각을 하고 있는 걸까? 혹시 죽음? 일요일 저녁에 죽음에 대해 생각하는 것은 그리 어렵지 않았다. 아니면 앞으로 사야 할 물건이나 먹거리 같은 일상적인 것에 대한 생각일 수도 있었다. 생의 마지막에 이르면 삶은 순전히 탐욕만으로 가득 차게 마련이니까. 뭔가를 소유했으면서도 다른 것을 내놓으려 하지 않는 삶. 그들과 똑같은 침묵 속으로 나와 엘사는 걸어가고 있었다. 지금 내 차의 전조등이 비추고 있는 저 고독은 몇 년 후엔 우리 두 사람의 것이 될지 모른다. 내 앞에서 꼭두각시 인형같이 무기력한 두 노인은 밤의 어둠 속을 달리고 있다. 아직 나에겐 저들이 걸어온 여정에서 벗어나 새롭게 인생을 시작할 시간이 있었다. 저 두 사람처럼 오래 살지 않을, 전혀 다른 인생을 말이다.

나는 방향을 바꿔 아스팔트 도로의 갓길에 차를 세웠다. 장인의 차는

검은 도로를 따라 내 앞에서 사라져갔다. 그날 저녁 나는 오래 살지 못
하리라는 예감이 들었다. 그리고 이탈리아야말로 포기할 수 없는 내 인
생의 선물이란 걸 깨달았다.

─어떻게 집을 찾았어?

─모래사장을 따라 걸어왔어요.

─아니, 왜?

─당신에게 생일선물을 해주고 싶어서요. 수영복 입은 내 모습을 보여주고 싶었어요.

그녀는 샤워가운을 걸친 채 잠에서 덜 깬 얼굴로 자신의 개를 껴안고 있었다.

─이제 그만 가서 다시 자.

─아니에요. 같이 외출해요.

거리로 나와 그녀는 내 팔짱을 낀 채 천천히 걸었고, 우리는 어디에 서나 볼 수 있는 평범한 바로 들어갔다.

─뭘 마실래?

그녀는 대답이 없었다. 그녀는 계산대에 몸을 지탱하고 힘겹게 서 있었다. 그녀가 케이스에 담긴 종이 냅킨 쪽으로 황급히 손을 뻗었다. 그러고는 거칠게 냅킨을 뽑더니 허리를 구부린 채 절뚝거리며 황급히 바깥으로 뛰어나갔다. 나도 그녀를 따라 밖으로 나갔다. 그녀는 고개를 숙이고 벽에 기대어 있었다.

─왜 그래? 무슨 일이야?

그녀는 냅킨 뭉치를 쥔 손을 허벅지 사이에 넣고 있었다.

─몸이 안 좋아요. 집에 데려다줘요.

그녀는 신음 소리를 내며 말했다.

어슴푸레한 빛 아래에서도 하얀 냅킨이 그녀의 손가락 사이에서 검붉은 빛으로 물들어 있는 것이 보였다.

─피를 흘리고 있잖아.

─부탁이에요. 집에 데려다줘요.

하지만 그녀는 정신을 잃고 쓰러졌다. 나는 그녀를 안고 차 있는 데까지 걸어가 뒷좌석에 조심스럽게 눕혔다. 나는 위험을 감수하고라도 그녀를 내가 일하는 병원으로 데려가고 싶었다. 나는 운전을 하면서 그날 저녁 누가 당직인지 기억해내려고 애썼다. 그러는 동안 다시 의식을 차린 그녀는 창백한 얼굴로 일어나 어둠이 내린 도시를 두리번거렸다.

─어디로 데려가는 거예요?

─병원에.

─아니에요. 집에 가고 싶어요. 이젠 나아졌어요.

그녀는 의자에서 내려와 바닥에 몸을 웅크렸다.

─뭐 하는 거야?

─이러면 시트를 더럽히지 않겠죠.

나는 핸들에서 한 손을 떼어 그녀에게 뻗었다. 그녀의 셔츠 자락이 손에 잡혔다.

─거기서 어서 일어나!

하지만 그녀는 꼼짝하지 않았다.

―여기가 좋아요. 당신을 볼 수 있으니까.


응급실은 텅 비어 있었고, 노인 한 명만이 어깨에 담요를 두르고 구석에 앉아 있었다. 나는 당직 간호사 중 한 남자 간호사를 알고 있었다. 가끔 나와 축구 이야기를 나누는 통통한 청년이었다. 나는 뒷자리에 있던 비치타월을 이탈리아에게 주었고, 그녀는 그것으로 엉덩이를 감싼 채 차에서 내렸다. 간호사는 이탈리아를 응급실 침상에 눕혔다. 그녀는 고개를 돌려 불안한 눈으로 나를 보고 있었다. 당직 의사는 연락을 받은 즉시 달려왔는데, 한 번도 본 적이 없는 젊은 여자였다.

―따라오세요. 위층으로 올라가 초음파 검사를 할 겁니다.

우리 세 사람은 함께 엘리베이터를 탔다. 여의사의 헝클어진 머리와 얼굴을 보니 자다가 나온 기색이 역력했다. 내게 정중하게 미소 짓는 걸로 보아 틀림없이 내가 누군지 알고 있는 눈치였다. 다행히 이탈리아의 안색은 나아졌고, 스스로 엘리베이터에서 내렸다.

검사가 진행되는 동안 나는 잠시 자리를 떠나 내가 근무하는 병동으로 발걸음을 옮겼다. 전날 수술한 남자 환자의 상태를 살펴보기 위해서였다. 나는 환자의 침대로 다가가 상태를 살폈다. 다행히 환자는 잠들어 있었고 호흡도 안정적이었다.

―선생님, 내일은 튜브를 제거해도 되겠죠?

병실까지 나를 따라온 간호사가 물었다.

다시 검사실로 돌아왔을 때, 이탈리아는 초음파실에서 나오는 중이었다.

―검사 결과 아무 이상 없습니다. 태반에 부분적인 파열이 있긴 하지만, 태아는 무사합니다.

나는 한동안 여의사의 얼굴을 뚫어져라 쳐다봤다. 그녀의 각진 사각 턱과 번들거리는 코, 그리고 지나치게 모인 두 눈에서 눈길을 떼지 못했다. 나는 한 걸음 뒤로 물러나 본능적으로 그녀의 어깨 너머를 살폈다. 그 순간 누군가 그녀의 말을 들었을까 두려웠다.

—다행이군요.

나는 아마 그렇게 대답한 것 같다.

여의사는 나의 근심 어린 표정을 의심의 여지 없이 읽어냈다. 그리고 어떤 이상한 음모를 생각해낸 듯한 시선으로 나를 바라보았다.

—선생님, 우선 입원을 시켜드리겠습니다. 이 부인은 잠시라도 안정을 취하시는 게 좋을 듯싶습니다.

그 '부인'은 여의사 뒤에서 쓰러질 듯한 얼굴로 서 있었다. 나는 그녀가 느낄 불안을 온전히 이해할 수 있었다. 그녀는 부인이 아니라 미혼의 아가씨이자, 나의 연인이었다. 순간 우리는 다급하게 눈빛을 교환했다. 나는 시선을 다른 곳으로 돌리려고 한쪽 다리로 살며시 체중을 옮겼다. 그녀와는 어떤 형태의 관계도 만들어서는 안 된다. 적어도 그때는 그랬다. 그곳은 내가 근무하는 병원이었고, 나는 의사로서의 내 명성을 알고 있는 한 여의사 앞에 서 있었다. 그리고 그 여자는 틀림없이 내 사생활에 관해 뭔가를 추측하고 있었다. 어서 이탈리아를 데리고 나가야 한다. 우선 여기를 빠져나간 다음 다시 생각해보는 거다. 우리는 엘리베이터가 있는 곳으로 걸어갔다.

여의사의 엉덩이가 가운 아래서 흔들리고 있었다. 과연 그녀가 분별력 있는 사람이라고 누가 보증할 수 있겠는가? 그녀의 걸음걸이에서는 왠지 경솔한 이미지가 풍기는 것 같았다. 내일이면 당장 병원 전체에 소문이 퍼져 사람들은 내게 악의적인 시선을 퍼부을지도 모른다. 그러고는 등뒤에 대고 수군거리며 도저히 참을 수 없는 험담들을 늘어놓겠지. 이탈리아는 내 뒤에 서 있었고, 난 지금 그녀에게 몹시 화가 나 있었다. 그녀는 내게 아무 말도 하지 않았고, 암흑 속에 나를 내버려두었다. 게다가 낯선 여자에게 내 치부를 드러낼 기회를 마련해주었다. 바로 내 병원에서. 그녀는 얼빠진 내 얼굴을 보고 쾌재를 부르고 있는 듯했다. 나는 그녀를 한 대 치고 싶을 만큼 화가 치밀어올랐다. 거짓말을 한 그 입에 빨간 손자국이 남을 정도로 세게 후려치고 싶었다.

우리는 접수창구가 있는 아래층으로 내려갔다. 나는 이탈리아 쪽으로 몸을 돌려 섬뜩한 눈빛으로 그녀를 쳐다보며 말했다.

─이제 어떻게 하실 건가요, 부인?

그녀는 더듬거리며 대답했다.

─집에 가고 싶어요.

나는 간호사를 돌아보며 말했다.

─이 부인은 퇴원 서류에 서명하실 겁니다. 서류 양식은 나한테 줘요.

나는 재킷 안주머니에서 펜을 꺼내 서류를 기재한 다음 펜을 이탈리아의 가련한 손 밑으로 밀어넣었다. 그녀의 얼굴은 너무나 창백했다. 나는 다시 펜을 받았다. 하지만 지금 내가 하고 있는 행동에 대해 자신이 없었다. 난 엄연히 의사라는 직업을 가진 사람이었고, 그녀를 위험에 빠뜨릴 수 없었다. 만약 그녀에게 출혈이 일어난다면? 이대로 가게 내버려둘 순 없었다. 분풀이는 나중에 하면 그만이었다. 지금은 안전하게 병원에 남아 있도록 하는 것이 더 중요했다. 나는 서류를 찢으며 말했다.

─부인을 입원시키도록 하죠.

그녀는 나를 말리려 했지만 아무런 힘이 없었다.

─아니에요. 난 괜찮아요. 집에 가고 싶어요.

여의사는 테이블 쪽으로 한 걸음 다가왔다.

—부인, 선생님 말씀이 맞으세요. 오늘 밤은 여기 계시는 게 좋을 겁니다.

우리는 입원에 필요한 절차를 마친 뒤 다시 산부인과로 올라갔다. 적막감으로 가득한 늦은 밤의 병원 복도는 익숙한 약 냄새와 수프 냄새를 풍겼다. 안젤라, 나는 밤이 찾아온 병원의 모습을 사랑한다. 그곳은 내게 화장을 지운 여인이나 어둠 속에서 풍기는 겨드랑이 체취처럼 은밀한 분위기를 지닌 곳이었다. 반면 이탈리아는 겁에 질려 벽에 붙다시피 하여 걸어가고 있었다. 그녀는 아직도 불가사리가 그려진 비치타월을 엉덩이에 두르고 있었다. 그 모습은 마치 난파선에서 구조된 사람 같았다. 우리는 잠시 둘만 남았다.

—왜 임신했다고 말하지 않았어?

—전혀 몰랐어요.

그녀는 몸에 두른 타월을 더욱 단단히 조여매며 떨리는 목소리로 말했다.

—난 여기 있기 싫어요. 온몸이 더러워졌어요.

—일하는 사람한테 뭘 좀 갖다달라고 할게.

그때 한 간호사가 다가왔다.

—이쪽으로 오세요. 병실까지 안내해드릴게요.

—어서 가.

나는 낮은 목소리로 말했다.

—어서.

그녀는 뒤도 돌아보지 않은 채 희미한 불빛이 맴도는 복도를 따라 멀어져갔다.

집에 돌아온 나는 끈도 풀지 않고 신발을 벗어서 멀리 내던졌다. 그러고는 옷을 입은 채 침대에 누웠다. 블랙홀로 빨려 들어가듯 금세 깊은 잠에 빠져들었고, 새벽이 되어 다시 눈을 떴다. 여전히 어찌할 바를 모른 채 혼란스러웠고 벌써 피곤함이 몰려오는 듯했다. 나는 샤워를 시작했다. 이탈리아가 아이를 가졌다. 물은 몸을 따라 흐르다가 하수구로 빠져나갔다. 이탈리아가 아이를 가졌다. 이제 어떻게 해야 하지? 내 아내와 함께 사는 집 욕실에서 나는 벌거벗은 채로 고민하고 있었다. 나는 비누로 사타구니를 문질렀다. 다시 천천히 잘 생각해봐야만 했다. 그러나 무대 뒤편의 배경막처럼 여러 생각들이 서로 한데 겹치고 있을 뿐이었다.

나는 아주 일찍 병원에 도착했다. 왠지 그녀가 그곳에 없을 것 같은 예감에 불안했다. 그리고 정말로 그녀는 떠나고 없었다. 퇴원 서류에 서명을 하고 사라진 것이었다.

— 언제 갔습니까?

간호사에게 물었다.

— 방금 전에 나가셨어요.

나는 다시 차에 올라 병원 옆 도로를 달리기 시작했다. 얼마 지나자 버스 정류장에 서 있는 그녀의 모습이 보였다. 하지만 그녀가 몸에 맞지 않는 지나치게 큰 간호사 옷을 입고 있는 바람에 하마터면 그냥 지나칠 뻔했다. 그녀는 담벼락에 기대 서서 손에 든 비닐봉지를 흔들고 있었다. 훤히 비치는 봉지 안에는 내가 건네줬던 수건이 담겨 있었다.

나는 그녀에게서 멀리 떨어지지 않은 곳에 차를 세웠다. 하지만 그녀는 내가 있는 걸 알아차리지 못했다. 거리는 서서히 붐비기 시작했다. 그 순간 내 머릿속에는 차 안에서 그녀를 기다리며 몰래 그녀의 모습을 지켜봤던 지난 기억이 떠올랐다. 그날은 무척 더웠고, 그녀는 화장을 한 채 엉덩이를 흔들며 걸어오고 있었다. 나는 그녀의 굽 높은 샌들과, 촌스럽고 저속한 모습이 좋았다. 그로부터 얼마만큼의 시간이 지난 것일까? 지금 그녀는 화장기 하나 없는 얼굴에 너무도 큰 간호사 옷을 걸치고 그곳에 서 있었다. 여름이 되면서 그녀는 전보다 더 핼쑥해졌다. 나는 그제야 그녀가 얼마나 변했는지 알 수 있었다. 그녀의 안색이 좋지 않은 건 어쩌면 나 때문인지도 몰랐다. 그 순간 그녀는 분장을 지운 광대 같았다. 그렇지만 내겐 더없이 아름답고 매력적이었다. 이제 그곳엔 내 시선 한가운데 놓여 있는 그녀 외엔 아무것도 존재하지 않았다. 나는 갑자기 알 수 없는 두려움에 휩싸였다. 만약 누군가 그녀에게 총을 겨눈다면 어떻게 하지? 만약 그녀가 가슴에 총을 맞고 지금 기대 서 있는 저 담에 핏자국을 남기며 쓰러진다면? 나는 누군가 방아쇠를 겨누고 있을지도 모를 그곳에서 그녀가 도망치도록 소리치고 싶었다. 저격수는 내 등뒤에서, 아니 어쩌면 병원 지붕에서 그녀를 겨냥하고 있을지 모른다. 그녀는 죽을 위기에 놓여 있으면서도 도망칠 힘조차 없는 얼굴로 서 있었다. 하지만 다행히 아무 일도 일어나지 않았다. 그녀는 벽에서 떨어져 몇 발짝 걸어나왔다. 버스가 도착하고 문이 열리자 그녀는 미처 불러세울 틈도 없이 버스에 오르고 말았다. 그녀를 놓친 나는 급히 차를 몰아 버스를 따라갔다. 나는 지독한 배기가스를 뿜어내는 버스 뒤에 바짝 붙어 운전했다. 잠시 후 다음 정류장에 버스가 멈춰 섰다. 나는 길 한가운데 차를 놔두고 버스에 올랐다. 서둘러 이탈리아를 찾아 다시 버스에서 내리려 했지만 그녀를 바로 발견하지 못했고, 그사이 문이 닫히고 말았다. 그녀는 의자 깊숙이 앉아 유리창에 머리를 기대고 있었다. 조금 있으면 내 차를 견인해가겠지. 하지만 진정하자.

　—안녕, 잡초 아가씨.

깜짝 놀란 그녀는 고개를 돌리며 숨을 멈췄다.

—안녕.

—지금 어디 가는 거야?

—기차역에요.

—여행이라도 떠나는 거야?

—아뇨. 기차 시간표를 보려고요.

우리는 말없이 교통체증이 시작된 도로를 바라보고 있었다. 한 아이 엄마가 어린아이 둘을 데리고 길을 건너고 있었는데, 이탈리아는 그녀에게서 시선을 떼지 못했다. 나는 그녀의 배에 커다란 손을 올려놓았다. 그러자 그녀의 배에서 꼬르륵 소리가 났다.

—기분은 어때?

—좋아요.

그러고는 배에서 나는 소리가 부끄러운지 내 손을 얼른 내려놓았다.

—몇 개월이나 됐지?

—두 달도 채 안 됐어요.

—언제 임신한 거야?

—모르겠어요.

그녀의 커다란 눈동자는 고요했다.

—아무 걱정 마요. 그리고 아무 말도 하지 마요. 나는 이미 결정을 내렸으니까.

나는 고개를 내저었지만 아무 말도 하지 않았다. 어쩌면 그녀는 내가 무슨 말이라도 해주기를 기다렸는지 모른다. 나는 다시 유리창 너머로 흔들리는 거리를 쳐다봤다.

—부탁이야. 그런 이야기라면 하지 말자. 그건 너무나 끔찍한 일이야.

버스에서 내린 우리는 서로 조금 거리를 두고 걸어갔다. 나는 간호사처럼 옷을 입은 이탈리아를 보며 우리가 얼마나 나약한 존재들인지 생각해봤다. 어느 상점의 진열장 안에서는 한 여자가 가을옷들을 전시하려고 '세일'이라고 적힌 종이를 떼어내고 있었다. 그녀는 플라스틱 낙엽들과 밤들로 장식된 매트 위에서 맨발로 부산하게 움직였다. 이탈리아는 멈춰 서서 머리가 헝클어진 마네킹에 옷을 입히고 있는 여자를 바라보며 말했다.

―올해는 초록색이 유행이래요……

우리는 택시 승강장 쪽으로 걸어갔다. 그곳에는 택시 세 대가 손님을 기다리고 있었다. 마침 신호등이 바뀌려고 해서 우리는 급히 길을 건넜다. 나는 택시 문을 열어 이탈리아를 태운 다음 그녀의 손에 택시비를 쥐여주었다.

―고마워요.

그녀는 속삭이듯 말했다.

―너무 걱정하지 마. 이제 모든 건 내가 알아서 할게. 안심해.

나는 택시기사가 듣지 못하도록 작은 소리로 말했다.

그녀는 애써 미소를 지으려는 듯 입꼬리를 추켜올렸지만, 그건 희미한 조소로밖에 보이지 않았다. 지금 그녀는 혼자 있고 싶어했다. 어쩌면 그녀는 나에 대한 믿음을 잃어버렸는지도 모른다. 나는 차 안으로 손을 뻗어 그녀의 얼굴을 쓰다듬었다. 걱정스런 얼굴로 상심해 있는 그녀를 위로해주고 싶었다. 차문을 닫자 그녀를 태운 택시가 떠나갔다.

다시 혼자가 된 나는 잠시 거리를 걸었다. 어디로 가지? 이런저런 생각들을 하며 걷다가 길 한가운데 세워뒀던 차가 떠올랐다. 수술실에 들어가기엔 이미 늦은 시간이었다. 그녀는 마지막 순간까지 내게서 다른 말들을 듣고 싶어했을 것이다. 그녀의 바람은 구석에 세워진 채 잊혀진 빗자루처럼 눈동자 깊은 곳에 서려 있었다. 하지만 나는 그녀의 마음을 모르는 척했다. 나는 냉정해질 자신도, 그렇다고 그녀에게 끔찍한 결정을 내리게 할 용기도 전혀 없었다. 나는 그녀의 손에 택시비를 쥐여준 대신 그녀가 죄의식을 느끼며 결국엔 혼자 결정하도록 내버려둔 것이다.

여름이 끝나자, 네 엄마는 다시 도시로 돌아왔다. 나 혼자만의 야영 생활도 그걸로 끝이었다. 의자에 앉아 책을 읽을 때 다리를 올려놓던 작은 테이블은 다시 제자리로 돌아가, 소파에 둘러싸인 카펫 한가운데 놓였다. 나무로 세공된 그 작은 장식 테이블 위엔 장밋빛 꽃가지들이 꽂힌 화병과 샐러드가 담긴 그릇 그리고 베이컨으로 말아놓은 자두가 담긴 접시가 놓여 있다. 엘사가 친구들을 저녁식사에 초대했기 때문이다. 나는 그날 저녁 늦도록 수술을 해야 했다. 동료 의사 몇몇은 9월부터 시작된 파업에 동참하느라 오늘 수술실에 나오지 않았다. 그 때문에 내 수술도 원활하게 진행되지 못했다. 집에 돌아온 나는 현관에 있는 흑단 그릇에 열쇠를 던져넣었다. 거실에서 왁자하게 떠드는 목소리들이 들려왔다. 나는 먼저 욕실로 들어가 얼굴을 씻었다.

어이, 반갑네, 잘 지냈나 등의 인사와 함께 나는 친구들과 서로 어깨를 두드리며 볼에 가벼운 입맞춤을 나누었다. 포옹을 하는 동안 그들의 몸에서 풍기는 진한 향수 냄새와 내 볼을 스치는 친구들의 머리칼이며 숨결에서 묻어나는 와인 냄새 그리고 담배 연기가 나를 맞이했다.

나는 책장에 기대어 만리오와 이야기를 나눴다. 그는 내게 별별 이야기를 다 늘어놓았다. 보트, 알코올중독 치료를 위해 또다시 병원에 입원해 있는 마르틴, 아기 엉덩이처럼 말끔하게 봉합되었던 복부의 수술 부위가 세균에 감염되었다가 다시 치료를 받고 새살이 돋아났다는 이야기 등 이런저런 얘기들을 두서없이 늘어놓았다. 시가를 든 그의 손이 내 얼굴에 닿을 듯 가까이 있었다.

—자넨 어떻게 지내나?

—만리오, 시가 좀……

—아, 미안.

그는 옆으로 팔을 조금 치웠다.

—자네에게 할 말이 있어.

그는 나를 빤히 보더니 냄새가 지독한 시가 연기를 한가득 내뿜었다.

—지금 자네 얼굴이 꼭 좀비 같군. 무슨 짓을 한 거야?

—파스타가 나왔네.


테이블에서 나는 누구와도 대화를 나누지 않았다. 그저 접시만 바라보며 허겁지겁 음식을 먹었고, 와인 한 잔을 마시고 난 다음에는 큰 냄비 쪽으로 팔을 뻗어 다시 접시에 음식을 담았다. 나는 참을 수 없을 만큼 배가 고팠다. 테이블은 식사하는 소리와 이야기를 나누는 목소리들로 떠들썩했다. 나는 리가토네* 한 가닥이 식탁보 위에 떨어져 있는 것을 보고는 손으로 집어올렸다. 네 엄마는 그런 나를 물끄러미 바라보고 있었다. 그녀는 성기게 짜여 안이 들여다보이는 초록색 물결무늬 실크

---

* 파스타의 일종.

블라우스를 입었고 귀에는 작은 에메랄드 귀고리를 하고 있었다. 머리는 한 갈래로 가지런히 묶여 있었고, 머리카락 한 가닥이 이마 위에 흘러내리고 있었다. 그녀는 정말 아름다웠다. 그 순간 상점 진열장 안에 맨발로 있던 여자와 올해는 초록색이 유행이라고 말했던 이탈리아가 떠올랐다. 나는 식탁에서 일어났다.

─후식 안 먹어요?

─미안해. 급히 전화할 데가 있어서.

나는 방으로 가 전화기의 버튼을 눌렀다. 하지만 전화기에서는 신호음만 들려왔다. 나는 침대에 드러누웠다. 잠시 후 엘사가 들어왔다.

─누구한테 전화하는 거예요?

─별일 아냐. 계속 통화중이더군.

그녀는 방에 있는 화장실로 들어갔다. 옷장 거울에 엘사의 모습이 비쳤다. 그녀는 스커트를 엉덩이 쪽으로 끌어올리고 있었다.

─환자예요?

─응.

그녀는 변기의 물을 내리고 불을 끈 뒤 화장실에서 나왔다.

─'주의가 필요한' 암인가요?

그녀가 미소 지었다. 의사라는 직업을 가진 남자와 사는 건 쉽지 않은 일이었다. 가끔 그녀는 내가 쓰는 전문용어를 사용하며 농담을 하기도 했다.

나도 미소로 대답했다.

─침대에 누울 때 신발은 좀 벗어요.

그렇게 말한 뒤 그녀는 방에서 나갔다.


─여보세요?

―어디 갔었어?

―집에 있었어요.

―여러 번 전화했었는데.

―벨 소리를 못 들었나봐요.

그녀의 숨소리는 거칠었고 주위에서는 굉음이 끊이지 않고 들려왔다.

―옆에 뭐가 있어?

―진공청소기 소리예요. 끄고 올 테니 잠깐 기다려요.

그녀는 수화기를 내려놓았고, 잠시 후 그녀의 주위는 조용해졌다.

―뭐 하는 거야? 이 시간에 청소를 해?

―청소하면 마음이 편해져요.

―네게 키스를 보내고 싶었어.


나는 만리오를 끌고 테라스로 나왔다.

―이 년 전에 내가 유방암 수술을 해준 환자가 있는데 얼마 전에 임신을 했다는군. 그런데 아무래도 위험한 모양이야. 중절수술을 해야 할 것 같아.

―아직 임신 초기인가?

―응.

―그럼 빨리 병원에 가보라고 해야 하는 거 아냐?

거리 저쪽에서는 청소차가 쓰레기통을 들어올리려 하고 있었다. 만리오는 재킷의 깃을 올리며 휘파람을 불었다. 그가 이미 뭔가를 눈치챘을지 모른다는 생각이 들었다.


저녁식사는 소파 위에서 마무리되었다. 어느새 친구들은 모두 돌아가고 소파는 텅 비어 있었다. 그곳은 그들이 남기고 간 흔적들로 가득

했다. 흐트러진 쿠션들과 여기저기 널려 있는 컵들 그리고 담배꽁초가
잔뜩 쌓인 재떨이가 나뒹굴고 있었다. 엘사는 이미 신발을 벗었다.

—정말 즐거운 저녁이었어요.

—그래.

나는 일어나 탁자에서 재떨이를 집어 들었다.

—그냥 놔둬요. 내일 잔나가 알아서 할 거예요.

—담배꽁초만 버릴게. 안 그러면 온 집 안에 냄새가 밸 테니까.

네 엄마는 침실로 가 화장을 지운 뒤 잠옷으로 갈아입었다. 나는 무
덤처럼 쌓여 있는 더러운 컵들 사이에서 텔레비전을 보았다. 그러다 방
으로 올라가 침대 가장자리에 누웠다. 몇 번을 뒤척이다 자리를 잡고
옆으로 누워 몸을 뻗었다. 엘사는 내 몸에 다리 하나를 올려놓고 뜨거
운 입김을 귀에 불어넣었다. 하지만 나는 잔뜩 얼어붙어 있었다. 오늘
밤은 정말이지 그럴 수가 없었다. 그녀는 서서히 입술에 키스를 하려고
했지만 나는 입술을 열지 않았다. 그녀가 깊은 한숨을 몰아쉬며 자기
자리 쪽으로 물러났다.

—여보, 우리 다른 방식으로 한번 해봐요.

나는 그녀 쪽으로 몸을 돌렸다. 천장을 바라보고 있는 그녀의 얼굴은
여느 때와는 다른 표정이었다.

—서로의 눈을 바라보면서 하는 것도 괜찮을 거예요.

그녀의 목소리는 분노에 차 있어서 말 한 마디 한 마디가 몹시 날카
롭게 들렸다.

—당신, 취했어?

—조금요.

그녀의 두 눈은 이글이글 타오르고, 턱은 부르르 떨리고 있는 것 같
았다.

─당신도 알다시피 우리는 서로를 바라보잖아. 당신처럼 아름다운 여자를 어떻게 쳐다보지 않을 수가 있겠어?

나는 똑바로 누워 베개를 바로잡았다. 하지만 잠이 오질 않았다. 자, 어서 우리 스스로를 괴롭힐 밤의 의식을 시작해. 당장 복수의 왈츠를 추는 거야. 그러나 갑자기 그녀는 내 배를 걷어찼고 곧이어 닥치는 대로 발길질을 해댔다. 그러고는 두 손으로 연거푸 따귀를 때렸다. 나는 몸을 피하려 했지만 그녀의 공격엔 완전히 무방비 상태였다.

─너! 너! 네가 어떤 인간인지 알아? 어떤 인간인지 아냐고!

네 엄마의 얼굴은 일그러져 있었고 목소리는 거칠었다. 단 한 번도 그녀의 그런 모습을 본 적이 없었다. 나는 그녀가 하는 대로 그냥 내버려두었다. 힘들게 내 욕을 하고 있는 그녀에게 죗값을 치르고 있는 거라고 생각했다.

─너, 너, 넌 쓰레기 같은 놈이야! 이기적인 쓰레기!

나는 그녀의 한 손을 잡고 곧이어 또다른 손을 잡아 그녀를 품에 안았다. 그녀는 눈물을 흘렸다. 내가 머리를 쓰다듬어주자 그녀는 흐느끼며 숨을 몰아쉬었다. '엘사, 당신 말이 맞아. 난 이기적인 쓰레기야. 지금 난 모든 사람들의 삶을 엉망으로 만들고 있어. 하지만 믿어줘. 나 자신조차 내가 뭘 원하는지 모르겠어. 지금은 그저 시간이 필요할 뿐이야. 지금 나는 한 여자를 원하지만 어쩌면 한편으로는 그녀뿐만 아니라 그녀를 원하는 나 자신까지도 부끄럽게 여기고 있는지 몰라. 난 당신을 잃을까봐 두려워. 하지만 내 행동은 하나같이 당신과 헤어지려고 애쓰는 것처럼 보여. 그래, 나는 당신이 어서 가방을 싸서 한밤중에라도 사라져버리길 바라고 있어. 그러면 난 이탈리아에게 달려갈 거고 어쩌면 내가 당신을 그리워한다는 걸 알게 될지도 모르지. 하지만 당신은 여기, 내 곁에, 우리의 침대 위에 누워 있어. 물론 당신이 밤중에 떠나는

일은 없겠지. 당신은 위험을 무릅쓰며 그런 일을 벌일 사람이 아니니
까. 내가 당신을 그리워하지 않을지도 모르고, 더구나 당신은 아주 신
중한 여자잖아.'

자동차 와이퍼는 멈춰 있었다. 유리 위에는 세상과 우리를 갈라놓기라도 하듯 흐릿한 얼룩이 베일처럼 드리워져 있었다. 차 안에서는 바닥 매트와 가죽 시트 냄새가 진동했다. 움직일 때마다 늘 뽀드득 소리를 내던 가죽 시트는 오늘따라 유난히 뻣뻣했다. 햇볕에 바랜 나무 모양의 오래된 방향제 냄새와 나의 애프터셰이브 로션 냄새 그리고 레인코트 냄새도 함께 뒤섞여 있었다. 여름 내내 코트 걸이에 걸려 있던 레인코트는 이제 다시 늙은 고양이처럼 뒷자리에 놓여 있었다. 하지만 무엇보다 차 안에서는 이탈리아의 체취가 그대로 배어났다. 그녀의 귀와 머리카락은 물론 그녀가 입고 있던 옷에서 나는 냄새들이 그곳에 스며들어 있었다. 오늘 이탈리아는 탄성 소재의 널찍한 검은 벨트로 허리를 감싼 꽃무늬 스커트와 뻣뻣한 면 소재의 카디건을 입고 있었다. 그녀의 가슴에서는 가느다란 체인에 매달린 은 십자가가 빛나고 있었다. 그녀는 뿌연 차창 너머로 멀게만 느껴지는 혼란스런 세상을 바라보면서 십자가를 입술로 가져갔다. 머리에는 칠을 입힌 집게 핀이 꽂혀 있었는데 칠에는 금이 가 있었다. 그런 그녀의 모습은 꼭 시골 여자 같았다. 그녀가 입고 있는 옷들은 노점상에서 산 것이거나 아니면 점원들이 껌을 씹으며 옷을 파는 허름한 가게에서 구입한 싸구려로 보였다. 10월의 첫번째 토요일, 나는 그녀를 병원으로 데려가고 있었다.

그녀는 나를 만나기 위해 버스를 타고 시내로 왔고, 나는 버스 정류장 근처에서 그녀를 기다렸다. 나를 발견한 그녀는 미소를 지었다. 그녀는 괴로웠을지 모르지만 우리는 그것에 관해 한마디 말도 꺼내지 않았다. 어쩌면 그녀는 이미 여러 번 낙태를 했었는지도 모를 일이었다. 정말이지 그녀는 아무런 동요도 보이지 않은 채 침착했다. 그녀가 차에 올라탔을 때도 우리는 키스하지 않았다. 시내에서 그런 행동을 하는 건 위험했다. 그녀는 신중했고 평소 자신의 모습과는 거리를 두고 있었다. 오늘 아침 그녀는 자신이 입고 있는 뻣뻣한 카디건처럼 몹시 무뚝뚝하고 차가웠다. 그녀는 은 십자가를 입에 물고서, 자신의 조그만 은신처에 두고 온 뭔가를 생각하고 있는 것 같았다. 그녀가 너무도 침착해 보여 나는 약간 외로워졌다. 어쩌면 내가 예상했던 대로 울먹이거나 의기소침해하는 모습을 보는 편이 훨씬 더 마음 편할 것 같았다. 하지만 오늘 아침 그녀는 더없이 강해 보였고, 그녀의 두 눈은 힘 있고 공격적인 빛을 띠었다. 아마도 내가 생각했던 것만큼 그녀는 연약하지 않을 것이다. 어쩌면 그녀는 지금 용기를 갖기 위해 애쓰고 있는 중인지도 모른다.

—아침 먹을래?

—아니, 됐어요.


만리오가 일하고 있는 개인병원은 큰 나무들이 무성한 공원에 자리 잡고 있는 오래된 저택이었다. 우리는 나무들이 늘어서 있는 오르막길을 올라 다른 차들이 세워져 있는 병원 앞에 다다랐다. 이탈리아는 불그스름한 테라코타로 장식된 건물을 쳐다보며 말했다.

—꼭 호텔 같아요.

난 그녀에게 모든 걸 설명해주었고, 그녀는 무엇을 해야 하는지 잘 알고 있었다. 이제 접수창구로 가서 이름을 말하면 그녀를 기다리고 있던 직원들이 예약된 병실로 그녀를 데려갈 것이다. 당연히 난 그녀와 함께 있을 수가 없다. 그녀를 여기까지 바래다준 것도 내겐 대단한 모험이다. 오후에 나는 그녀에게 전화를 할 것이다. 오르막길을 올라오는 내내 그녀는 창밖 풍경에 매료되어 있었다. 나는 그녀의 배를 바라보았다. 그녀의 옷 아래로 부푼 배가 보이는 듯했다. 글쎄 내가 본 것이 무엇인지, 내가 찾고 있다고 믿는 것이 무엇인지 확실하진 않지만 더이상은 볼 수 없는 존재임은 분명했다. 갑자기 자동차 바퀴가 커다랗게 움푹 팬 곳에 쾅 하는 요란한 소리를 내며 빠졌다. 나는 재빨리 방향을 돌리려 속도를 높였지만 이미 늦었는지 차는 세차게 덜커덩거렸다. 지금까지도 나는 그 급격하고 격렬한 충격을 생생하게 기억하고 있다. 시간은 순차적으로 흐르지 않는다. 가끔은 한순간에 전 생애가 나타나기도 한다. 길 한가운데 있는 구덩이를 피하려고 핸들을 급히 돌리던 그 찰나의 순간, 나는 내 안에 잠재된 고통을 보았다. 그리고 안젤라 너와 스캐너에 비친 너의 혈종도 보았던 것 같다. 나는 빙빙 돌아가는 시간의 방으로 뛰어들어갔다. 그 도약으로 인해 비현실적인 일들이 나타나고, 또 가능해진다. 문이 여러 개 있는 그 방에서 시간의 순서 따위는 존재하지 않는다.

나는 병원 앞에 차를 세웠다. 이탈리아는 말끔히 잘 닦인 유리로 된 출입문을 바라보았다. 나는 그녀의 손을 들어 키스했다.

—너무 걱정하지 마. 별거 아닐 거야. 미처 알아차리기도 전에 모두

끝나 있을 거야.

　—갈게요.

　차에서 내린 그녀는 곧장 병원 입구로 향했다. 나는 다시 차를 돌려 그곳을 떠나려 했다. 백미러로 그녀가 평상시보다 불안정한 걸음으로 걸어가는 모습이 보였다. 아마 길에 깔린 자갈 때문이었을 것이다. 물론 높은 굽과 길게 늘어진 가방이 다리 안쪽에 부딪히는 것에 익숙한 그녀가 넘어지는 일은 없을 것이다. 그러나 그녀는 마지막 걸음을 떼다가 갑자기 힘을 잃고 풀썩 쓰러지고 말았다. 그녀는 가방을 붙잡았지만 일어나지 못하고 땅에 쓰러진 채 그대로 앉아 있었다. 하지만 내가 이미 가버렸다고 생각했는지 고개를 돌리지 않았다. '그대로 있어줘.' 그 순간 나도 모르게 튀어나온 말이었다. 어쩌면 그녀는 내가 있다는 걸 알고 있었을지 모른다. '그대로 있어줘.' 나는 그렇게 말했다. 그녀가 그토록 애타게 찾고 있던 자신의 일부분을 찾은 것처럼 보였기 때문이다. 그것은 찢긴 날개처럼 그녀의 등을 감싸고 있었다.

　나는 차문을 열어놓은 채 자갈 위를 달려갔다.

　—왜 그래, 괜찮아?

　—아무래도 아침을 먹는 게 좋겠어요.

　나는 그녀를 일으켜 세웠다. 팔로 그녀를 감싸 안으면서도 병원 쪽을 바라보고 있었다. 이층에 있는 어둡고 커다란 창문 너머로 흰색 코트를 입은 한 남자가 우리를 지켜보고 있었다.

　'그래! 이렇게 끝난다 해도, 그리고 우리 두 사람이 이대로 암흑 속으로 걸어들어간다 해도 상관없어. 나를 바라보는 그녀의 눈빛과 내 손을 잡고 있는 이 끈끈한 손을 보라고. 그 누구도 나를 이토록 사랑하진 않았어. 단 한 번도. 이탈리아, 너를 저 안에 데려가지 않을 거야. 어떤 수술 도구도 네 몸 속으로 비집고 들어가는 일은 없을 거야. 난 널 원

해, 그리고 이제 나는 강해졌어. 더이상 너를 힘들게 하지 않을 방법을 찾을 거야.'

— 제발 당신 자신을 생각해요. 부탁이에요.

그녀는 속삭였다.

'이미 결심했어. 사랑해, 이탈리아. 내 머리를 원한다면 도끼를 줘. 너를 사랑하는 남자의 머리를 줄 테니.'

— 여기서 나가자.

안젤라, 그건 우리의 아이에게 한 말이었다. 붉은빛을 띤 작은 낙엽 하나가 소리도 없이 와이퍼 옆에 떨어졌다. 가녀린 가지에서 떨어진 그 붉은 잎은 가을의 시작을 알리고 있었다.

나는 핸들을 잡고 병원에서 멀리 차를 몰았다. 우리는 도시로 들어서기 전 어느 북쪽 마을에 멈춰 섰다. 여느 풍경과 달리 전원의 분위기가 물씬 풍기는 곳이었다. 도시와 가까운 곳이었지만, 숲의 맑은 공기가 느껴졌고, 완만한 산들은 잠이 든 들소들처럼 지평선 위로 펼쳐져 있었다.

우리는 어느 극장 안으로 들어갔다. 그곳은 토요일과 일요일에만 문을 여는 시골 극장이었다. 첫 회 상영 시간이라 극장 안은 텅 비다시피 했다. 우리는 극장 한가운데 나무 의자에 자리를 잡았다. 극장 안도 역시 바깥처럼 추웠다. 이탈리아는 내 어깨에 머리를 기대고 있었다.

— 피곤해?

— 조금요.

— 그럼 쉬어.

그녀는 어두운 극장 안에서 내 어깨에 기대 잠들었고, 스크린 불빛은 그녀의 볼을 비췄다. 우리가 본 영화는 조금 유치한 코미디였지만 그런대로 괜찮았다. 아니 모든 것이 괜찮았다. 우리가 그렇게 커플처럼 있었던 건 아마 그때가 처음이었을 것이다. 휴일에 극장을 찾은 커플이 파니노*를 먹으려고 잠시 멈춰 선다. 그러고는 여행을 계속한다. 그래, 이탈리아와 여행을 하면 좋을 것 같았다. 호텔에서 연인들은 잠을 자고 사랑을 나누고 다시 떠난다. 그리고 어쩌면 다시는 돌아오지 않을지도 모른다. 외국으로 떠날 수도 있었다. 모가디슈**에 친구들이 있었고, 그중 한 명은 정신병원에서 심장전문의로 일하고 있었다. 그 친구는 바닷가에 작은 별장을 가지고 있었는데, 저녁이면 다리가 팔처럼 가는 여자와 함께 마리화나를 피우곤 했다. 그래, 그곳에서 새로운 인생을 시작하는 거다. 볼품없이 초라한 병원과 신발도 신지 않은 채 눈을 반짝이는 검은 피부의 아이들이 있는 그곳에서. 나를 필요로 하는 곳으로 가서 천막에서 수술을 하고 가난하고 불쌍한 사람들을 치료하는 거다.

　—우리 어디로 여행 갈까?

　—그래요.

　—어디로 가고 싶어?

　—어디든 당신이 원하는 곳으로요.

---

엘사는 며칠 동안 출장을 떠나게 되었다. 내겐 잠시 숨 돌릴 틈이 주어진 셈이다. 그녀는 신혼여행 때 가지고 갔던 얼룩무늬 여행가방에 들어갈 마지막 물건들을 챙겨 넣고 있었다. 그녀는 벽 전체를 차지하고 있는 큰 장롱 안에서 스카프를 찾다가 나와 팔이 스쳤다. 그녀는 숄 칼라가 달린 부드러운 저지 옷감의 갈색 바지 정장을 입고, 가늘고 검은 새틴 줄에 큼직한 호박 알들이 달린 아주 심플한 목걸이를 했다. 나는 셔츠를 꺼냈다. 내 셔츠는 모두 흰색이었고, 실수를 막기 위해서 어울릴 만한 넥타이들을 수트 옷걸이에 함께 걸어놓았다. 엘사는 가끔 모자로라도 새로운 스타일을 시도해보라고 권유했다. 그녀의 친구 중엔 베레모와 파나마모자, 거기에다 삼각모와 펠트 모자까지 과시하는 베를린 출신의 작가가 있었다. 그에겐 그것들이 무척이나 잘 어울렸다. 그는 조금 별난 성격의 양성애자인데 굉장히 지적인 사람이었다. 그 베를린 작가는 틀림없이 엘사를 행복하게 해줄 것이다. 그 두 사람은 아마 어느 문학 카페에서 만날 테고, 그는 솜브레로*나 버즈비**를 의자에 올려놓고 자신이 쓴 글을 그녀에게 읽어주겠지. 그러면 그녀는 무척 감동할 것이다. 그녀는 양성애자 애인과 조화를 이룰 수 있을 만한 성숙함과 부유함을 지니고 있었다.

그토록 우아한 여인을 소유했다는 건 늘 내게 대단한 자부심을 느끼게 했었다. 하지만 지금 네 엄마의 우아함은 나를 슬프게 한다. 오늘 아침, 여성스러우면서도 당찬 여기자는 외국으로 여행을 떠나려 하고 있었다. 네 엄마는 조금 무례해 보일 정도로 몹시 서둘렀는데 난 그런 행동들이 마음에 들지 않았다. 어느새 네 엄마는 내게 집 밖에서 형편없는 동료들을 대할 때와 같은 태도를 취하고 있었다. 나는 이미 벨트가 끼워져 있는 바지를 골라 입었다. 그렇게 하면 귀찮은 과정을 덜 거칠 수 있었다. 이제 그녀에게 사실을 말해야겠다. 그래, 지금 털어놓는 게 좋겠다. 그러면 그녀는 떠나면서 혼자 그 문제를 생각해볼 거고, 돌아와서는 자신의 생각을 말하겠지. 그럼 나는 이렇게 말할 거야. '지금 난 다른 여자를 사랑하고 있어. 그녀는 임신을 했고, 그러니까 우린 헤어져야 해.'

혼자 있고 싶다거나 그와 비슷한 말들을 하면서 네 엄마를 멀리할 생각은 없었다. 난 혼자 있고 싶은 게 아니라 이탈리아와 함께하고 싶은 거니까. 만약 그녀를 만나지 않았다면 아마 네 엄마와 헤어질 적당한 구실을 찾지 못했겠지. 하지만 네 엄마를 탓하진 않는다. 아니, 어쩌면 네 엄마에게 탓할 것이 너무 많은지도 모르지. 난 더이상 그녀를 사랑하지 않을 뿐이야. 어쩌면 그녀를 진실로 사랑한 적 없이, 그저 유혹에 이끌렸던 것뿐일지도 모르겠구나. 난 그녀에게 압도되어 있었지. 때로는 황홀하고 때로는 위협적인 그 시간은 피곤한 상태로 겨우 끝을 맺곤

---

* 챙이 넓은 멕시코 모자.
** 영국 근위병의 정모로 운두가 높은 털모자.

했다. 지금 그녀를 유심히 쳐다본다 해도 그녀는 가방에 화장품들을 챙겨 넣느라 내 시선을 전혀 눈치 채지 못할 것이다. 뭔가에 몰입해 있는 그녀의 무감각한 시선과 이완된 턱이 보인다. 갑자기 나는 이런 생각에 빠져들었다. '이 여자는 지금 여기서 뭘 하는 거지? 그녀와 나는 무슨 관계일까? 왜 그녀는 앞집에 사는 남자와 있지 않고 여기 있는 걸까? 가끔 속옷을 입고 지나가는 모습이 눈에 띄었던 그 남자는 배가 나오긴 했지만 건장한 체격인데 말이야. 왜 그 집으로 건너가 그 남자의 침대에서 화장품 가방을 뒤적이지 않는 거지? 지금 그런 얼굴로 그곳에 있다면 훨씬 보기 좋았을 거야. 그렇다면 난 그 남자와 사는 나이 어린 빨간 머리 여자를 데려오면 되겠군. 어쩌면 호감 가는 여자일 수도 있고, 그러면 우리는 잠시 대화를 나눌 수도 있겠지. 혹시 그 여자는 하루 종일 사람들의 몸에 칼을 대는 남자의 이야기에 기꺼이 귀를 기울여줄지도 몰라. 내 아내를 봐. 내가 좋아하는 모습은 단 한 가지도 없어. 관심을 가질 만한 것조차 찾아볼 수가 없지. 그녀의 머릿결은 매우 아름답지만 내 취향에는 맞지 않아. 그녀의 가슴은 흠잡을 데 없이 완벽하지만 난 전혀 만지고 싶지 않아. 지금 그녀는 귀고리를 하고 있군. 물론 택시는 이미 집 앞에 와 있겠지. 난 그녀가 모든 것을 가져갈 수 있도록 해주겠어. 아무것도 나누려고 하지 않을 거야. 책조차 나누지 않겠어. 난 그저 필요한 몇 가지만 트렁크에 던져 넣고 떠날 거야. 안녕.'

—안녕! 여보, 나 다녀올게요.

—당신이 가는 데가 어디지?

—리옹이요. 말했잖아요.

—가면 엽서 보내줘.

—엽서요?

—응, 받으면 기분 좋을 것 같아. 다녀와.

엘사는 웃으며 얼룩무늬 가방을 들고 방에서 나갔다. '글쎄, 그 베를린 출신 작가가 잠자리에선 어떨지 모르겠군.'

나는 이탈리아의 배꼽에 키스했다. 그녀의 배꼽은 주름이 잡힌 채 움푹 들어가 있었다. 그 작은 매듭은 소용돌이처럼 나를 끌어당겼다. 거기에는 하나의 생명과 이어진 새로운 끈이 묶여 있었다. 나는 나의 입술로 그 부드러운 입구를 열어 그녀의 몸 안으로 들어갈 수 있을 것만 같았다. 처음엔 머리를 넣고 그 다음엔 어깨, 그렇게 서서히 내 몸 전체를 넣을 수 있을 거란 생각이 들었다. 나는 진심으로 그녀의 배 속에 들어가보고 싶었다. 그리고 그 안에 토끼처럼 몸을 웅크린 채로 있고 싶었다. 그 안에서 나는 눈을 감은 채 양수 속을 떠다니는 태아였다. '도와줘, 내 사랑. 어서 나를 낳아줘. 제발 나를 다시 태어나게 해줘. 그러면 마음이 이끄는 대로 살아갈 테고, 너를 사랑하면서도 고통을 주는 일은 없을 거야.'

나는 눈을 뜨고 주위를 둘러보았다. 옻칠을 한 서랍장과 빛바랜 줄무늬 양탄자가 눈에 들어왔고 유리창 너머로 고가도로의 잿빛 교각이 보였다. 그리고 거울 앞에 기대어 있는 한 남자의 사진을 발견했다.

―누구야?

―우리 아버지예요.

―아직 살아 계셔?

―아주 오랫동안 보질 못했어요.

―왜?

―가정에 충실한 분이 아니었어요.

―그럼 어머니는?

―돌아가셨어요.

―다른 형제는 없어?

―형제들은 저보다 나이가 많은데, 모두 호주로 이민 갔죠.

―네 고향에 한번 가봤으면 좋겠어.

―볼 만한 건 아무것도 없어요. 아름다운 교회가 하나 있었는데 지진으로 무너져내렸죠.

―괜찮아. 그냥 네가 자란 곳과 거리들을 보고 싶어.

―왜요?

―우리가 만나기 전에 네가 어디에서 어떻게 지냈는지 궁금해.

―이 안에 있었죠.

그녀는 내 배를 만지며 말했다. 그녀의 손은 몹시 뜨거웠다.


안젤라, 그날 오후 나는 그녀를 내가 어린 시절 머물렀던 곳으로 데려갔다. 노동자들과 말단 회사원들에게나 어울리는 그 동네는 내가 어렸을 때만 해도 시내에서 멀리 떨어져 있는 외딴 곳이었지만 지금은 비대해진 도시 덕에 거의 시내처럼 변해 있었다. 그곳엔 영화관과 식당, 극장뿐만 아니라 수많은 사무실들이 자리 잡고 있었다. 우리는 그곳에 있는 공원에 들어갔다. 어렸을 땐 굉장히 커보이던 공원 안이 이젠 주위의 건물들에 짓눌려 협소한 공간이 되어 있었다. 그곳은 마치 옷감더미에 묻어 있는 낡은 양털 보푸라기처럼 보잘것없어 보였다.

하지만 그곳에서 나는 내가 뛰어놀 때마다 어머니가 그 밑에 자주 앉아 계셨던 나무를 정확히 찾아낼 수 있었다. 어머니는 담요를 가져와서 풀밭에 깔고 그 나무 아래 앉아 계시곤 했다. 나는 그 나무를 제대로 찾은 거라 생각했다. 우리는 그곳에 앉아 공원을 바라봤다. 이탈리아는 어떤 남자가 개를 데리고 지나가는 것을 쳐다보고 있었다.

—당신은 어렸을 때 어땠어요?

—글쎄, 늘 조금은 꺼려지는 아이였지.

—왜요?

—뚱뚱한데다 겁도 많고 땀도 잘 흘렸거든. 아마 뚱뚱한데다 겁이 많아서 땀이 났을 거고, 또 땀을 많이 흘리니까 아이들이 꺼려했을 거야.

—그후에는요?

—자라면서 살이 빠졌어. 더이상 땀도 흘리지 않게 됐고. 하지만 난 늘 신경질적이었지. 그게 내 성격이야.

—내가 보기엔 그렇지 않아요.

—그래, 그렇게 보였을 거야. 난 본래의 내 모습을 잘 감추니까.

우리는 내가 다녔던 학교로 발걸음을 옮겼다. 삼십 년이 지났지만 학교는 그 자리에 그대로 있었다. 검은 철책으로 둘러싸인 정원 화단도 여전했고, 심지어 건물의 회벽 색깔도 그때와 똑같이 빛바랜 노란색이었다. 어느덧 하루는 저물고 있었고, 태양빛도 희미해졌지만, 우리는 오랫동안 바깥에 앉아 있었다. 아직 서로의 얼굴을 바라볼 수 없을 정도로 어둡지는 않았다. 우리의 옷 색깔은 거무스름해 보였고, 마주잡은 손은 어둠 속에서 점점 구별하기가 어려워지고 있었다. 나는 애기를 나누고 싶었지만 지난 추억들에 잠겨 입을 다물었다. 우리는 대리석 계단 맨 위에서 철문에 등을 기대고 앉았다. 이런 자세로 친구들과 무리지어 수많은 아침을 맞았었지만 정작 해넘이를 본 적은 없었다. 모든 것이 어둠 속으로 사라져버리는 그 순간, 다시 돌아오지 않는다 하더라도 지난 인생이 아름답고 달콤하게 느껴졌다. 중요한 건 추억이 깃든 학교와 등을 기댈 수 있는 철문이 남아 있다는 것이었다. 어린 시절의 기억들이 머물러 있는 그곳에 어른이 되어서도 어느 날 우연히 들를 수 있다는 것이 소중하게 생각되었다. 그제야 나는 내가 변하지 않은 채 언제나 그대로였다는 사실을 깨달았다. 안젤라, 어쩌면 우리는 변하는 것이 아니라 그저 적응하는 것일지도 모른다.

　—학교 생활은 즐거웠어요?

　—응, 불행히도.

　—왜 그렇게 말하죠?

　'불행히도 널 내 여자로 만들었고, 불행히도 내 아버지가 돌아가셨을 때 울지 않았기 때문이야. 그리고 불행히도 난 어느 누구도 사랑하지 않았어. 이탈리아, 불행히도 나 티모테오는 삶을 두려워했어.'

　우리는 다시 걷기 시작했고, 내 머릿속은 이상한 혼란에 사로잡혔다. 지난 기억들은 흐릿한 모습으로 다가왔고 현재와 서로 얽혀 있어 제대로 가늠하기가 어려웠다. 나는 이탈리아를 붙잡았고 우리는 외국의 어느 낯선 도시를 걷는 연인들처럼 휘청휘청 길을 걸었다. 왜냐하면 그날 밤 어린 시절의 추억이 깃든 그 도시가 내게 미지의 세계로 다가왔기 때문이다.

　지나가던 사람들은 우리를 흘끔흘끔 쳐다봤다. 그들은 우리가 어떻게 사랑에 빠졌는지 모른다. 물론 그녀가 임신했다는 사실은 더더욱 알지 못한다. 나는 우연히 예전에 살았던 집 앞에 다다랐다. 우리는 작은 내리막길을 걸어 나왔는데, 그곳 모퉁이에는 피자 가게가 하나 있었다. 가게 안에서는 맛있는 냄새가 흘러나왔다. 나는 옛날에 살았던 집 바로 아래서 피자 한 조각을 먹는 것도 좋겠다는 생각을 했다.

—열여섯 살 때까지 여기 이층에 살았어. 이쪽에서 창문들은 보이지 않을 거야. 모두 반대쪽으로 나 있으니까. 하지만, 잠깐만……

우리는 나지막한 벽돌 화단을 넘어 뒤뜰로 들어갔다.

—아! 저기, 저기가 내 방 창문이었어.

—우리 올라가봐요.

이탈리아가 말했다.

—아니야……

—저기 경비실이 있어요. 가서 경비원에게 물어봐요. 부탁하면 문을 열어줄 거예요. 안 열어줄 리가 없어요.

그녀는 옛집의 현관문까지 나를 이끌고 갔다. 어떤 젊은 여자가 문을 열었지만 난 똑바로 쳐다보지 못하고 그녀의 어깨 근처에 시선을 뒀다. 집주인 여자는 우리가 들어오도록 허락했다. 안에 들어가 보니 예전에 있던 벽들은 찾아볼 수 없었다. 대신 그 자리에는 짙은 색의 마루가 깔린 넓은 방이 생겼다. 한쪽 구석에는 금속 재질의 책장이 있었고, 그 옆에는 하얀 소파와 텔레비전이 놓여 있었다. 젊은 집주인 여자는 자신의 집처럼 귀엽고 현대적인 분위기를 풍기고 있었다. 그녀와 이탈리아는 종이 다른 두 마리 개처럼, 서로를 바라보고 있었다. 그곳엔 과거의 어떤 흔적도 남아 있지 않았다. 나는 집주인에게 허탈한 미소를 지어 보였다.

—차라도 한잔 드릴까요?

나는 고개를 흔들며 사양했고, 이탈리아는 나를 따라 마지못해 사양하는 듯했다. 아마도 그녀는 검고 윤이 나는 머릿결을 뽐내는 젊고 세련된 그 여자를 더 바라보고 싶었는지도 모른다. 다행히 창문 손잡이들은 여전히 예전 그대로였다.

—네, 창틀은 그냥 원래대로 놔뒀어요.

여자는 그곳에서 산 지 일 년도 채 안 됐다고 했다.

—전에 커플이 살았었는데 두 사람이 그만 헤어지고 말았어요. 그래서 제가 좋은 가격에 사게 됐죠.

나는 가까이 다가가 손잡이를 만져봤다. 내가 기억하는 것은 그것 외에 아무것도 남아 있지 않았다. 그 순간 난 이젠 더이상 지난 추억들이 존재하지 않는 곳에서 숨 쉬고 있다는 걸 깨달았다. 지상에서 사라져버린 그 네 개의 방과 화장실 그리고 부엌은 오직 내 안에서만 존재하리라는 것을. 영원할 듯했던 모든 것들이 그 순간엔 존재하지 않았다. 재가 되어 사라진 화장실 변기와 재가 되어 사라진 식기들 그리고 재가 되어 사라진 침대들. 이 모든 것들이 내 기억 속에서만 살아 있었다. 우리가 살았던 자취들과 우리 가족의 향기는 지상에서 영원히 사라지고 말았다. 난 여기 뭘 하러 온 걸까라는 생각이 들었다. 나는 유일하게 남아 있던 그 작은 놋쇠 손잡이를 잡아당겼다. 어릴 때는 의자를 가져와 그걸 붙잡아보려고도 했었다. 나는 다시 창문을 열고 바깥을 유심히 내다봤다. 하지만 그곳에서 바라본 전망 역시 달라져 있었다. 새로 생긴 건물들은 지평선을 가렸고, 정원은 그대로이긴 했지만 주차된 차들로 가득 차 있었다.

—고맙습니다.

—천만에요.

우리는 다시 거리로 나왔고, 그곳에선 아직도 피자 굽는 냄새가 났다.

—오랜만에 보니까 어땠어요?

이탈리아가 물었다.

─피자 먹을래?

내가 말했다.

돌아오는 차 안에서 우리는 피자를 먹었다. 나는 운전을 하면서 피자를 한 입씩 베어먹었다. 이탈리아는 내 귀와 얼굴 그리고 머리까지 쓰다듬어주었다. 그녀는 내가 슬퍼하고 있다는 걸 알았고, 그런 모습에 마음 아파했다. 그녀는 괴로움 앞에서 물러서지 않았고 오히려 당당히 마주했다. 그런 그녀의 손길은 나를 위로하고 있었다.

다시 침대로 돌아와 그녀의 배에 키스를 하는 동안 그녀가 말했다.

─난 포기하겠어요. 당신이 원한다면 그렇게 할게요. 하지만 지금 말해줘요. 이렇게 우리가 사랑을 나누고 있는 지금.

안젤라, 누군가를 사랑한다는 건 쉬운 일이 아니었다. 아빠의 말을 믿어다오. 나는 진심으로 누군가를 사랑해본 적이 없었고, 그래서 사랑하는 법을 배워야만 했다. 한 여인을 어떻게 어루만지고 어떤 손길로 대해야 하는지를 배워야 했다. 사랑을 나눌 때 나의 두 손은 늘 싸늘하고 뻣뻣하기만 했다.


고가도로를 달리는 자동차들은 벽을 울리며 지나고 있었다. 소음은 창문을 통해 들어와 집 안을 뒤흔들고, 이미 햇볕에 부식되기 시작한 낡은 접착테이프로 지탱해놓은 유리창들은 이슬아슬하게 흔들렸다.

─초등학교 5학년 때였어요. 시장 노점에서 붉은 꽃들이 그려진 얇고 하늘하늘한 옷을 팔고 있었죠. 그날은 토요일이라 난 시장을 구경하며 돌아다녔어요. 하지만 발걸음은 계속 그 옷을 파는 노점 앞에 머물렀죠. 점심시간이어서 시장은 한산했고, 상인들은 옷을 정리하느라 여념이 없었어요. 그들 중에 티셔츠들을 개키고 있는 한 남자가 있었어요. "한번 입어보고 싶니?" 그가 내게 말했지만 난 돈이 없다고 대답했

죠. "입어보는 데는 돈이 안 든단다." 난 그 남자의 도움을 받아 트럭 위로 올라갔어요. 그러고는 텐트처럼 생긴 커튼 뒤로 가서 그 옷으로 갈아입고 있었죠. 그런데 남자가 커튼 뒤로 들어와 내 몸을 만지기 시작했어요. "옷이 마음에 드니?" 난 조금도 움직일 수가 없었어요. 그렇게 그 사람이 날 만지는 동안 꼼짝도 하지 못했어요. 나중에 그는 온몸에 땀을 흠뻑 흘리며 말했어요. "아무한테도 말하면 안 된다." 그러고는 내게 그 옷을 선물로 줬어요. 난 고무처럼 휘청거리는 다리로 걷기 시작했죠. 꽃이 그려진 그 옷을 입고 원래 입고 있던 내 옷들은 손에 들고서 말이죠. 집에 와서 나는 그 옷을 벗어 침대 밑에 넣어뒀어요. 그리고 밤에 깨어나 그 위에 오줌을 눴죠. 왠지 그 옷이 불행한 일들을 불러올 것만 같았거든요. 그리고 다음날 그 옷을 불태워버렸어요. 아무도 그 일을 몰랐어요. 하지만 모두가 그 일을 알고 있는 것만 같았고, 모든 사람이 나를 트럭 위로 데려가 더러운 짓을 할 수 있을 것 같았어요.

그녀는 처음으로 자신에 대해 이야기하고 있었다.

며칠 후 엘사는 여행에서 돌아왔다. 집에 와보니 그녀의 가방이 현관 옆 테이블에 선글라스와 나란히 놓여 있었다. 집 안에는 카레 냄새와 처음 듣는 생소한 음악이 흘러나오고 있었다. 그 음악은 마치 유리창을 두드리는 빗소리나 나무 사이를 스치고 지나가는 바람 소리 같았다. 네 엄마가 사온 새 앨범이 틀림없었다. 그리고 거실 테이블은 저녁식사를 위해 보기 좋게 꾸며져 있었다. 석판과 체리나무로 만들어진 테이블 위에는 평상시에 보이던 책과 신문더미들이 말끔히 치워져 있었다. 대신 그 자리엔 프랑스 와인 한 병과 하늘색 양초 그리고 손잡이가 가늘고 긴 와인잔들이 놓여 있었다.

네 엄마는 주방에서 얼굴을 내밀며 인사했다.

—안녕, 여보.

—안녕.

그녀는 나를 향해 미소 지었다. 화장을 했고, 머리를 잘 손질했으며, 짧은 소매의 아이보리색 니트와 검은색 바지를 입고 있었다. 그리고 허리에 작은 앞치마를 둘렀다.

나는 와인을 잔에 따라 주방에 있는 그녀에게 가져갔다. 그녀는 스토브 앞에 서서 나무로 된 큰 수저로 냄비에 담긴 음식을 뒤적이고 있었다.

—여행은 어땠어?

—정말 따분했어요. 건배!

와인잔들이 서로 부딪쳤다.

—무슨 일 있었어?

—어쩌면 그렇게 모두들 형편없는지!

네 엄마는 눈썹을 추켜세우며 와인을 마셨다. 그러고는 수저를 놔두고 내게로 다가왔다.

—키스해줘요.

나는 네 엄마의 입술 위로 고개를 숙였고, 엄마는 두 팔로 나를 꼭 껴안았다. 그녀는 마치 내 품안에서 새로운 자리를 찾고 있는 듯했다. 어쩌면 내가 생각한 것과 정반대일 수도 있었다. 출장 여행에서 많은 실망감을 안고 왔으니 말이다.

—해고라도 당한 거야?

—아뇨. 왜요? 내가 실업자처럼 보여요?

나는 빵을 썰기 시작했다. 자신의 공간을 완벽하게 꾸밀 줄 아는 그녀는 언제나처럼 화려한 모습으로 내 뒤에 있었다. 하지만 그녀는 전보다 더 외로워 보였고, 평상시와 다른 조심스런 태도를 보이고 있었다. 그녀는 허리를 굽혀 정성껏 요리한 양고기 스튜를 살펴봤다. 나는 그녀에게 떠날 거라고 말해야만 했다. 더이상 이 집 남자가 아니라고 말이다.

우리는 테이블에 앉았다. 음식은 여느 때보다 훨씬 신경을 많이 쓴 것처럼 보였다.

—너무 맵지 않아요?

―아냐, 아주 맛있어.

나는 입 안이 얼얼해서 와인을 한 모금 마셨다. 어서 음식을 먹고 나서 그녀를 소파로 데려가 자초지종을 털어놓고 싶었다. 하지만 그녀가 그렇게 무방비 상태로 연약해 보일 줄은 미처 상상하지 못했다. 그녀는 그 우스꽝스럽고 이국적인 스튜에 너무 많은 향신료를 넣었고 그래서 지금은 정말이지 미안해하는 것 같았다. 그렇게 그녀는 꼭꼭 감추어두었던 자신의 일부를 보여주고 있었다. 어쩌면 그녀는 나를 잃고 말았다는 사실을 깨달았던 것인지도 모른다. 그녀가 좀더 일찍 그 사실을 깨닫지 못한 것이 안타까웠다. 하지만 너무 늦었다. 기대하지도 않았던 이러한 배려들은 나를 당황스럽게 만들었고, 오히려 부담스러웠다. 프랑스 와인이나 양초로 우리 사이를 되돌릴 수는 없었다. 혹시 그 아이보리색 캐시미어 니트 뒤에 나를 깜짝 놀라게 할 선물이 있는 것일까? 어쩌면 나와 헤어지고 싶어하는 사람은 다름 아닌 그녀일지도 몰랐다. 그녀는 와인잔을 가져다 볼에 대고 있었다. 투명한 유리잔 안에서 가볍게 흔들리는 와인은 그녀의 코와 눈 주위를 붉게 물들이고 있었다.

그때 나는 무심코 냅킨을 집어들었다. 그 아래엔 엽서 한 장이 있었는데, 민속 의상을 입은 두 남녀가 하늘색 문 앞에 앉아 있는, 오래전 리옹의 이미지를 보여주고 있었다.

―나한테 보내지 않았군.

―시간이 없었어요.

나는 엽서를 돌려 뒤에 적힌 글을 읽었다. 단 두 마디의 말, 볼펜으로 적은 단 두 마디 말이 전부였다.

―이게 뭐야?

나는 숨을 내쉬었다.

엘사의 두 눈은 와인색으로 물들어 있었고, 잔에 담긴 와인은 붉은빛을 내며 그녀의 미소 위로 출렁였다.

—사실이에요.

난 아무 말도 하지 않고 깊은 숨을 몰아쉬었다. 오로지 깊은 숨을. 그리고 그대로 멈춰 있었다. 그러지 않으면 그 미소에 떠밀려 뒤로 넘어질 것만 같았다.

—당신 행복해요?

—물론이지.

하지만 나는 내가 어디에 있는지, 무슨 생각을 하는지조차 알 수 없었다. 엘사의 눈동자는 나뭇가지들 사이 지평선 너머로 사라지는 밤의 여로를 떠올리게 했다.

—캐러멜 크림 가져올게요.

'나 임신했어요.' 하늘색 엽서 뒷면에 적힌 두 마디 말은 그것이었다. 네 엄마는 냉장고 안을 들여다보았고, 나는 조금의 흔들림도 없이 타오르는 촛불 앞에 앉아 있었다. 그때 갑자기 바람이 불어 눈 속에 먼지가 들어갔다. 나는 눈을 감고 고통 속에 스스로를 내버려두었다. 정말이지 아무것도 생각할 수 없었다. 너무나 일찍 들이닥친 일이었다. 나는 캐러멜 크림을 조금씩 떠넘겼다. 그러고는 접시에 남은 갈색 설탕을 손가락으로 찍어 먹었다.

—언제 알았어?

—생리가 조금 늦어졌어요. 귀마개를 안 가져와서 약국에 갔다가 임신테스트 기구를 샀어요. 사서 가방 안에 넣어두고는 그만 잊어버렸지 뭐예요. 오늘 아침 호텔을 떠나기 직전에야 테스트를 해봤어요. 결과가 나왔을 때 한참 동안이나 그걸 바라보고 앉아 있었어요. 아래선 택시가 기다리고 있었지만 방에서 한 발짝도 움직일 수가 없었어요. 당장 당신

에게 알리고 싶어서 병원으로 전화했죠. 하지만 벌써 수술실에 들어가 있더군요. 길을 걸을 때는 배에 손을 올려놓고서 걸었어요. 누군가와 부딪치면 어쩌나 걱정했거든요.

엘사의 눈동자는 기쁨으로 반짝이고 있었고, 어느새 뺨에 갖다댄 와인잔 옆으로 눈물이 흘러내렸다. 촛불은 그녀의 기쁜 마음을 아는지 춤추듯 하늘거렸다. 안젤라, 그것이 너에 대한 첫 소식이었단다. 첫 속삭임이었지. 하지만 난 아무런 감동도 없이 바싹 타들어간 목으로 그 소리를 들었다.

—안아줘요.

난 네 엄마를 품에 안고 머리카락에 얼굴을 묻으며 그 속에 감춰진 평화를 찾아보려고 노력했다. '이제 어떻게 하지? 운명의 소용돌이는 내가 원했던 모든 것들을 멀리 날려보냈어. 난 지독히도 운 나쁜 놈이야.'


나는 위스키를 마시며 소파로 가서 앉았다. 이제 바람도 잦아들었다. 엘사는 몸을 웅크린 채 허리 아래 쿠션을 대고는 신발을 벗었다. 음악이 멈추자, 그녀는 다시 물소리가 나는 그 음악을 틀었다. 태교를 위해 고른 음반이었다. 그녀는 머리카락을 만지작거리며 가끔씩 말을 건넸지만 나는 그저 그녀의 목소리 중간중간에 들려오는 음악을 듣고 있을 뿐이었다. 그녀는 내게서 눈을 떼지 못했다. 내 모습은 엉망이었다. 심지어 머리도 감지 않은 상태였다. 하지만 나를 보는 그녀의 눈빛은 기적을 바라보는 듯했다. 어쨌든 난 그녀에게 삶의 활기를 불어넣어준 셈이고, 그녀의 계획들을 변화시킨 장본인이었다. 이런 점들을 그녀는 틀림없이 기적으로 여기고 있었을 것이다. 그녀는 한 아이의 부모가 될 우리의 미래를 그려보고 있었다. 그녀는 꿈을 꾸는 듯한 눈동자로 천상의 환희에서 지상의 삶으로 나를 이끌었다. 안젤라, 넌 그때 벌써 우리 가운데 존재하고 있었다. 너의 존재에 대한 소식을 처음 들었던 그때, 만약 네가 내 마음을 읽을 수 있었더라면 나를 아버지로 선택했을까? 난 그렇지 않았을 거라 생각한다. 아버지로서 너를 받아들일 자격이 있다고 생각하지 않았으니까. 하지만 넌 벌써 엄마의 배 속에서 작은 생명으로 자리 잡고 있었다. 너를 대하는 난 따뜻하거나 상냥하지 않았다. 하지만 내가 그래야 한다는 걸 잊었다고는 생각하지 말아다오. 네 엄마와 헤어져야겠다고 결심한 그날 저녁, 넌 우리 집에 나타났고, 그것은 나의 운명을 집어삼켜버렸다. 난 너를 위한 어떤 생각도 할 수 없었다. 그 무엇도 확신하지 못한 채, 자신이 누구인지, 무엇을 원하는지 그리고 어디로 가는지도 모르는 우리 어른들의 마음속에 발을 디딘 너를 위해서 말이다.

아다가 수술실 밖으로 나왔고, 간호사 두 명이 그녀 뒤를 따랐다. 그들이 철제 캐비닛을 열자 유리문이 흔들리는 소리가 들렸다. 나는 기계처럼 벌떡 일어섰다.

—무슨 일입니까?

아다는 매우 창백한 얼굴을 하고서 다가왔다.

—안젤라에게 아드레날린을 주입해야 해요. 심장 박동에 문제가 생겼어요. 혈압은 계속 떨어지고 있고요.

—얼마나 되는데요?

—사십입니다.

—출혈이 계속되고 있어요.

그녀의 얼굴은 간절하게 도움을 청하고 있었다.

나는 수술실 안을 들여다봤다. 지금 그들에게 닥친 위급한 상황이 어떤 것인지 나는 잘 알고 있었다. 무거운 침묵 속에서 일사불란하게 움직이던 사람들의 얼굴에 어두운 그늘이 드리워지는 그 순간이 무엇을 의미하는지를. 이내 그들은 괴로운 표정으로 수술대에서 멀어졌다. 그들은 어떤 변화가 일어나길 기다리며 모니터를 바라보고 있다. 너의 움직임을 보여줄 그래프가 나타나길 고대하면서. 그들은 죽음의 공포를 직감한 듯 물러나서 누구의 땅도 아닌 그곳에 굳은 채로 서 있었다. 그들의 손과 눈빛에 무력함이 찾아들고 네가 더이상 삶을 붙잡을 수 없을 때, 그리고 그들이 걸친 초록색 가운이 가장 잔인하고 끔찍한 무덤처럼 네게 다가가는 순간, 죽음의 그림자가 너를 덮칠 것이다. 그 아래로 한 사람이 세상을 떠나가겠지. 그때 모니터에서 요란한 경고음이 울렸고, 네 혈압이 급격히 내려갔다. 그러자 알프레도가 소리쳤다.

—서둘러! 심장이 멈췄어!

그가 쓰고 있던 마스크가 턱으로 흘러내렸다.

나는 주저 없이 너를 향해 달려갔다. 그리고 이 아빠의 손길로 맹렬하게 너의 가슴을 눌렀다. 세게 더 세게. 안젤라, 내 손의 열기를 느껴다오. 아직도 우리가 뭔가를 해낼 수 있다고 말해다오. 용감한 내 딸아. 네 가슴에 멍을 남기더라도 부디 아빠를 용서해다오. 주위엔 정적만이 흐르고 있었다. 우리는 수족관 안의 아가미 없는 물고기들처럼, 그 안에서 말 한 마디 못 한 채 허우적거리고 있었다. 오로지 네 가슴을 누르는 격렬한 소리만 들릴 뿐이었다. 그것은 희망을 갈구하는 내 신음 소리였다. 넌 어디에 있니? 지금은 내 위 어딘가를 떠다니며 높은 곳에서 나를 지켜보고 있겠구나. 가면을 쓴 어두운 그림자들의 무리 저편에서 말이다. 어쩌면 넌 나란 인간을 딱하게 여기고 있을지 모르겠구나. 아니다. 이대로 널 보낼 순 없다. 제발 우리 곁을 떠나지 말아다오. 네 심장을 누르면서 나는 너를 살리려 애쓰고 있었다. 잠들었을 때 침대 밖으로 나와 있던 너의 발과 공책 위에 엎드린 모습, 파니노를 먹는 모습, 노래하는 모습, 네 찻잔과 찻잔을 잡은 너의 손. 안젤라, 난 너를 떠나

보내지 않겠다. 지금쯤 공항에서 이륙했을 네 엄마에게도 약속했다. 탑승 전 엄마는 다시 전화를 했었지.

—부탁이에요, 여보. 제발 우리 안젤라를 살려줘요……

네 엄마는 수화기 저편에서 흐느껴 울었다. 그녀는 외과의사에게 사사로운 감정은 금기시된다는 걸 알지 못했다. 네 엄마는 나의 직업에 대해선 전혀 아는 것이 없다. 다른 사람들의 몸을 가른 바로 그 손으로 자신을 어루만진다는 사실을 알면 엄마는 경악을 금치 못할 것이다. 그러나 피로 물든 내 손 아래 파헤쳐진 살덩어리 속에서는 생명이 꿈틀거리는 소리가 들렸다. 그것은 내 도움을 반기기라도 하듯 갑자기 솟아난 강인한 힘으로 병마와 싸우는 생명의 소리였다. 그것은 나의 도움도 의료기기의 도움도 아닌, 여전히 다른 도움의 손길을 기다리며 회의적인 내 눈길 아래서 간청하고 있었다. 안젤라, 지금 너는 사람들이 흔히 '빛'이라 일컫는 신비한 상태로 빠져들고 있다. '제발 안젤라, 신에게 이 무지몽매한 지상으로 보내달라고 애원해다오. 나와 네 엄마가 사는 이곳으로.'

—다시 돌아오고 있어요. 이제 돌아왔어요.

아다의 목소리였다.

그 빌어먹을 모니터 위에 드디어 너의 심장 박동 그래프가 나타나고 있었다.

그리고 너의 가슴엔 심장 내 주사바늘이 꽂혔다. 아다는 피스톤을 눌렀다. 나는 떨리는 손을 도저히 멈출 수가 없었다. 땀에 흠뻑 젖은 나는 심호흡을 하며 숨을 가다듬었다. 곧이어 주위의 다른 사람들도 안도의 한숨을 내쉬었다.

—정맥에 도파민* 투여.

---

* 동식물에 존재하는 아미노산의 하나. 뇌신경 세포의 흥분 전달에 중요한 구실을 한다.

─정상으로 돌아오고 있어요.

사랑하는 딸아, 환영한다, 넌 다시 세상으로 돌아온 거야.

알프레도는 나를 쳐다보며 미소를 지었다. 하지만 이 말밖에는 하지 않았다.

─괜히 놀라게 해주려고 그랬던 거야. 우리에게 장난을 친 거라고.

─출혈이 일어난 건 비장이었어……


차마 난 너의 머리에 난 구멍을 쳐다보지 못했다. 네 피부에서 떼어 낸 파리한 절개 부위가 보였지만, 그만 고개를 돌리고 말았다. 알프레 도는 수술을 계속했고, 난 자리를 피해 밖으로 나왔다. 땀을 많이 흘려서인지 온몸이 떨려왔고 눈앞은 깜깜했다. 정신을 잃을 것만 같았다.

나는 병실들을 들여다보면서 비어 있는 침대를 찾았다. 어서 빨리 하얀 환자복으로 갈아입고 나를 돌봐줄 누군가를 기다리며 침대에 누워 있고 싶었다. 겨드랑이에 체온계를 끼고 구운 사과를 앞에 놓고서 환자복을 걸치면 이 세상에서 벗어날 수 있을 것 같았다.

나는 이탈리아에게 사실대로 말하고 싶었다. 하지만 아무 말 없이 그녀를 꼭 끌어안고는 눈을 감았다. 그녀는 입덧을 심하게 하는 바람에 임신한 고양이처럼 예민해진 얼굴이었다. 그런 그녀에게 차마 충격적인 얘기를 꺼낼 수는 없었다. 우리는 섹스를 했고, 그러고 나서야 나는 그녀를 이미 오래전에 떠나보낸 것처럼 절망적으로 사랑했다는 것을 깨달았다. 그녀와 떨어지고 싶지 않았기 때문에, 나는 성기가 움츠러들고 우리의 몸에 한기가 몰려올 때까지도 그녀 안에 머물러 있었다.

그녀의 집은 늘 추웠다. 자수가 달린 침대 커버 위로 낡은 모직 담요를 덮었는데, 몸을 따뜻하게 하기엔 그것으로 충분하지 않았다. 눈먼

개는 침대 끄트머리에 웅크리고 앉아 있었다. 내 몸 아래 눌려 있던 그
녀가 물었다.

—왜 날 사랑하죠?

—그 누구도 아닌 너니까.

그녀는 내 손을 가져다 자신의 배 위에 올려놓았다. 나는 비극적인
생각들의 미궁 속으로 빠져들었고, 내 손은 무슨 물건처럼 그녀의 배
위에 놓여 있었다. 영문을 모르는 이탈리아는 내게 물었다.

—왜 그래요?

—열이 조금 있는 것 같아.

그녀는 아스피린을 탄 물컵을 가져다 주었다.

그녀는 어떤 예감에 사로잡혔지만 이내 그것을 멀리 쫓아버린 듯했
다. 임신은 그녀에게 조심스러운 믿음을 가져다 주었다. 처음으로 그녀
의 시선은 현실을 떠나 과감히 그 너머의 세계를 향해 있었다. 그녀가
이전엔 갈망하는 것조차 부끄러워했을 그 따뜻하고 관대한 세계로 고
개를 들어 바라보게 한 사람은 바로 나였다.


네 엄마는 병원에 왔었다. 열한시쯤 병원에 온 그녀와 나는 스낵바에
가서 먹을 것을 주문했다. 잠시 후 만리오와 다른 동료 의사들이 그녀
주위로 모여들어 축하 인사를 건넸다. 그녀는 보조개가 들어간 환한 얼
굴로 연신 미소를 지으며 인사를 받았다. 그날 그녀는 임신 상태를 확
인하기 위해 초음파 검사를 받으러 온 것이었다. 엘사는 짙은 쥐색 정
장을 입은 날씬한 차림으로 나와 함께 계단을 따라 걸어 올라갔다. 뒤
에서 우리를 따라오던 만리오는 농담을 건네며 내게 질투심을 드러냈
다. 환자복을 입고 돌아다니는 병든 환자들로 가득한 이 우중충하고 우
울한 건물 안에서 엘사는 자선 활동을 위해 방문한 여배우처럼 보일 정

도로 아름다웠다. 병원처럼 음울하고 지친 모습으로, 엄마 뒤를 따라가는 어린 소년처럼 나는 그녀 뒤를 따라갔다.

초음파실로 들어간 그녀는 입고 있던 셔츠를 올린 다음 치마를 내리고는 배를 훤히 드러냈다. 만리오는 그녀의 배 위에 젤을 발랐다.

—차가워요?

—조금요.

그녀는 웃었다. 그녀는 검사가 진행되는 동안 자신의 몸이 드러나는 것보다 다른 데 더 신경이 곤두서 있었을 것이다. 나는 검사 결과를 기다리며 그 옆에 서 있었다. 만리오는 태아가 착상했을 부위를 찾기 위해 검사 기구로 엘사의 배꼽 아래를 문질렀다. 안젤라, 그때 난 무슨 생각을 했는지 모르겠다. 자세히 기억나지는 않지만 아마 임신이 아니길, 그녀의 배 속에 아무것도 없기를 바라고 있었던 것 같다. 네 엄마는 긴장한 얼굴로 고개를 들어 모니터를 살펴보고 있었다. 자신의 꿈이 눈앞에 나타나지 않으면 어쩌나 두려워하면서 말이다. 잠시 후 넌 드디어 모습을 드러냈다. 그리고 안젤라, 해마와 같은 너의 몸 안에선 팔딱팔딱 움직이는 하얀 점이 보였다. 그것은 너의 심장이었다.

우리가 너를 처음으로 대면한 순간이었다. 모니터가 꺼지자 네 엄마는 눈물을 글썽였고, 머리를 뒤로 기대며 깊은 숨을 몰아쉬었다. 나는 네가 사라진 검은 화면 앞에 그대로 서 있었다. 그 순간 나는 이탈리아를 생각했다. 그녀 역시 배 안에 작은 해마를 품고 있었다. 하지만 가련한 그 생명은 그 어떤 모니터 위에도 나타나지 못하고 검은 어둠 속에 묻혀 있었다.


저녁에 나는 아란치노를 파는 가게까지 걸어갔다. 그곳에서 벽에 걸린 텔레비전을 보며 주문한 음식을 먹었다. 하지만 주위 사람들의 목소리에 묻혀 텔레비전 소리는 들리지 않았다. 외로운 사람들은 설탕 부스러기가 떨어진 카펫 위에 톱밥이 잔뜩 묻은 발을 딛고 서서 기름투성이 냅킨을 손에 쥐고 저녁을 먹고 있었다. 나는 아무 생각 없이 무기력한 모습으로 어두운 거리를 서성거렸다. 상점들은 문을 닫았고 도시는 휴식을 취할 준비를 하고 있었다. 나는 공중전화 부스로 들어갔다. 하지만 수화기엔 전화선이 끊겨 있었다.

—다른 전화 부스를 찾아야겠군.

하지만 나는 더이상 그곳에서 머뭇거리지 않고 곧바로 집으로 발길을 돌렸다.


집에 돌아와보니, 엘사는 소파에서 라파엘라와 이야기를 나누고 있었다. 가방을 내려놓자 그들의 목소리가 들려왔다. 라파엘라는 자리에서 일어나 나를 힘껏 포옹했고, 나는 마지못해 무감한 손길로 그녀의 등을 감쌌다. 그녀는 맨발로 서 있었는데 곁눈으로 흘끗 보니 카펫 위에 그녀의 신발이 놓여 있었다.

—정말 기뻐요. 이제 드디어 이모 노릇을 할 수 있게 되었군요!

그녀는 벅찬 감정을 억누르지 못한 채 전율했다. 그녀의 신발은 주인에게서 멀리 떨어져 있었다.

—잘 자요.

—벌써 자러 가요?

—내일 아침에 아주 일찍 일어나야 하거든.

나는 담담한 표정으로 소파에 기대 앉은 엘사에게 짧게 키스했다. 라파엘라는 어린아이처럼 동그란 눈동자로 나를 쳐다보며 말했다.

—엘사와 좀더 이야기 나눠도 괜찮겠죠?

'얼마든지 이야기해요, 라파엘라. 살아 있을 때까지 당신의 심장에

마음껏 숨결을 불어넣으라고. 우리는 모두 한낱 꿈에 지나지 않는 환상들을 품고 사는 사람들이니까.'

다음날 나는 세미나에 참석하기 위해 비행기에 올랐다. 하루 만에 다녀올 수 있는 짧은 일정의 세미나였다. 만리오는 옆 좌석에 앉아 내 쪽 팔걸이까지 침범하고 있었다. 그에게선 애프터셰이브 로션 냄새가 났다. 나는 창가 자리에 앉아 회색 활주로를 배경으로 하얀 비행기 날개를 바라보고 있었다. 우리는 아직 이륙 전이었다. 이곳은 오염에 찌든 무거운 공기가 흐르는 음습한 날씨였지만 구름 저편엔 아마도 태양이 빛나고 있을 것이다. 여승무원이 신문과 잡지를 실은 수레를 끌며 지나갔다. 그러는 동안 만리오는 그녀의 엉덩이를 쳐다봤다. 비행기가 이륙하면 만리오가 말하는 그 '구역질 나는 커피'를 한 잔 마실 생각이었다. 하지만 갑자기 공포가 엄습해왔다. '여기서 내려야 해. 이 비행기는 추락하고 말 거야. 어서 이곳을 나가야 해. 역겨운 커피잔을 들고 이대로 만리오 옆에서 죽기는 싫어.' 급격히 몸 상태가 나빠지며 식은땀이 흘렀다. 심장은 터질 듯이 뛰고 팔에는 아무런 감각이 없었다. '안 돼. 이러다 심장마비로 죽고 말 거야. 저 요동치는 작은 금속 상자 같은 화장실에 들어갔다가 심장마비로 쓰러져 죽고 싶지는 않아.'

나는 자리에서 벌떡 일어났다.

—어딜 가나?

—내릴 거야.

—도대체 무슨 소리를 하는 건가?

벌써 출입문은 모두 닫혀 있었고, 비행기는 이륙 준비를 하고 있었다. 승무원은 나를 제지하며 말했다.

—죄송합니다, 손님. 어디 가시죠?

─내려야 해요. 몸이 좋지 않습니다.

─의사를 불러드리죠.

─내가 의사요. 몸이 좋지 않으니 제발 내리게 해주시오.

내가 위독해 보였는지 승무원이 한 발 물러섰다. 가지런히 묶은 금발 머리에 작고 아담한 코를 가진 승무원은 조종실로 들어갔다. 나도 그녀를 따라 안으로 들어갔다. 하얀 반소매 셔츠를 입은 남자 두 명이 뒤를 돌아 나를 쳐다봤다.

─난 의사입니다. 지금 내게 심장마비가 일어나고 있어요. 어서 비행기 문을 열어주십시오.

이윽고 비행기 문이 열렸다. 아, 이 공기, 드디어 숨을 쉴 수 있겠구나. 나는 서둘러 계단을 뛰어내려갔다. 그러자 만리오도 내 뒤를 따라 내렸다. 승무원이 그를 불러세우며 말했다.

─지금 뭐 하시는 거죠. 손님도 내리실 건가요?

만리오는 세차게 불어오는 바람 속에서 팔을 들었다.

─난 동료 의사예요!

그가 소리쳤다.

우리는 다시 활주로의 아스팔트에 내렸다. 그러자 공항 직원 한 명이 우리를 작은 차에 태워 출구로 데려다주었다. 난 아무 말 없이 팔을 포개고 앉아 입을 굳게 다물었다. 심장 박동은 다시 정상으로 돌아와 있었다. 만리오는 흐린 날씨인데도 선글라스를 끼고 있었다. 잠시 후 우리는 차에서 내렸다. 만리오가 물었다.

─왜 그랬는지 말해주겠나?

나는 애써 미소를 지으며 대꾸했다.

─내가 자네 목숨을 구했다는 것만 알아두라고.

─비행기가 추락이라도 할 뻔했다는 건가?

─아니, 지금은 아니야. 추락하는 비행기에선 내릴 수 없을 테니까.

─그럼 겁이 나서 그랬던 거야?

─그래.

─나도 그랬어.

우리는 웃음을 터뜨렸고, 당연히 그래야 한다는 듯 바에 가서 커피를 마셨다. 세미나는 물 건너간 셈이었다.

─세미나 그거 별거 아니야.

만리오가 말했다. 그는 틀에 박힌 프로그램들을 그다지 좋아하지 않았다. 그곳에서 나는 그에게 내 이야기를 하고 있었다. 나는 빈 커피잔을 바라보며, 한 손으로는 얼룩이 남아 있는 잔을 티스푼으로 휘저었다. 그리고 고개를 푹 숙인 채 그에게 모든 것을 털어놓았다. 사람들은 자신의 짐에서 한시도 눈길을 떼지 않고 샌드위치를 먹고 있었다. 나는 러브스토리에 사로잡힌 나이 든 사춘기 소년처럼 내 감정과 열망들을 쏟아냈다. 마음에 품고 있던 그런 얘기를 하기에 만리오가 적합한 사람인지 아닌지는 별로 중요하지 않았다. 나는 누군가에게 내 비밀스런 이야기를 털어놓고 싶었고, 때마침 옆에 야수 같은 눈을 한 그 친구가 있었을 뿐이다. 우리는 전혀 어울리지 않는 친구였고, 우리 두 사람 다 그 사실을 잘 알고 있었다. 마침내 은밀한 고백의 시간이 지나갔고, 그는 오래전부터 비어 있던 커피잔을 내려놓으며 말했다.

─대체 그 여자가 누구야?

─자네도 본 적이 있어.

─내가 봤다고?

─언젠가 암 학회가 열렸던 날 저녁, 우리 옆 테이블에 앉았었지……

그는 고개를 설레설레 흔들었다.

─전혀 기억 안 나.

사람들은 여전히 우리 앞을 지나가고 있었다. 만리오는 금연 구역인데도 담배를 꺼내 불을 붙였다. 나는 앞을 바라보면서, 그와 나에게, 그리고 우리를 지나는 낯선 사람들의 물결을 향해 마음에 담아둔 이야기들을 꺼냈다.

─난 사랑에 빠졌어.

만리오는 구두 끝으로 담배를 끄고 나서 말했다.

─다음 비행기를 탈까?

나는 자동차를 주차한 뒤 가방을 꺼내들고 병원을 향해 걸었다. 그때 너무도 갑작스럽게 이탈리아가 내 앞에 나타났다. 그녀는 내 팔을 붙잡고 쓰러질 듯 품에 안겼다. 미처 놀랄 겨를도 없이 그녀는 날 당혹스럽게 만들었다. 화장을 하지 않은 그녀의 얼굴은 핏기 하나 없이 수척했다. 그녀는 눈을 짓누르는 듯한 크고 볼썽사나운 이마를 훤히 드러내고 있었다. 나는 그녀한테서 의식적으로 거리를 두며 주위를 둘러봤다.

—따라와.

나는 앞장서서 길을 건넜다. 그녀는 고개를 푹 숙이고 낡은 재킷 주머니에 손을 넣은 채 내 뒤에서 걸어왔다. 차 한 대가 속도를 늦추며 다가오고 있었지만 그녀는 전혀 신경 쓰지 않고, 서두르고 있는 내 발걸음만 쫓았다. 나는 훔친 물건을 들고 가는 도둑처럼 도망치듯 병원을 벗어나고 있었다. 이윽고 우리는 내가 잘 아는 카페가 있는 골목길로 접어들었다.

그녀는 나를 따라서 카페 위층으로 이어지는 나선형 계단을 올라왔다. 찌든 담배 냄새가 진하게 밴 그곳은 아직 한산했다. 그녀는 내 옆으로 바짝 붙어 앉았다. 그러고는 나를 쳐다보다가 시선을 돌렸다가 다시 쳐다보았다.

— 당신을 기다렸어요.

— 미안해.

— 오랫동안 당신을 기다렸어요. 얼마나 기다렸는지 몰라요. 왜 전화 안 했어요?

난 대답하지 않았다. 아니, 그녀에게 무슨 말을 해야 할지 몰랐다. 그녀는 한 손을 얼굴로 가져갔다. 순식간에 그녀의 얼굴은 붉게 달아올라, 금방이라도 울음을 터뜨릴 것만 같았다. 카페 한쪽 구석에는 어항이 있었다. 멀리서 본 물고기들은 축제 때 쓰는 색종이 조각들처럼 보였다.

— 생각이 달라진 거죠, 그렇죠?

난 대답하고 싶지 않았다. 적어도 지금 이 시간, 이 아침엔 아니었다.

— 그건 아니야……

— 그럼요? 어서 말해줘요, 그럼 어떻게 되는 거죠?

눈물을 참고 있는 그녀의 눈빛은 당장이라도 결투를 벌일 듯 맹렬한 기세였다. 그녀는 입술을 깨물며 연신 소맷자락을 잡아당기고 있었다. 덜덜 떨리고 있는 그녀의 손과 나를 놓아주지 않는 그녀의 얼굴은 오늘따라 유난히 눈에 거슬렸다. 엘사가 임신한 사실을 그녀에게 말해야 했지만 오늘만큼은 그 어떤 격한 감정에도 빠지고 싶지 않았다. 축제 뒤 버려진 색종이들처럼 잊혀진 물고기들이 한구석에 자리 잡고 있는 어둡고 냄새 나는 그곳과 그녀와 마주앉아 있는 이 난감한 시간으로부터 빨리 벗어나고 싶었다. 그때 갑자기 그녀가 통곡하듯 울음을 터뜨리며 내 품으로 달려들었다. 그녀의 코와 입술은 벌써 눈물로 범벅이 되어 있었다.

—나를 버리지 마요.

나는 그녀의 뺨을 어루만졌지만, 내 손은 이미 딱딱하게 굳어 있었다. 그녀는 숨을 내쉬며 내게 키스했다. 그녀의 숨소리는 이상했고 끊기듯 헐떡였다. 나는 그녀를 밀어냈다. 그 불쾌한 숨소리를 듣고 싶지 않았다.

—사랑한다고 말해줘요.

—그만 해.

하지만 그녀는 완전히 자제력을 잃고 말았다.

—싫어요. 그럴 수 없어요……

그녀는 고개를 저으며 계속 흐느꼈다. 그때 계단을 올라오는 발소리가 들렸다. 배낭을 멘 남학생이 볼일이 급한지 화장실로 들어갔다. 이탈리아는 힘겹게 내게서 떨어져 자리에 앉았고, 조금 안정을 찾은 듯했다. 나는 그녀의 손을 붙잡고 말했다.

—한 가지 해야 할 얘기가 있어.

나를 바라보는 그녀의 이마는 석고처럼 단단히 굳어 있었다.

—아내가…… 몸이 좋지 않아.

—왜요? 무슨 병인데요?

어서 말해, 티모테오. 머뭇거리지 말고 지금 당장 말하는 거야. 그녀의 얼굴에, 그녀의 지저분한 입술에, 여전히 비참한 몰골을 하고 있는 그녀에게 말하란 말이야. 이제 엘사는 아이를 낳을 거고, 그 애는 그 알량하고 조심스러웠던 네 인생의 후계자가 될 거라고 말이야. 그러니 어서 아이를 없애야 한다고 말해. 지금이 가장 좋은 때야. 그녀가 두려워지기 시작한 지금이. 그리고 넌 저렇게 절망적인 여자는 결코 네 아이의 엄마가 될 수 없을 거라고 생각하고 있으니까.

─잘 모르겠어……

나는 비겁하게 뒤로 물러나며 말했다.

─당신은 의사잖아요. 그런데 아내가 무슨 병인지 몰라요?


우리는 화장실에서 나오던 소년과 눈이 마주쳤다. 검은 눈동자에 솜털 같은 수염이 난 소년은 어항을 지나 계단 아래로 사라져갔다.

─화장실에 갔다올게요.

그 순간 이탈리아는 비틀거리며 일어나더니 느닷없이 벽으로 달려가 머리를 부딪쳤다. 얼마나 세게 들이받았던지 쿵 하는 소리가 실내에 울려 퍼질 정도였다. 나는 급히 그녀에게 달려갔다.

─뭐 하는 거야?

그녀는 웃음을 터뜨리며 나를 밀쳐냈다. 갑작스런 그 웃음은 어떤 울음보다 더 충격적이었다.

─가끔 이렇게 해야 해요.

우리는 바깥으로 나가 천천히 걷기 시작했다.

─머리 많이 아파?

그녀는 멍한 얼굴로 걸어오는 사람들을 쳐다보고 있었다.

─택시 태워줄까?

그러나 그녀는 때마침 도착한 버스에 올라탔다.


나는 발걸음을 돌려 다시 병원으로 향했다. 그리고 나 자신에 대한 생각을 접었다. 오늘, 그녀를 사랑하지 않는 건 세상에서 가장 쉬운 일이었다. 하지만 수술을 하는 동안, 누군가의 간을 한 손에 쥐고 있을 때조차도 그녀는 불쾌한 기억처럼 머릿속을 맴돌았다. 우리 집 대문을 두드리는 그녀의 모습이 머릿속에 그려졌다. 그녀는 판매원이나 빌라에

몰래 들어와 초인종을 눌러대는 성가신 부류의 사람으로 가장해 우리
집 문을 두드릴 것이다. 초인종이 울리는 동안 그녀는 어두운 눈빛으로
몸을 떨고 있을 테지만, 엘사가 문을 열어 집 안에 들어오도록 허락하
면, 그녀의 눈빛은 환해질 것이다. 아직 잠이 덜 깬 엘사는 속살이 비치
는 실크 잠옷 차림으로 그녀를 맞이할 것이다. 왜소한 이탈리아는 땀을
흘린 탓에 겨드랑이 밑이 젖어 있을 것이다. 밤새 뒤척이며 땀을 흘렸
을 것이고, 버스에서도 마찬가지였을 테니까. 이탈리아는 집 안을 돌아
보며 내 책들과 사진 그리고 여전히 구릿빛을 띠고 있는 엘사의 탄탄한
가슴을 쳐다볼 것이다. 그러고는 축 늘어진 자신의 빈약한 가슴을 떠올
릴지 모른다. 아마 그녀가 입고 있는 우스꽝스런 고무줄 치마는 허리에
서 흘러내릴 것이다. 그럼 엘사는 그녀에게 미소를 짓겠지. 엘사는 지
위가 낮거나 초라한 사람들까지 포함해 모든 여성들에게 강한 연대감
을 느끼는 페미니스트였다. 그들에 대한 관용이야말로 그녀에게는 어
떤 의무와도 같은 것이었다. 하지만 이탈리아는 그렇지 않다. 싸구려
치마 속에 아이를 품고 있는 그녀는 조금도 너그럽지 않다. 엘사는 그
녀를 돌아보며 물을 것이다. 그래, 무슨 일로 왔지? (그녀는 평상시 신
분이 낮은 젊은 여자들에게 반말을 하는 경향이 있다.) 이탈리아는 몸
이 몹시 좋지 않아 현기증을 느낄 것이다. 그녀는 잠을 자지 않은데다
아무것도 먹지 않았을 것이다. 아무것도 아니에요. 그녀는 그렇게 말하
고는 다시 현관문으로 발길을 돌릴 것이다. 그러나 곧 초음파 사진이
들어 있는 하얀 봉투로 그녀의 눈길이 쏠린다……

　나는 다음 수술을 시작하기 전에 엘사에게 전화했다.

　―컨디션은 어때?

　―아주 좋아요.

　―오늘은 외출 안 해?

─조금 이따가요. 지금 인터뷰 정리중이에요.

─아무한테도 문 열어주지 마.

─그럼 누구한테 열어줘요?

─모르겠어. 아무튼 항상 누군지 물어보라고.

잠시 정적이 흐르더니 수화기 저편에서 웃음소리가 터져나왔다. 나는 웃고 있는 그녀의 볼에 생겼을 보조개를 상상했다.

─당신의 부성애는 정말 특이해요. 돌아가신 우리 할머니 같아요.

나도 내가 한 말이 어처구니가 없어서 웃고 말았다. 우리 집은 말끔히 정리되어 있었고, 더구나 내 아내는 키가 크고 강한 사람이었다. 그런 생각이 들자 안심이 되었다.


밤이 찾아올 무렵 나는 창밖을 바라봤다. 침실에 서서 커튼을 젖히고 나뭇가지 너머로 신호등이 깜박이는 도로를 이쪽저쪽 유심히 살펴보았다. 그곳엔 아무것도 보이지 않았고, 귀가하는 자동차 한 대가 길 위를 지나고 있었다. 그 어둠 속에서 나는 그녀를 찾고 있었다. 그녀를 원해서인지 아니면 그녀가 저 아래서 우리를 지켜보고 있을지 모른다는 두려움 때문인지 알 수 없었다. 그녀가 살고 있는 곳을 바라보자 수많은 지붕들과 안테나 그리고 성당의 탑들이 눈에 들어왔다. 밤의 거리는 자동차 헤드라이트가 밝힌 불빛에 얼굴을 드러내며 그녀를 처음 만났던 바에까지 이르렀다. 어쩌면 그곳은 이 시간까지도 문을 열고 있을지 모른다. 도시의 수많은 장벽들이 나와 이탈리아 사이를 갈라놓고 있었다. 우리 사이의 모든 벽들과 모든 존재들은 웅크린 채 잠들어 있었다. 차라리 그런 편이 나았다. 나는 한숨 돌리고 싶었다. '너무 슬퍼하지 마, 이탈리아. 인생이란 원래 그런 거니까. 잠깐 동안의 달콤한 시간들이 지나면 차디찬 바람이 불어오는 게 인생이지. 설령 네가 저 아래에서 괴로워하고 있다 해도 너의 고통은 지금 내겐 우리가 떨어져 있는 거리만큼 낯설고 아득히 멀게만 느껴져. 더러운 내 생명 하나쯤 잉태한 것이 뭐 그리 중요하겠어? 오늘 밤, 너는 가방을 들고 플랫폼에 홀로 서 있지. 기차는 역을 떠나고 있어. 너는 방금 그걸 놓쳐버리고 만 거야.

—당신, 안 자요?


나는 샤워를 하고 나온 네 엄마 곁으로 힘없이 걸어갔다. 여전히 촉촉하게 젖어 있는 머리칼이 책을 읽고 있는 그녀의 얼굴을 감싸며 흘러내렸다. 나는 침대 속으로 들어가 누웠고 내 잠옷을 스치는 그녀의 손길을 느꼈다.

—어떤 아이가 태어날지……

나는 그녀 쪽으로 살짝 몸을 돌렸다.

—우리 아이의 모습을 상상할 수가 없어요.

—당신을 닮아 아주 예쁠 거야.

—제발 딸이었으면 좋겠어요.

그녀는 책을 내려놓으며 덧붙였다.

—당신을 닮아 못생긴 딸.

그녀의 젖은 머리칼이 내 몸을 스쳤다.

—어젯밤 꿈에 우리 아이가 나타났는데 발이 없지 뭐예요. 얼마나 놀랐는지……

—걱정하지 마, 다음 초음파 검사 때는 아마 아이의 발을 볼 수 있을 거야. 안심해.

그녀는 다시 자리로 돌아가 책을 읽었다.

—불 켜놔서 방해돼요?

—아니야. 상관없어.

나는 쏟아지는 노란 불빛을 이불로 가렸다. 하지만 잠이 오진 않았다. 내리쬐는 불빛과 옆에서 들려오는 그녀의 숨소리 때문에 몽롱한 상태로 그렇게 한참 동안 누워 있었다. 인생은 쉽고, 가볍게, 샴푸향처럼 흘러갈 것만 같았다. 나는 졸다가 꿈을 꾸었고 생각들은 상서롭게 이어졌다. 내게 다가오는 한 불구 아이를 보기 전까지는. 잠시 후 엘사는 불을 끄고 누웠고 나도 잠이 들었지만 충분히 깊지는 못했다. 나는 잠결에 네 엄마가 고함치는 소리를 들었다. 망할 놈, 어서 내 아이의 발을 내놔! 어서 내놓으란 말이야!

밤의 푸른 물결 속에서 끔찍한 생각이 꿈처럼 고개를 들었다. 당장 거실로 나가 현관에 놔둔 진료 가방에서 메스를 꺼내 내 성기를 잘라낸다. 그런 다음 창문을 열고 그 아래 인도에 있는 고양이에게, 아니면 이탈리아에게 던지는 것이다. '자, 잡초 아가씨. 네 아이의 아버지가 여기 있어.' 그 순간 나는 있는 힘껏 다리를 오므렸다. 안젤라, 그건 너무나도 무서운 꿈이었다. 삶이 한밤중에 이렇듯 끔찍하게 널 짓누를 때가 있을 거야. 그리고 그건 네가 깨어 있거나 꿈을 꿀 때도 마찬가지일 것이다.

수화기에서는 계속 단조로운 신호음만 들려왔다. 그녀는 내가 들을 수 없고 만질 수 없는 먼 곳에 떨어져 있었다. 아침 열시에 전화했을 때 그녀는 집에 없었다. 정오에도 그리고 오후 여섯시에도 없었다. 도대체 어디로 간 걸까? 어느 사무실에선가 청소를 하고 있는 걸까? 지금쯤 그녀는 지치고 절망적인 얼굴로 도시의 거리를 걷고 있을지 모른다. 지난번 마지막으로 카페에서 만났을 때 그녀의 태도는 참기 어려울 만큼 불쾌했고, 우리 둘 다에게 굴욕감을 느끼게 했다. 지금 그녀는 그때 그 표정으로 거리를 걷고 있을 터였다. 연애가 시들어갈 때면 언제나 그런 굴욕감만 남는 법이다. 연인들은 자신들의 환상에서 벗어나면 더이상 욕정으로도 외면할 수 없는 상대방의 실체를 냉정하게 불길 속으로 던져버린다. 그런 후엔 아무렇지도 않은 척하려 애쓰지만, 마음속 어딘가 에서 그들의 사랑은 어느새 냉혹한 잔인함으로 바뀌어 있는 것이다. 안 젤라, 사랑을 잃은 사람들은 자신을 환상에 빠뜨렸던 사람에게 잔인해 지고 만단다. 나 역시 카페에서 마치 지나가는 행인을 보듯 그녀를 바라보고 있었다. 수많은 버스와 거리 그리고 이 세상을 가득 메우고 있는 그렇고 그런 사람들 중 하나인 것처럼 말이다. 그녀는 내가 매일 어떤 즐거움이나 동정심도 없이 수술하고 진찰했던 환자들과 다를 바 없었다. 나는 외과의사의 눈으로 그녀의 이마에서부터 턱을 받치고 있는 손까지 찬찬히 뜯어보며 결점들을 짚어냈다. 턱 밑의 잔털들과 보기 싫게 구부러진 손가락 그리고 흉하게 잡힌 목주름 두 개가 내 눈에 들어왔다. 그녀는 예전의 비참한 모습으로 돌아가 있었다. 난 아무런 흥미나 연민도 없이 그녀를 바라보았다. 그녀의 침울한 숨결이 전해졌다. 쇠잔한 육체에서 뿜어져 나오는 그 숨결은 마치 마취에서 깨어난 환자들이 내쉬는 숨소리처럼 들렸다.

전화가 불통인 것은 아니었다. 전화선은 분명 이상이 없었다. 금속성의 목소리를 가진 전화국 직원이 확인해주었다. 하지만 그녀는 전화를 받지 않고 있었다. 어쩌면 그녀는 침대에 몸을 웅크리고는 끊임없이 울려대는 전화벨 소리를 들으며 간간이 멈추는 그 단조로운 신호음이 자신의 몸 안으로 격렬하게 파고들도록 내버려두고 있는지도 모른다. 전화는 내가 그녀를 버리지 않았다고 말할 수 있는 유일한 방법이었다. 나는 저녁이 될 때까지 계속해서 전화를 걸었고, 그 음울한 통화 연결음을 통해 그녀와 대화하고 있다는 착각에 빠져들었다.

결국 나는 지친 몸으로 병원을 나왔다. 집으로 돌아가는 길엔 여러 번이나 신호를 무시하며 내달렸다. 파란불이 켜질 때까지 도저히 기다릴 수 없었다. 어둠이 내려앉은 거리의 불빛들은 나를 쏘아보며 잔인한 표정으로 다가오고 있었다. 결코 난 그녀에게서 벗어날 수 없을 것이고, 그녀에 대한 생각은 계속해서 날 괴롭힐 것이다. 이탈리아는 나를 지배하며 나의 결심들을 허무하게 무너뜨렸다. 그녀의 목소리는 끊임

없이 나의 관자놀이를 쑤셔댔고, 그러면 나는 또다시 그녀를 찾는 것이
었다. 만약 지금 그녀가 낡은 재킷을 걸치고 파란 핏줄이 도드라진 하
얀 손과 흐릿한 눈동자로 내 옆에 앉아 있었다면, 아마 그녀를 잊기가
훨씬 쉬웠을지 모른다.


　장모 노라는 행복한 얼굴로 나를 포옹했다. 뺨 위로 립스틱 자국이
스치는 게 느껴졌다. 저녁식사는 벌써 차려져 있었고, 엘사와 장인 될
리오는 내가 오기를 기다리고 있었다.
　—아빠가 된 걸 축하하네!
　—고맙습니다.
　—우리 모두는 정말 기쁘다네.
　—가서 손 씻고 오겠습니다.
　장모는 테이블 한쪽에 놓여 있던 하얀 종이로 포장한 선물 상자를 던
졌다. 하지만 엘사는 다른 데 신경을 쓰다가 미처 받지 못했고, 상자는
그만 참치소스 위에 떨어지고 말았다. 그녀는 상자를 들어올려 냅킨으
로 닦았다.
　—엄마, 그러지 말라고 했잖아요.
　—축하해주려고 한 것뿐이야. 아이에게 처음으로 입힐 옷은 새로 산
실크 옷이어야 해. 그걸 잊지 마.
　엘사는 포장을 풀어 내게 건네주었다.
　—당신은 마음에 들어요? 이제 우리에게 새 아기옷이 생겼네요.
　그녀는 웃고 있었지만 속으론 몹시 화가 나 있었다. 네 엄마는 선물
을 원하지 않았다. 그런 선물을 받기엔 너무 이르다고 생각했다. 장모
가 선물한 아기옷은 손가락 네 개가 들어갈 만한 구멍이 두 개 뚫려 있
는 작은 천으로밖에 보이지 않았다. 어느새 테이블에는 물병이 비어 있

었고, 나는 다시 물을 채우러 자리에서 일어났다. 수도꼭지에서 쏟아지는 물소리가 테이블에서 들려오는 소리들을 삼켰다. 그곳에서는 나와 아무 관계도 없는 듯한 한 가족이 얼굴과 손을 움직이며 이야기를 나누고 있었다. 나는 세상과 격리된 채 희뿌연 유리판 뒤에 서 있었다. 그것은 세상도 나도 서로를 더이상 원하지 않을 때 마주하게 되는 마지막 경계였다. 엘사는 자기 아버지와 이야기를 나누며 다정하게 팔을 잡았다. 그 순간 그녀는 안개 속에 홀로 떨어진 것처럼 외로워 보였다. 그러다 다시 그녀는 세상의 중심으로 돌아왔다. 바로 며칠 전 밤의 갑작스러운 불안과 동요는 온데간데없이 사라졌고, 견고하고 지칠 줄 모르는 강인한 모습으로 그리고 더욱 알 수 없는 수수께끼 같은 분위기로 돌아와 있었다. 나를 향한 그녀의 시선은 여느 때와 다름없이 매혹적이었지만 내게 집중하고 있지는 않았다. 이제 그녀는 더이상 나를 필요로 하지 않았다.

나는 다시 물병을 가지고 자리로 돌아가 한 사람씩 물을 따라주었다.

—실례하겠습니다.

나는 자리에서 일어나 침실로 들어갔다. 그러고는 문 닫는 것도 잊은 채 다급히 그녀의 전화번호를 눌렀다.

저녁에도 그녀는 집에 없었다. 나는 힘없이 수화기를 내려놓았다. 무겁게 늘어진 내 손과 귀 그리고 고요한 서재에도 고독이 물밀듯 밀려왔다. 나는 어둠 속에서 까마귀처럼 어른거리는 장모의 그림자를 보았다. 복도의 불빛은 희미하게 그녀를 비추고 있었다. 어쩌면 장모는 어둠 속에서 나를 살펴보고 있었을 것이다. 아주 잠깐 동안이었지만 순간적으로 나는 장모가 뭔가를 눈치 챘을 거란 느낌을 받았다. 나는 깜깜한 어둠 속에서 전화기를 옆에 놓은 채 나의 이중생활을 짐작케 하는 빌미를 제공한 셈이었다. 이것은 거실에서 그들을 대할 때와는 너무나 다른 나의 태도만큼이나 이율배반적인 상황이었다. 장모는 구부정하게 몸을 숙인 채 반짝이는 눈빛으로 나를 살피고 있었다. 그때의 내 모습은 평소와는 너무나 동떨어진 것이었다. 장모는 현관 입구에 둔 가방에서 담배를 꺼내려 했다. 그 우연한 계기로 우리 사이엔 갑작스런 친밀감이 생겨났다. 순식간에 일어난 일이었다. 하지만 안젤라, 때때로 사람들은 그런 미묘한 감정들을 쉽게 알아차리지 못한단다.

—티모……

—네?

—내 등에 반점이 하나 있는데, 아주 많이 커졌지 뭐야. 자네가 한번 봐줬으면 좋겠네.


시간은 새벽 세시, 네 엄마는 깊이 잠들어 있었다. 어둠이 드리운 네 엄마의 몸은 감히 침범할 수 없는 해질녘의 산처럼 보였다. 그녀와 헤어지는 건 어쩌면 생각보다 덜 힘들지 모른다. 단지 옷을 걸치고 떠나면 그만일 것이다. 만약 그런 일이 벌어진다면 그녀는 나와 가족들은 물론 친구들과도 담을 쌓고 지낼 것이다. 그런 다음 자신이 쌓은 벽에 대한 그럴듯한 이유를 내세우겠지. 그녀는 두려워하지 않을 것이다. 마치 조금 전에 쓰레기봉투를 버릴 때처럼 발코니 밖으로 나를 내동댕이칠 것이다.


이슬비가 고운 가루처럼 머리 위로 촉촉하게 내렸다. 나는 옷깃을 여미며 정처 없이 길을 걸었다. 오로지 밤이 나를 밀쳐내지 않기를 바랄 뿐이었다. 나는 조금도 피곤하지 않았고, 발걸음은 가볍기만 했다. 조금 먹은 저녁은 벌써 소화가 되고 말았다. 그 시간, 인적이 끊긴 거리는 적막하고 고요했다. 하지만 그것이 완전한 고요를 뜻하지는 않는다는 걸 깨달았다. 이내 아스팔트 표면에 떨어지는 빗방울 소리가 들려왔다. 어둠이 내린 밤의 도시는 마치 인간들에게 버려진 텅 빈 세상처럼 보였지만, 거기엔 그들의 자취가 깃들어 있었다. 사랑에 빠진 사람, 연인과 헤어지려는 사람, 테라스에서 들려오는 개 짖는 소리, 자리에서 일어난 사제 등등. 앰뷸런스 한 대가 도착해 열이 펄펄 끓는 환자를 내가 일하는 병원으로 이송해간다. 창녀는 어둠처럼 검은 다리를 드러낸 채 집으로 돌아온다. 그녀의 손님으로 보이는 남자는 무심하고 천연덕스럽게 잠을 자고 있다. 그 모습은 정말이지 엘사와 똑같다. 잠이 들면 사람들은 너나 할 것 없이 비슷해지기 마련이다. 깨어 있는 사람에겐, 게다가 앞으로도 잠을 이루지 못할 사람에겐 더더욱 그랬다.

걷는 동안 내가 마주치는 것들은 모두 이탈리아처럼 보였다. 비에 젖어 독특한 빛을 발하고 있는 나무들, 주차되어 있는 자동차들의 윤곽, 스스로 내뿜은 불빛에 머리를 들이밀고 있는 가로등, 테라스와 하늘 높이 솟아오른 처마들까지 모든 것이 그랬다. 마치 그녀의 몸이 도시 전체를 지배하는 것처럼.

나는 거리에 있는 나무 한 그루를 껴안았다. 갑자기 축축한 그 커다란 나무줄기와 내 몸이 연결되고 있는 것 같았다. 더 세게 나무를 껴안을수록 오래전부터 여러 번 그렇게 하길 원했었다는 걸 깨달았다. 그것은 내게 새로운 사실이었다. 혹시 그녀는 목숨을 끊었을지 몰라. 그래서 전화를 받지 못했던 거야. 숨을 거둔 그녀의 잿빛 손은 욕조 밖으로 축 늘어져 있겠지. 그 옆엔 그녀가 마지막 숨을 몰아쉴 때 뜯겨나간 비닐 샤워 커튼이 나뒹굴고 있을 거야. 그녀는 나를 생각하며 포옹을 하거나 아니면 멀리하려고 애쓰며 죽어갔겠지. 어느덧 밤이 찾아와 욕조의 물은 싸늘하게 식고 말았을 거야. 그녀는 피가 빨리 흘러나오도록 뜨거운 물 속에서 손목을 그었겠지. 집에 있던 작은 칼을 썼을까? 아니면 혹시 내가 두고 온 면도칼을? 무엇보다 그녀가 자살할 때 썼을 도구가 중요해. 그건 그녀의 유언을 의미할 테니까.

순간 어둠 속에서 고함 소리가 울려 퍼졌다. 나는 뭔가에 부딪혀 넝마 더미 같은 곳에 넘어지고 말았다. 자세히 보니 어떤 남자가 길에서 잠을 자고 있었다. 지저분한 잠자리에 누워 있던 그는 놀라서 머리를 들어올렸다.

—난 아무것도 가진 게 없어요!

그는 흥분한 나머지 버럭 소리를 질렀다. 아마 내가 물건을 훔치려는 줄 알았던 모양이다. 하지만 대체 뭘 훔친단 말인가? 썩은 냄새를 풍기는 그 낡고 더러운 옷 더미들을? 아니면 놀라서 입을 쩍 벌리고 목젖이 울리도록 요상한 고함을 내지르는 그의 몇 개 남지 않은 이들을?

—죄송합니다. 잘못해서 넘어졌어요.

세상에, 내가 뭘 건드린 걸까? 이건 무슨 지독한 냄새지? 그 남자는 마치 골목길 한 귀퉁이에서 죽어가는 개처럼 끔찍한 악취를 풍기고 있었다. 이탈리아한테서도 이런 이상한 냄새가 났었지. 그녀의 비참한 인생이 다시 고개를 들었을 때도, 내가 자신을 떠나려 한다는 걸 알았을 때도, 그리고 그녀와 아이 모두 책임지지 못하고 몇 푼 안 되는 돈을 다시 한 번 그녀에게 건넬 거라는 걸 알았을 때도 그랬다. 나는 서둘러 그 자리를 피하고 싶었지만 남자를 부축해주었다. 그를 일으켜 세우는 동안 내 몸은 그의 까만 목과 동물의 털처럼 엉겨 붙은 머리카락에 닿았다. 숨을 쉴 때마다 그에게선 거리에서 썩어가는 죽은 개에게서나 날 법한 냄새가 풍겨왔다.

안젤라, 내가 진실로 사랑하는 사람이 살고 있는, 바다와 도시 사이의 그 늪지대로 가기 위해 나는 위험한 시도를 하고 있었다. 한밤중에 만난 그 병든 남자는 나를 멀리하지 않았다. 오히려 한쪽 팔로 나를 감싸고 있었고, 그의 더럽고 주름진 얼굴은 내가 숨어 있는 음침한 동굴 속에서 나를 찾고 있는 듯했다. 그는 살인자를 용서하는 사제처럼 자애로운 손길로 내 머리를 쓰다듬어주었다. 사랑하는 딸아, 과연 내게 그만한 자비를 받을 자격이 있을까? 어두운 골목에서 만난 더러운 그 남자는 나란 사람을 기꺼이 반기며 나의 길을 이끌어주었다. 비에 젖은 그 거리에서 그는 오랫동안 꿈꾸며 살아왔을 것이다. 그리고 나 역시 아무것도 가진 것 없이 차라리 삶의 나락을 동경하고 있었다. 그것은 고급스런 마루 장식과 위스키가 있는 우리 집과는 너무나 동떨어진 삶이었다. 운명이 우리를 동정하며 달래줄 때 사랑은 죽음보다 더욱 절실하고 외로운 감정이었다.

—술 좀 마시겠소?

그는 깔고 있던 박스 아래서 와인 병을 꺼내 내게 내밀었다. 나는 아무 생각 없이 주둥이가 깨진 병에 입을 갖다댔다. 그리고 거리에서 돌아가신 아버지를 생각하며 술을 마셨다. 아버지는 사람들이 오가는 어느 상점 앞, 길 한가운데서 쓰러져 돌아가셨다. 죽음이 마지막 숨을 앗아가버렸던 그 순간, 아버지는 당신의 목을 움켜쥐고 계셨다.

나는 그곳을 떠나기 전 지갑을 꺼내서 내가 가지고 있던 돈을 전부 그에게 주었다. 그는 다른 부랑자들처럼 아무런 거리낌 없이 돈을 받았다. 그러고는 얼른 낡은 옷 속에 숨겼다. 혹시 다시 달라고 할까봐 걱정되는 모양이었다. 그는 여전히 반신반의하는 눈빛으로 교차로에서 내가 시야에서 사라질 때까지 지켜보고 서 있었다.


어둠은 점점 희미해졌고, 가늘지만 끊임없이 내리는 빗방울들은 사라져가는 어둠을 적시고 있었다. 나는 어슴푸레한 불빛 속에서 가끔씩 지나치는 자동차 불빛을 마주보며 운전했다. 필리핀에서 온 수녀 두 사람이 작은 우산을 쓰고 정류장에 서서 버스를 기다리고 있었다. 벌써 문을 여는 바가 눈에 띄었고, 빗물에 젖은 일간지 더미는 아직 문을 열지 않은 신문 가판대 옆에 놓여 있었다. 깊은 불면의 밤을 보내느라 기력이 다한 나는 몹시 피곤했다. 이제 그녀의 품 안에서 잠들고 싶었다. 우리의 미래에 대한 생각은 뒤로 조금 미룬 채. 나는 이미 그 긴긴 밤을 보내며 치열한 전투를 치렀다. 할 말은 아무것도 없었다. 오로지 고요함 속에서 그녀를 안고 싶을 뿐이었다. 자동차에서 내렸을 때 내 뺨은 차 안의 온기로 불그스름했다. 이제 조금씩 모습을 드러내고 있는 어둑한 거리는 말라 있었다. 아마 그곳에는 비가 오지 않았던 모양이다. 지난밤 내내 내 뒤를 따르던 비가 그곳에 내리지 않았다는 것은 내 치열했던 싸움이 정말로 끝났음을 의미했다. 틀림없이 이탈리아는 비에 젖지 않은 모습으로 나를 기다렸을 것이다.

계단을 따라 올라가던 나는 누군가 엘리베이터에서 내리는 소리를 들었다. 잠시 후 출입문 쪽으로 향하는 여자의 구두 소리가 들렸다. 나는 다시 뛰어내려가 문 밖을 나서는 그녀의 뒷모습을 보았다.

—이탈리아!

그녀가 뒤를 돌아보는 순간 나는 그녀에게 달려가 얼굴도 안 보고 힘차게 그녀를 끌어안았다. 그녀는 그대로 내 품에 안겨 꼼짝도 하지 않았다. 그녀는 내 어깨에 머리를 기댄 채 손을 허리 아래로 늘어뜨렸다. '이제 그녀는 팔을 올려 내 몸을 감싸고 내 포옹에 대답해줄 거야. 만약 그녀의 몸이 힘없이 무너져내린다면 내가 꼭 붙잡아주겠어.' 하지만 그녀는 여전히 미동도 없이, 내가 호흡을 되찾아 그녀의 깊고 평온한 심장 소리를 느낄 때까지 그대로 서 있었다. 그녀의 몸은 따뜻했고 생기가 느껴졌다. 하지만 다른 건 중요하지 않다. 가벼운 애무만으로도 그녀는 내게 돌아올 것이다. 그녀는 쓸데없는 자존심 따위를 내세우지 않고 사랑에 자신을 내맡기는 사람이니까. 나는 그녀의 얼굴을 보려고 뒤로 조금 물러섰다.

―어디 가는 길이었어?

―꽃시장에요.

―뭐?

―거기서 일해요.

―언제부터?

―얼마 안 됐어요.

그녀의 그늘진 회색빛 눈동자는 바위처럼 굳어 있었고, 얼굴은 한결 성숙한 분위기를 띠고 있었다. 반면에 나는 그녀를 향한 욕망에만 사로잡혀 있었다.

―잘 지내?

―네.

나는 그녀의 배에 손을 올려놓았다.

―아이는?

안젤라, 그녀는 아무런 대답도 하지 않았어. 우리 주위에는 무거운 침묵이 내려앉았고 젖은 옷 속으로는 한기가 파고들었다. 나는 그녀의 손을 끌어다 또다른 생명이 숨쉬고 있는 그녀의 배에 올려놓았다. 하지만 그녀는 계절에 맞지 않는 얇은 옷차림을 하고 있었다. 제법 쌀쌀해지기 시작한데다 아직 해도 뜨지 않은 새벽이었는데 말이다. 그녀의 손은 흙탕물 속에 떨어진 낙엽처럼 아무런 의지 없이 내가 하는 대로 가만히 있었다. 그때 만리오의 병원 앞에 세워둔 내 차 위로 계절의 시작을 알리며 떨어졌던 붉은 낙엽이 떠올랐다.

―저 낙태했어요.

그녀는 단호하고 냉정한 눈빛으로 말했다. 믿기지 않는 사실에 나는 머리를 흔들었다. 마음속 깊은 곳에서는 그녀의 말을 부정하고 있었다.

―설마, 사실은 아니겠지?

나는 절망스런 기분으로 그녀의 팔을 붙잡고 마구 흔들었다. 그 순간에는 정말이지 그녀를 어떻게라도 해버리고 싶은 심정이었다.

―언제 그랬어?

―이미 지난 일이에요.

그녀는 전혀 슬퍼 보이지 않았고, 차디찬 눈빛으로 나를 동정하듯 바라보고 있었다.

―왜 진작 말하지 않았어? 왜 나를 찾지 않았냔 말이야? 정말 그 아이를 원했는데……

―내일이면 생각이 달라질 거예요.

그녀는 나를 떠나려 하고 있었다. 이제 나는 영원히 그녀를 잃게 될지도 모른다. 나는 더이상 그녀의 삶 속에 자리 잡지 못할 것이다. 절망에 사로잡힌 나는 냉정하게 굳어버린 그녀의 얼굴에 정신없이 키스를 퍼붓기 시작했다. '상관없어, 아이는 또 가지면 돼. 내일, 아니 지금 할까. 당장 너의 침대로 가는 거야. 그러면 넌 다시 임신할 수 있어. 그런 뒤 우리는 소말리아로 떠나는 거야. 그곳에서 집 안을 가득 메운 우리 아이들은 신나게 뛰어놀겠지……'

하지만 안젤라, 우리의 관계는 이미 빛바랜 사진과 같았다. 그건 이별한 연인들의 사진처럼 반으로 무참히 찢어져버렸다. 이제 그녀는 꽃대를 다듬고 이름 모를 누군가에게 꽃을 팔겠지. 사랑을 시작한 연인과 묘지를 찾아가는 사람에게, 그리고 이제 막 아이를 낳은 부모에게……

―어디서 수술했어?

―집시들한테 갔어요.

―넌 제정신이 아니야. 어서 병원에 가야 해.

─병원엔 가기 싫어요.

하지만 난 그녀가 싫어하는 건 병원이 아니라 외과의사들일 거라고
생각했다. 나는 그녀의 손목을 잡아끌었다.

─당장 나하고 가!

─그만 놔줘요. 난 멀쩡해요.

그녀는 내 손을 뿌리쳤다. 난 더이상 그녀의 남자가 아니었다. 버려
진 내 손은 이제 그 누구의 것도 아니었다. 그녀는 다시 냉담하고 무표
정한 얼굴이었다. 내가 알고 있던 그 수많은 표정들 중 어느 것 하나도
남아 있지 않은 싸늘한 얼굴이었다. 새벽빛이 그녀의 귓가와 핼쑥해 보
이는 뺨 위로 비쳐들었다. 그녀는 내 앞에 있었지만, 난 이미 그녀의 인
생에서 사라져버렸다. 그녀의 얼굴은 젖은 손으로 거스름돈을 건네는
시장 상인처럼 무신경하고 낯설게 변해 있었다.

─그만 갈게요.

─데려다줄게.

─아뇨, 그럴 필요 없어요.


그녀가 떠나가는 동안 난 인도에 주저앉았다. 멀어져가는 그녀의 모
습을 차마 보지 못하고 고개를 숙인 채 손으로 머리를 감쌌다. 발소리
가 들리지 않을 때까지 그렇게 그 자리에 앉아 있었다. 그녀가 없는 빈
집에선 나의 전화벨 소리가 계속해서 울려댔을 것이다. 그사이 그녀는
얼마 떨어지지 않은 허름한 트레일러를 찾아가 미래를 읽는 법을 가르
쳐준 그 집시의 갈고리에 몸을 내맡겼을 것이다. 비명을 지르지 않으려
고 입에 재갈을 물고서, 그만 돌이킬 수 없는 일을 저지르고 만 것이다.

왜 너에게 이 모든 것을 털어놓는 걸까? 글쎄, 나도 잘 모르겠구나. 지금 당장은 지극히 외과의학적인 짧은 소견밖에는 달리 대답할 말이 없구나. 그건 아마도, 삶은 끊임없는 출혈의 연속이고 계속해서 관자놀이를 울려대는 과정의 연속이기 때문일 거야. 지금 너의 두개골을 압박하고 있는 혈종처럼 말이다. 안젤라, 나를 수술하고 있는 사람이 너라는 걸 이제야 알겠구나.

네게 용서를 구하는 것은 아니다. 사경을 헤매고 있는 네게 그럴 생각은 없어. 이 아빠를 믿어다오. 오래전 그 인도 위에 앉아 나는 스스로를 이미 단죄했다. 다시는 돌이킬 수 없는, 비석처럼 확고한 나의 죄를 말이다. 나는 용서할 수 없는 죄인이었고, 내 손은 그 사실을 잘 알고 있었다. 하지만 안젤라, 잃어버린 그 아이는 내 머릿속에 살아 있었다. 불행한 쌍둥이 형제처럼 네 곁에서 함께 자라는 그 아이의 모습을 보았다. 나는 부질없게도 그 아이를 잊어버리려고 했었다. 하지만 그 아이는 불현듯 나타나 나이 들어가는 내 몸과 걸음걸이 속으로 들어왔다.

그 가련한 아이는 산부인과에서 태어난 갓난아기들처럼 연약한 모든 존재들 속에서도 모습을 드러냈다. 시골길에서 마주친 고슴도치에도, 그리고 네게 주었던 고통 속에도 그 아이는 깃들어 있었다.

안젤라, 언젠가 유도 배웠던 일 기억나니? 넌 가고 싶어하지 않았지만 내가 억지로 보냈었지. 침묵으로 전한 나의 질책들은 너의 마음을 무겁게 만들고 말았지. 아빠는 나이 든 사범들과 오래된 시설에 어울리지 않는 권투 샌드백과 너덜너덜한 장판이 깔려 있는 그 낡은 체육관 주위를 배회했었다. 그러고는 차에서 내려 땀냄새가 진동하는 체육관으로 들어가 대결을 하고 있는 사람들의 얼굴을 바라보며 시간표가 적힌 책자를 가져왔다. 안젤라, 그건 오래전부터 마음속에 품어왔던 바람이었다. 어릴 때부터 난 탄탄하고 멋진 체격을 가지고 싶었고, 밤에는 유도장 같은 곳에서 야수 같은 얼굴에 멋진 근육을 과시하는 남자들과 몸을 단련하고 싶었다. 그런 후 재킷과 멋진 선글라스 차림의 몸에서 분명히 느껴질 어떤 힘을 과시하고 싶었다. 그렇게 해서 쳐다보기도 무서운 남자 간호사를 단번에 나가떨어지게 만들고 싶었다. 물론 그런 건 나약하고 소심한 남자나 힘없는 어린아이가 꾸는 꿈에 불과하다는 걸 안다. 하지만 그 바람은 진실했고, 내 삶 속에 실재했었다. 조금은 유치하고 가련한 무의식 속의 그런 감정들은 그때까지도 남아 있었다. 하지만 거기엔 다른 마음도 숨어 있었다. 고백하지는 않았지만, 너를 내 뜻에 복종하게 만들어서 뭔가 은밀하고 부정한 장난을 치고 싶었다. 내 뒤틀린 삶이 너에게로 이어졌기 때문이다. 그러기 위해선 납득할 만한 구실들이 필요했다. 마침 유도는 좋은 운동이었고, 네 엄마도 딸을 생각하는 아버지의 얼굴에서 반대할 만한 이유를 찾아내지 못했다. 물론 너는 무용을 하고 싶어했고, 그래서 집에선 엄마의 스카프를 허리에 두르고 발끝으로 걸어다녔지. 안젤라, 난 네가 춤을 추고 싶어했다는 걸 알고 있었단다. 하지만 무용을 하기에 넌 너무 키가 컸고, 오히려 유도에 적합한 체격이었다. 난 네게 유도가 훌륭한 스포츠이며 정신 수양에도 좋은 운동이라고 설명했었지. 유도를 하려면 절도 있는 동작을 갖춰야 하고, 함께 수련하는 남자와 여자 모두에게 예의를 지켜야 한다고 말이야. 그러고는 너의 작은 손을 이끌고 도복을 사준 뒤 그 체육관으로 데려갔다.

그리고 얼마 후 넌 띠를 허리에 단단히 두르고 경기를 시작했다. 하지만 넌 아무런 열정도 없이 상대방과 겨루며 오로지 쓰러지지 않겠다는 일념만으로 버티고 있었다. 경기를 보러 오는 나를 위해 싸우고 있었던 게지. 넌 바닥에 넘어지지 않으려고, 또 상대방에게 엉덩이를 차이지 않으려고 안간힘을 쓰고 있었다. 그래서 어서 일어나라고 무섭게 고함치는 사범의 목소리에는 귀기울이지 않았지. 넌 눈에 눈물이 가득 고인 채 싸우고 있었다. 넌 뻣뻣하고 볼품없는 유도복을 좋아하지 않았지. 그 대신 예쁘고 하늘거리는 발레복에 토슈즈를 신고 가볍고 자유로운 기분을 느끼고 싶어했어. 하지만 너는 늘 너를 압도했던 말총머리 소녀와 대련을 해야 했지. 그애는 체격도 좋고 민첩해 보였지만 너는 마른데다 나무처럼 뻣뻣해 보였어. 그래서 나는 네게 조언을 하곤 했었지.

─기술을 쓸 때는 더 유연해져야 해.

하지만 넌 유연해질 수가 없었고, 지나치게 힘을 소모하며 싸웠다.

나는 승단 시합을 지켜보러 온 다른 부모들과 나란히 앉아 있었지. 그때 너는 경기장의 푸른 매트 위 한쪽 구석에서 맨발로 가부좌를 틀고 앉아 순서를 기다리고 있었다. 그리고 나와 눈이 마주치자 어색한 미소를 지어 보였다. 그때 넌 두려웠던 거야. 엄격한 사범도 그렇고, 스스로조차 제대로 통제할 수 없는 동작들, 그리고 무엇보다 너보다 더 실력 있고 능수능란한 아이들을 두려워하고 있었던 거지. 드디어 네 차례가 되었고 넌 자리에서 일어나 매트 한가운데로 갔어. 그런 다음 상대방과 서로 허리를 숙여 인사했다. 사범이 동작 구호를 외치자 넌 긴장하고 자신감 없는 모습으로 몸을 움직였다. 울긋불긋해진 볼에 입술을 깨문 채로 말이야. 상대방을 바라보는 너의 눈길은 마치 그만 하고 보내달라고 사정하는 것처럼 보였다. 공격을 당할 때는 아무런 반격도 못한 채 당하고만 있었어. 그래서 얼마나 많은 일격을 당했는지 모른다. 결국 시합에 진 너는 땀에 흠뻑 젖은 채 흐트러지고 뒤틀린 유도복 차림으로 인사를 했다. 그리고 마침내 승단 심사를 통과했다.

—기분 좋지?

돌아오는 차 안에서 네게 물었다. 너는 전혀 기뻐하는 기색이 없었고 체력을 모두 소모한 듯 피곤해 보였다.

—다다미 위에 넘어지니까 많이 아프지는 않지, 그렇지?

아니었다. 넌 아픔을 느끼고 있었으니까. 어느새 넌 붉어진 얼굴로 눈물을 글썽이며 말했다.

—왜요?

왜냐고? 좋은 질문이야. 우리는 평화로운 시간을 보내고 있는데, 왜 그런 불필요한 언쟁을 해야 하지? 네게 힘을 북돋워주기 위해 그리고 네 마음의 수양을 위해 권한 일이었다. 하지만 용기를 주기는커녕 네게 상처만 주고 말았구나. 이 아빠가 너의 기쁨을 빼앗아버렸다니. 미안하다, 안젤라.

그후로 어느 날인가 넌 유도를 그만두었다. 9월에 우리는 바다에서 도시로 돌아왔다. 그때 넌 오렌지색과 녹색이 섞인 띠를 매고 있었지.

—이제 그만 다닐래요.

난 고집을 피우지 않았고 네 뜻대로 해주었다. 나 역시 지쳐 있었으니까. 그 뒤로 난 그 체육관 앞을 종종 지나쳤지만 그곳은 더이상 흥미를 불러일으키지 않았다. 그리고 그곳에 내 안에 있던 공포와 광기와 잃어버린 아들을 영원히 묻었다. 안젤라, 아버지란 존재는 성장할 줄 모르는 철부지처럼 형편없는 바보들이란다. 이 얘기는 그만 하도록 하자.

이탈리아와의 일은 시간이 해결해주었다. 세월은 내가 느꼈던 죄책감이 가루가 되어 사라질 때까지 냉정하고 잔인하게 흘러갔다. 결국 이탈리아는 내게 호의를 베풀어 복잡하게 뒤엉켰던 내 인생을 다시 정리해준 셈이었다. 그녀는 두번 다시 만리오의 병원에 가지 않으려 했고, 그 호텔 같은 병원의 화려함을 경멸했다. 나는 다만 그녀를 혼자 내버려둔 것이 내내 마음에 걸렸다. 하지만 그것은 내가 나의 비열함에 익숙해지는 과정의 시작일 뿐이었다.

어느 날 저녁 만리오는 내게 전화를 걸어와 만나자고 했고, 우리는 오랜만에 만난 나이 든 동창생처럼 피자를 먹으러 갔다.

자리에 앉자마자 만리오가 물었다.

—그 여자하고는 어떻게 됐어?

—그녀는 잘 지내.

—자넨 어때?

조금 떨어진 테이블에선 내게 등을 보이고 앉은 한 금발의 여자가 담배 연기를 뿜어내고 있었다. 내 눈에는 그녀의 머리카락 위로 피어오르는 하얀 담배 연기와 그녀를 바라보고 있는 남자의 얼굴만 보였다. 나는 그 남자의 표정이나 제스처로 그녀의 얼굴을 짐작해보았다.

— 모르겠어. 그저 기다릴 뿐이야.

내가 말했다.

— 뭘 기다려?

— 모르겠어.

나는 어쩌면 이탈리아를 닮았을지도 모를 그 여자가 뒤돌아보길 기다리고 있었다.


나는 몇 번인가 그녀를 만나러 시장에 갔었다. 내가 도착했을 때는 벌써 장이 끝나가는 시간이었고, 그녀는 시들어 있는 꽃들 사이에 있었다. 그녀는 나를 보고는 살짝 고개를 숙여 인사를 건넸다. 그녀는 작은 상자들을 쌓아올린 후 팔지 못한 꽃들이 담긴 꽃병들을 초록색 차양이 달린 트럭에 옮겨 실었다. 나는 그녀의 일이 끝나기를 기다리며 마치 꽃잎들 사이의 꽃자루처럼 우아한 옷차림을 한 채 시장 한가운데 서 있었다. 이탈리아는 고무장화를 벗고 구두를 신었다. 그녀가 내 차에 올랐을 때 우리는 예전처럼 흥분되지는 않았지만 마치 함께 벌을 받는 친구처럼 정감 어린 마음을 느낄 수 있었다. 아니 어쩌면 그것은 아이를 잃은 부모와 같은 심정이었을 것이다. 분명 우리는 견디기 힘든 일을 함께 겪은 생존자였다. 지금 우리는 활짝 드러난 상처를 스쳐가고 있었고, 그래서 말 한 마디 한 마디에도 조심스러웠다.

— 어떻게 지내?

— 잘 지내고 있어요. 당신은요?

— 많이 피곤해?

─아니, 전혀요.

그녀는 피곤하다고 말한 적이 없었다. 대신 추위로 부르튼 손을 비빌 뿐이었다. 그녀는 예전보다 훨씬 성숙해 있었다. 차 안에서 본 그녀의 이마는 전보다 넓어 보였지만 어깨는 더 움츠러들어 있었다. 그녀는 단 한 번도 의자에 온전히 기대 앉은 적이 없었다. 언제나 등받이에서 조금 떨어져 앉아 흔들리지 않으려고 애썼다. 그녀는 차창 밖으로 우리를 지켜주지 않은 세상을 바라보고 있다.

우리는 병을 앓고 난 회복기의 환자들처럼 어서 시간이 지나가기만을 기다렸다. 그사이 차들은 서서히 늘어갔고, 하루해는 점점 저물어갔다. 어느새 상점 진열장의 불빛들이 이탈리아의 눈동자 속에서 어른거리고 있었다. 그녀는 그 불빛들에 별다른 신경을 쓰지 않는 듯했다. 나는 그녀를 건드리지 않으려 노력했다. 낙태한 여성은 당분간 성관계를 가질 수 없는데다 절대적인 안정이 필요했기 때문이다. 하지만 나는 끔찍하게도 그녀의 벗은 몸을 상상하고 있었고, 축축이 젖은 옷 속에 머물러 있는 그녀의 고통을 내 손길로 어루만져주고 싶었다. 이탈리아는 시장에 있을 때 너무 추웠는지 코가 빨갛게 부어 있었다. 그녀는 주머니에서 이미 흥건하게 젖은 손수건을 꺼내 코를 풀었다. 얼마 전 그녀에게 비타민을 사주었지만 그녀가 그것을 먹는지는 알 수 없었다. 그렇게 시간이 흘러가도록 내버려두는 것은 우리 둘에게 바람직한 일이 아니었다. 우리는 친구가 아니었고, 앞으로도 그렇게 될 수 없을 것이다. 우리는 서로를 알기도 전에 벌써 연인이 되어버렸고 서로의 육체를 광기 어린 열정으로 탐했다. 지금 우리 사이에 오가는 이런 공손한 행동들은 낯설 뿐이었다. 나는 그녀를 바라보며 고인 물 속 같은 이곳에서 우리가 대체 무엇을 하고 있는 건지 생각해보았다. 고함 한번 지르지 않고 아무것도 없이 이대로 조용히 끝낼 수는 없었다. 지금 같은 이도

저도 아닌 상태를 벗어날 수만 있다면, 악마가 우리 두 사람을 지옥으로 끌고 가 불태워버린다 해도 상관없을 것 같았다.

어쩌면 장소만 바꾸면 그만일 것이다. 그녀의 집은 나를 당황스럽게 만들었다. 담배 빛깔의 침대 커버와 텅 빈 벽난로 그리고 눈이 먼 개와 우유병을 들고 있는 우스꽝스러운 원숭이 사진까지, 모든 것이 그랬다. 그래서 난 그녀에게 호텔에 가서 둘만의 시간을 가지는 건 어떻겠냐고 물어봤다.

―우리 꽉 막힌 도로에만 있지 말고 다른 데로 가자.

내가 말했다.

결국 우리는 시내에 있는 호텔로 들어갔다. 우리가 들어간 객실은 이전에 한 번도 본 적이 없는 아름다운 방이었다. 한쪽 벽에는 우아한 무늬의 비단 커튼이 벽 전체에 육중하게 드리워져 있었다. 그녀는 주위를 둘러보지도 않고 침대 위에 가방을 던졌다. 그러고는 곧바로 창가로 가서 한 손으로 커튼 자락을 들어올렸다. 나는 그녀에게 배가 고픈지, 뭘 마시고 싶지는 않은지 물어봤다. 하지만 그녀는 모두 사양했다. 나는 손을 씻으러 화장실로 갔다. 내가 다시 돌아왔을 때 그녀는 여전히 커튼 앞에서 창밖을 내다보고 있었다.

―굉장히 높네요. 몇 층이에요?

내 발걸음 소리를 듣고 그녀가 말했다.

―구층.

그녀는 가지런히 머리를 묶고 있었다. 나는 그녀에게로 다가가 눈을 감고 목덜미에 키스했다. 이렇게 키스해본 지가 얼마 만인가? 나는 어떻게 그토록 오랫동안 그녀를 떠나 있을 수 있었는지 스스로에게 물었다. 다시 한번, 그녀의 따뜻한 육체가 내 곁에 있었고, 처녀지와 같은 이 방은 우리의 상처를 잊게 해주리라. '이제 그녀는 촉촉이 젖은 내 입술이 목에 닿는 걸 느끼겠지. 그리고 처음에는 받아들이기 힘들겠지만 예전처럼 다시 내 여자로 돌아올 거야. 나를 거부할 수는 없다고 말했으니까.' 그녀가 팔을 내리자 커튼은 햇살이 내리쬐는 도시의 오후를 가려버렸다. 나는 뻣뻣하고 무거운 커튼에 기대고 선 그녀의 옷을 벗기기 시작했다. 그녀는 싸구려 천으로 만든 낡고 가벼운 재킷을 입고 있었다. 재킷을 벗기자 그녀의 가슴이 드러났다. 그녀의 작고 늘어진 가슴이 아주 마음에 들었다. 그녀는 내가 하는 대로 내버려두었다.

—내 사랑……

그녀는 그렇게 말하면서 나를 껴안았다. 나는 그녀의 손을 잡아 침대로 데려갔다. 그녀를 편안하게 해주고 싶었다. 구두를 벗겼다. 그녀가 신은 싸구려 나일론 스타킹은 가냘픈 다리를 감싸고 있었고, 두 발은 마치 마네킹의 발처럼 보였다. 그녀는 치마를 벗어 조심스럽게 접은 뒤 침대 가장자리에 올려놓았다. 셔츠도 마찬가지였다. 그녀는 서두르지 않고 천천히 움직이며, 우리의 은밀한 순간을 조금이라도 더 유예시키려는 듯했다.

그녀가 시선을 돌려 다른 곳을 보고 있는 사이 나는 서둘러 옷을 벗어 바닥에 던졌다. 순간 부끄러움을 느꼈기 때문이었다. 그녀는 침대 한쪽으로 들어가 이불을 덮고 누웠다. 나도 그녀를 따라 침대 속으로 들어갔다. 시트는 여전히 차가웠다. 그녀는 옆구리에 팔을 붙인 채 뻣뻣하게 누워 있었다. 나는 그녀의 다리 위에 한쪽 다리를 올려놓았지만 이내 미끄러지고 말았다. 그녀가 스타킹을 벗지 않았기 때문이었다.

—내키지 않으면 억지로 할 필요 없어.

—알아요.

갑자기 나는 눈치 없는 연인이 된 꼴이었다. 얼마나 어처구니없는 일인가! 그녀는 옷을 벗을 생각이 눈곱만큼도 없었던 것이다. 그녀는 커튼을 걷어올리고 높은 곳에서 세상을 바라보는 것으로 만족했을 것이다. 어딘가에 자신을 위한 자리가 있을지를 자문하면서 말이다. 그녀를 애무했을 때 작은 탄성이 새어나왔지만 그것뿐이었다. 그녀는 절대적인 침묵 속에서 내 몸짓을 허락해주었다. 나는 계속해서 그녀의 머리카락에 얼굴을 묻고 있었다. 도저히 그녀를 바라볼 수 없었다. 그녀의 무감각한 눈동자와 마주치는 것이 두려웠다. 그녀가 나를 가엾게 여겨 내 몸짓에 반응할지도 모른다는 희망에 나는 격렬한 신음 소리를 내뱉었다. 하지만 아무 일도 일어나지 않았다. 열정을 되살릴 계기를 마련하기는커녕 제대로 시작도 못 해본 셈이었다. 내 눈은 붉게 충혈되고, 입 안에는 그녀의 머리칼이 가득했다. 하지만 나는 나 자신을 온전히 내던질 수가 없었다. 나는 주위의 모든 것에 신경을 쓰고 있었다. 냉장고의 윙윙거리는 소음과 조명 그리고 켜놓고 온 욕실의 환풍기 소리가 들려왔다. 그러나 무엇보다 그녀의 몸 속으로 들어간 내 살덩어리가 내는 소리는 정말이지 끔찍했다. 이탈리아는 없었다. 그녀의 육체는 텅 비어 있었다. 나는 그녀의 몸 안에서, 죽어버린 사랑의 무게로 존재하고 있었다. 그 섹스는 바로 우리의 장례식이었다. 나는 땀에 젖은 채 그녀의 몸을 짓누르고 있었다. 그녀는 더이상 나를 원하지 않았다. 이젠 그 어떤 것도 원하지 않았다. 그녀의 육체는 저물어가는 여로(旅路)였다. 안젤라, 그때 나는 모든 것을 잃었다는 사실을 깨달았다. 왜냐하면 내가 원하는 모든 것이 내 품 안에서 생명을 잃었기 때문이다. 나는 그녀의 몸 위에서 일어나며 그녀의 얼굴을 찾았다. 그녀의 두 눈은 좁은 해협에 떠도는 물고기처럼 눈물을 머금은 채로 움직이고 있었다. 그녀는 울고 있었다. 그것은 우리가 호텔방으로 들어왔을 때부터 그녀가 하고 싶어한 유일한 일이었다. 시들해진 내 성기는 밤거리를 건너는 생쥐처럼 더욱 빨리 움츠러들었다.

그녀의 흐느낌이 잠잠해질 때까지 나는 아무 말 없이 그녀 옆에 누워 있었다. 천장에는 새하얀 유리로 된 달걀 모양의 등이 매달려 있었다. 그것은 무심히 우리를 내려다보는 눈먼 눈동자처럼 보였다.

—아이에 대한 생각을 떨쳐버릴 수가 없는 거지, 그렇지?

열려 있던 창문 사이로 바람이 불어왔다. 차가운 공기가 우리의 벌거벗은 몸을 훑고 지나가 살을 에는 듯했지만 그녀와 난 움직이지 않고 그대로 누워 있었다. 잠시 후 이탈리아가 일어나 창문을 닫고는 욕실로 들어갔다.


나는 그녀가 한 손으로 가슴을 가리고 벌거벗은 채 지나가는 것을 바라봤다. 그러고는 아직 그녀의 온기가 남아 있는 침대 시트에 팔을 올려놓았다. 그렇게 우리 사이는 낯선 호텔방에서 끝났다고 생각했다. 수많은 상념들이 그 주름진 시트 위로 쏟아져내렸다. 나는 젊을 때부터 언제나 같은 매춘부와 관계를 맺어온 한 친구를 떠올렸다. 섹스를 하는 동안 그 여자는 언제나 죽은 척을 했다. 친구가 그러길 원했기 때문이었다. 나는 내가 알고 지냈던 많은 남자들을 생각했다. 살아 있을 때 섹스에 몰입하던 그들도 지금은 다른 사람들처럼 저세상 사람이 되어 있었다. 그러자 자연스럽게 아버지가 생각났다. 아버지는 어떤 여자하고 나 관계를 맺었고 매우 은밀하게 그녀들과의 관계를 이어나갔다. 이미 오래전부터 어머니와 별거해오셨던 터라 굳이 숨겨야 할 이유가 없었는데도 말이다. 그렇지만 아버지는 그 일들을 비밀스럽게 간직하고 싶어했다. 아버지는 유난히 이상한 분위기를 지닌 외로운 여자들을 선택했다. 대부분 중년의 나이에 이렇다할 매력도 없는데다 생기 없이 창백한 외모의 여자들이었다. 그러나 어쩌면 그들은 비밀스런 유혹의 눈빛을 감추고 있었는지도 모르겠다.

그 여자들 중엔 재개봉 극장의 매표원도 있었다. 그녀는 염색한 머리에 독수리처럼 생긴 얼굴이었고, 단단한 브래지어로 꽉 조인 가슴을 드러내고 있었다. 나는 그녀를 딱 한 번 본 적이 있었다. 아버지는 유리문을 사이에 두고 극장과 통해 있는 바에 날 데려갔었다. 유리문 너머로 한 여자가 보였고 나는 아버지가 그 여자를 은밀한 눈길로 계속 바라보는 것을 눈치 챌 수 있었다. 늙은 사티로스* 같은 아버지의 짙은 눈썹 밑에선 어린아이처럼 들뜬 눈빛이 보였다. 이전에는 결코 보지 못했던 눈빛이었다. 한편엔 아들을 그리고 다른 한편엔 연인을 두고 앉아 있는 아버지의 모습은 행복해 보였다. 어쩌면 그녀가 나를 만나게 해달라고 부탁했었는지도 모른다. 하지만 난 아무렇지 않은 듯 행동했다. 나중에야 그녀의 이름이 마리아 테레사라는 것과 이미 장애인과 결혼했지만 아이는 없다는 사실을 알게 되었다. 그녀와 아버지는 소시지를 파는 식품점 뒤쪽에 있는 작은 식당에 자주 식사를 하러 가곤 했었다. 그녀는 그린소스가 곁들여진 소 혓바닥 요리를 좋아했다. 그녀에 대해서는 그이상 아는 것이 없었다. 하지만 지금 내 손이 놓여 있는 침대 시트 위로는 마치 영화 스크린처럼 그 두 사람의 영상이 펼쳐졌다. 그녀는 옷을 벗고 손목시계를 풀어 침대 옆 낡은 대리석 탁자에 올려놓는다. 아버지는 그 옆에서 바지를 벗어 옷걸이에 걸어놓고 있다. 그녀의 목 뒤에서는 쌉싸래한 향수 냄새가 난다. 조금 전까지 소 혀 요리를 먹었던 식당에서 얼마 떨어지지 않은 골목 안에 있는 여관이었다. 마침내 아버지와 비탄에 잠긴 표정의 매표원은 정사를 벌이기 시작한다. 그 뒤 두 사람은 어떻게 됐을까? 아버지와 그 여자 또한 우리처럼 좁은 계단을 따라 올라간 허름한 여관에 격정의 흔적과 온기들을 남겨놓았을까? 같은 층

---

* 그리스 신화에 등장하는 반인반수의 숲의 신. 술과 여자를 몹시 좋아함.

의 다른 방문들이 여닫힐 때마다 문 아래 틈으로 바람이 스며드는 그 허름한 여관에서 말이다. 아버지는 매표원 여자가 욕실에 간 사이 담배를 피운다. 그 여자는 땀에 젖은 겨드랑이를 씻고, 입술을 오므렸다가 립스틱을 바른 다음 자기 집에서처럼 불을 끄고 나온다. 두 사람이 떠난 그곳에 객실 청소부가 들어와 창문을 열고 시트를 벗겨 바닥에 내던진다. 그녀는 세제통과 둥글게 만 시트를 팔에 안고서 그곳을 떠난다. 조금 후 또다른 여자가 그 방 안에 들어온다. 속옷 차림의 그 여자는 특유의 체취를 풍기며 어떤 남자 곁에서 옷을 벗기 시작한다. 그녀 역시 남자와 뜨거운 정사를 벌이며 자신의 몸 속 깊은 곳을 내어준다. 티모테오, 넌 언제나 아버지가 너보다 더 큰 성기를 가졌는지 궁금해했지. 한 번도 아버지의 성기를 본 적은 없었지만 마음속으로 이미 어떨 거라는 상상은 하고 있었어. 하지만 몇 달 전 돌아가신 아버지와 함께 나의 궁금증도 영원히 묻혀버리고 말았다. 관에 들어간 아버지는 솜으로 코를 틀어막은 채 어두운 얼굴로 누워 계셨다. 그런 아버지의 손에는 꽃한 송이가 들려 있었다. 누가 아버지의 손에 꽃을 들려주었을까? 혹시 그 매표원이었을까? 아냐, 그럴 리가 없어. 그녀는 장례식에도 오지 않았다. 그것은 오래전 이야기였다. 아마도 두 사람은 오래전에 헤어졌을 것이고, 그 여자는 또다른 누군가와 그린소스를 곁들인 소 혓바닥 요리를 먹으러 다녔을 것이다. 아니면 이미 그녀도 저세상 사람이 되었을지 모를 일이다. 이탈리아는 욕실로 들어갔고 난 그녀의 온기가 아직 남아있는 시트를 어루만지고 있었다. 영화는 끝났다. 스크린은 다시 하얗고 주름진 침대 시트로 돌아왔다. 그리고 티모테오, 넌 이제 곧 눈물을 흘리겠지. 죽음을 맞이한 모든 연인들을 위해, 그리고 너와 네 아버지의 연인처럼 거울 앞에 서 있는 그녀를 위해. 너와 그녀가 욕실에서 자리를 맞바꾸게 될 때, 넌 울음을 터뜨리고 말겠지. 왜냐하면 그녀와 넌 다른 모든 것들처럼 이미 지나간 과거에 불과할 테니까. 이제 서로 멀리 떨어져 살아갈 거고 또 그렇게 죽어가겠지. 세상 누구도 너희 두 사람이 얼마나 가까운 관계였는지, 그리고 여기까지 달려온 삶이 어떠했는지 알지 못할 것이다. 그녀의 온기가 조금씩 사라져가는 이 자리에 팔을 올려놓고 있는 이 순간이 무엇을 의미하는지 결코 알지 못하겠지. 우리는 인생이라는 공허한 스크린 위에 반복 재생된 비루한 육체들이었다, 안젤라. 어쩌면 우리의 에너지는 또다른 세계를 키워왔을지 모른다. 불안해하고 고통스러워할 필요가 없는 완벽한 세계를 말이야.

어쩌면 우리는 여객선 기관실에서 땀을 뻘뻘 흘리며 석탄을 삽으로 퍼내는 흑인 선원들 같은 존재였는지도 모르겠다. 별빛이 반짝이는 아름다운 바다 위, 갑판에선 한 쌍의 연인이 달콤한 사랑의 춤을 추었겠지. 우리보다 덜 불완전한 누군가가 우리의 꿈들을 한데 모을 거야. 우리는 더러운 일을 하고 있었던 것뿐이지.

나는 물을 틀어놓은 채 욕조 속에 누워 있었다. 나의 성기는 축 늘어져 물 속에서 천천히 움직였다. 잠시 후 두 손으로 머리를 감싸고 변기 앞에 수그린 채 울었다. 곧 객실 청소부가 들어와 침대 시트들을 바닥으로 집어던질 것이다. 한 장의 시트 위엔 이탈리아가 흘린 눈물 자국이 축축하게 얼룩져 있었다. 나는 그 위에 가만히 키스했었다.

호텔방을 나오면서 나는 불을 끄려고 팔을 뻗었지만 이내 머뭇거렸다. 이탈리아는 뒤를 돌아보고는 서서히 닫히고 있는 어둠의 늪을 마지막으로 바라보고 있었다. 우리는 그 순간 같은 생각을 하고 있었다. '괜한 짓이었어. 어차피 이렇게 엇갈린 운명이었는데!'

수술은 큰 탈 없이 진행되고 있었다. 흡입기는 너의 머리에서 피를 뽑아냈고, 호스는 이내 검붉은 피로 가득 차올랐다. 의사들은 네게 식염수를 주입하고 있었다.

언제부터인가 만리오는 내 앞에 앉아 있었다. 그는 나를 부둥켜안고 울먹였지만 끝내 눈물은 흐르지 않았다. 그는 휴대 전화에 매달려 공항에 있는 누군가에게 정신없이 화를 내고 있었다. 네 엄마가 탄 비행기가 연착되었는데 만리오는 정확한 도착 시간을 알아야겠다고 고집을 피웠고, 그러다 결국 언쟁이 시작되고 말았다. 공항 직원과의 싸움은 따지고 보면 그리 대단한 일이 아니었다. 그것은 단지 나와의 유대감을 표현하는 그의 방식이었을 뿐이다. 그는 아직도 뜨겁게 달아 있는 휴대 전화를 내려놓지 않았고, 끝장을 내기라도 하려는 듯 물러설 줄 몰랐다. 누가 받을지는 모르지만 다시 전화를 걸어 항의하고 싶은 눈치였다. 그는 이 무거운 침묵 속에 나와 단둘이 남아 있는 것을 불안해했다. 알다시피 그는 시가를 태우듯 인생을 불태우는 데 익숙한 사람이라 더욱 그랬을 것이다. 그는 흥분이 가시지 않은 얼굴을 아래로 향한 채 씩씩거리며 앉아 있었다. 내 인생에서 가장 비극적인 날에 만리오는 자신의 가장 친한 친구와 함께 감옥 안에 갇히고 만 것이다. 나는 덤덤한 시선으로 그를 쳐다보며 언젠가 어느 벽에서 본 금언을 떠올렸다. '수면이 잔잔하지 않으면 어떻게 물 속을 들여다볼 수 있겠는가?'

─미안해. 밤비에게 전화를 해야겠어.

그는 창가로 가더니 등을 돌리고 서서 전화로 불평을 늘어놓았다. 그러면서 되도록 말소리가 들리지 않게 신경 썼다. 나는 뒤돌아 서 있는 그의 엉덩이를 보고 있었다. 지난달에 쉰일곱 살이 된 그의 몸은 정말이지 뚱뚱했다.

그는 목소리를 가다듬고는 어느새 톤까지 바꾸었다. 그는 네가 멍청이들이라고 부르는 쌍둥이 자매와 통화를 하고 있었다. 그의 딸들은 금발에 얼굴도 아주 예뻤지만 조금도 호감이 가지 않는 아이들이었다. 그 아이들은 아빠인 만리오를 전혀 닮지 않았다. 그는 검은 머리에 건장한 체격을 지녔고, 말할 나위 없이 친근한 사람이었다. 만리오의 꼬맹이들은 만리오의 아내 밤비를 닮았다. 그 베네토 출신의 여인은 모델처럼 마르고 가녀린 몸에 거칠고 완고한 농부의 심성을 지니고 있었다. 그녀는 만리오를 졸라 결국 도시를 떠나 말과 사슴 그리고 올리브나무가 있는 전원으로 이사했다. 그곳에 있는 외양간 앞에서 카우걸 복장을 한 그녀는 체크무늬 스커트에 수가 놓인 셔츠를 입은 딸들과 함께 전원생활을 다루는 잡지에 실을 사진들을 찍었다. 그들 가족은 신선한 올리브 기름을 짜서 작은 병에 담아 미국에 수출했고, 그것으로 많은 돈을 벌어들였다. 그의 아내 밤비는 까다롭게 고른 유기농 식품만 고집했다. 반면 만리오는 도시의 소란스러운 식당에서 파는 튀긴 음식에 열광했다. 그러다 밤이 되면 말린 라벤더 다발과 옥수수 대로 꾸민 시골집으로 돌아가기 위해 전속력으로 고속도로를 질주했다. 그는 전원과 그곳의 고요함을 극도로 싫어했다. 물론 집에는 모서리를 없앤 방수로와 건축가의 손길이 닿은 듯한 아름다운 바위들로 둘러싸인 수영장까지 갖추어놓았다. 하지만 그는 수영장에 관해서도 불만이 많았다. 특히 수영장 바닥에서 나는 기계 소음에 화가 나 있었다. 그는 자신의 젊은 아내처럼 타협할 줄 모르는 성격이었다. 결국 그는 꼭두각시 인형처럼 유순했던 마르틴과 이혼한 것을 후회했다. 그래서 매번 세미나를 핑계 삼아 그녀가 있는 제네바로 날아갔고, 그 횟수도 점점 늘었다. 그녀는 제네바에서 골동품 가게를 운영하며 자신을 닮은 작은 조형물들을 팔고 있었다. 만리오는 그녀를 만나러 가게로 찾아가곤 했다. 그녀는 혼자였고 노쇠했지만 예전보다 훨씬 더 행복했다. 그는 수표를 꺼내 가게 안의 물건들을 모조리 사려 했다.

—당신을 도와주고 싶어.

하지만 그녀는 미소를 지으며 그가 보는 앞에서 수표를 찢어버렸다.

—고맙지만 사양하겠어요, 만리오!

그녀가 그의 이름을 발음하며 마지막 단어에 넣는 악센트는 그를 미치도록 행복하게 만들었다. 그러나 어쩌면 바로 그 악센트 때문에 비행기를 타고 돌아오는 그 이국 하늘 한가운데서 그는 눈을 안대로 가리고 눈물을 흘렸을지 모른다.


—공항으로 엘사를 마중 나가야겠네. 나중에 보자고.

나는 문을 두드리는 대신 껌에 붙어 있는 열쇠를 떼어내 안으로 들어 갔다. 이탈리아는 개와 함께 침대에 누워 있었다. 눈먼 개는 인기척을 듣자마자 고개를 들었지만 그녀는 죽은 듯이 아무런 반응도 보이지 않 았다. 이탈리아는 다리를 오므린 채 멍한 얼굴로 누워 있었다.

─아, 당신이군요.

그녀가 말했다.

부엌에는 먹을 것이 다 떨어지고 없었다. 나는 나가서 장을 조금 봐 왔다. 돌아와서 맨 먼저 크레발코레의 밥그릇을 씻은 뒤 사료를 채워주 었다. 전에 내가 그녀에게 선물했던 전기난로는 그날도 역시 꺼져 있었 다. 나는 조금이라도 햇빛을 들이려고 창문을 열었다. 집 안은 병실처 럼 퀴퀴한 냄새로 가득 차 있었다. 나는 마음이 내키지 않았는데도 피 곤한 몸을 이끌고 그녀를 찾아왔다. 도무지 어디로 가야 할지 몰랐기 때문이다.

그녀는 가구들의 위치를 바꾸었다. 테이블은 벽난로 옆으로 옮겨놓았고, 그 자리에는 소파를 갖다놓았다. 작은 소품들과 장신구들도 모양을 바꾸어 다시 정리했다. 나름대로 새로운 장식을 하려 했지만 그녀는 해야 할 일을 자주 깜박 잊곤 했다. 그녀는 잃어버린 뭔가를 찾느라 많은 시간을 보냈다. 눈먼 개는 자기 자리를 찾지 못하겠는지 어쩔 줄 몰라하며 그녀 옆에만 붙어 있으려 했다. 그녀의 이런 행동들은 갑작스러운 것이었다. 그녀는 사다리에 올라 창문 유리와 램프까지 윤이 나도록 닦고 있었다. 그녀는 온 집 안을 청소하느라 여념이 없었지만, 주위에는 별다른 신경을 쓰지 않았다. 테이블 위에는 물기를 머금은 스펀지가 그대로 남아 있었고, 빗자루는 되는대로 의자에 걸쳐져 있었다. 그녀는 그렇게 혼자서 청소를 해나갔다. 완벽하리만치 아름다운 눈화장을 하고 머리를 단정하게 묶고 있었지만 넋이 나간 듯 어딘가 멍해 보였다. 화장실에 다녀온 그녀의 한쪽 치맛자락이 팬티스타킹 안으로 딸려 올라가 접혀 있었다. 나는 그녀에게 다가가 마치 어린아이를 다루듯 치맛자락을 아래로 내려주었다. 그러면서 자연스럽게 그녀의 몸을 만졌고, 그녀에게서 풍기는 체취를 맡았다. 그 순간은 내게 너무나 가혹했다. 나는 석유를 뿌려 그녀의 빗자루며 침대며 장님 개 할 것 없이 전부 다 불태우고 싶은 심정이었다. 검은 연기가 솟아오르면 모든 것은 사라질 것이다.

차라리 그녀가 거칠게 저항하거나 분노를 이기지 못해 식음을 전폐하고, 복수심에 내 얼굴을 할퀴려고 손톱이라도 기르기를 바랐다. 그토록 비참하게 버림받은 가련한 존재를 뒤에 남겨두고 떠나야 한다는 생각은 섬뜩할 정도로 무서웠다. 지금 또다른 곳에서는 엘사의 배가 서서히 불러오고 있었다. 어느 날 생각지 않은 시간에 전화벨이 끊임없이 울렸다. 엘사가 수화기를 들었지만 전화를 건 사람은 아무런 말이 없었다. 나는 전화한 사람이 이탈리아라는 걸 알고 있었다. 그래서 그녀가 무슨 말이라도 해주었으면 했다. 욕이든 저주를 퍼붓는 고함 소리든 상관없었다. 네 엄마는 수화기를 내려놓고 다시 평온한 모습으로 배 위에 손을 올려놓았다. 잠시 후 다시 전화벨이 울렸다.

—내가 받을게.

이번에도 역시 아무 말이 없었다. 그래서 내가 먼저 말을 꺼냈다.

—이탈리아 맞지? 무슨 일 생긴 거야?

나는 다시 네 엄마 곁으로 돌아와 출산을 기다리는 엄마의 손에 내 손을 포개었다. 앞으로도 영원히 그렇게 살아갈 수 있을 것만 같았다. 아마 지금 난 미쳐가고 있는 걸 거야. 어쩌면 무조건적이고 절대적인 이 애정과 배려가 바로 내가 미쳤다는 증거일 거야.


그날 이후, 어느 밤에 나는 그녀를 찾아갔다. 그녀는 술 냄새를 풍겼고 세수조차 하지 않은 채였다. 머리카락은 부스스했고 아무렇게나 가운을 걸치고 있긴 했지만, 마침내 예전 그녀의 모습으로 돌아온 듯했다. 검게 그림자가 드리운 그녀의 눈에선 흐릿하고 어두운 빛이 사라져 있었다. 그녀는 내게 섹스를 요구했다. 나는 깊고 검은 눈빛 저편에서 그녀가 절실히 원하고 있다는 것을 느꼈다.

—당신만 좋다면……

나는 손을 오므리며 작은 제스처를 해보였다. 그것은 섹스를 의미하는 저속한 몸짓이었다.

그날 나는 턱시도 차림이었다. 어느 예식에 참석하고 돌아오는 길에 그녀에게 들른 것이었다. 그래서 갑작스런 그녀의 요구에 조금 당황했다. 나는 매고 있던 나비넥타이를 느슨하게 풀었다. 입 안에서 여러 종류의 음식들이 남긴 뒷맛과 함께 심한 갈증이 느껴졌다. 그녀는 원숭이 포스터 아래 기대어 있었다.

─예전처럼.

그녀가 말했다.

그러고는 가운을 펼쳤다. 그녀는 팬티조차 입지 않고 티셔츠 한 장만 걸친 채 서 있었다. 하지만 내 눈에 띈 건 그녀가 입고 있던 티셔츠였다. 납유리 꽃이 비스듬히 그려진 티셔츠는 한눈에 봐도 알 수 있었다. 지난여름 그 뜨겁던 오후, 격정을 이기지 못한 내가 찢었던 바로 그 티셔츠였다. 그 기억도 이제는 꽤 오래전의 일 같았다. 하지만 그 옷은 여전히 음란하게 빛나며 내 눈 앞에서 어른거렸다. 그녀는 한쪽 팔을 올려 벽에 기댔다.

─도와줘요……

그녀는 낮은 목소리로 속삭였다.

─도와줘요, 티모……

그녀는 불량소녀처럼 혼잣말을 되뇌며 웃고 있었다. 잠시 후 꿈에서 깨어나 현실로 돌아온 듯 그녀는 평소의 목소리로 말했다.

─부탁이에요. 나를 죽여줘요. 제발 나를 죽여줘요.

나는 훤히 드러난 그녀의 음부를 쳐다봤다. 그러고는 가운 자락을 끌어당겨 여며주었다.

─이러다 감기 걸리겠어.

나는 물을 마시러 부엌으로 갔다. 수도꼭지를 틀고는 입을 대고 곧바로 쏟아지는 물을 마셨다. 수돗물은 얼음이 녹은 것처럼 시원했다. 다시 거실로 돌아와보니 그녀는 손으로 머리를 감싸고 벽난로 속에 들어가 웅크리고 있었다. 마치 발작을 진정시키려고 하는 것처럼 보였다. 알코올이 몸 속에 퍼지기 시작하는 모양이었다.

─불 좀 꺼주세요.

그녀가 말했다.

―뭘 마신 거야?

―염산이요.

그녀는 다시 웃었지만, 구토를 하지는 않았다. 하지만 계속 머리를 감싸쥔 채 말했다.

―당신에게 말했던 그 노점상 기억나요? 시장에서 옷을 팔던 남자 말이에요. 그 사람, 우리 아버지예요. 난 아버지와 그짓을 한 거라고요.

―맙소사! 경찰에 신고했어?

―왜요? 그 사람은 괴물이 아니에요. 단지 올리브랑 돌도 구별할 줄 모르는 불쌍한 사람일 뿐이라고요.

그녀는 고개를 내저으며 헛구역질을 참느라 힘겨워하고 있었다. 술기운은 폭풍처럼 그녀를 휩쓸고 지나갔다. 얼마 지나지 않아 이탈리아는 다시 평온해졌다.

―차라리 잘된 일이에요. 결코 난 좋은 엄마가 될 수 없을 테니까요.

나는 당장 그 어두운 동굴 같은 벽난로 속에서 그녀를 꺼내고 싶었다. 그녀는 나와 너무 멀리 떨어져 있었다. 그녀는 하필 우리가 이별하려는 그 순간에 자기 삶의 아픈 비밀을 털어놓았다. 이제 그 누구에게도 그런 얘기를 할 수 없으리란 걸 그녀 자신도 잘 알고 있었다. 그녀는 용기를 내려고 술을 마셨던 것이다. 그래서 내가 떠날 수 있게 도와주려 했다. 나는 그녀에게 다가가 이마를 어루만져주었다. 하지만 우리의 육체 사이에서는 미묘한 거리감이 느껴졌다. 나의 일부는 이미 위험과는 상관없는 안전한 곳에 있었고, 그것은 분명 그녀의 부패한 사랑과는 거리가 멀었다. '내가 사랑했던 사람이 정말 너였을까? 아니면 차라리 운명을 기대했었고 지금도 그것을 열망하는 사랑이라고 해야 할까? 난 다시 내가 있던 세상으로 돌아가겠어. 마치 아픈 잇몸 때문에 흔들리는 이처럼 내 마음이 그리움으로 요동친다 해도 크게 신경 쓰지 않겠어.

누구나 그런 과거를 안고 살아가니까. 지금 네가 내게 뭘 가르쳐주고 있는지 알겠어. 죄인들은 그 대가를 치르게 마련이라는 걸 너는 내게 가르쳐주고 있는 거야. 글쎄, 모두에게 해당되는 이야기는 아니겠지만 적어도 우리에겐 그랬어. 왜냐면 너와 나, 우리 두 사람 모두 그 어린 생명을 잔인하게 살해했으니까 말이야.

나는 담배를 피우지 않으니 그곳에선 내 입술 자국이 남은 담배꽁초 조차 찾아볼 수 없을 것이다. 그 집에는 내가 머물렀다는 것을 증명할 만한 흔적들이 아무것도 없었다. 다만 보이지 않는 흔적이 이탈리아의 몸 안에 남아 있을 뿐이었다. 언젠가 그녀는 내 발톱을 잘라주었고, 그 것들을 버리지 않고 보석을 담는 데 쓰는 벨벳 주머니에 넣어두었다. 내가 그녀에게 남긴 것이라곤 그 잘린 발톱이 전부였다.

　사랑하는 안젤라, 나는 네 머리카락 향기뿐만 아니라 한 해 두 해 지날 때마다 네가 집으로 끌고 들어오던 바깥세상의 모든 냄새들을 기억하고 있단다. 한동안 네게선 손에 밴 땀 냄새와 사인펜 냄새뿐만 아니라 가지고 놀던 플라스틱 인형 냄새까지 풍겼었지. 그 다음엔 학교의 좁은 복도에서 나는 냄새라든가 공원의 수풀 냄새 그리고 도시의 스모그 냄새가 전해졌지. 요즘엔 토요일 밤이면 네가 자주 들르던 클럽과 그곳에서 들었던 음악의 향기들을 맡을 수 있었단다. 네가 마음에 들어하던 사내아이의 냄새가 나기도 했지. 그 냄새들을 맡으며 나는 그 속에서 네가 느꼈을 행복과 너를 스쳐가는 구름 한 점을 상상할 수 있었다. 왜냐하면 행복은 슬픔과 마찬가지로 고유한 냄새를 지니고 있기 때문이지. 이탈리아는 내게 침묵을 지키는 법, 순간순간을 놓치지 않는 법을 가르쳐주었다. 그리고 그녀는 눈에 보이지 않는 냄새들을 맡을 수 있게 해주었다. 가만히 멈춰 서서 눈을 감고 향기를 깊이 들이마시면 수없이 많은 존재들 속에 흩어져 있던 단 하나의 향기가 형체를 드러내며 다가왔다. 그것은 영혼의 무리 속에서 피어오른 작은 연기였다. 그 오랜 세월 동안 나는 그녀의 냄새를 뒤쫓았다. 얼마나 오랫동안 영혼의 그림자를 뒤따라 수많은 골목길과 계단을 헤매며 서성였는지 모른다. 그녀는 수많은 향기들 속에 머물러 있었다. 지금 이 무균실에서도 내 손 냄새를 맡거나 손바닥으로 코를 문지른다면 나는 그녀의 냄새를 찾을 수 있을 것이다. 그녀는 내 핏속에 녹아 흐르고 있으니까. 그녀의 눈 동자는 어두운 밤 악어의 눈빛처럼 반짝이며 내 혈관 속을 부유하고 있으니까.

그녀와 헤어진 직후에는 생각보다 힘들지 않았다. 물론 나는 상처를 입은 것처럼 보였다. 눈에 띄게 수척해졌고 기력 또한 쇠잔해졌다. 하지만 나는 삶의 활력을 되찾고 있었다. 비로소 나 자신을 돌보기 시작했고, 좋은 음식으로 되도록 규칙적인 식사를 하려고 노력했다. 마음의 상처는 시간이 해결해주리라 생각했다. 그리고 어느 날, 나는 새로운 의욕을 느끼기 시작했다. 사람들이 이사 후에 갖게 마련인 새로운 각오와 같은 것이었다. 그것은 상자 안에 담긴 책들을 꺼내고, 가구들을 새로운 위치에 놓고서 서랍들을 다시 채운 다음, 유효기간이 지난 약이나 먹다 남긴 술병들 그리고 낡은 빗자루처럼 불필요해진 물건들을 던져버릴 때 느끼는 심정이었다. 나는 헬스클럽에도 등록했다. 저녁이면 병원에서 퇴근해 곧바로 헬스클럽으로 향했고, 환기도 잘 되지 않는 그곳에서 운동 기구와 씨름하며 땀을 흘렸다. 사이클을 타며 땀을 쏟다 보면 마음속에 남아 있는 찌꺼기들이 말끔히 사라질 거라는 확신이 들었다. 나는 있는 힘을 다해 페달을 밟았다. 힘차게 페달을 밟으며 계기판에 나타나는 가상의 언덕을 오르려고 애썼다. 고개를 숙이고 눈을 감은 채 전신의 근육 하나하나를 채찍질했다. 운동을 끝내고 집에 돌아오면 땀에 젖은 옷들을 가방에서 꺼내 세탁기 옆 바닥에 던져두었다. 그러면 나는 거짓들이 판치는 세상에 더 잘 맞설 준비를 마친 듯한 기분이 들었다. 그러는 동안 네 엄마의 배는 점점 불러왔고, 창밖 나뭇가지 사이로는 거리를 치장한 크리스마스 장식물들의 불빛이 반짝였다. 그러던 어느 날 저녁, 감당하기 힘들 정도로 강력한 파도가 내 속을 휩쓸었다. 칠흑같이 어두운 우울함의 파도가 재앙처럼 내게 달려들고 만 것이다. 어느새 삶은 내 어깨 위로 추락하고 말았다. 살아남기 위해선 허공 속에서 페달을 돌리는 것만으로는 부족했다. 아무리 애를 써도 고통은 떨어져나가지 않았고, 바퀴 없는 사이클처럼 꼼짝하지 않은 채 머물러 있었다.

그날 저녁 나는 그녀에게 전화를 걸었다. 거실에서는 늘 방문하는 친구들이 게임을 즐기고 있었다. 처음에는 자못 진지하게 시작하더니 점점 분위기가 떠들썩해졌다. 나는 거실을 빠져나와 급히 내 방으로 들어가 그녀의 전화번호를 눌렀다. 하지만 끝자리 번호가 생각나지 않아서 잠시 멈추어야 했다. 나는 숨이 막힐 듯 불안해졌다. 전화번호가 머릿속에 떠오를 때까지 가슴에 수화기를 대고 깊은 숨을 몰아쉬었다.

―여보세요?

나는 바로 여보세요, 라고 할 수 없었다.

―여보세요……

그녀의 목소리는 작아졌고 사그라질 듯했다. 그 짧은 순간에 그녀는 전화한 사람이 나라는 걸 짐작했을 것이다.

―뭐 하고 있었어?

그녀와 연락을 끊은 지도 거의 한 달이 다 되어가고 있었다.

―외출하려던 중이었어요.

―누구하고?

그녀에게 그런 걸 물어볼 권리는 없었다. 이내 밀려든 자책감에 나는 고개를 내저었다. 비록 인상은 찡그리고 있었지만 목소리만큼은 밝게 내려고 노력했다.

—남자친구 생겼어?

그녀는 목소리 톤도 바꾸지 않고 대답했다.

—우린 지금 술 마시러 나갈 거예요.

우리라고? 너와 또 누구를 말하는 거지? 이런 싸구려 매춘부 같으니! 넌 벌써 아무렇지 않아졌구나! 그 순간 웃음은 사라지고 내 목소리는 어색하고 냉랭해졌다. 하지만 나는 끝까지 친절하게 굴었다.

—그럼, 좋은 시간 보내……

—고마워요.

그러나 바로 그때 내가 느끼고 싶어했던 그 그리움과 고통의 욕망이 떠오르고 있었다.

—이탈리아?

—네?

안젤라, 그 순간 네, 라고 대답하는 그녀의 목소리는 조금 달라져 있었다. 난 그녀에게 우리가 헤어진 이후로 두 번이나 심전도 검사를 받았다고 말하고 싶었다. 실제로 나는 얼마 전에 심장내과에 가서 동료 의사에게 검사를 부탁했었다.

—요즘 운동을 많이 하고 있다네.

난 그에게 변명처럼 말했었다. 어서 그녀에게 사랑한다고, 그녀와 멀리 떨어져 죽는다는 것이 두렵기만 하다고 말하고 싶었다.

—건강 조심해.

내가 말했다.

—당신도요.

어쩌면 그녀는 가련하게 버려진 자신을 추슬러서 우리가 만났던 그 술집으로 돌아가 처음부터 다시 시작했을지 모른다. 그곳에서 또다른 한 남자가 그녀에게 뭔가를 물으며 접근했을 것이다. 그녀는 자신의 모습이 투영된 시선이라면 얼마든지 스스로를 내던지는 데 익숙해져 있었다. 편안함만 느낄 수 있다면 그 누구의 품 안에라도 안기고 말았을 것이다. 결국 그녀는 자신이 어떤 사람인지 그리고 얼마나 소중한 존재인지 모른 채 자신의 슬픔을 지나쳐버리는 어떤 바보의 품으로 뛰어들었을 것이다. 그녀는 다시 한 번 자신의 존재를 확인하기 위해 낯선 남자와 정사를 벌였을 것이다. 그러고는 쿠션에 얼굴을 묻고 남자가 보지 못하는 사이 눈물을 흘렸을 것이다. 그런 그녀의 모습이 생생하게 그려졌다.


그즈음 엘사와 나는 너의 성별을 알게 되었다. 초음파로 본 너는 다리를 앞으로 구부리고 움츠린 채로 잠들어 있었다. 만리오는 초음파를 통해 너의 상태를 살피더니 엘사를 돌아보며 말했다.

—여자아이군요.

네 엄마는 내게로 고개를 돌렸다.

—여자아이래요.

돌아오는 차 안에서 엘사는 아무 말도 하지 않았지만, 입가에는 미소가 가득했다. 나는 그녀가 딸을 원했다는 걸 알고 있었다. 차가 달리는 동안 그녀는 앞으로 다가올 꿈 같은 미래를 상상하고 있었다. 네가 자라면서 치르게 될 떠들썩한 사건들과 파티들을 말이다. 그때 네 엄마는 우윳빛 망토를 두르고 있었다. 나는 당당한 백조 옆에서 물이 말라버린 연못 속을 뒤뚱거리는 불쌍한 오리가 된 기분이었다. 나는 도로를 메운 차들과 현재의 시간에 생각을 집중하고 내 상념들을 의지할 대상을 찾았다. 이탈리아는 내 상념들이 머무르는 그곳에 나타나 와이퍼와 함께 눈앞을 오가고 있었다. 그녀가 했던 말들을 뚜렷이 기억 위로 떠올랐다. 비록 많은 말을 하지 않았지만, 그녀의 몇 마디 말은 그녀의 마음 속에서, 영혼 속에서, 기나긴 여행을 거친 뒤에 비로소 입 밖으로 흘러나오는 듯했다.

— 남자아이예요. 확실해요.

그 말을 하던 그녀에게선 어떤 당당함이나 자부심도 찾아볼 수 없었다. 그것은 그녀가 느끼는 그대로였고 또 사실이었기 때문이다. 이제야 비로소 나는 그걸 이해할 수 있었다. 그러자 실제로 일어나지 않은 일들이 줄지어 늘어서 있는 어떤 운명의 그림자를 감지할 수 있을 것만 같았다. 그런 생각에 잠겨 있는 동안 나는 아무런 고통도 느끼지 않았다. 이제 나는 아무렇지 않은 듯 매일매일 너와 엄마의 자리에서 한 발 물러선 채 살아갈 수 있을 것이다. 딸들은 엄마의 것, 그 아이들은 엄마 곁에 서서 화장하는 것과 구두 신는 모습을 지켜볼 테지. 그러면 난 인도인 하인처럼 그 앞을 무심히 스쳐 지나며 집 안 한구석으로 조용히 물러나 있을 것이다.

시간은 하루하루 엇비슷한 모습으로 흘러갔지만, 어느새 내 얼굴엔 세월의 흔적들이 쌓이고 있었다. 안젤라, 시간은 그렇게 우리가 알지 못하는 사이에 서서히 변화를 일으키며 사라져간다. 보이지는 않지만 저항할 수 없는 그 움직임이 우리를 점점 마모시키는 게지. 탱탱했던 피부는 사라지고 대신 낡은 옷으로 갈아입은 듯 주름 지고 늘어진 살들이 그 자리를 차지해버린다. 그리고 불현듯, 내 얼굴은 아버지의 얼굴로 바뀌어 있었다. 그건 단지 유전 탓만은 아니었다. 어쩌면 나의 영혼이 내면 깊이 숨겨진 충동적인 욕망을 부채질하고 있었는지도 모른다. 비록 그것이 역겨운 욕망이라 하더라도 나는 떨쳐내지 못했다. 이 크나큰 변화는 더이상 다른 운명의 손길이 미치지 않는 인생의 중반에 이르러 나타났다. 마흔 살의 내 얼굴은 이미 노년의 모습을 가늠케 했다. 그것은 무덤 속까지 지니고 갈 내 마지막 얼굴이었다.

나는 항상 어머니를 닮았다고 믿어왔지만, 12월의 어느 날 아침 자동차 백미러에 비친 내 얼굴은 아버지의 얼굴로 변해 있었다. 그때 느긴 슬픔은 뚜렷한 이유도 없이 미워해왔던 아버지에 대한 내 죄의식과 무거운 마음을 위로해주었다. 왜 그랬는지 모르지만 나는 내가 기억할 수 있는 가장 먼 어린 시절부터 아버지에 대한 미움을 늘 마음속에 지니고 있었다. 나는 안경을 벗고 거울에 더 가까이 다가갔다. 음울한 눈동자 주위에는 보랏빛 그늘이 드리워져 있었고, 안경에 눌린 자국이 선명한 코는 옆으로 더 퍼져 보였다. 코끝은 입술을 향해 늘어졌고, 반대로 입술은 흡사 바다로 흘러들어간 물줄기처럼 더 얇게 오므라들었다. 이제 보니 내 얼굴은 거의 아버지의 모습 그대로였다. 단 하나, 아버지의 음울하고 쓸쓸한 얼굴에 서려 있던 과격하고 저속한 익살만은 닮지 않았다. 아버지의 익살은 당신을 세상에서 가장 독특한 분으로 만들어놓았고, 죽음이 찾아온 후에도 당신 곁을 떠나지 않았다. 삶에 대한 욕구들이 사라져버린 나의 굳은 얼굴은 저세상으로 떠난 아버지의 거칠고 오만한 욕망을 고스란히 간직하고 있었다. 나는 아버지의 초라한 분신이자 탐욕스런 얼굴을 한 슬픈 남자였다.

크리스마스 날 네 외가에 갔던 나는 계속되는 빙고 게임에 싫증이 나 밖으로 나왔다. 조금 후에는 나중에 새로 온 손님들까지 게임에 합세했다. 나는 가지고 있던 카드를 옆 사람에게 주고, 바깥바람을 쐬러 나갔다. 연일 축제 분위기가 계속되던 거리는 한산하기 이를 데 없었고, 상점의 진열장은 굳게 닫혀 있었다. 게다가 날씨마저 좋지 않아 무섭도록 살을 에는 추위가 기승을 부렸다. 나는 가까운 성당으로 피신하듯 들어갔다. 성당 안은 미사가 끝난 후라 텅 비어 있다시피 했다. 하지만 아침 미사 때 성당을 가득 메웠을 신자들의 온기는 여전히 남아 있었다. 나는 측랑을 따라 말구유에 누워 있는 예수의 성상이 있는 벽감 쪽으로 걸어갔다. 작은 성상과 사람 크기만 한 커다란 석고상들이 눈에 띄었다. 긴 성의(聖衣)를 입은 성모 마리아는 아기 예수가 누워 있는 말구유를 변함없이 고요한 눈빛으로 내려다보고 있었다. 나는 경이로운 표정을 하고 있는 별로 아름답지 않은 그 성상들 앞에서 어설프게 무릎을 꿇고 앉았다. 그리고 나 자신의 고통스러우리만치 슬픈 고백 속으로 빠져들었다. 마치 보이지 않는 어떤 존재가 나를 지켜보며 평가를 내리고 있다는 듯 나의 독백은 계속되었다. 물론 그곳에서는 아무 일도 일어나지 않았다. 하느님은 어리석고 우스꽝스런 한 인간에게 귀기울일 만한 여력이 없으실 테니까. 하지만 어쨌든 그러고 나니 어느새 기분은 한결 나아진 느낌이었다.

황금색으로 화려하게 치장되어 있는 어두운 성당 안에 놓인 아기 예수의 성상 위에는 어떤 성스러운 빛도 비치지 않았다. 아기 예수의 광휘는 검은색 철사로 고정돼 있었다. 아마 누군가 다시 붙여놓았는지 석고상의 목 뒤에는 오래되어 노랗게 변한 접착제 자국이 남아 있었다. 안젤라, 어쩌면 이 아빠는 너무도 많은 것들을 보고 있는지 모른다. 믿음을 갖기 위해선 절제의 미덕이 필요했다. 그러나 하늘은 결코 지상의 타락한 것들에 가닿지 못할 것이다. 한 해의 대부분을 성당의 성물실(聖物室) 안 나무 상자 속 지푸라기에 파묻혀 있는 그 가련한 석고상처럼 말이다. 짙푸른 눈동자의 아기 예수는 그곳에서 겨울을 보낸다. 그리고 봄이 오고 여름이 오면 먼지 쌓이고 습기 찬 나무 상자 속으로 돌아갈 것이다. 그리고 아기 예수의 어머니 역시 얼굴이 지푸라기로 잘 싸인 채 그 옆에 누울 것이다. 석고로 만든 성상들은 나처럼 걱정과 불안에 사로잡힌 영혼들을 위해 일 년에 한 번씩 밖으로 나왔다.

나는 진실을 깨우치러 온 예수의 탄생을 마치 무더위를 피해 성당으로 들어온 반바지와 샌들 차림의 관광객처럼 지켜보고 있었다. 양초 냄새와 기도 소리가 울려 퍼지는 그 신성한 장소를 호기심 어린 눈으로 구경하는 관광객처럼 말이다. 그러다가 신도석의 맨 앞줄에 무릎을 꿇고 앉아 기도하던 구부정한 노부인의 탐탁지 않은 시선과 마주치기도 했다. 한쪽에는 성당 기둥 뒤에 숨어 무릎을 꿇고 기도하던 여인이 있었다. 성당에 가면 언제나 그런 여자를 볼 수 있다. 기도하던 여자의 구두는 뒤축이 닳아서 바닥이 훤히 드러나 있었다. 그 모습에서 나는 어머니를 떠올렸다. 어머니는 신앙심이 돈독한 분이었지만, 아버지는 평생 동안 어머니가 신앙 생활을 하지 못하게 막으셨다. 그런 남편과 불화를 일으키지 않으려고, 어머니는 조용히 기도하는 습관을 들이셨다. 책을 읽는 척하시면서 기도문을 외우셨다. 하지만 책장을 넘기는 걸 자주 잊어버리곤 하셨다. 결국 결혼 생활이 파국으로 치달아, 아버지가 집에 들어오지 않는 날이 점점 많아져서야 어머니는 간신히 용기를 되찾으셨다. 어머니는 당신의 인생에서 가장 암울했던 시기에, 그토록 싫어하시던 지역 교구의 현대적인 분위기가 물씬 풍기는 성당으로 달려가시곤 했다. 어머니는 성수가 놓인 성당 입구와 가까운 자리에 무릎을 꿇고 앉아 오가는 사람들의 소리를 들으며 기도를 하셨다. 그래서인지 그곳을 그다지 신성한 곳으로 느끼지 못하셨다. 바닥이 훤히 드러난 그 여자의 구두는 내 어머니의 것처럼 보였다. 무릎을 꿇고 기도하는 그 모습은 지상의 삶과 유리되어 있었다. 이탈리아 역시 신자였다. 침실 벽에는 큼직한 나무 묵주가 걸린 십자가가 매달려 있었다. 그리고 목에는 슬플 때마다 입에 넣고 빨던 작은 은 십자가 목걸이를 걸고 있었다. 그녀는 크리스마스를 어떻게 보냈을까? 식탁 위에는 포장을 벗긴 파네토네*가 놓여 있을 테고, 난방도 되지 않는 어둡고 추운 집에서 그 빵을 썰어 먹었을 것이다. 어쩌면 그녀 역시 대형 매장에서 사온 작은 플라

---

* 이탈리아 북부 지방에서 유래한, 크리스마스 때 먹는 빵의 일종.

스틱 성상을 바라보고 있을지 모른다.

　그후 나는 모든 걸 잊었고, 그러는 동안 삶은 나를 무겁게 짓눌렀다. 이듬해 2월, 나는 외과과장으로 승진했다. 그것은 오래전부터 예상하고 있던 결과였다. 한 병원에서 십칠 년 동안 일한 나로서는 충분히 그럴 만한 자격이 있다고 생각했다. 레지던트를 거쳐 서서히 비중 있는 자리에 올라, 이제 수술 전체를 지휘하는 위치에 서게 되었다. 처음 소식을 들은 엘사는 물론이고, 동료 의사들까지 나를 위해 축하 파티를 마련해주며 함께 기쁨을 나눴다. 과장 승진은 더욱 풍요로운 미래를 보장해주었지만, 그만큼 나의 발목을 붙잡는 것이기도 했다. 그 위치는 많은 것들을 포기하도록 요구했고, 나는 가난한 나라에 가서 어렸을 때 상상했던 의사의 모습으로 살고자 했던 꿈을 영원히 묻어버려야 했다. 마음속에 간직해왔던 그 꿈은 끊임없이 계속된 전율이었고, 내 인생의 소명과도 같은 무게를 지니고 있었다. 그곳은 내가 일하는 부유한 병원과는 거리가 먼, 제대로 운영되지 못하는 탓에 유통 기한이 지난 의약품들과 상자 속에 담겨 녹슬고 있는 장비들로 가득한 곳이었다. 모든 치료는 마취를 한 채 이루어지고, 가장 생기 있는 존재라고는 가끔씩 부엌에 나타나 요리사들을 놀라게 만드는 생쥐뿐인 그런 곳, 나는 그런 곳에서 일하고 싶었다. 안젤라, 우리 모두는 일상을 뛰어넘는 뭔가 다른 세계를 꿈꾼다. 우리는 일상적인 삶이 가져다주는 평온함과 안락함을 누리며 소파에 앉아 또다른 세계를 꿈꾸는 것이다. 그리고 어느 순간, 갑작스럽고 어처구니없는 충동에 휩쓸려 자신이 되고 싶어했던 존재의 실체를 찾아나선다. 하지만 너는 그런 마음을 먹었다가 실패하더라도 다행히 든든한 현실의 보호막에 둘러싸여 상처 하나 입지 않고 지나쳐 갈 수 있겠지.

병원장한테서 축하 인사를 받은 후 혼자 집으로 돌아오는 차 안에서 나는 내게 다가온 변화와 인생에서 일어나는 여러 가지 일들의 흐름에 대해서 생각해봤다. 내게는 승진 역시 인생의 궤적 속에 정확하게 그려진 하나의 표적처럼 느껴졌다. 마치 안식년이나 위험하고 짜릿했던 휴가를 떠올리듯 나는 사랑의 열기에 휩싸여 정신을 잃었던 지난 몇 달 동안의 일들을 회상했다. 그것은 나를 기다리고 있던 이 새로운 의무를 맞이하기 전에 겪은 혼돈 같았다. 어쨌든 나는 다시 강해진 듯한 기분을 느끼기 시작했다. 과거에 어떤 비극적인 일이 있었다 하더라도, 이제는 지나간 여름 풍경처럼 잊혀진 추억일 뿐이었다.

그러는 동안 엄마의 배 속에 있는 너의 움직임은 점점 더 활발해졌다. 네 엄마의 배는 옷 사이로 부풀어올라 배꼽은 흡사 솟아오른 트로피 같았다. 출산까지는 한 달도 채 남지 않았다. 그녀의 숨은 점점 가빠지고 있었다. 그날 밤 저녁식사를 마치고 나서, 난 네 엄마의 배를 부드럽게 마사지해주었다. 그녀는 잠을 제대로 이루지 못했고, 자리에 누울 때면 몸 속의 네가 깨어난 듯해서 신경이 곤두섰다. 밤이면 그녀는 더욱 예민해졌고 말없이 생각에 잠겨 있는 일이 많았다. 마치 네가 곧 나오게 될 그 고치를 지키려고 불침번을 서는 듯했다. 나는 희미한 어둠 속에서 그런 그녀의 모습을 지켜보았다. 혼자 있고 싶어하는 그녀를 도저히 방해할 수가 없었다. 외출할 때면 그녀는 위엄 있지만 어색한 모습으로 내 팔에 기대었고, 나는 진열장 유리에 비친 그녀의 모습을 볼 때면 이루 말할 수 없는 기쁨을 느꼈다. 끝까지 흐트러지지 않는 그녀의 자태가 나를 감동시켰다. 하지만 놀랍도록 달라진 몸을 이끌고도 자존심을 잃지 않으려 애쓰는 모습은 쉽게 이해되지 않았고, 그것은 오히려 자연스럽지 못한 느낌을 주었다. 네 엄마는 혼자서도 잘해낼 수 있다는 것을 내게 보여주고 싶어했다. 그렇게 그녀는 자신의 상태에 비추어 훨씬 더 활력 있고 적극적인 삶을 살아가고 있었다. 임신한 후에도 그녀는 옷차림에 많은 정성을 기울였고, 임부복 가게에는 한 번도 들른 적이 없었다. 피부에서는 아름답게 윤이 났고, 눈빛은 전보다 더욱 맑고 깊었다. 여전히 그녀는 끊임없이 다른 여자들과 경쟁하고 있었다.

그때까지도 우리는 잠자리를 같이했다. 그녀의 욕망은 불편한 육체와는 아무런 상관이 없는 듯했다. 나는 옆에 누워 있는 그녀의 거대하고 풍요로운 몸으로 조심스럽게 다가갔다. 그녀의 변해버린 모습은 나를 왜소하고 서툰 존재로 만들었고, 그래서 나는 조금 힘겨웠다. 그것은 점잖은 섹스였고, 생명을 잉태한 육체에게 전하는 선물 같은 것이었다. 나는 되도록이면 피하고 싶었지만 엘사는 나의 관심을 필요로 했고, 결국은 그녀를 만족시키려 노력해야 했다. 나는 숨 막히도록 북새통을 이룬 파티장 한구석에 지친 몸으로 앉아 있는 손님처럼 그녀와 너 사이에 있는 것이 혼란스러웠다. 그리고 어둠 속에서 우리가 나누고 있는 행위로 생겨난 한 생명의 소리를 들었다. 나는 내 집에서 십오 년 동안 알고 지냈고 지금은 내 아이를 임신한 여인의 다리 사이에 있었다. 곧 우리를 찾아올 손님의 방은 작고 귀여운 곰들이 그려진 벽지로 장식되었고, 그 안엔 벌써 아기 침대가 마련되어 있었다. 어쩌면 나는 어느 때보다도 행복해질 수 있었을지 모른다. 하지만 안젤라, 내 마음은 그렇게 쉽게 행복을 받아들이지 못했다. 이탈리아를 생각하고 있었던 건 아니지만 늘 그녀의 존재를 느꼈다. 늦은 밤, 차례로 등불을 끄며 어둠 속으로 사라져가는 오래된 성채의 늙은 하녀처럼 그녀는 어둡고 음울한 발소리를 내며 내 안에 머물러 있었다.

엘사와 나는 진열장 안이 훤히 들여다보이는 아기용품 상점 안으로 들어갔다. 이층짜리 상점 건물은 우리 말고도 많은 사람들로 붐비고 있었다. 네 엄마는 곧 태어날 너를 위해 옷과 필요한 물건들을 사러 그곳에 가고 싶다고 했다. 오후 여섯시였지만 벌써 어둠이 내려앉았고 비까지 내리고 있었다. 엘사는 우산의 물기를 털어 출입문 옆에 있는 바구니 안에 세워두었다. 그러고는 머리가 축축해졌는지 만져보더니 뒤돌아서 나를 찾았다. 머리 위로는 헤아릴 수 없을 정도로 많은 동물 인형들이 천장에 매달려 있었다. 한편에 아이들을 위해 마련된 놀이 공간 안에는 모서리를 둥글게 처리한 플라스틱 장난감들이 있었고, 계산대에서는 붉은 자루 모양의 모자를 뒤집어쓰고 붉은 미니스커트를 입은 점원 아가씨들이 아이들에게 작은 플라스틱 막대가 달린 풍선을 나눠주고 있었다.

우리는 에스컬레이터를 타고 위층으로 올라갔다. 그곳에서 우리는 한참 동안 진열장 사이를 헤맸지만, 결국 아무것도 고르지 못했다. 신생아 코너에 있는 아기옷들이 너무 작아서 우리는 조금 걱정스러웠다. 상점 안이 너무 더워서 엘사는 외투를 벗었다. 나는 그녀의 코트를 받아 대신 들어주었지만 정작 내 코트는 벗지 못하고 여전히 단추만 풀어놓고 있었다. 사소한 것도 그냥 지나치지 않는 네 엄마는 작은 아기옷들 위로 몸을 기울이며 가격표를 읽고 옷의 소재를 꼼꼼히 확인했다.

　―마음에 들어요?

　네 엄마는 실크 주름이 화려하게 장식된 아기옷을 꺼내들었다. 그리고 이리저리 훑어보더니 갓난아기한테는 지나치게 부담스러운 옷이라는 결론을 내렸다. 네 엄마는 쉽게 갈아입힐 수 있고 세탁도 손쉬운 실용적인 물건들을 사고 싶어했다. 하지만 우리는 몇 번이나 돌아보고 나서 결국 웃음을 터뜨리며 그 실크 옷을 카트에 집어넣었다. 우리는 기분 좋게 작은 셔츠와 치마, 원피스, 털 귀마개, 수온을 재기 위해 욕조에 넣을 하늘색 물고기, 물 위에 뜨는 책 모양의 장난감, 유모차에 매달 수 있고 음악이 나오는 동물 모양의 풍차, 그리고 장난감처럼 작은 운동화 한 켤레 등을 골랐다. 모두 특별히 필요한 것은 아니었지만 그냥 두고 오기엔 정말 귀엽고 예쁜 물건들이었다. 미소를 띤 여자 점원 한 명이 우리를 따라다니며 질문에 대답하거나 조언을 해주었다. 우리는 물건을 고르는 내내 서로 손을 놓지 않았다. 하지만 내가 거기에 있는 물건들을 모조리 사려고 하자, 가끔씩 네 엄마는 나를 쿡 찔렀다. 상점 안에서 우리는 파티에 온 듯 흥겨운 분위기에 들떠 있었다. 너를 위해 구입한, 동화 속에 나올 법한 그 옷과 운동화를 어서 입히고 신겨보고 싶은 마음에 나는 네가 빨리 태어나기만을 바랐다. 아기옷들을 사고 나니까 비로소 너를 마주한 듯한 기분이 들었다. 점원이 엘리베이터 안으로 카트를 밀어줬을 때, 네 엄마는 민망한지 얼굴을 붉히고 이마엔 땀까지 흘리면서 내 팔을 툭 치고는 말했다.

―자, 이만하면 필요한 건 전부 다 산 것 같네요.

잠시 후 산더미 같은 물건을 끌고 계산대 앞에 갔을 때 네 엄마는 순간 당황하는 눈치였다. 왜냐하면 우리는 그 많은 물건들을 들고 집에 가야 할 참이었기 때문이다. 네가 아직 세상 밖으로 나오지 않았고, 여전히 네 엄마의 자궁 안에 있을 때였다. 네 엄마는 언제나 신중하고 사려 깊은 성격이어서 처음 가게 안에 들어섰을 때는 '반드시 필요한 최소한의 것들만 사겠어요'라고 말했다. 하지만 이번에는 엄마도 이성을 잃고 흥분하고 말았다.

빨간 모자를 쓴 계산대 점원은 미소를 지으며 내게 풍선을 선물했다. 우리는 양손에 물건을 가득 들고 바구니에서 네 엄마의 우산을 챙겨 밖으로 나갔다. 거리로 나서자 도로를 달리는 자동차들의 소음과 함께 인도와 신호등 앞에 멈춰 있는 자동차들 위로 떨어지는 빗소리가 요란하게 들려왔다. 나는 미리 상점 점원에게 택시를 불러달라고 부탁해놓았고, 네 엄마와 함께 상점의 처마 밑에 서서 점원이 부른 택시를 기다리고 있었다. 빗물이 가득 고인 차양은 불룩해져서 금세라도 쏟아져내릴 듯 위태로워 보였다. 우리 주위는 갑자기 거세게 몰아치는 비바람을 피하려는 사람들로 북적였다. 내 옆에 있던 어떤 부인이 빗물이 떨어지는 우산을 조심성 없이 들고 있다가 그만 내 바지를 적시고 말았다. 나는 쏟아지는 빗줄기 속에서 희미하게 명멸하는 거리 저편의 붉은색과 황색 신호등 사이를 아득하게 바라보았다. 그러면서 곧 도착할 택시의 깜박이는 불빛을 찾았다. 한 손에는 쇼핑백들을 들고 다른 한 손엔 들고 있기조차 부담스러운 우스꽝스런 풍선을 들고서……

드디어 택시가 모습을 드러냈고, 다른 차들 사이에 끼어 천천히 우리 앞으로 다가왔다. 나는 옆에 있는 엘사에게 고개를 돌렸지만, 그녀는 딴생각에 잠겨 내 시선을 느끼지 못했다.

　─택시가 왔어.

　내가 말했다.

　그리고 그 순간 그 자리에 얼어붙고 말았다. 나는 입을 다물고 뒤로 물러나 조금 전까지 바라보고 있던 차도를 뚫어져라 응시했다. 시야를 가리는 그 세찬 빗줄기 속에서 나는 뭔가를 발견했다. 그리고 순식간에 어떤 그림자가 내 시야로 미끄러져 들어왔다. 사실 확실하게 보이는 것은 아무것도 없었고, 그것은 빗물에 비친 어떤 형상에 지나지 않았다. 하지만 나는 그게 무엇인지 금세 알 수 있었다. 그러자 속이 뒤틀리며 경련이 일어났고 목까지 꽉 막히고 말았다. 이탈리아가 그곳에 비를 맞으며 서 있었다. 그녀는 우리가 있는 쪽을 쳐다보고 있었다. 어쩌면 상점에서 나오는 우리를 보고 있었을지도 모른다. 지나치게 친절한 점원과 유치한 풍선 때문에 웃으며 상점을 나서는 우리를 말이다.

　─정말 웃기는 여자예요. 이런 배를 하고 있으면 세상물정도 모를 거라고 생각하나봐요.

　가게를 나서면서 엘사는 내 귀에 대고 속삭였었다.

　그 말을 듣고 웃다가 나는 그만 인도 위에 미끄러져 넘어졌고, 엘사도 나를 붙잡으려다 중심을 잃고 하마터면 함께 넘어질 뻔했다. 사납게 몰아치는 그 빗속에서 우리는 크게 웃음을 터뜨렸다. 그리고 지금 맞은편에서 이탈리아는 만삭의 몸을 한 엘사를 바라보고 있었다. 나는 빨간 풍선을 들고 있는 것이 부끄러워 팔을 아래로 내렸다. 그러면서 엘사를 내 뒤로 숨기려 애썼다. 얼마 떨어지지 않은 곳에서 우리를 지켜보고 있는 그녀의 시선으로부터 네 엄마를 지켜주고 싶었단다. 그러나 이탈리아의 표정은 알아볼 수 없었다. 진열장 불빛이 그녀의 어깨를 비추고 있었지만 얼굴은 어둠 속에 묻혀 있었다. 그녀의 머리는 더이상 금발이 아니었다. 하지만 우리를 지켜보고 있는 사람은 분명히 그녀였다. 난 내가 어디에 있는지를 잊어버렸다. 주위는 온통 어둠뿐이었고, 얼굴 위로 훑고 지나가는 불빛들은 스러져버렸다. 빗소리 속에는 오직 그녀와 나만 있었다. 비를 피할 곳이 없는 그녀는 흠뻑 젖은 모직 외투를 걸치고 다리를 훤히 드러낸 채 그대로 차갑게 얼어붙어 있었다. 내가 한 손을 들어올리자 차양에서 떨어진 빗물이 레인코트의 소매 속으로 흘러들어왔다. 그 순간 나는 그녀에게 기다려달라는 말을 하고 있었다. 제발 그대로 있어줘.

택시가 우리 앞에 멈춰 섰다. 엘사는 우산을 접으며 택시에 올랐다. 나는 택시 안으로 들어가는 네 엄마의 뒷모습을 지켜보며 다시 이탈리아에게로 고개를 돌렸다. 그녀는 이미 그곳을 떠나 빠른 걸음으로 찻길을 건너고 있었다. 나는 열려 있는 택시 안으로 허리를 굽혔다. 안에 앉아 있던 엘사는 영문을 모르겠다는 듯 나를 쳐다봤다.

─이따가 집에서 봐.

─왜요? 당신은 안 가요?

─상점에 신용카드를 두고 왔어.

─기다릴 테니 갔다와요.

택시 뒤에 늘어선 자동차들이 경적을 울리고 있었다.

─아냐, 그냥 가. 난 걸어서 갈게.

─그럼, 우산이라도 가져가요.

택시가 멀어져가는 동안 나를 돌아보고 있는 엘사의 얼굴이 보였다. 택시가 사라진 뒤 나는 한 손에 신생아 용품이 가득 든 쇼핑백을 들고 다른 한 손엔 점원이 준 풍선과 엘사의 우산을 들고서 길을 건넜다. 하지만 우산을 써서 비를 피하고 싶은 기분이 아니었기에 그냥 펼치지 않은 채 들고 있었다. 나는 맞은편 인도를 쳐다보며 정신없이 이쪽저쪽을 살폈다. 하지만 이탈리아는 없었다. 나는 이탈리아가 있을 만한 곳을 찾다가 어느 바 안으로 들어갔다. 그곳은 폭우가 그치기를 기다리며 모여든 사람들로 북새통을 이루고 있었다. 축축한 빵 부스러기와 케첩 냄새가 가득한 그곳에 이탈리아는 없었다. 이제 어디에서 그녀를 찾아야 할지 난감했지만, 서둘러 바를 빠져나와 눈에 띄는 첫번째 골목으로 접어들었다. 길은 곧 끝이 났고, 나는 그 옆의 작은 샛길로 계속해서 걸어갔다. 좁고 어두운 골목엔 쓸쓸하게 비가 내리고 있었다. 그리고 그곳에 그녀가 있었다. 그녀는 어느 집 계단에 앉아 대문에 등을 기대고 있었다. 그러나 빗소리에 발소리가 묻혀버려서 내가 다가가는 것을 눈치채지 못했다. 그녀는 두 손에 머리를 파묻고 앉아 있었다. 나는 훤히 드러난 그녀의 목덜미를 바라보았다. 긴 머리카락은 온데간데없이 사라지고 짧고 검은 머리카락들이 비에 젖어 엉겨붙어 있었다. 나는 너무도 작아 보이는 그녀의 젖은 머리에 조심스럽게 손을 올렸다. 그러자 그녀는 소스라치게 놀라며 펄쩍 뛰었다. 그리고 마치 채찍에라도 맞은 듯 몸을 움찔했다. 그녀는 그게 나인지 몰랐던 모양이다. 그녀의 얼굴은 빗물에 흠뻑 젖었고, 굳게 다문 입술 사이로 딱딱 이가 부딪치는 소리가 날 정도로 몹시 떨고 있었다. 하지만 이탈리아는 아무리 해도 그 소리를 멈추지 못했다. 나는 그녀와 매우 가까운 곳에 서 있었다. 비에 젖은 레인코트는 내 어깨를 무겁게 짓눌렀고, 어느새 목을 타고 들어온 빗물은 옷을 적시며 몸 안으로 스며들었다. 급하게 달려온 탓에 숨을 헐떡이느라 입 안으로도 빗물이 쏟아져 들어왔다. 나는 여전히 한 손에 빨간 풍선을 쥐고 있었다. 비에 흠뻑 젖은 채 스스로를 감싸안고 있는 그녀는 정말 하찮은 존재처럼 보였다. 그녀는 하얗게 드러난 다리를 계단에 비스듬히 걸치고 비에 젖어 번들거리는 짧은 부츠를 신고 있었다. 그녀를 다시 만난 건 잔인하지만 놀랄 만큼 멋진 일이었다. 그녀는 전보다 훨씬 젊어 보였다. 그 모습은 병에 걸린 어린아이 같기도 했고 또 성녀처럼 보이기도 했다. 마치 그녀의 실루엣이 빗물에 씻겨 내려가 그녀에게 남은 것은 촉촉이 젖어 밝게 빛나는 두 눈동자뿐인 듯했다. 검은색 마스카라는 얼룩진 검댕처럼 양 볼을 타고 흘러내렸다. 그녀는 그렇게 철저히 홀로 남겨져 있었다. 마치 잃었던 강아지를 되찾은 듯 나는 그녀와 마주했다.

—이탈리아……

좁고 어두운 골목 안에 그녀의 이름이 울려 퍼졌다. 그러나 그녀는 손으로 귀를 막고 머리를 흔들었다. 그녀는 자신의 이름을 부르는 내 목소리를 듣고 싶어하지 않았다. 나는 계단에 무릎을 꿇고 그녀의 팔을 잡았다. 그러자 그녀는 소스라치듯 벌떡 일어났다.

—저리 가요!

그녀는 여전히 이를 딱딱 부딪치면서 말했다.

—꺼져요! 어서 꺼지라고요!

—아냐. 난 아무 데도 안 갈 거야!

나는 그녀의 개가 되어 젖은 무릎에 얼굴을 묻었다. 비에 흠뻑 젖은 옷에선 코를 찌르는 듯한 냄새가 났다. 오랫동안 외투 속에 스며 있던 묵은 냄새들이 빗물에 젖어 새어나온 것이었다. 그것은 땀을 흘린 짐승이나 아이를 낳은 여자의 몸 냄새 같았다. 계단에 무릎을 꿇고 앉아 쏟아지는 폭우 속에서 몸을 떨고 있는 나는 이미 태어난 그녀의 아들이었다. 나는 두 팔로 이탈리아의 가는 허리를 감싸안았다.

—미처 말해줄 수가 없었어. 도저히 그럴 용기가 없었어.

그녀는 깊은 한숨을 몰아쉬며 내게서 벗어나려고 몸을 움직였다. 하지만 더이상 나를 멀리하려 하지는 않았다.

나는 고개를 들어 그녀의 눈을 바라봤다. 땅에 떨어져 있던 그녀의 손은 어느새 내 얼굴을 쓰다듬고 있었다. 돌처럼 차디차게 얼어붙은 그녀의 손이 내 볼에 닿았을 때, 나는 내가 그녀를 사랑한다는 사실을 깨달았다. 사랑하는 내 딸아, 나는 이탈리아를 사랑했다. 마치 그 누구도 사랑한 적이 없었던 것처럼 그렇게 그녀를 사랑했다. 걸인처럼, 굶주린 늑대처럼 그리고 수풀의 가지처럼 그녀를 사랑했다. 유리에 찔린 상처처럼 그녀를 사랑했다. 그녀는 내가 사랑하는 모든 것이기에 나는 그녀를 사랑했다. 그녀의 육체와 비참한 체취를 사랑했다. 세찬 빗줄기도 결코 내게서 그녀를 데려갈 수 없었다. 나는 텅 빈 거리에 휘몰아치는 빗속에서 소리치고 싶었다.

―영원히 네 곁에 있고 싶어.

그녀는 물기를 머금은 잔잔한 눈으로 나를 쳐다보았고, 손으로 내 입술을 쓰다듬으며 엄지손가락을 내 입 안으로 넣었다.

―아직도 날 사랑해요?

그녀가 물었다.

―전보다 훨씬. 나의 잡초 아가씨.

나는 그녀의 손가락을 핥으며 갓난아기처럼 힘껏 빨았다. 마치 우리가 떨어져 있던 그 모든 시간을 빨아들이려는 듯이. 그렇게 다시 만난 우리는 지난여름보다 더 나이 든 모습으로 테라스에서 떨어지는 빗물을 맞으며 어느 정원에선가 풍겨오는 습한 향기를 들이켜고 있었다. 우리의 따뜻한 몸은 젖은 옷 속에서 온기를 피워내고 있었고, 우리는 두 마리 고양이처럼 거리를 서성였다. 나는 혀로 그녀의 속눈썹을 애무했다. 그녀는 팬티를 벗어 한 손에 쥐었다. 그러고는 인형처럼 다리를 벌렸다. 그녀의 두 발은 물기로 반짝이는 부츠 속에 들어 있었다. 나는 등을 움직여 그녀의 몸 안으로 들어갔고, 빗방울들은 온실처럼 따뜻한 우리의 몸 안으로 흘러들었다. 우리의 얼굴은 닿아 있었고 그 아래쪽의 쾌락은 현실의 모든 것을 잊게 해주었다. 누가 등뒤로 다가와서 발길로 걷어차며 창피를 준다 해도 아무렇지 않을 것 같았다. 티모테오, 넌 네가 사랑하는 여자의 몸 안에 둥지를 튼 기생충이었다. 우리는 이미 희미해져가는 삶의 황혼 속에 있었다. 살아 있는 모든 존재들이 그러하듯 우리도 죽음과 더불어 이 세상에서 사라질 것이다.

얼마 후, 칠흑 같은 어둠이 내려앉았고, 그칠 줄 모르는 빗줄기는 더욱 세차게 퍼부었다. 어디로 가야 할까? 어느 방향으로? 지금 이 시간에 우리를 받아줄 방을 구할 수 있을까? 우리는 그래선 안 되었지만 또다시 사랑을 나누고 말았다. 동물처럼, 거리 한가운데서 그러고 나면 늘 당혹스럽고 난감한 기분에 어쩔 줄 몰랐다. 어색함을 무마하려고 애써보지만 부끄러움만 더해갈 뿐이었다. 우리는 해서는 안 될 짓을 했다. 집에선 임신한 아내가 나를 기다리고 있었다. 아니야, 상관없어. 어서 옷을 입어, 이탈리아. 그러면서 나는 재빨리 바지를 입고 후줄근해진 코트 안으로 내 몸을 아무렇게나 끼워넣었다. 다행히 우리를 본 사람은 아무도 없었다. 그곳은 우리를 위해 세상에서 떨어져 나온 거리였고, 거기에선 살아 있는 영혼이라고는 찾아볼 수 없었다. 이탈리아도 일어섰다. 나는 물에 흥건히 젖은 외투 속으로 드러난 그녀의 공허한 몸을 쳐다봤다. 그녀는 매서운 폭우 속에서 길을 잃은 채 낭떠러지에 혼자 남겨진 염소처럼 보였다. 다시 모든 것이 아찔하게 느껴졌다. 불 꺼진 가로등이 우리 가까이에 있었다. '그녀와 사랑을 나누는 동안 번개가 내리쳤더라면 어떻게 되었을까! 전기가 뱀처럼 우리 사이를 비집고 들어왔다면? 푸른빛의 전류가 우리의 쾌락 안으로 파고들었다면 말이다. 그래, 그랬다면 이 모든 상황이 설명될 수도 있었겠지.'

하지만 이제 우리는 다시 흐트러진 옷을 챙겨 입고, 비에 젖은 머리를 매만지면서 아직 가시지 않은 열정을 간직한 채 현실로 돌아왔다.

지나가는 자동차들과 우산을 쓰고 바삐 걸어가는 사람들의 그림자가 드리워진 골목 한 귀퉁이, 그 동떨어진 세계에서 우리는 사랑을 한 것이다. 그녀와 나는 아직도 비참한 부랑자들이나 슬픔에 빠진 음울한 연인들처럼 길 한가운데 서 있었다. 이탈리아는 잃어버린 사랑처럼 검은 아스팔트 위에서 나뒹구는 빨간 풍선을 바라보았다.

─머리는 왜 잘랐어?

어둠 속에서 그녀는 대답 대신 미소를 지어 보였다. 살며시 벌어진 입술 사이로 가지런하지 못한 그녀의 치아가 드러났다. 우리는 다시 세상 사람들 틈으로 돌아왔고, 팔짱을 낀 그녀의 작은 손은 내 외투 속으로 들어와 있었다. 우리는 아주 천천히 걸었다. 내게 기대어 걸어가는 그녀의 발걸음이 편치 않다는 것을 알아차렸다. 거리를 걷는 사람들은 우리 곁을 무심히 지나쳤다. 이윽고 옷에서 마지막 물방울을 짜내듯 하늘의 빗줄기도 점차 잦아들고 있었다.


─안에 뭐가 들었어요? 보여줘요.

우리는 어느 바의 구석진 테이블에 자리를 잡았다. 이탈리아의 등뒤는 진한 빛깔의 나무 벽이었다. 테이블은 아주 좁은데다, 우리의 팔꿈치에서 흘러내린 물 때문에 축축했다. 테이블 아래로 우리 둘의 무릎은 맞닿아 있었고, 구두 밑창에는 종이 냅킨이 달라붙어 있었다. 나는 그만 실수로 쇼핑백을 테이블 위에 올려놓았다. 그러면서도 미처 그 사실을 깨닫지 못했다. 이탈리아는 쇼핑백 안을 보려 했다. 당황한 나는 그녀를 제지했다.

─아무것도 아니야.

─보여줘요. 궁금해요.

순간, 실크 주름으로 장식된 아기옷이 비에 젖어 구겨진 채 밖으로 비어져 나왔다.

―여자아이예요?

나는 테이블에 올려놓은 손 위로 시선을 떨구며 말없이 고개를 끄덕였다. 우리 사이의 테이블 위에 놓인 그 하얀 아기옷을 바라보는 일은 형언하기 어려운 심정을 불러일으켰다. 불과 한 시간 전만 해도 나와 네 엄마는 그 옷을 보며 웃었고, 옷걸이에서 벗겨내 쇼핑카트에 넣으며 무척이나 행복해했었다. 하지만 사랑스러웠던 그 옷이 이젠 너무나 끔찍해 보였다. 그녀와 내가 섹스를 하는 동안 빗방울은 그 옷을 볼품없이 만들어버렸다. 비에 젖은 그 옷은 마치 호수에 빠져 죽은 아이의 옷처럼 음산했다. 이탈리아는 고개를 숙인 채 지나칠 정도로 여러 번 옷을 매만졌다.

―이렇게 되다니 너무 아까워요. 제발 줄어들지 않았어야 할 텐데.

그녀는 옷을 뒤집더니 안에 있는 꼬리표를 찾았다.

―아니군요. 다행히 손세탁이 가능해요.

'지금 그녀는 무얼 하고 있는 거지? 대체 무슨 말을 하고 있는 거야?'

―잘 다리기만 하면 다시 원래대로 돌아올 거예요.

그러고 나서 옷을 개기 시작했다. 그녀는 조심스럽게 소매를 안으로 접어 넣었다. 하지만 그런 후에도 옷에서 손을 떼지 못했다. 그녀는 나를 피해 다른 자리에 앉아 있는 사람들에게로 고개를 돌렸다.

―중절수술을 받은 날 아침, 당신 집을 찾아갔었어요. 현관문을 나서는 당신을 봤지만, 옆에 당신 아내가 있어서 차마 다가가지 못했죠. 두 사람은 차 있는 곳으로 걸어가더군요. 그곳에서 당신이 차 문을 열어주다가 그녀와 살짝 부딪치는 걸 봤어요. 차에 탄 그녀는 배 위에 손을 올려놓고 있었어요. 그제야 난 깨달았어요. 왜 내 인생은 이렇게 수

많은 상처들로 얼룩져 있는 걸까요?

　―날 용서해줄 수 없겠지?

　―신이 우리를 용서하지 않을 거예요.

　안젤라, 정말 그녀는 그렇게 말했단다. 오래전 비 내리는 바에서 그녀가 한 말들이 다시 내 귓가에 메아리쳤다. '신이 우리를 용서하지 않을 거예요.'

　―신 따윈 없어!

　나는 얼어붙은 그녀의 손을 붙잡으며 외쳤다.

　그녀는 마치 내 말을 비웃기라도 하려는 듯 어깨를 으쓱해 보이며 말했다.

　―그러길 바라요.


　우리는 다시 만나자는 말을 하지 않았다. 아니, 그 어떤 말도 하지 않았다. 나는 길 한복판에서 그녀와 헤어졌다. 그녀는 새 주인에게 집을 비워줘야 한다면서 그 집을 떠날 거라고 말했다.

　―어디로 가려고?

　―우선 고향으로 내려가볼 생각이에요. 어쩌면 호주로 떠날지도 몰라요.

　―영어 할 줄 알아?

　―배울 거예요.

다음날 저녁 네 엄마는 너를 낳았다. 진통은 오후 일찍부터 시작되었다. 그 시간에 병원에 있었던 나는 서둘러 집으로 향했다. 집에 도착하니 네 엄마는 여전히 잠옷 차림으로 거실에 누워 불 꺼진 텔레비전을 마주하고 있었다. 엘사는 소파의 빈자리로 손을 뻗으며 말했다.

—가까이 와요.

나는 그 곁에 가서 앉았다. 옆구리에 손을 대고 있던 그녀는 고통을 참느라 얼굴이 일그러졌다. 나는 시계를 보며 진통 주기를 확인했다. 몇 분 뒤에 또다시 통증이 시작됐다.

나는 침실로 가서 출산을 위해 며칠 전에 챙겨놓은 가방을 찾았다.

—이제 가방 잠글까?

나는 목소리가 들리도록 크게 외쳤다.

그러나 그녀는 벌써 옆에 와 있었다.

—그래요.

그녀는 힘없이 말했다.

그러고는 잠옷을 벗어 침대 위로 던졌다. 나는 의자에 걸려 있던 옷을 들어 그녀가 입도록 도와주었다.

―너무 걱정하지 마, 잘될 거야.

그녀는 잠시 집 안을 돌아다니다 책장으로 다가가 책 한 권을 집어 들더니 다시 제자리에 놓고 다른 책을 꺼냈다.

―카디건은……

―내가 찾아줄게. 어떤 거야?

―당신이 좋아하는 그 하늘색 카디건이요.

나는 카디건을 찾아 그녀에게 건네주었고, 그녀는 그걸 테이블 위에 놓고는 화장실로 향했다. 잠시 후, 그녀는 머리를 빗고 입술엔 립스틱을 칠한 단정한 모습으로 나왔다. 진통은 점점 잦아지고 있었다. 그녀는 현관에 멈춰 서서 전화기를 들고는 장인장모에게 전화를 걸었다.

―엄마, 우리 지금 병원으로 가요. 하지만 시간이 걸리니까 일찍 오지는 마세요.


그러나 분만 시간은 아주 빨리 찾아왔다. 병원으로 향하는 차 안에서 벌써 양수가 터지고 만 것이다. 갑작스런 상황에 몹시 놀란 그녀는 당황해서 어쩔 줄 몰라했다. 젖은 옷차림으로 병원에 가는 것이 분명 꺼림칙했을 것이다. 다행히 벗어놓은 외투가 있어 병원 입구에 들어설 때 어깨에 걸치고 들어갈 수 있었다. 나는 그녀 뒤에서 가방을 들고 따라갔다. 우리는 곧장 분만실로 올라갔다. 산부인과 의사인 비앙카는 엘리베이터 밖에서 우리를 기다리고 있었다. 그녀는 엘사를 친구처럼 대했다.

―엘사, 몸 상태는 어때요?

―그냥 그래요.

이전에 나는 그녀를 몇 번 만나본 적이 있었다. 그녀는 짧고 희끗희끗한 머리를 한 중년의 여의사로 키가 크고 우아하며 요트를 즐기는 사람이었다. 언젠가 다 같이 저녁식사를 하는 자리에서 엘사는 만리오에게 앞으로는 계속 여의사에게 진료받고 싶다고 말해 그를 섭섭하게 한 일이 있었다. 그 말을 하는 동안 엘사는 부드러우면서도 냉정한 미소를 잃지 않았었다. 아무래도 나와 그 사이의 어설픈 비밀을 눈치 챈 듯했다. 비앙카는 내게 손을 내밀어 악수를 청했다.

ㅡ안녕하세요, 반갑습니다.

사층에 있는 산부인과 병동에는 초록색 타일이 깔려 있었고, 유치원을 연상시키는 밝은 분위기가 흘렀다. 복도에 늘어선 다른 방들에는 장미색이나 하늘색 베일과 리본이 둥글게 장식되어 있었다. 병실 안에는 금 도금을 한 철제 침대가 놓여 있었고, 커다란 창문 너머로는 정원의 나뭇가지들이 눈에 들어왔다. 엘사는 침대에 기대어 가쁜 숨을 몰아쉬었다. 조산원인 켄투가 들어와 나는 자리를 비켜주었다. 아프리카 출신인 그녀는 튼튼하고 낙천적인 외모를 지니고 있었고 비앙카의 지시에 따라 움직였다. 내가 다시 들어갔을 때 네 엄마 옆에는 진통의 정도를 측정하는 모니터가 놓여 있었다. 엘사는 혼미한 눈동자로 푸른 모니터를 쳐다보고 있었다. 그녀의 입술이 바짝 말라 있어 나는 물을 마시도록 도와주었다. 그들은 음모를 면도하고 관장을 시작하면서 그녀의 몸을 가려주었다. 그들의 태도는 매우 친밀했다. 그녀는 갓 태어난 아기처럼 온순하게 행동했다. 관장을 마치고 난 그녀는 손을 허리에 올려놓고 방 안을 왔다갔다했다. 그러다 이따금 멈춰 서서 한 손을 벽에 대고 머리를 숙인 채 다리를 벌리고는 그 큰 배를 이리저리 움직였다. 서서히 신음 소리가 터져나왔다. 나는 그녀가 편안히 호흡할 수 있도록 등을 쓸어주었다. 가끔 비앙카가 들어와 물었다.

─상태는 어때요?

네 엄마는 애써 미소를 지어 보였다. 그녀는 출산 때 여성의 성격이 드러난다는 책을 읽은 적이 있었다. 그래서 더 대담하고 침착한 모습을 보이고 싶어했지만 결국엔 별 소용이 없었다.

─부인보다 선생님이 더 창백하시네요.

비앙카는 다시 문을 닫으며 말했다. 그녀는 기민하고 빈틈없는 태도에 깊이 있는 유머까지 갖추고 있었다. 그런 그녀가 남자들을 대단하게 생각할 것 같지는 않았다. 그제야 왜 엘사가 그녀를 그토록 좋아하는지 알 수 있었다. 나는 직업이 의사이니 보통사람보다 훨씬 더 많은 도움을 줘야 했지만, 사실 출산에 관한 지식은 별로 없었다. 어쨌든 우리가 직면한 상황은 과학보다는 자연의 이치에 속한 문제였다. 엘사는 진통을 견디지 못하고 심하게 몸을 떨었다. 나는 어서 이 모든 일이 끝나기만을 빌었다. 하지만 안젤라, 그 순간 나는 혹시 네 엄마에게 무슨 일이 일어나지 않을까 하는 갑작스러운 두려움에 휩싸였다. 극심한 고통을 겪고 있는 그녀의 이마를 어루만지면서 알 수 없는 공포를 느꼈다. 나는 지독한 거짓말쟁이에 불과했다. 그 순간에도 나는 이탈리아를 잊지 못하고 있었다. 그녀와 나는 이런 진통을 겪고 난 뒤 세상에 태어날 수 있었던 한 아이를 잃어버렸기 때문이었다. 나는 손 한번 쓰지 못하고 그 아이를 깊은 어둠 속으로 떠나보내고 말았다. 엘사는 다시 침대에 누웠다. 모니터에는 진통의 수치를 알리는 붉은 그래프가 나타났다. 엘사는 다리를 벌리고 누워 비앙카의 진찰을 받았다. 그녀는 질 속 깊숙이 손을 집어넣었다. 엘사는 머리를 흔들며 소리를 질렀다. 자궁의 입구가 열리며 질은 십 센티미터 가까이 벌어졌다.

─거의 다 됐어요.

비앙카는 장갑을 벗으며 말했다. 이제 엘사는 조산원의 검은 팔에 매달려 자신의 온 힘을 쏟아붓고 있었다.

─자, 이리 와서 보세요.

비앙카가 말했다.

가까이 다가가 보니 네 엄마의 음부는 크게 확장되어 있었다. 넓게 벌어진 그 안으로 너의 머리가 보였다. 머리 한가운데는 검은 얼룩처럼 보이는 뭔가가 있었다. 안젤라, 그건 바로 네 머리카락이었다. 내가 첫 번째로 본 것은 너의 그 머리카락이었다.

우리는 곧 분만실로 자리를 옮겼다. 엘사는 나를 찾더니 내 손을 꼭 쥐고 놓지 않았다. 간호사가 이동침대를 밀며 달리는 바람에 나는 네 엄마의 손을 놓치지 않으려고 애를 먹었다. 네 엄마는 분만실에 들어가기 전에 힘없는 목소리로 속삭였다.

─당신, 정말 지켜볼 수 있겠어요?

사실은 조금도 그럴 자신이 없었다. 난 외과의사이긴 했지만 분만하는 모습을 보다 기절하지나 않을까 걱정하고 있었다. 피로 범벅이 되어 질을 비집고 나온 너의 검은 머리를 본 것만으로도 놀라서 기절할 지경이었다. 물론 나는 기꺼이 밖에 남아 그 시적인 유혈극이 끝나기를 기다리고 싶었지만 엘사에겐 누구보다 내가 필요했고, 나 역시 그것을 거부할 수 없었다. 그곳에는 어떤 거대한 힘이 주위를 맴돌고 있었다. 나는 새로운 생명이 시작되는 그 신비로운 떨림과 미지의 신호들을 하나도 빠뜨리지 않고 마음속 깊이 새겼다.

마침내 출산은 시작되었다. 비앙카는 엘사의 허벅지 사이로 분주히 손을 움직였다. 그녀의 얼굴은 긴장되어 있었고 심각했다. 그녀의 팔이 갑자기 시골 산파처럼 성급하고 거칠게 움직였다. 서둘러야만 했다. 엘사는 비앙카와 켄투가 일러주는 대로 배에 힘을 주었다. 엘사가 호흡을 가다듬는 동안 켄투는 그녀의 배 위에 손을 올려놓고 결정적인 순간마다 눌렀다.

—숨을 깊게 들이쉰 다음, 화장실에서처럼 자연스럽게 힘을 주세요.

엘사는 고개를 들고 얼굴이 파랗게 질리도록 온 힘을 다했다. 아직도 배는 부풀어 있었다. 엘사는 눈을 감고 이를 악물며 배에 모든 힘을 쏟았지만 역부족이었다. 이미 기력이 쇠잔해 있었다.

—못 하겠어요. 너무 아파요……

—자, 천천히 숨을 들이켜봐요!

비앙카는 명령을 내리듯 강한 어조로 말했다.

—힘을 줘요, 이렇게!

나는 땀으로 흥건히 젖은 엄마의 머리를 쓸어넘겨주었다. 그러자 손바닥에 축축한 머리카락들이 달라붙었다. 비앙카는 분만대에서 한걸음 물러났다. 그리고 비앙카 대신 켄투가 다리를 벌린 엘사 앞으로 다가왔다. 그녀는 엘사의 질구에 시선을 고정시켰다. 나도 그녀 옆으로 다가 네 엄마의 상태를 지켜보고 싶었다. 그 순간 눈 깜짝할 사이에 켄투의 양손이 피로 범벅이 된 질 속으로 들어갔다. 잠시 후, 마치 병뚜껑이 튀어오르는 듯한 소리가 나더니 너의 머리가 밖으로 나왔다. 그러고는 아주 빠른 속도로 몸이 빠져나왔다. 너는 흡사 한 마리 토끼 같았다. 털 없는 토끼처럼 몸을 길게 늘인 너의 얼굴엔 아무런 움직임이 없었다. 너의 몸은 검붉은 피와 투명하고 끈적끈적한 점액들로 뒤덮여 있었다. 그리고 탯줄이 너의 목을 감싸고 있었다.

—이래서 나오질 못했구나……

비앙카는 너의 목에 감긴 탯줄을 잡아 잘라냈다. 한편에선 켄투가 검은 손으로 너의 등을 찰싹찰싹 때렸다. 드문드문 얼룩이 묻어 있는 얼굴은 아직 어떻게 생겼는지 알아볼 수 없었다. 너의 몸은 온통 푸르스름하기만 했다. 여러 번 등을 맞고도 너는 꼼짝하지 않았고, 매달린 고깃덩어리 모양 아무런 움직임이 없었다. 분만실과 유리벽을 사이에 둔 다른 방에는 신생아들을 진료하는 의사가 있었다. 비앙카는 너를 팔에 안고 급히 그에게로 달려갔다. 그녀가 사라진 뒤 그들의 그림자만 유리에 어른거렸다. 잠시 후 나는 흡입기가 작동하는 소리를 들었다. 기도가 막혀 있어 이물질을 빼내고 있는 것이었다. 그러나 여전히 울음소리는 들리지 않았다. 넌 아직 숨을 쉬지 못하고 있었다. 네 엄마는 땀에 젖은 붉은 얼굴로 나를 보았다. 우리는 믿을 수 없다는 눈빛으로 서로를 바라봤다. 우리 두 사람 다 똑같은 생각을 하고 있었던 것이다. '아냐, 그럴 리가 없어.' 엘사의 손과 얼굴은 두려움으로 얼어붙었다. 안젤라, 그 짧은 시간 동안 우리는 지옥을 오가고 있었다. 그 찰나의 시간 동안 섹스를 하고 있는 이탈리아와 나의 모습이 계속해서 눈앞을 스쳐지나갔다. 내가 할 수 있는 유일한 일은 오로지 자학하는 것뿐이었다. 준비된 단두대에 머리를 들이미는 일만이 남아 있었다. 나는 네 엄마를 쳐다보았다. 어쩌면 그녀 또한 너의 생명을 살리기 위해서라면 어떤 희생도 감수하려 했을 것이다. 나는 나의 몸 안으로 파고들어온 악마를 붙잡고 소리쳤다. '이탈리아를 포기할 테니 아이를 살려줘!'

순간 날카롭고 강렬하게 터져나오는 아기 울음소리가 들려왔다. 식은땀으로 얼룩진 손을 마주잡고 있던 나와 엄마에게 너의 첫 울음소리가 들렸다. 그러자 네 엄마의 뺨 위로 한줄기 눈물이 흘러내렸다. 기쁨이 천천히 우리를 평온하게 감쌌다. 마침내 흡입기 소리가 멈췄고 모든 것이 제자리로 돌아왔다. 더이상 악마와의 타협은 필요 없었다. 너는 켄투의 품에 안겨 우리에게로 왔다. 하얀 모포에 싸인 너는 빨간 원숭이 같았다. 하지만 나의 품 안에 안긴 너는 눈부실 정도로 아름다웠다. 여전히 쪼글쪼글한 얼굴 한가운데 있는 입술은 굳게 다물어져 있었고, 부푼 두 눈은 갑작스레 쏟아지는 빛에 눈이 부신지 반쯤 감겨 있었다.

나는 팔을 들어 너의 얼굴을 비추는 강한 불빛을 가렸다. 그것이 세상에 태어난 너를 보호하기 위해 내가 가장 먼저 한 행동이었다. 나는 몸을 숙여 누워 있는 엄마에게 너를 보여주었다. 지금도 너를 바라보던 엄마의 얼굴을 결코 잊을 수가 없다. 네 엄마의 얼굴은 가슴 벅찬 기쁨과 경이로움으로 가득했지만 한편으로는 쓸쓸한 빛이 감돌고 있었다. 나는 네 엄마의 심정을 이해할 수 있었다. 갑작스럽게 밀려온 책임감이 마음 한구석을 무겁게 하고 있었던 것이다. 조금 전까지만 해도 아기를 낳기 위해 안간힘을 쓰며 땀을 쏟았던 한 여자는 이제 얼굴 가득 모성애가 흐르는 어머니로 다시 태어났다. 차가운 불빛 아래 헝클어진 머리로 홀로 남겨진 네 엄마는 어머니로서의 가능성과 미숙함을 동시에 보여주고 있었다.

엘사는 출산후시술을 받기 위해 분만실에 조금 더 머물렀다. 그동안 나는 너를 품에 안고서 계단을 내려가 회복실로 향했다. 갓난아기인 네 몸은 빵처럼 가벼웠지만 이상하게도 내게는 무척 무겁게 느껴졌다. 그것은 너와 함께 내려가는 그 특별한 순간과 어울리지 않는 기분이었다. 회복실 문에는 벌써 장미꽃 장식이 걸려 있었다. 드디어 누구의 방해도 받지 않고 우리 둘만의 오붓한 시간을 보낼 수 있었다. 난 침대 위에 너를 조심스럽게 눕혀놓고 물끄러미 네 얼굴을 바라봤다. 이제 난 너의 아빠였다. 하지만 어린 넌 나에 대해서 그리고 내가 겪어온 지난 삶에 대해서 아무것도 모르고 있었다. 떨리는 커다란 손과 독특한 체취를 지닌 채 사십 년의 세월을 지나온 남자가 네 아버지였다. 너는 누운 채로 미동도 하지 않았고, 그 모습은 뒤집힌 거북이 같았다. 너는 촉촉하고 진한 회색 눈으로 나를 바라보았다. 어쩌면 그때 넌 네가 오랫동안 머물렀던 그 작은 세계가 어떻게 됐는지 궁금해하고 있었는지도 모르겠다. 너는 울지도 않고 네 몸을 감싼 그 큰 옷 사이로 얌전히 고개를 내밀고 있었다. 흡사 옷을 입은 생쥐처럼 보였다. 너무 작아 아직은 윤곽이 분명치 않았지만, 너의 얼굴은 어딘지 모르게 나를 닮아 있었다. 안젤라, 너의 이목구비들은 내 얼굴을 그대로 빼닮았다. 엄마의 아름다움 대신 그다지 매력적이지 않은 나의 외모를 물려받은 것이지. 신기하게도 너의 얼굴엔 나의 특징들이 고스란히 담겨 있었다. 네 외모는 도발적이지도 현대적이지도 않았다. 하지만 네 얼굴엔 고전적이고 너그럽고 평온하고 무한히 부드러운 분위기가 서려 있었다. 그 어떤 그림자도 없는 얼굴이었다. 나는 늘 그런 너한테서 특별함을 느꼈다. 나는 태아처럼 다리를 오므리고 네 곁에 누웠다. 태어난 지 얼마 안 되는 너를 바라보며 위기를 넘긴 뒤의 안도감을 느꼈다. 혹시 네가 너의 순수한 세계를 떠나오면서 나를 위해서도 약간의 축복을 가져다준 것이 아닐까 하는 생각을 했다. 어느새 네가 처음으로 맞이하는 새벽이 다가오고 있었다.

너를 커다란 침대 위에 혼자 놓아두고 나는 창가로 다가갔다. 테라스 너머로 보이는 정원은 이제 서서히 생기를 띠기 시작했다. 차디찬 새벽 공기엔 아직 짙은 안개와 어둠이 배어 있었다. 나는 초라한 오두막과 빌라로 둘러싸인 이탈리아의 집에서 있었던 일을 떠올렸다. 나와 함께 자고 있던 그녀가 새벽에 갑자기 일어났던 그 어둡고 음습한 날을 회상했다. 동이 터오는 그 시간에 그녀는 뭘 하고 있었을까? 어쩌면 부엌 창문 밖에 널어놓았던 옷을 거둬들인 다음 턱을 괸 채 고가도로에 가려진 새벽 하늘을 음미하고 있었는지 모른다. 나는 손녀가 태어난 것을 무척이나 기뻐하셨을 어머니를 떠올렸다. 아마 어머니는 비싼 숙박비를 지불하고라도 당신이 좋아하는 바닷가의 고급 호텔로 손녀를 데리고 여름휴가를 떠나셨을 것이다. 점심이 되면 할머니와 손녀는 모래가 묻은 침대 위에서 파니노를 먹을 테고, 저녁식사에는 고무마개가 달린 생수병들과 전날 썼던 냅킨이 식탁에 올라올 것이다. 하지만 돌아가신 어머니를 다시 깨울 수는 없었다. 안젤라, 너는 정확히 2.7킬로그램의 무게로 태어났다. 그리고 나처럼 갸름하고 우수 어린 눈매를 지니고 있었다.

날이 밝자 많은 사람들이 다녀갔다. 병실 안은 방문객들과 꽃들로 발 디딜 틈조차 없었다. 네 외할아버지와 외할머니는 저녁때까지 딸이 누워 있는 병실과 신생아실을 오가느라 분주했다. 뒤이어 먼 친척들과 가까운 친구들이 찾아왔다. 장모 노라는 손님들을 맞이하고 이야기를 나누면서 네가 누구를 닮았는지 판단해보려 했다. 그리고 사람들이 가고 나면 다른 방문객들이 오기 전에 병실을 돌아다니며 선물로 받은 과일 아이스크림과 화병에 담긴 꽃들을 정리했다. 지나치게 자상한 장모의 행동은 언제나 그랬듯이 엘사의 심기를 건드렸다. 엘사는 손목에 장밋빛 플라스틱 팔찌를 차고 힘없이 침대에 누워 아직 가라앉지 않은 배 위로 손을 포개고 있었다. 나와 눈이 마주치자 네 엄마는 눈썹을 추켜세우며 장모를 데리고 나가달라는 눈짓을 했다. 나는 장모와 팔짱을 끼고 병원 지하에 있는 바로 갔다. 우리가 나가기 전 너는 벌써 엄마의 가슴에 안겨 젖을 빨았다. 나는 허리를 숙여 엘사가 바른 자세로 젖을 물릴 수 있도록 도와주었다. 아주 익숙하게 젖을 빠는 너는 우리보다 훨씬 많은 것을 알고 있는 듯했다. 너는 엄마의 젖꼭지를 물고 있다가 어느새 잠이 들어버렸다. 나는 침대 가까이 놓인 의자에 앉아 그 광경을 지켜보았다. 그때 진정한 유대감은 너와 네 엄마 사이에 있다는 걸 느꼈다.

저녁 무렵 나는 피곤에 지쳐 있었다. 나는 의자를 창가에 가져다 놓고 바깥 풍경을 내다봤다. 새벽부터 끼어 있던 안개는 그때까지도 걷히지 않은 채 어둠을 끌어들이고 있었다. 정원의 화단 한가운데서 조명의 하얀 불빛들이 자욱한 안개 속으로 환영처럼 퍼져갔다. 자동차 한 대가 장애물을 피해 조심스럽게 지나가더니 이내 나의 시선 밖으로 조용히 사라져갔다. '우리 중 누구도 살아남지 못할 거야. 어쨌든 인생의 이 흐름도, 위선으로 가득한 선물들도, 어둠 속을 달리는 저 자동차와 안개를 비추는 불빛도 그리고 유리에 비친 내 눈동자도 언젠가는 사라져버리고 말겠지. 나라는 슬프고 우울한 남자는 앞으로도 그렇게 살아가게 될 거야. 유리에 비친 자신의 눈을 회의에 사로잡힌 채 바라보며, 자신을 쉽게 사랑하지 못하고, 또 스스로를 증오하지만 삶을 포기하지도 못하는 그런 남자로 살아가겠지. 사랑하는 내 딸아, 이제 네게 무엇을 해줄 수 있을까? 넌 엄마와 떨어져 신생아실의 요람 안에 누워 있구나. 이제 네 엄마도 쉬어야 할 테니까. 엄마는 저녁식사를 끝낸 쟁반을 침대 한쪽에 놓고, 지금은 들릴 듯 말 듯하게 켜둔 텔레비전을 졸린 눈으로 보고 있다. 난 행복을 믿지 않았다. 심지어 아름다운 엄마를 배신하고 볼품없이 마른 여자를 사랑했다. 그리고 눈 하나 깜짝하지 않고 다른 사람들의 몸에 메스를 대고, 서서 오줌을 누고, 숨어서 남몰래 눈물을 흘렸다. 그런 내가 너에게 무엇을 가르쳐줄 수 있을까? 어쩌면 언젠가는 네게 내 이야기를 털어놓게 될지도 모르겠다. 그러면 넌 나를 어루만지며 위로해주겠지. 아빠의 머리를 쓰다듬는 걸 어색하게 여기면서 말이야.'

초록색 재킷을 입은 라파엘라가 정원을 가로질러 오고 있었다. 그녀는 벌써 오후에 한 차례 병원을 다녀갔고, 너의 탄생을 기념하기 위해 많은 사진을 찍었다. 그녀는 카메라 타이머를 자동으로 맞춰놓고 재빨리 침대에 있는 엘사 곁으로 달려갔고, 그러자 갑작스런 무게에 침대가 흔들렸었다. 그녀는 일을 마치고 저녁 즈음에 다시 오겠다고 말했다. 그리고 지금 그녀는 손에 작은 상자를 들고 화단 사이를 걸어왔다. 그녀는 가장 절친한 친구가 평화롭고 행복한 저녁 시간을 보낼 수 있도록 예쁘고 아기자기한 모양의 과자들을 준비해 왔다. 잠시 후, 그녀는 얼굴 한가득 미소를 지으며 병실 문으로 고개를 들이밀었다. 엘사는 자리에서 일어나 앉아 그녀와 키스로 인사를 나눴다.

—안젤라는 어딨어?

—신생아실에 보냈어.

—그럼 담배 피워도 되겠네.

라파엘라는 갈색 담배 한 개비를 입에 물고 과자 상자의 포장지를 뜯어 엘사의 배 위에 올려놓았다. 나는 그녀의 방문을 기회 삼아 훈훈한 방에서 나와 밖으로 바람을 쐬러 나갔다. 병실을 나온 나는 병원 주위를 맴돌며 밤안개 속을 거닐었다. 그러고는 나처럼 아빠가 된 지 얼마 안 되는 남자들이 모여 있는 병원 구내식당으로 향했다. 두툼한 외투를 걸친 가엾은 사내들은 피곤에 지친 눈으로 손에 쟁반을 하나씩 들고 있었다. 식당의 분위기는 바닥에 깔려 있는 짙은 색의 화강암처럼 어두웠다. 마치 천장이 낮은 집의 꺼져가는 형광등 아래 있는 것 같았다. 식당에 있는 초보 아빠들은 유치원에 다니는 아이들과 다를 바 없어 보였다. 음식은 이루 말할 수 없이 형편없었다. 마치 좁은 공간에서 벌을 받듯이 병원의 후미진 곳에 있었지만 내 기분은 썩 나쁘진 않았다. 식사 메뉴는 불어서 흐늘흐늘해진 파스타와 만든 지 오래돼 가장자리가 검게 변한 육류 요리들이었다. 그 위엔 벽지에 바르는 풀처럼 끈적이는 소스와 레몬이 곁들여져 있었다. 하지만 어느 누구도 불평 한마디 하지 않았다. 그들은 성물실(聖物室)에 들어온 것처럼 낮은 목소리로 이야기를 나누고 있었고, 간간이 쟁반에 놓인 그릇들과 컵 부딪치는 소리가 들렸다. 몇몇은 생수병들 사이에서 와인을 찾았다. 그들은 잠시 망설이다가 와인을 집어 들었다. 그래, 오늘은 마음껏 즐기는 거야. 오늘 밤 내 물건이 세상에 새로운 생명을 탄생시켰으니까 말이야. 나 또한 이 정도는 즐길 자격이 있어.

우리는 자리에 앉아 남자들끼리만 먹을 때 으레 그러듯이 대충대충 식사를 하기 시작했다. 다들 재빨리 음식을 먹고 나서 느긋하게 빵을 뜯었다. 우리는 마치 절정으로 치달으며 마스터베이션을 하듯이 허겁지겁 음식을 먹어치웠다. 나는 한쪽 구석에서 맥주를 마시며 빵도 없이 치즈 두 조각을 손으로 뜯어먹고 있었다. 팔꿈치를 올려놓은 작은 테이블에는 방금 전에 닦은 듯 행주 자국이 그대로 남아 있었다. 나는 그 어슴푸레한 얼룩 속에 비친 내 동료들의 뒷모습을 바라보고 있었다.


나는 밤새도록 엘사 곁에 머물렀다. 텔레비전 아래 있던 소파는 작은 간이침대가 되었다. 하지만 나는 그 위에 눕지 않고, 의자에 앉아 시원한 순백의 쿠션을 머리 뒤에 받치고 벽에 기댔다. 그러다 눈을 감고 잠이 들었다. 이렇다할 소리는 들리지 않았지만 그렇다고 아주 고요한 것도 아니었다. 새벽 두시쯤에 엘사는 나를 깨워 물을 달라고 했다. 나는 물잔을 가져다 갈라질 정도로 타들어간 네 엄마의 입술에 대주었다.

—내 옆으로 와서 누워요.

나는 쿠션이 많이 놓여 있는 엄마의 넓고 아늑한 침대에 누웠다. 네 엄마의 큰 가슴은 잠옷 속에서 부풀어 있었고, 몸에서는 마른 땀 냄새와 약 냄새가 풍겼다.

—잠이 오질 않아요. 마치 돌아가는 세탁기 안에 던져진 기분이에요……

　그러고는 잠시 말문을 닫았다. 아마 그 순간 잠이 들었던 모양이다. 나는 조용히 문을 열고 어두운 복도로 빠져나와 신생아실로 향했다. 신생아실의 유리에는 얇은 커튼이 쳐져 있어, 그 위로 아기들이 누워 있는 침대의 윤곽과 잠든 아기들의 그림자가 희미하게 보였다. 나는 유리창에 손을 대고 안을 들여다보았다. 그 안에 사랑하는 내 딸이 불그레한 작은 손을 움켜쥐고 꼭 다문 조개처럼 눈을 감은 채 잠들어 있었다.

　날이 밝자 켄투는 아직 잠이 덜 깬 얼굴로 이제 막 목욕을 마친 너를 안고 나타났다. 너는 장미가 수놓인 하얀 새옷을 입고 있었고, 얼굴은 전날보다 편안해 보였다. 하지만 네 엄마의 얼굴은 혈색을 잃어 누런빛을 띠고 있었다. 그녀가 네게로 몸을 숙이자 너는 알 수 없는 오묘한 눈빛으로 엄마와 눈을 맞추며 배고픈 동물처럼 엄마의 가슴을 쳐다보았다.

　—나갔다 올게.

　엄마가 고개를 들었을 때 나는 침대 머리맡에 서서 피곤한 손길로 재킷을 걸치고 있었다. 수염은 길게 자랐고, 얼굴엔 잠을 자지 못한 기색이 역력했다. 엄마의 시선은 따뜻하고 평온했지만, 의심스러운 생각이 스치고 지나간 듯 불안해했다. 나는 밤새 방 안에 갇혀 있던 나방처럼 문 쪽으로 걸어갔다. 내 날개는 코르크처럼 무거웠다.

　—언제 올 거예요?

마치 네가 혼수상태에 빠져들 때 들었을 소리처럼 갑자기 뭔가 쾅 하고 부딪치며 가슴을 파고드는 소리가 들렸다. 어쩌면 그것은 단지 내 안에 있던 상념들이 불러온 상상의 소리였을 것이다. 하지만, 그렇지 않았다. 무슨 일이 일어난 게 분명했다. 그 갑작스런 굉음은 뭔가가 충돌하며 일으킨 날카로운 쇳소리였다. 그것은 바퀴가 달린 이동침대가 미끄러지면서 벽에 부딪힌 소리였다. 그런 일을 벌인 사람은 다름 아닌 알프레도였다. 혹시 네가 죽은 것일까? 그가 성공적으로 수술을 해나가고 있다고 생각하는 순간, 넌 어떤 징후나 소리도 없이 불꽃처럼 그의 손 아래에서 죽어갔을지 모를 일이었다. 알프레도는 고개를 돌려 누군가 다시 갖다놓은 그 침대를 보더니 손과 발로 마구 치고 걸어 차고 있었다. 그 소리는 마치 비명처럼 들렸다. 난 도저히 움직일 수 없어 수술실 문이 열리기만을 기다렸다. 나는 우아하고 자비로운 아다의 다리가 보이기만을 기다리고 있었다. 잠시 후 수술실에서 나오는 아다의 발소리가 들렸다. 마치 내 부탁을 듣기라도 한 듯이 그녀는 내게로 걸어오고 있었다. 그녀는 방금 전 내 기억 속에서 이제 막 네가 태어났다는 사실을 모르고 있었다. 태어난 지 얼마 안 되는 네가 엄마 품에서 젖을 빨고 있다는 사실을 그녀는 몰랐다. 지금 그녀는 자신이 맞닥뜨렸던 공포에 질려 손에 식은땀을 흘리며 걸어오고 있었다. 이제 나의 눈동자와 마주치는 순간 그녀는 또다른 공포에 직면하게 될 것이다. 내게로 가까이 다가오며 그녀는 땀에 젖은 손을 천천히 가운에 닦았다. 그녀가 문 앞까지 와 있었지만 나는 그녀를 쳐다보지 않았다. 오직 그녀의 다리만을 바라보며 나는 기다렸다. '말하지 마, 아다. 제발 아무 말도 하지 말고 그냥 그대로 있어줘. 당신은 가운 아래 우리 나이 같은 잿빛 스커트를 입고 있군. 삼십 년 전, 난 병원에서 가장 젊고 뛰어난 마취의였던 당신과 결혼할 수도 있었어. 나는 온갖 말로 당신을 유혹했지만 당신은 아무 대답이 없었지. 언제였더라? 당신과 마주쳤던 그날 오후, 버스 정류장에 서 있는 당신을 보고 나는 차를 세웠었지. 내 차에 탄 당신은 갑자기 말문을 열었지. 가운을 벗은 모습을 본 건 그날이 처음이었어. 당신의 허리는 가늘었고 엉덩이는 육감적이었지. 손으로 무릎을 쓰다듬고 있던 당신의 모습이 아직도 눈에 선해. 하지만 그때는 이미 모든 게 늦어버린 상태였어. 당신의 손길이 날 스쳐 지나갔지만 난 전혀 눈치채지 못했어. 그래, 다 지난 일이야. 그냥 추억으로 남겨두자고. 인생은 미처 완성되지 못한 추억들의 연속이니까. 하지만 우리는 여전히 살아있는 추억으로 남았지. 요즘은 어떻게 지내? 저녁식사는 어떻게 해? 결혼은 왜 안 했어? 당신의 젖가슴도 이젠 늘어져버렸을까? 담배를 피우나? 남자들은 당신에게 잘해줬어? 지금은 누구 옆에서 잠들지? 내 딸은 죽은 거야?'

나는 음흉한 야수처럼 그녀의 집으로 다가섰다. 비스듬히 열려 있는 문을 열고 들어가려 했지만, 뭔가에 걸려 문은 쉽사리 열리지 않았다. 집 안은 캄캄했고, 창문은 모두 닫혀 있었다. 그러나 한낮이었기 때문에 아주 어둡지는 않았다. 커다란 가방 두 개와 상자 몇 개가 문 앞을 가로막고 있었고, 집 안 풍경도 이전과는 사뭇 달라져 있었다. 선반에 있던 물건들은 거의 보이지 않았고, 짐을 옮기느라 생긴 먼지 냄새와 커피 냄새가 뒤섞여 있었다. 나는 기척을 내지 않으려고 신경 쓰면서 조용히 집 안으로 들어갔다. 부엌문을 열어보니 안은 황량할 정도로 텅 비어 있었고, 싱크대 위에는 찻잔 하나만 덩그러니 엎어져 있었다.

—나, 여기 있어요.

이탈리아는 침대에 누워 쿠션에 팔꿈치를 대고는 플라스틱 커튼 사이로 나를 보고 있었다.

—미안해, 자고 있었군.

—아니에요. 깨어 있었어요.

나는 그녀 곁으로 다가가 시트도 없는 침대 위에 앉았다. 그녀는 목
선이 높게 올라온 푸른색 옷을 입고 있었다. 하지만 그 옷은 조금도 그
녀의 것처럼 보이지 않았고, 오히려 엘사의 옷 같았다. 그녀는 신발을
신은 채 매트리스가 드러난 침대에 누워 있었다. 우아한 와인색 구두
를 신고 어깨는 잔뜩 움츠리고 목을 길게 뺀 불편한 자세로 엎드려 있
었다.

─지금 떠나려던 참이었어요.

─어디로?

─기차역으로요. 말했잖아요. 떠날 거라고.

꽃무늬 스카프를 두른 그녀의 목은 광채를 두른 듯 하얗게 빛났다.
한쪽 자락은 가슴에 드리워졌고, 다른 한쪽은 매트리스 위로 흘러내려
와 있었다. 화장으로 감추긴 했지만 그녀의 얼굴은 병든 사람 같았고,
두렵고 불안한 기색이 역력했다.

─딸아이가 태어났어.

내가 말했다.

그녀는 아무 말도 하지 않고 시선을 아래로 떨어뜨렸다. 어쩌면 나
의 손을 보고 있었는지도 모르겠다. 그녀의 시선은 과거 속에 존재했
다. 그녀는 다시는 오지 않을, 우리가 잃어버린 시간 속으로 돌아가 있
었다. 그녀 역시 나처럼 비탄에 잠겨 조용히 깊은 한숨을 몰아쉬고 있
었다.

─예쁘게 생겼어요?

─응.

─이름이 뭐예요?

─안젤라.

─행복해요?

나는 그녀의 스카프 끝자락을 살짝 손으로 쥐었다. 그러나 갑자기 사냥감을 움켜쥐듯 스카프를 꽉 붙잡아 그녀의 머리를 끌어당겼다.

—어떻게 내가 행복해질 수 있겠어? 어떻게?

나는 느닷없이 울음을 터뜨렸다. 쓰디쓴 눈물이 면도를 하지 않은 뺨 위로 소리 없이 흘러내렸다.

—너 없이는 살 수 없어. 도저히 그럴 수 없어……

나는 울먹이며 말했다.

그녀는 미소를 지으며 고개를 흔들었다.

—아니에요. 당신은 할 수 있어요.

그녀의 눈은 무언의 도전처럼 빛을 발하고 있었고, 거기엔 자기 자신이나 그녀 옆에 있는 누구에게라도 보일 수 있는 지극한 연민이 깃들어 있었다.

—이제 가야 해요. 기차를 놓치겠어요.

나는 쥐고 있던 그녀의 스카프를 놓고는 벌떡 자리에서 일어났다. 그러고는 거친 손길로 눈물을 훔쳤다.

—내가 데려다줄게.

—왜요? 그럴 필요 없어요.

그녀는 침대에서 일어나며 말했다. 짙푸른 옷을 입은 그녀의 몸은 굉장히 말라 보였다. 가슴은 없어져버린 것처럼 밋밋해 이제는 그녀의 늑골 아래로 흐르는 작은 골짜기로밖에 보이지 않았다. 짧디짧은 그녀의 머리에는 작은 핀 하나가 꽂혀 있었다. 흑갈색 머리카락 사이에서 빛나는 그 핀은 별 소용이 없어 보였다. 그녀는 아직 치우지 않은 거울 앞으로 다가가 자신의 모습을 바라봤다. 그러면서 손가락으로 연신 눈썹을 쓸어내렸다. 별다른 이유 없이 마지막으로 화장을 고친 그녀는 어쩌면 앞으로 다가올 삶에 행운을 빌고 있었던 것인지도 모르겠다.

나는 허리를 숙여 가방들을 들었고, 그녀는 고맙다고 하면서 소파에
펼쳐놓은 외투를 입으러 갔다. 재킷은 십자가 모양으로 펼쳐져 있었다.
현관 문 앞에서 그녀는 누추한 자신의 집을 마지막으로 둘러봤다. 하지
만 아쉬워하는 것 같지는 않았다. 그저 뭔가를 잊었을까봐 불안해하는
표정으로 서두를 뿐이었다. 어쩌면 그 순간 그녀보다 내가 더 슬펐는지
도 모른다. 그 집에서 나는 그녀를 사랑했었다. 타일이 깔린 바닥과 소
파 그리고 담배 색깔 침대 커버 위에서, 때로는 벽에 기대어, 또 때로는
욕실과 부엌에서 나는 그녀를 사랑했었다. 달빛도 없는 깊은 밤과 새벽
의 여명 속에서도 나는 그녀를 사랑했었다. 순간 내가 얼마나 그 집을
사랑하는지 깨달았다. 고가도로 위로 차가 지나가자 집은 다시 한 번
흔들렸다.
　이탈리아의 눈동자는 이제 꽃무늬 커버 대신 너덜너덜하고 지저분한
황색 벨벳으로 덮인 소파 밑에 머물렀다.
　―뭘 찾고 있어?
　―아니에요. 아무것도.
　하지만 그녀의 눈빛은 뭔가를 잃어버린 듯 허전하고 쓸쓸해 보였다.
그 순간 그 낡은 소파 밑에 항상 얼굴을 파묻고 있었던 그녀의 눈먼 개
가 떠올랐다.
　―크레발코레는 어디 갔어?
　―다른 사람한테 줬어요.
　―누구?
　―집시들한테요.
　하지만 우유병을 든 원숭이 포스터는 벽에 그대로 걸려 있었다.

　하이힐을 신은 그녀의 걸음걸이는 여느 때와 달리 몹시 흔들리고 있

었다. 몸을 앞으로 구부린 채 휘청거리며 걷고 있는 그녀의 몸에 혹시나 무슨 이상이 있는 것은 아닐까 싶었다. 어쩌면 그 모습은 또다른 불안과 공포를 암시하고 있는지도 몰랐다. 나는 트렁크에 가방들을 싣고 나서 맞은편 길에 서 있는 이탈리아에게로 갔다. 그녀가 끝까지 들고 가겠다고 고집을 부렸던 가방은 그녀의 발 밑에 놓여 있었다. 나는 그 가방을 들었다.

하지만 그녀는 그대로 서서 내가 하는 대로 내버려두었다. 그러면서 트렁크를 닫는 내 모습을 지켜보았다. 그러나 차에 오르려는 순간 그녀의 얼굴은 이루 말할 수 없는 고통으로 일그러졌다.

—왜 그래, 무슨 일이야?

—아무것도 아니에요.

하지만 내가 운전을 하는 동안 그녀는 배 위에 손을 올려놓고 내가 보지 않는 사이마다 천천히 아래로 쓸어내렸다.

나는 역으로 가지 않았다. 그렇다고 시내를 가로질러 가는 척하지도 않았다. 고속도로 인터체인지로 향하는 길로 접어들었다.

—지금 어디로 가는 거예요?

—남쪽으로. 너를 데려다주고 싶어.

우리는 이미 고속도로를 달리고 있었다. 이탈리아는 힘없이 고개를 내젓더니 아무런 대꾸도 하지 않고 의자 깊숙이 몸을 묻었다.

—도착하는 데 몇 시간이나 걸려요?

—기차보다는 덜 걸릴 거야. 걱정하지 말고 쉬고 있어.

그녀는 눈을 감았다. 하지만 그녀의 눈꺼풀은 평화를 찾지 못한 듯 계속 떨리고 있었다. 그녀는 다시 눈을 떠 내게로 고개를 돌리더니 한쪽 손을 뻗어 내 다리를 쓰다듬었다. 나는 온몸이 전율할 만큼 행복해하며 흥분했고, 달리는 차를 갓길에 대고 당장이라도 그녀와 사랑을 나누고 싶었다. 그리고 그녀의 앙상한 몸 속으로 미끄러져 들어가고 싶었다.

— 이리로 더 가까이 와.

그녀는 떨리는 작고 단단한 머리를 순순히 내 어깨에 기댔다. 그러고는 나와 함께 우리 앞에 펼쳐진 도로를 바라봤다. 운전을 하면서 나는 가끔씩 고개를 돌려 그녀의 귀와 얼굴에 키스를 퍼부었다. 그녀의 숨결은 부드러웠고, 우리 사이에는 서서히 평화로운 기운이 감돌기 시작했다. 태양이 자취를 감춘데다 안개의 흔적이 남아 있어 맑은 햇살을 보기 어려운 흐릿하고 어슴푸레한 날씨였다. 차들은 도로를 가득 메우고 달리고 있었다. 이따금 트레일러 한 대가 뒤늦게 깜빡이를 켜며 오른쪽 차선에서 끼어들었다. 아주 평범한 날이었다, 안젤라. 특별한 것이라곤 없었다. 하지만 그것은 내 인생에서 가장 아름다운 여행이었다. 지난 삶을 되돌아보며 가장 행복했던 순간을 생각하면, 그날의 여행이 맨 먼저 눈앞에 떠오른다. 빠른 속도로 내달리는 차 안은 덜컹거리고 있었지만 우리는 고통도 슬픔도 없이 마법에 휩싸인 어떤 세계 안에서 숨 쉬고 있었다. 그것은 생각지도 않게 찾아온 깊고 무한한 행복이었다. 그 회색 구름이 낀 하늘은 우리를 위로하고 있는 듯했다.

나는 단 한 번도 나 자신과 그처럼 조화를 이뤄본 적이 없었다. 셔츠 안의 가슴, 이마, 두 눈, 핸들을 잡은 손 그리고 어깨에 느껴지는 그녀의 무게감이 하나로 일치되어 있었다. 이탈리아는 내 어깨에서 잠이 들었고, 난 그녀를 깨우고 싶지 않아 되도록 움직이지 않았다. 그녀가 한쪽 다리를 변속기어에 올려놓은 채 잠들어 있었기 때문에 나는 꼭 필요할 때만 천천히 그리고 조심스럽게 기어를 바꾸었다. 그녀를 사랑하는 일은 쉽지 않았다. 나는 그녀를 거부하고 멀리 밀쳐냈었다. 그녀는 나 때문에 낙태까지 했다. 하지만 모두 지난 일이었다. 이제 영원히 그녀를 내 곁에서 떠나보내지 않을 것이다. 남쪽으로 가는 그 길은 그녀에게 다가서는 진정한 첫걸음이었다. 그녀의 고향으로 돌아가는 그 여행은 모든 걸 처음부터 다시 시작할 수 있는 기회가 될 것이다. 나는 서둘렀다. 어서 빨리 도착해서 구겨진 옷차림을 한 그녀가 차에서 내리는 것을 보고 싶었다. 그녀는 바람에 휘날리는 스카프 뒤로 하얀 한쪽 손을 내밀어 내게 함께 가자고 청하며, 옛 기억 속의 세계로 첫걸음을 옮길 것이다. 나는 허물어져가는 그곳의 초라한 교회 뜰 안에서 그녀의 발치에 무릎을 꿇은 채 내 생애 마지막 용서를 구할 것이다. 그후 다시는 용서를 구할 필요가 없어질 것이다. 이제부터 나는 그녀에게 아픔을 주지 않고 사랑만 할 것이다.

안젤라, 이런 생각을 하면서도 너를 걱정하지는 않았다. 너는 건강하게 태어났고, 네 엄마도 잘 지내고 있었으니까. 엄마에게는 짧은 편지를 쓸 생각이었다. 지금까지의 일들을 변명 없이 단 몇 줄의 문장으로 모조리 고백할 참이었다. 나머지 말들은 그저 내 감정들에 불과한 것이었으니까. 설명할 수 있는 사랑이란 존재하지 않는다. 그것은 홀로 존재하며, 실수와 괴로움들을 빚어낸다.

나는 불필요하게 시간을 낭비하지 않고 되도록 빨리 모든 일들을 진행시킬 것이다. 내일이라도 당장 변호사 친구인 로돌포에게 전화를 걸어 엘사와의 이혼 서류를 준비할 것이다. 난 엘사에게 모든 것을 넘겨줄 것이다. 내가 원하는 단 하나는 지금 내 옆에서 숨 쉬고 있는 존재뿐이다. 나는 그녀와 함께 가드레일 위로 협죽도가 자라고 있는 먼지 날리는 고속도로를 달렸다. 어느새 하루는 저녁을 향해 기울어가고 있었다. 음영은 선명하진 않았지만 더욱 짙어져 이탈리아의 얼굴은 거의 보랏빛으로 보였다. 핸들 아래 내 다리와 그녀의 자리 사이에 반쯤 편 그녀의 손이 놓여 있었다. 나는 그 손을 잡아 꼭 쥐었다. 그리고 누구든 그녀의 손을 건드리면 절대로 가만두지 않겠다고 생각했다.

　나는 어느 고속도로 휴게소에서 잠시 멈췄다. 갈증도 일었고 화장실도 들러야 했다. 나는 어깨에 기대 잠들어 있는 이탈리아에게서 조심스럽게 몸을 빼냈다. 그녀는 작은 숨소리를 내며 천천히 의자 등받이로 몸을 기댔다. 생각보다 밖은 그다지 춥지 않았다. 나는 화장실 밖에 놓인 작은 양철 그릇에 돈을 넣으려고 주머니에서 동전을 찾았다. 하지만 잔돈도 없었고 마침 주위에는 아무도 없어서 사용료를 내지 않은 채 볼일을 봤다. 스낵바 안에는 남자 한 명뿐이었다. 외투도 걸치지 않은 건장한 체격의 그 남자는 파니노를 먹고 있었다. 나는 플라스틱 컵에 담긴 커피와 생수 한 병 그리고 이탈리아에게 줄 비스킷 한 상자를 사서 밖으로 나왔다.

　휴게소 광장에서 커피를 마시는 동안 자동차 두 대가 주유를 했다. 그중 한 대에서 한 남자가 내려 차 지붕에 팔꿈치를 대고는 다리를 벌려 스트레칭을 했다. 하루 종일 보지 못했던 태양이 얼굴을 내밀며 지평선 너머로 기울어가고 있었다. 해넘이의 빛은 지상을 따뜻하게 어루만지고 있었고, 지상의 모든 존재들은 마치 소중한 선물을 대할 때처럼 장밋빛 햇살의 은총을 받으며 행복에 잠긴 듯했다. 그 낯설고 어스레한 빛은 우리가 남부 가까이에 왔다는 걸 실감케 했다. 휴게소 한쪽 구석에는 커다란 하늘색 솔을 드러낸 세차 기계가 작동을 멈춘 채 서 있었다. 나는 다시 차로 돌아왔다. 잠이 깬 이탈리아는 차창 너머로 나를 바라보며 미소 짓고 있었다. 나는 손짓으로 그녀의 미소에 답했다.

　얼마 후 우리는 다시 기분 좋게 출발했다. 이탈리아는 라디오를 틀었고, 음악이 흘러나오자 허스키한 목소리로 노래를 따라 부르며 어깨를 들썩였다. 어둠이 내리자 이탈리아는 더이상 노래를 부르지 않았다. 라디오의 목소리는 바다의 파도가 거칠다는 뉴스를 전하고 있었다.

그녀는 추운지 다리를 후들거리며 몹시 떨었고, 두 손을 하얗고 부드러운 허벅지 사이에 끼워놓고 있었다.

―왜 스타킹을 신지 않았어?

―지금은 5월인걸요.

나는 그녀를 위해 히터를 틀었다. 잠시 후, 온기 때문에 나는 땀이 났지만, 이탈리아는 여전히 몸을 떨었다.

―아무래도 여기 어디서 자고 가는 게 낫겠어.

―아니에요. 괜찮아요.

―그럼 뭐라도 먹고 가자.

―배 안 고파요.

그녀는 어두워진 도로와 우리 앞을 달리는 자동차들의 불빛을 걱정스레 바라보고 있었다. 우리는 고속도로를 벗어나 조용한 국도로 접어들었다. 고속도로의 출구를 알려준 사람은 이탈리아였다. 이제 그녀가 내게 길을 알려주고 있었다. 하지만 어둠 때문인지 주위를 잘 구별하지 못해 망설이며 걱정하는 눈치였다. 그녀가 떠나 있는 동안 많은 것들이 달라졌기 때문일 것이다.

―얼마 만에 와보는 거야?

―아주 오래됐어요.

그녀는 오랫동안 낮잠을 잤지만 고개를 가누는 것조차 힘들어했다. 이마에 손을 대보니 펄펄 열이 끓고 있었다.

―열이 나잖아. 아무래도 쉬었다 가야겠어.

얼마쯤 더 가자, 조명 시설이 엉망인 거리 옆으로 쓰러질 듯 허름한 집들이 몇 채 있는 작은 마을이 눈에 들어왔다. 그곳에서 '식당'이라고 적힌 세로로 된 형광 간판을 발견했는데, 그 밑으로 아주 작게 가로로 '방 있음'이라는 글자가 적혀 있었다. 나는 도로변의 지저분한 공터에 차를 주차했다.

—가방 가지고 갈 거야?

어둠 속에서 그녀는 미동도 하지 않은 채 아무런 대답이 없었다.

—자, 내려.

나는 몸을 숙여 그녀가 내리는 것을 도와주었다. 그녀는 기운을 내려고 숨을 깊게 몰아쉬며 자리에서 일어났다. 차 밖으로 나오는 그녀의 허리를 감싸는 순간 그녀가 심하게 떨고 있음을 알 수 있었다. 우리는 서로를 꼭 붙잡고 간판 쪽으로 걸어가다가 잠시 멈춰 서서 하늘에 떠 있는 달을 바라봤다. 그것은 더이상 하늘에 속한 것이 아니라 우리의 일부인 듯했다. 신비로움을 벗고 세상 가까이 내려온 달은 인간적인 느낌을 주었다.

우리는 얇은 커튼이 드리워진 유리문을 열고 식당 안으로 들어갔다. 오른쪽은 텅 빈 바였고, 맞은편은 칙칙해 보이는 넓은 식당이었다. 홀 안에선 남자들이 군데군데 앉아 식사를 하고 있었다. 대부분은 와인을 마시며 텔레비전에서 중계하는 축구 경기를 보고 있었다. 우리는 그들과 멀리 떨어진 테이블을 골라 앉았다. 누군가 우리 쪽으로 시선을 던졌지만, 잠시 무심한 눈길로 쳐다보더니 다시 텔레비전 화면으로 고개를 돌렸다.

그때 주방에서 한 여자가 앞치마에 손을 닦으며 나왔다. 그 여자는 헝클어진 회색 머리를 한 전형적인 촌부의 얼굴을 하고 있었다.

—식사 가능한가요?

—주방장이 가고 없어요.

—간단한 간식이나 얇게 썬 치즈라도 먹을 수 없을까요?

─야채수프도 같이 드시려우?

─네, 그러죠.

나는 생각지 못한 여자의 친절한 제안에 놀라며 말했다.

─따뜻하게 데워드리죠.

─저, 숙박도 가능한가요?

그 여자는 필요 이상으로 이탈리아를 뚫어져라 쳐다보며 말했다.

─며칠이나 머물 건데요?


이탈리아는 수프를 조금 뜨더니 더이상 입에 대지 않았다. 나는 아직 낯설기만 한 그녀의 짧고 검은 머리와 엷게 눈화장을 한 핼쑥한 얼굴 그리고 목선이 높게 올라온 푸른색 옷을 바라보았다. 그녀는 마치 베일을 쓰지 않은 수녀처럼 보였다. 나는 그녀에게 한 잔 가득 와인을 따라주었고, 건배를 하자고 했다. 하지만 그녀는 잔을 드는 대신 내 와인잔 옆으로 자기 잔을 살짝 밀었다. 우리는 테이블보 위에서 밤하늘에 낮게 떠 있는 달 같은 잔을 부딪쳤다. 창문 너머로 보이는 달은 친근한 얼굴로 어둠 속에서 빛나고 있었다. 그것은 마치 우리를 지켜보고 있는 듯했다. 나는 와인을 세 잔이나 연거푸 들이켜 약간 취기가 올랐다. 퀴퀴한 음식 냄새와 싸구려 술 냄새가 진동하는 허름한 여관에 머물고 있었지만, 그럼에도 나는 생쥐처럼 살아왔던 도시에서 수백 킬로미터나 떨어진 곳에 그녀와 함께 있다는 이유만으로도 행복했다. 새롭게 시작될 우리의 인생이 있기 때문이었다. 앞으로 눈부시도록 근사한 일들만 펼쳐질 것이다. 아니 반드시 그래야 했다. 하지만 나는 이탈리아가 우울해하고 있지 않을까 염려스러웠다. 그녀의 기분을 즐겁게 해주기 위해서라도 어서 기운을 차리고 싶었다. 나 역시 얼마 못 가서 우울해질까봐 두려웠기 때문이다. 달빛에 비친 우리의 모습이 갑자기 처량해 보였다. 안젤라, 나는 그런 생각을 떨쳐버리기 위해 술을 마셨다. 그러면서 이제 우리의 삶이 새로운 기회를 맞이하리라는 확신을 갖게 되었다. 우리는 또다른 아이를 가질 것이고, 나는 남아 있는 날들 동안 언제나 그녀를 행복하게 해주겠다고 다짐했다. 나는 확신에 차 반짝이는 눈으로 그녀를 바라봤다. 그녀가 제대로 먹지 못하는 것은 걱정할 만한 일이 아니었다. 그녀는 단지 피곤할 뿐이었다. 어서 잠을 자야만 했다. 만월의 달빛이 비쳐드는 방에서 내가 그녀를 어루만지는 동안 그녀는 잠이 들어 꿈의 세계로 걸어 들어갈 것이다. 배가 고파 한밤중에 깨어난다면, 불 꺼진 주방으로 내려가 약간의 빵과 그 안에 넣을 소시지 조각을 몰래 가져오면 그만이다. 그러고는 깊은 밤의 큐피드처럼 나는 그녀가 먹는 모습을 지켜볼 것이다.


그때, 그녀가 접시에 구토를 하고 말았다. 그녀는 몹시 놀라 경련을 일으키며 금세 얼굴을 붉혔고, 이마엔 검붉은 혈관이 부풀어올랐다. 그녀는 냅킨을 집어 입을 닦았다.

—미안해요.

나는 테이블에 놓인 그녀의 손을 잡았다. 땀으로 범벅이 된 손은 너무나 뜨거웠다.

—아니야, 내가 미안해. 억지로 저녁을 먹게 해서.

그녀의 얼굴은 하얗게 질려 있었고, 두 눈엔 이상한 체념의 기운이 감돌았다. 그녀는 기침을 하더니 주위를 둘러보았다. 마치 누군가 자신이 아픈 것을 알아차릴까봐 두려워하는 듯했다. 시끄러운 텔레비전 소리만 빼면 식당 안은 조용했다. 아나운서의 목소리는 끊임없이 축구공의 움직임을 따라가고 있었다. 그녀의 등뒤로 식당 안쪽에 있는 주방 문이 활짝 열렸다. 주인 여자는 우리에게 다가와 요리를 담은 접시를 테이블 위에 내려놓았다. 올리브오일에 절인 야채와 구운 가지 그리고 말린 토마토 조각들은 꽤 먹음직스러워 보였다.

—제 여자친구가 몸이 좋지 않아요. 방으로 안내해주시겠어요?

여자는 난처한 얼굴로 우리를 살펴봤다. 우리를 믿지 못하는 모양이었다.

—부탁합니다.

나는 십만 리라짜리 지폐를 신분증과 함께 테이블 위로 내밀었다.

—제 친구의 신분증은 나중에 갖다드리죠.

그녀는 지폐를 집어 들더니 천천히 비어 있는 바 쪽으로 걸어갔다. 그러고는 철제함을 열어 우리에게 열쇠를 건넸다.

방은 넓었고 말끔히 정돈되어 있었지만, 오랫동안 사용하지 않았음을 알 수 있는 냄새가 났다. 방 안엔 목재를 덧씌운 나무 침대와 한 세트로 보이는 똑같은 모양의 옷장이 놓여 있었다. 가구의 다리는 아직도 비닐로 싸여 있었다. 화장실 안에는 하늘색 수건과 그보다 작은 연갈색 수건이 세면대 옆에 걸려 있었다. 침대 커버는 커튼과 마찬가지로 초록색이었다. 나는 커버를 벗겨 침대 한쪽으로 젖혀놓았다. 이탈리아는 침대에 앉아 몸을 수그린 채 배를 부둥켜안았다.

—혹시 생리하는 거야?

—아뇨.

그녀는 곧바로 침대에 드러누웠다. 나는 그녀의 신발을 벗긴 다음 다리를 펴도록 도와주고 머리 아래로 베개를 받쳐주었다. 하지만 베갯솜이 푹 꺼지는 바람에 머리를 편안히 뉠 수 있도록 다른 베개를 더 받쳐주어야 했다. 방 안엔 화학약품 같은 고약한 냄새가 진동하고 있었다. 어쩌면 공장에서 나온 지 얼마 안 된 싸구려 가구 냄새였는지도 모르겠다. 나는 커튼을 젖힌 다음 창문을 활짝 열어 초여름의 부드러운 밤공기가 방 안으로 들어오도록 했다.

　침대 위에 누운 이탈리아는 온몸을 부들부들 떨고 있었다. 나는 창문을 닫고 이불을 찾아봤다. 그리고 옷장 서랍에서 군대 모포처럼 거친 갈색 담요를 발견했다. 나는 담요를 반으로 접어 그녀의 몸 위에 덮어주었다. 그러고는 이불 밑으로 손을 넣어 손목을 잡아보았다. 맥박이 굉장히 약했다. 하지만 왕진 가방조차 없었던 나는 그녀에게 아무것도 해줄 수가 없었다. 그렇게 부주의한 나 자신이 한심스러웠다.

　ㅡ우리 그만 자도록 해요.

　그녀가 말했다.


　나는 신발도 벗지 않고 그녀 옆에 누웠다. '이제 우리는 자는 거야. 이 누추한 방에서 옷을 입은 채로 이렇게 잠이 드는 거지. 내일이면 그녀는 괜찮아질 거고, 우리는 상쾌한 아침공기를 마시며 다시 출발하는 거야. 가다가 어느 바에 들러 아침을 먹고 신문 서너 가지와 면도날을 사야지.' 자리에 눕자 조금 전에 급하게 들이켰던 와인이 나른한 술기운을 불러일으켰다. 나는 이탈리아의 목소리와 그녀의 육체가 그리웠다. 어느새 내 아랫도리는 단단히 팽창했고 어서 빨리 그녀를 안고 싶었다. 하지만 그녀는 벌써 잠들어 있었다. 나는 불을 껐다. 그녀는 피곤하게 잠든 아이처럼 드르렁거리며 숨을 쉬었다. 내가 마신 와인은 좋은 것이 아니었는지 나른한 기분이 금세 가셨다. 나는 다시 멀쩡해졌고, 입 안은 텁텁하고 씁쓸하기까지 했다. 이탈리아를 깨우지 않으려고 조심하면서 나는 가만히 그녀의 몸에 기댔다. 그녀는 내 여자였고, 앞으로도 영원히 그럴 것이었다.

　희미한 달빛이 그녀의 얼굴 한쪽을 비추고 있었다. 그녀의 옆얼굴은 마치 어떤 불안함을 안고 꿈의 문턱에 들어선 것처럼 난처해 보였다.

그 불안함이 어떤 것인지까지는 생각하지 않았다. 대신 나는 잠든 그녀의 모습을 바라보는 것이 너무도 즐거워 어둠 속에서 조용히 미소 지었다. 시트에 맞닿은 내 입가에 잡히는 주름이 느껴졌다. 안젤라, 나는 그 어느 때보다 행복했다. 그렇게 지복하고 풍요로운 감정은 나에겐 당혹스러울 만큼 믿기 어려운 것이었다. 그 순간 나는 더없이 행복했고, 마음속으로도 '난 행복해!'라고 외치고 있었다. 가구 공장처럼 우울한 방에서 희미한 달빛에 비친 이탈리아의 옆모습만으로도 나는 충분히 그럴 수 있었다.

나는 땀이 맺혀 번들거리는 그녀의 이마를 시트 자락으로 닦아주었다. 여전히 열은 내리지 않았고, 오히려 아까보다 더 심해진 것 같았다. 그녀는 힘겹게 목 안으로 침을 삼키고 있었다. 자세히 들어보니 그녀의 숨결에서는 고통스런 신음 소리가 묻어나고 있었다. 나는 가만히 그녀의 숨소리를 들었다. 신음 소리는 서서히 끊기며 점점 사그라졌다. 그러다 갑자기, 그녀는 공포에 질린 새가 내뱉는 울음소리처럼 거칠고 날카로운 숨을 토해냈다. 나는 그녀를 흔들었다.

—이탈리아……

그녀는 움직이지 않았다.

—이탈리아!

갑작스런 마비가 일어난 것이 틀림없었다. 그녀는 눈을 감은 채 간신히 입술을 벌려 무슨 말을 하려는 듯 웅얼거렸지만 결국 한마디도 하지 못했다.

나는 침대에서 내려와 그녀 위로 몸을 숙인 채 뺨을 때리기 시작했다. 처음에는 볼을 살짝 치는 정도였지만 그녀가 깨어나지 않아 점점 세게 때렸다. 하지만 그녀의 머리는 그저 힘없이 흔들리고만 있었다.

—정신 차려, 이탈리아. 정신 차려봐!

나는 어떤 약도 가지고 있지 않았다. 도무지 그녀의 상태를 알아낼 길이 없었다. 난 환자의 병을 진단하는 것보다 수술대 위에 놓인 몸을 다루는 데 더 익숙했다. 우리가 있던 곳은 이름 모를 국도 변에 있는 여관이었고, 그곳은 내가 사는 도시와 병원에서 너무나 멀리 떨어져 있었다.

잠시 후 그녀는 몸을 움직이기 시작하더니 인사말까지 중얼거렸다. 매우 지치고 무감각한 표정이었다. 그녀는 내가 뺨을 때린 것도 마치 나비가 날아와 어른거리다가 작은 날개로 가볍게 스치고 간 정도라고 느끼는 것 같았다. 나는 그녀를 일으켜 세워 벽에 기대 앉히려 했지만 그녀는 이내 한쪽 어깨 위로 머리를 떨어뜨렸다. 나는 불을 켜고 세면대로 달려갔다. 수도꼭지는 쏴 하는 소리를 내며 물을 쏟아냈다. 나는 수건을 적셔 그녀의 얼굴과 머리, 가슴 등을 차례로 닦아내려갔다. 그녀는 정신을 차렸는지 눈을 뜨며 말했다.

―뭐 하는 거예요?

―몸이 좋지 않으니 이렇게라도 해야 해.

나는 말을 더듬었다.

하지만 그녀는 무슨 일이 있었는지 전혀 눈치 채지 못하는 것 같았다. 잠을 자다 갑자기 의식을 잃었던 것도 모르고 있었다. 나는 다급한 손놀림으로 그녀의 윗옷을 허리까지 벗겼다.

―진찰을 해봐야겠어.

나는 고함치듯 말했다.

그녀의 복부를 촉진해보았더니 돌처럼 딱딱했다. 그녀는 미동도 하지 않았다.

―추워요.

그녀가 속삭였다.

나는 창밖을 바라보며 우리를 비추고 있는 달빛이 어서 사라지기를 빌었다. 당장 그곳을 떠나야만 했다. 바로 그 순간 시트 위로 번져가는 얼룩이 눈에 들어왔다. 그녀는 침대 위에 오줌을 싸고 있었다. 하지만 나를 바라보는 그녀는 자신이 지금 뭘 하고 있는지도 몰랐다. 오줌을 싸고 있는 몸은 그녀의 것이 아닌 듯했다. 나는 다시 그녀의 딱딱한 복부를 깊숙이 눌렀다.

—느껴져?

나는 소리쳤다.

—내 손끝이 느껴지냔 말이야.

그녀는 거짓말을 못 했다.

—아니요. 아무것도 안 느껴져요.

그녀는 힘없이 속삭였다.

안젤라, 그때 나는 뭔가 심각한 일이 일어나고 있다는 걸 직감했다. 벽에 등을 기대고 있던 이탈리아는 잿빛 얼굴을 베개 사이에 묻으며 침대 위로 쓰러졌다.

—당장 가자.

—그냥 자게 내버려둬요.

나는 그녀를 들어올렸다. 그녀의 몸은 새털처럼 가벼웠다. 침대 시트 위에는 그녀의 푸른 옷에서 물든 푸르스름한 얼룩이 남아 있었다. 나는 복도를 지나 '출입금지'라고 적혀 있는 유리문을 발로 찼다. 주인 여자가 문을 열고 나타났다. 뒤에는 얼빠진 표정을 한 청년이 서 있었다.

—병원! 가장 가까운 병원이 어디예요?

나는 고함을 질렀다.

이탈리아는 내 품에서 무너지듯 축 늘어진 채 의식을 잃었다. 나는 마치 그들에게 나의 비탄과 광기의 이유를 보여주기라도 하듯 이탈리아를 들쳐안고는 차마 말을 잇지 못했다. 나는 울었고, 내 눈엔 분노의 눈물이 글썽거렸다. 어머니와 아들로 보이는 두 사람은 벽에 기대어 내게 길을 가르쳐주느라 애썼지만, 나는 그들에게 소리를 지르며 울부짖었다. 나는 자동차로 달려가 이탈리아를 의자에 뉘었다. 놀란 주인 여자는 잠옷과 슬리퍼 차림으로 뒤따라 나와 어쩔 줄 몰라하고 있었다. 격분한 내 모습에 당황한 모양이었다. 나는 더러운 주차장 한가운데 서 있는 그 여자를 뒤로하고 먼지를 일으키며 급히 차를 몰아 그곳을 떠났다.

지나쳐 왔던 도로 위의 표지판들은 하나같이 애매했고 길을 찾기에도 충분치 않았다. 나는 그것들을 기억하지 못할 정도로 격앙되어 있었다. 하지만 안젤라, 우리가 가야만 한다면 삶이 우리를 이끌어줄 것이었다. 헤드라이트가 밝히는 새벽의 도로는 나침반 바늘처럼 나를 앞으로 끌어당겼다. 나는 가속페달을 밟으며 이탈리아에게 말했다.

―걱정하지 마. 모든 게 잘될 거야. 안심해.

고열에 시달리는 이탈리아는 별다른 동요 없이 가만히 누워 있었다. 어쩌면 벌써 혼수상태에 이르렀는지 몰랐다.

한편에서 바다가 서서히 도로와 수풀 사이로 얼굴을 드러내고 있었다. 남부의 바다는 도로 저편 해변에 늘어선 가난한 집들과 함께 나타났다. 드디어 작은 로터리 한가운데 낡고 녹슨 도로표지판 아래 붉은 글씨로 'H'라고 적힌 하얀 안내판이 눈에 들어왔다. 우리는 얼마쯤 더 가서야 그곳에 도착했다. 병원 건물은 작고 소박했으며 벽에는 시멘트가 발라져 있었다. 그곳은 겨울 내내 문을 닫아두는 바닷가 병원들 중 한 곳이었다. 주차장에는 몇 대의 차들과 앰뷸런스가 세워져 있었다. 응급실은 텅 비어, 전등 하나가 외롭게 실내를 비추고 있었다. 나는 차에 있는 이탈리아를 안아올렸다. 그녀가 신고 있던 와인색 구두 한 짝이 보이지 않았다. 나는 정신없이 문을 밀고 안으로 들어갔다. 그곳에 있는 또다른 병실들에도 정적이 흐르고 있었다.

―아무도 없어요?

그러자 검은 머리를 뒤로 묶은 젊은 간호사가 밖으로 나왔다.

―위급한 상황이에요. 당직 의사는 어디 있죠?

나는 대답을 들을 새도 없이, 가까운 방으로 박차고 들어갔다. 깜짝 놀란 간호사는 나와 거리를 두며 볼썽사납게 짧은 셔츠를 걸친 남자와 함께 뒤따라왔다.

마침내 나는 응급소생실을 발견했다. 그곳도 마찬가지로 텅 빈 채 창문이 닫혀 있었고, 오랫동안 사용하지 않은 듯한 의료기구들로 가득했다. 나는 이탈리아에게 산소호흡기를 연결했다. 그러고는 간호사를 향해 말했다.

―초음파 검사를 해야 해요.

나는 꿈쩍도 하지 않는 그녀의 팔을 마구 흔들었다.

―서둘러요!

잠시 후 짧은 셔츠를 입은 남자가 초음파 기계를 끌고 뛰어왔다. 나는 약품이 든 벽장을 열었지만, 쓸모없는 약상자들만 잔뜩 들어 있는 것을 보고 절망하지 않을 수 없었다. 곧이어 당직 의사가 도착했다. 그는 안경 언저리까지 뻣뻣한 수염이 나 있는 중년 남자였다. 나는 이탈리아에게 항생제를 투여하고 있었다.

―누구시죠?

자다가 방금 일어난 사람처럼 착 가라앉은 목소리로 그가 물었다.

―난 외과의사요.

나는 고개도 돌리지 않고 말했다. 초음파 모니터는 이미 작동하고 있었다.

─그 여자 분은 어디가 아픈 거죠?

그가 물었다.

나는 대답하지 않았다. 그저 이탈리아의 배를 검사기구로 누르며 모니터에서 눈을 떼지 않았다. 하지만 모니터에는 아무것도 나타나지 않았다. 내 주위에 있는 사람들은 모두 침묵을 지키고 있었다. 아주 가까이서 당직 의사의 숨결이 느껴졌는데, 골초들에게서나 나는 역겨운 담배 냄새가 풍겼다. 나는 드디어 무엇이 잘못됐는지를 알게 되었다. 비록 믿고 싶지 않았지만, 다른 사람들도 이미 알고 있는 듯했다. 끔찍하게도 그녀의 배 안엔 피가 가득 고여 있었다. 외부에서는 아주 작은 출혈도 보이지 않았다. 출혈은 몸 속에서만 일어났고, 하복부의 장기들에는 벌써 괴사가 진행됐을 수도 있었다.

─수술실은 어디 있습니까?

당직 의사는 불안한 얼굴로 나를 살폈다.

─당신은 이 병원에서 수술할 자격이 없는데……

나는 어디로 가야 할지도 모른 채 무작정 이동침대를 밀고 나갔다. 젊은 여자 간호사는 내 옆에서 방향을 알려주며 함께 달렸다. 수술실은 일층 안쪽 하늘색 타일이 깔린 복도 끝에 있었다. 다른 방들과 똑같아 보이는 수술실 안은 불이 꺼져 있었고, 퀴퀴한 냄새와 함께 시효가 지난 알코올의 악취가 진동하고 있었다. 심전도 기계는 텅 빈 수술 도구 카트와 함께 한쪽 구석에 처박혀 있었다. 우리는 어두운 수술실로 들어갔다. 나는 이탈리아가 누워 있는 이동침대를 수술등 아래로 옮겼다. 곧바로 수술등을 켰지만 전등들 중 상당수가 나가 있었다.

─블라인드를 전부 올려요. 어서!

간호사는 내 지시를 로봇처럼 따랐다.

─수술 도구는 어디 있습니까?

그녀는 철제 캐비닛이 보이는 작고 어두운 방으로 들어가 캐비닛을 열고 선반에서 수술 도구들을 찾기 시작했다. 나도 그쪽으로 갔다. 간호사는 바닥에 무릎을 꿇고 앉아 서랍 바닥에서 수술 가위가 잔뜩 들어 있는 봉지를 꺼냈다. 그 안에는 가위 외엔 아무것도 없었다. 그녀는 내가 필요로 하는 것이 무엇인지 정확히 몰라 내 얼굴만 쳐다봤다. 나는 서랍들을 밖으로 꺼내 차례차례 바닥에 쏟아부었다. 그러고는 마침내 수술에 필요한 것들을 찾아냈다. 메스, 핀셋, 소작기, 클레머, 수술 바늘 등등…… 모든 것이 준비되었다. 나는 살균 포장을 뜯어 수술 도구들을 카트에 던졌다. 그러고는 이탈리아의 옷을 두 갈래로 잘라 펼쳤다. 차가운 불빛 아래 비현실적으로 보일 만큼 흰 살결과 늑골 그리고 푸른 정맥들이 교차된 붉은 젖꼭지가 순식간에 드러났다.

—심전도!

내가 말했다.

간호사는 심전도를 측정하기 위해 이탈리아의 가슴에 패치를 부착했다. 그동안 나는 아프지 않게 천천히 튜브를 삽입했다. 그런 다음 쌓여 있는 시트 더미에서 두 개의 녹색 천을 꺼내 이탈리아의 몸에 살며시 덮어주었다. 하나는 다리에, 다른 하나는 가슴 높이까지 덮고 곧바로 전신마취제를 준비했다. 나는 서둘러 손을 씻고 옷 위에 바로 수술 가운을 걸쳤다. 흥분한 당직 의사는 내게 달려와 쉿소리 나는 거친 목소리로 떠들어댔다.

—이 병원은 간단한 응급 처치를 하는 곳이에요. 우리는 이런 큰 수술을 할 수 있는 여건이 안 된다고요. 만약 무슨 불상사라도 일어난다면 당신도 나도 책임을 면할 수 없어요. 우리 모두가 곤란을 겪게 된단 말입니다.

—지금 그녀는 패혈증을 앓고 있어요.

─앰뷸런스에 환자를 싣고 큰 병원으로 데려가세요. 내 말을 들어요. 만약 이송중에 죽는다 해도 누구도 책임질 필요가 없어요.

안젤라, 나는 그 남자의 얼굴을 손에 잡히는 대로 움켜쥐고 벽에 내동댕이쳤다. 그는 하는 수 없이 수술실을 떠났고 난 다시 손을 씻었다.

─장갑!

나는 손을 펼치면서 말했다. 짙은 색 머리카락의 간호사는 최선을 다해 차분하고 신중한 모습으로 지시에 따랐지만, 두 손은 몹시 떨고 있었다.

짧은 셔츠를 입은 청년은 한쪽에 서 있다가 긴 가운을 입고 마스크를 썼다. 나는 사다리꼴 모양의 이상한 얼굴을 가진 그에게 눈길을 던졌다.

─소독했어요?

─네.

─그럼 와서 날 도와줘요.

그는 명령에 순순히 따르며 이탈리아의 머리 쪽으로 다가갔다.

─모니터에서 눈을 떼면 안 됩니다. 만약의 경우를 대비해 심폐소생술을 준비해줘요.

창밖으로는 푸르스름하게 날이 밝아오고 있었다. 이탈리아는 평온한 얼굴로 누워 있었다. 안젤라, 불현듯 나는 강렬한 느낌에 휩싸였다. 그것은 이미 어디선가 본 장면이었다. 아마 꿈속에서였겠지만, 난 이미 그 순간을 살았었고 그래서 어쩌면 그 순간을 기다리고 있었는지도 모르겠다. 우리는 약속이라도 하듯 그 순간을 기다려온 것이다. 예정되었던 그 사건이 드디어 내 삶을 관통하고 있는 듯했다. 어렸을 때부터 느꼈던 피에 대한 공포, 절개, 그리고 절개 후 아직 출혈이 시작되지 않은 새하얀 육체를 바라봤던 그 아찔한 순간…… 어쩌면 그것은 그녀의 몸이었을지도 모른다. 그녀는 내가 보는 앞에서 해부되고 있었다. 마치 그녀의 사랑을 두려워했던 것처럼 내가 두려워했던 피는 바로 그녀의 피였던 것이다. 그녀는 이미 오래전에 그곳에 있었다. 안젤라, 너를 사랑하는 사람은 언제나 네 곁에서, 너를 알기 전부터 너보다 먼저 존재하고 있단다. 난 무섭지 않았다. 그러자 갑자기 어떤 온기가 내 어깨를 파고들었다. 그것은 나만을 비추고 있는 따뜻하고 자애로운 햇살이었다.

—메스.

나는 메스를 단단히 쥐고 그녀의 몸 위에 올려놓았다. 그리고 마음속으로 생각했다. 사랑해. 너의 귀와 목 그리고 너의 심장까지, 나는 복부를 절개했다. 그리고 그녀의 몸이 열리는 소리를 들으며 피가 흐르길 기다렸다.


그 다음은 온전히 나의 몫이었다. 복부의 출혈은 이미 많은 장기들을 손상시켜놓았고, 눈에 띄는 부위들은 대부분 괴사해 어두운 빛깔을 띠고 있었다. 나는 장을 옮겼다. 자궁은 회색빛으로 변해 있었고 양쪽 나팔관들은 심하게 부풀어오른 상태였다. 고름은 여기저기서 흘러나왔고, 난소 아래쪽에는 커다란 물혹이 붙어 있었다. 안젤라, 그걸 본 나는 곧바로 낙태를 떠올렸다. 그녀의 상태는 수술 외상에 의한 감염이었다. 그렇지만 도저히 납득이 가지 않는 일이었다. 낙태에 의한 감염으로 사망하는 경우는 극히 드물었기 때문이다. 아무래도 엉터리 시술 때문에 자궁에 생긴 깊은 상처들이 문제를 일으킨 것이 틀림없었다. 그녀는 세균에 감염된 채로 수술을 마치고 내려왔던 것이다. 나는 시선을 돌린 채 한걸음 뒤로 물러났다. 벌써 악몽 같은 생각에 사로잡혀 있었다. 나는 주위를 둘러봤다. 각진 얼굴의 청년은 겁에 질린 표정으로 나를 보고 있었고, 간호사 역시 불안한 표정으로 이마에 피를 묻힌 채 서 있었다. 나는 이탈리아의 얼굴을 바라봤다. 그녀의 작은 얼굴은 납처럼 창백했고, 잠든 듯 고요했으며, 그녀를 감싼 녹색 천 때문에 살짝 푸른 기운이 감돌고 있었다. 그 순간 나는 신에게 기도했다. 피 묻은 장갑으로 주먹을 쥔 채 하늘 높이 팔을 들어올려 간청했다. 끝까지 싸우는 한이 있더라도 절대 그녀를 떠나보내지 않겠다는 내 마음을 신도 알아주길 바랐다.

나는 출혈 부위를 막고 고름을 닦아낸 뒤 장을 조금 절제했다. 마지막에 이르러서야 겨우 그녀의 자궁을 살필 수 있었다. 하지만 너무나 위험한 상태였다. 어느 한 군데 감염되지 않은 곳이 없어 도저히 손을 댈 수 없는 지경이었다. 결국 나는 위험을 무릅쓰고 우리 아이의 보금자리였어야 할 그 회색 자궁을 적출했다. 안젤라, 난 더이상 눈을 들지 않았다. 그저 가끔씩 수술 도구를 건네받아야 할 때만 내 오른손과 간호사의 손으로 시선을 돌릴 뿐이었다. 검은 머리의 간호사는 내게 뭘 건네주어야 하는지 몰라 쩔쩔맸다.

수술실 안에서는 이탈리아의 몸 안에서 내 손가락들이 미끄러지고 부딪히는 소리만 들렸다. 하지만 시간이 지날수록 나는 자신감으로 가득 차 수술 결과를 낙관하게 되었다. 나는 땀을 흘리며 긴장하고 있었고, 몸에서는 악취가 났다. 태양은 창가로 비쳐들며 눈부실 만큼 새로운 빛을 내 어깨에 쏟아붓고 있었다. 간호사도 피로와 열기를 견디지 못해 땀을 흘리고 있었다. 나는 그제야 방 안 공기가 질식할 듯 달아올라 있음을 깨달았다. 나는 절개 부위를 봉합했다. 뜨거운 열기로 내 머리와 손가락이 녹아내릴 것만 같았다. 다행히 심장 박동을 나타내는 그래프는 정상이었다. 나는 신부의 드레스를 마지막으로 손질하는 재단사처럼, 정성스럽게 그녀의 몸을 꿰맸다. 악몽 같은 밤이 지나갔다. 드디어 나는 내 뒤에 놓여 있었던 의자에 앉을 수 있었다. 이틀 동안이나 세수와 면도를 못 했지만, 그 순간 나는 지고한 천사가 된 듯한 기분이었다. 수술을 끝낸 나는 텔레비전 영화 속의 영웅처럼 벽에 머리를 기대고 눈을 감았다.

그러나 이탈리아는 숨을 거두었다. 수술이 끝난 지 두 시간 만에 삶은 그녀를 떠나갔다. 수술을 마친 나는 그녀 곁에 있었다. 의식이 돌아온 뒤 나는 같은 층에 있는 병실로 그녀를 옮겼다. 그녀 옆의 침대는 비어 있었다. 내가 도로와 나란한 창문 앞에 서 있을 때 그녀는 마취에서 깨어났다. 전날 밤 아무것도 못 보았던 나는 한낮의 햇살을 받으며 점토질의 땅 위로 펼쳐진 밋밋한 주변 풍경을 바라보았다. 거대한 광고판에는 맥주 캔을 말처럼 탄 카우보이가 그려져 있었다. 그곳은 흡사 국경 지역 같다는 생각이 들었다. 다른 나라와 맞닿아 있는 곳처럼 이국적인 분위기가 느껴졌다. 병원이 있는 그 구역의 건물들은 세관 건물처럼 허술하고 관료적인 모양을 하고 있었다. 나는 모든 러브스토리엔 위험한 시도들이 필요하다는 생각을 해봤다. 그때 붉은색의 작은 승용차 한 대가 소리도 없이 지나갔다. 태양은 산을 기어오르며 강렬하게 내리쬐고 있었다. 곧 여름이 다가온다는 생각에 나는 미소 지었다.

그때 그녀가 뭐라 중얼거렸고 나는 고개를 돌렸다. 햇살을 머금은 그녀의 회색 눈동자는 은빛으로 빛나고 있었다.

—목이 말라요. 목이……

그녀가 힘없이 속삭였다.

병실 안에는 간호사가 가져다 준 물병이 있었다. 하지만 찜통 같은 열기 속에서 거의 여섯 시간에 달하는 수술을 끝낸 뒤 나는 숨도 쉬지 않고 물 한 병을 다 들이켜고 말았다. 초록색 유리병에는 겨우 몇 방울의 물만이 바닥에 남아 있었다. 나는 주머니에 있던 손수건에 물을 조금 적셔 메마른 그녀의 입술에 대주었다. 그녀는 허기진 아기 새처럼 입을 벌렸다.

—더요.

나는 다시 손수건을 적셔 입술 사이에 대주었고 그녀는 손수건에 스며 있는 물을 빨아먹었다. 불과 몇 분 동안의 일이었다. 그녀가 갑자기 머리를 들더니 괴로운 듯 마구 흔들어댔다. 그러고는 도저히 그녀의 것이라고 믿기지 않는 강한 목소리로 말했다.

—어떡하지?

하지만 그것도 누구를 향해서 한 말이 아닌 듯했다. 나는 그녀 안의 또다른 그녀, 그녀의 눈앞에서 그리고 그녀의 머리와 천장 위에서 춤추는, 그녀의 낯선 분신을 보는 듯했다. 나는 있는 힘을 다해 그녀의 손을 잡아 침대 위에 고정시키고 얼굴을 마주보았다. '어디로 가겠다는 거야? 이렇게 부서지고 찢어져 숨을 헐떡이면서 도대체 어디로 떠나려는 거야?' 나는 그녀 위로 쓰러지지 않게 조심하며 주먹을 쥐고 침대 위로 팔을 뻗어 내 몸을 지탱했다. 그러고는 그녀의 두 눈을 뚫어져라 쳐다봤다. 나는 그늘 속에 있었지만, 그녀는 내 몸 아래서 빛에 감싸여 있었다. 이미 그녀는 죽음의 문턱에 서 있었다. 그녀의 눈은 하얗게 돌아간 상태였다. 그녀는 자기 위에 있는 어떤 세계를 찾고 있었고, 그곳에 다다르는 것이 힘겨운 듯 온몸으로 버둥거리고 있었다.

—어떡하지?

목이 메는 듯 가느다란 목소리로 그녀가 다시 말했다. 그녀는 마치 햇빛이 비쳐드는 저 천장 아래 어딘가에서 자신을 기다리는 누군가에게 말하는 것처럼 보였다. 나는 그녀의 얼굴을 어루만져주었다. 하지만 턱은 벌써 부자연스럽게 굳어 있었다. 그녀의 몸은 핏기를 잃어가고 있었고, 뻣뻣해진 목은 바람에 휘날리는 작은 등불처럼 창백했다. 그렇게 정신을 놓아버린 그녀의 모습을 몇 번이나 보았던가! 우리가 사랑을 나눌 때 그녀는 갑자기 가늘고 긴 목을 뒤로 길게 젖혀 어둠 속에서 그녀만의 세계를 찾곤 했었다. 그녀는 눈을 꼭 감고서 향기를 맡듯이 콧구멍을 벌렸다. 자신이 한 번도 소유하지 못한, 땀에 젖은 베개 위에서 절망적으로 찾았던 그 행복의 향기를 맡기 위해서 말이다. 나는 다시 한 번 그녀의 시선을 내게로 되돌리려 했다. 하지만 그녀의 얼굴은 땀에 젖은 내 손에서 멀어져갔다.

—내 사랑……

그녀는 깊은 숨을 몰아쉬었다. 가슴은 부풀어 올랐다가 이내 가라앉았다. 그녀의 몸에선 점점 생명이 사그라지고 있었다. 그 순간 그녀는 나를 바라보았다. 하지만 정말 나를 보는 것인지는 확실치 않았다. 그녀는 입술을 움직여 마지막 말을 토해냈다.

—날 데려가줘.

그러나 그곳이 어딘지는 말하지 않았다. 베개 위에 놓인 그녀의 머리는 더이상 움직이지 않았다. 그녀는 이미 이 세상 사람이 아니었다. 하지만 여전히 그곳에 남아 죽음 저편의 세계에서 배회하고 있었다. 그녀의 얼굴이 힘없이 늘어졌다. 고통과 불안이 사라진 두 눈은 누군가 그녀를 기다리고 있던 허공을 바라보고 있었다. 그녀의 마지막 숨결은 부드러운 안도의 한숨이었다. 안젤라, 이탈리아는 그렇게 하늘로 향하는 길을 찾아갔다.

— 그대로 있어줘.

슬픔에 잠긴 나의 입에 가득 고여 있던 침들이 그녀 위로 떨어졌다. 나는 괴로움에 울부짖으면서도 그녀에게서 눈길을 떼지 못했다. 숨을 거둔 그녀 곁을 결코 떠날 수 없었다. 나는 천천히 몸을 낮추어 그녀에게 다가갔다. 어쩌면 나의 숨결로 그녀를 살려보고 싶은 마음이었을지도 모른다. 나는 망연자실한 얼굴로 그녀의 몸 위에 내 몸을 포개었다. 그러자 내 몸에 눌린 그녀의 몸에서는 물 속에서 올라오는 수증기 같은 가녀린 힘이 새어나왔다. 의사로서 더이상 내가 할 수 있는 일은 아무것도 없었다. 아니, 내가 그런 존재라는 사실도 잊어버리고 말았다. 그저 흐릿해진 눈길로 신비로운 대상을 바라보듯 그녀를 바라봤다. 그 시선은 몇 시간 전 네가 태어나는 것을 지켜봤을 때와 다르지 않았다. 그렇게 나는 그녀를 떠나보냈다. 그녀의 마지막 숨이 내 눈썹에 닿는 것을 느끼고 있었다. 그녀는 도망치듯 내 곁을 떠나 허공 속으로 사라졌다. 나는 본능적으로 그녀를 찾아 높은 곳을 향해 고개를 들었다. 안젤라, 그때 나는 우리의 아들을 보았다. 그 아이의 얼굴은 아주 잠깐 내 앞에 나타났다. 그 가엾은 아이는 잘생기지도 않았고, 제 엄마를 닮아 연약하고 홀쭉했다. 그 아이는 엄마를 데리러 지상에 내려온 것이었다.

아이의 얼굴이 보이던 천장엔 그 아이를 닮은 얼룩과 회벽의 갈라진 금만이 남아 있었다. 나는 그 아이가 남기고 떠난 이탈리아의 육체 옆에서 몸을 웅크렸다. 움직임이 없는 그녀의 몸엔 아직 온기가 남아 있었다. 나는 그녀의 손을 들어 내 가슴 위에 댔다. '그래, 떠나버려, 나의 잡초 아가씨. 삶이 더이상 네게 고통을 주지 않는 곳으로 떠나가. 작은 강아지처럼 비틀거렸던 너의 발걸음으로 말이야. 부디 저 위엔 따뜻한 이불이나 날개처럼 너를 위로해줄 뭔가가 있기를 빌어. 정말이지 텅 빈 암흑의 세계는 너와 어울리지 않으니까.'

　　나는 병실에 나뒹구는 의자들과 약통들 그리고 기구들까지 닥치는 대로 걷어차버렸다. 그러고 나서 내 손을 바라봤다. 피 묻은 장갑을 끼고 수술실에서 오랜 시간을 싸워온 두 손은 여전히 하얗게 질려 있었다. 나는 이제 아무런 소용도 없어진 두 손을 불끈 쥐었다. 그러고는 벽을 향해 두 주먹을 날렸다. 처절하고 절망적인 분노를 이기지 못한 채 피가 나고 뼈가 으스러질 때까지 나는 스스로를 학대했다. 누군가 병실에 들어올 때까지 나는 절망적인 몸부림을 멈추지 않았다. 여러 사람이 병실로 들이닥쳤고, 그중 한 남자가 나를 제지하며 등뒤로 팔을 꺾었다. 그리고 손을 묶은 뒤 침대 위에 강제로 앉혔다. 나는 아무런 감정도 없이, 마치 내 몸의 일부분이 아닌 듯 피로 얼룩진 상처를 바라봤다. 고통은 느껴지지 않았고, 다만 내가 해야 할 일을 생각했다. 나는 만신창이가 된 두 손으로 얼굴을 씻은 뒤 수도꼭지 아래로 목을 들이밀었고 소변을 본 다음 바지 속에 셔츠를 끼워넣었다. 그리고 젖은 머리를 쓸어넘기며 침대 위에 다시 앉았다. 구릿빛 앞머리를 내려뜨린 젊은 여자가 내 손에 붕대를 감아주었다. 검시관은 벌써 필요한 서류를 작성한 뒤 사라져버렸다. 이탈리아에게 옷을 입혀주어야 했지만 그녀의 옷들은 내 차 트렁크에 실려 있었다. 하지만 난 그녀의 남편도 친척도 그 무엇도 아니었다. 내가 이탈리아의 시신에 행사할 수 있는 권리는 지금 나를 치료해주는 여자가 내게 갖고 있는 권리, 딱 그 정도뿐이었다. 치료를 끝낸 여자는 고개를 들어 얼굴을 가리고 있던 머리카락을 귀 뒤로 넘겼다. 나는 그녀에게 감사를 표하고 침대에서 내려왔다.

잠시 후 나는 병원장의 사무실로 들어가 몇 년 전에 내가 수술해준 적이 있는 경찰 부청장에게 전화를 걸었다. 법적인 문제는 채 한 시간도 안 되어 해결되었다. 가까운 경찰서에서 건장한 체구의 경찰서장이 도착했다. 그는 이탈리아의 가족을 추적해 그녀의 사촌언니를 찾아냈다. 경찰서장에 의하면 그녀는 내가 이탈리아의 시신을 수습하는 데 어떤 이의도 제기하지 않았고, 오히려 내가 장례 비용을 부담하는 것을 다행으로 여기는 것 같더라고 했다.

경찰서장과 나는 복도에 서서 이야기를 나누었다. 그는 붕대로 감싼 내 손을 쳐다보고 있었다.

―그런데 죽은 여자와 무슨 관계였습니까?

그가 인간적인 호기심을 누르지 못하고 내게 물었다.

―제 약혼녀였습니다.

그 말을 들은 경찰서장의 밝고 푸른 눈에는 이내 주름이 잡혔다. 그는 안됐다는 듯이 얼굴을 찡그렸지만 그 모습은 마치 미소를 짓고 있는 듯했다.

―명복을 빕니다.

그는 조심스럽게 말을 내뱉었다.


나는 곧바로 병원 앞에 세워놓은 차로 가 트렁크를 열었다. 그러고는 뜨거운 태양 아래 서서 이탈리아의 가방을 열어 그녀의 물건들을 뒤졌다. '그만 생각해. 필요한 걸 찾아서 빨리 사라지란 말이야.' 나는 혼자 속으로 외쳤다. 마침내 스탬프가 잔뜩 찍힌 신분증을 찾아 주머니에 넣고 그녀의 옷을 한아름 꺼내 들고 돌아왔다.

죽은 사람에게 옷을 입힐 때는 두 사람이 함께 하는 것이 보통이었지만, 나는 혼자서 하고 싶었다. 간호사가 들어와 도와주려 했지만 나는 거절하며 혼자 있게 해달라고 부탁했다. 그녀는 별말 없이 자리를 비켜주었다. 병원에선 누구도 관심을 기울이지 않았는데 유일하게 그녀만이 나를 돕겠다고 자청하고 나선 것이었다. 하지만 나의 슬픔은 그 누구도 다가서지 못하도록 밀어내고 있었다.

안젤라, 죽음은 얼마나 빨리 모든 것을 앗아가는지 모른다. 싸늘하게 굳어버린 이탈리아는 침대나 탁자 같은 무생물과 다를 바 없었다. 그런 그녀에게 옷을 입히기란 쉽지 않아, 셔츠 소매에 팔을 넣기 위해 그녀의 몸을 이리저리 돌려야만 했다. 그녀는 처음으로 나를 힘들게 했다. 그녀가 잠시라도 살아 있었더라면 나를 도와주었을 텐데, 라는 생각이 들자 이루 말할 수 없는 비탄에 잠기고 말았다. 살아 있었더라면 그녀는 힘없이 늘어져 딱딱한 침대 모서리에 부딪혀도 아픔을 느끼지 못하는 자신의 두 팔을 기꺼이 들어올려주었을 것이다. 간신히 팔을 소매 안으로 넣고, 마지막으로 단추를 채우는 일만 남아 있었다. 그제야 나는 내가 진실로 그녀를 사랑했음을 깨달았다. 그렇게 그녀는 내게 진정으로 사랑하는 법을 유산처럼 남기고 떠났다.

나는 양쪽으로 힘없이 늘어진 그녀의 가슴을 쳐다봤다. 그녀의 젖꼭지는 애벌레처럼 투명하고 밝은 빛을 띠었다. 언젠가 나는 그녀의 가방을 뒤지다가 우연히 나의 발톱들을 보관해둔 작은 보석주머니를 발견했다. 나는 그 베이지색 벨벳 주머니를 내 호주머니 안에 넣어두었다. 이제는 그 벨벳 주머니를 다시 그녀의 손에 쥐여주었다. '자, 이탈리아, 너의 보석을 가지고 가. 노래진 이 발톱 조각들은 이제 너와 함께 가루가 되겠구나.'


그때 검은색 정장에 검은 선글라스까지 쓴 남자가 뚜벅뚜벅 걸어왔다. 그는 문을 두드리자마자 대답을 기다리지도 않고 안으로 들어왔다.

죽은 이에 대한 예우를 갖출 줄 알았던 그는 신중하면서도 과단성 있게 행동하는 사람이었다. 그는 나의 무기력한 얼굴을 보고서 그녀가 어떤 죽음을 맞았는지 금방 알아차렸고, 내가 겪고 있는 고통을 어떻게 위로해야 할지도 알고 있었다. 그는 침대 쪽으로 다가가 웃옷을 벗었는데, 허리에는 버클 장식이 달린 검은 벨트를 하고 있었다. 나는 그의 버클에 눈길이 쏠렸다. 그는 고전적이며 흠잡을 데 없는 용모를 가진 남자였다. 머리는 포마드 기름을 발라 뒤로 빗어 넘겼고 검은 선글라스로 눈을 가린 채, 입술은 굳게 다물고 있었다. 그는 이탈리아를 바라보면서 조심스럽게 그녀의 유품들을 다루었다. 이탈리아는 아름다웠다. 죽음에 내맡겨진 돌처럼 그녀는 완벽하리만치 차디찬 아름다움을 보여주었다. 그녀에게선 어두운 그림자도, 두려움에 떨던 나약함도 찾아볼 수 없었다. 남자는 그녀의 아름다움과 그녀가 맞이한 죽음의 깊이를 모르는 척할 수가 없었다. 그것이 그의 직업이었고, 그는 자신이 마주하는 모든 죽음에서 틀림없이 뭔가를 배우고 있었다. 그는 한눈에 정확한 치수를 알아내는 노련한 재단사처럼 치밀하고 섬세한 눈길로 이탈리아의 시신을 훑어보았다. 정말이지 그는 민첩하게 자신의 일을 해나갔다. 그녀의 몸은 너무 말라 어린아이의 관에 들어갈 수 있을 정도였다. 나는 정성스럽게 시신을 다루는 장의사 남자의 눈길로 이탈리아를 쳐다보았다. 그 순간 이상하게도 그 낯선 남자에게서 알 수 없는 친근함이 느껴졌다. 그 남자와 내가 한 가지 생각으로 똘똘 뭉쳐 함께 어려움을 헤쳐 나가고 있었기 때문일 것이다. 우리는 신비로운 존재를 함께 마주하고 있는 사내들이었다. 그는 나보다 더 능숙한 표정에 주름 하나 없이 미끈한 재킷을 걸쳤지만, 검은 선글라스 뒤 그의 얼굴은 연약하고 섬세해 보였다.

그는 내 어깨 위에 뜨거운 손을 올려놓고 한동안 움직이지 않았다.

나에겐 그런 따뜻한 손길이 필요했지만, 나는 그것조차 잊고 있었다. 고맙게도 그의 따뜻한 손은 나의 아픈 마음을 위로해주었다. 구릿빛을 띤 억센 남부 사람의 손이 나를 이 지상에 붙들어두었다. 그 손길은 내게 이렇게 말하는 듯했다. '아직은 떠날 때가 아닐세. 우리 앞을 홀연히 스치고 지나가는 죽은 이의 망령에 어떤 의미도 부여하지 말고 그냥 잊어버리게.' 그는 훤히 드러난 이마에 성호를 그었다. 나 역시 신부님 곁에 있는 말썽꾸러기 어린아이처럼 그를 따라 성호를 그었다.

우리는 아직 장례를 치르기엔 이르다고 생각하고 오후에 다시 장례 준비를 시작하기로 했다. 입관 전까지 아직 몇 시간이 남아 있었다. 나는 서두르고 싶지 않았다. 가능하면 더 오래도록 이탈리아의 모습을 보고 싶었다. 햇빛은 창문으로 비쳐들어와 내 어깨 위에서 부서지고 있었다. 난 더이상 햇빛을 바라볼 엄두를 내지 못했다. 내 주위에서 일어나는 변화에 어떤 관심도 없었다. 햇살이 그녀 위에 비치기 시작했을 때도 나는 가만히 누워 있는 이탈리아를 바라보고 있었다. 세상의 그림자가 어둠 속으로 사라지고 있었다. 병실 구석구석을 가득 채운 푸르스름한 어둠 속에서 그녀의 육체는 청회색으로 변해갔다. 나는 그녀의 가슴에 얼굴을 묻은 채 잠이 들었다. 그리고 꿈속에서 살아 있을 때처럼 푸른색 옷을 입고 어디론가 걸어가는 그녀를 보았다. 그녀는 검고 고요한 강물 속으로 비틀거리며 걸어 들어가고 있었다. 허벅지까지 물에 잠긴 채로 그녀는 물 위에 떠 있는 나룻배를 향해 걸어갔다. 나룻배에는 짐이 실려 있었다. 그동안 난 그녀가 걸어가면서 일으키는 물소리를 들었다. 꿈속에서 그녀는 생전의 물건들을 지니고 있었다. 옷걸이에 걸려 있는 하늘거리는 꽃무늬 드레스와 테이블과 의자가 물 위에 뜬 채로 그녀의 손에 이끌려가고 있었다. 그러나 그녀는 피곤하지도, 슬프지도 않아 보였다. 오히려 그녀는 열정에 사로잡혀 있었고, 그녀의 머리카락은 어둠 속에서 눈을 반짝이는 개구리들처럼 보였다.

밤이 되자 누군가 들어와 어둠 속에서 놀라며 말했다.

─스위치 어딨어요?

목소리의 주인공은 손으로 벽을 더듬고 있었는데, 나는 어둠 속에서도 그가 누군지 짐작할 수 있었다. 그는 바닥까지 끌리는 사제복을 입은 키가 작고 깡마른 신부님이었다. 핏기도 없이 허약해 보이는 얼굴로 그는 특유의 미소를 짓고 있었다. 혹시 그녀가 복자이길 바라는 심정일까? 하지만 그 미소는 실은 싸늘한 냉소처럼 보였다. 그는 이탈리아의 침대로 다가가 알아들을 수 없는 기도문을 암송하기 시작했다. 장황한 기도문에선 전혀 신성한 분위기를 느낄 수 없었고, 내 귀에는 단지 한 사람의 음울한 탄식처럼 들렸다. 창구에 앉아 오가는 사람들을 무심히 쳐다보는 게으른 안내원이 그렇듯 이탈리아에겐 별 의미 없는 기도였다. 그것은 아프리카의 시로코 바람이 일으키는 먼지나 마찬가지였다. 그는 거의 들리지도 않는 엄숙한 기도 소리로 세상을 떠난 이에게 서둘러 축복을 내려주었다. 그러고는 불을 켜둔 채 자리를 떠났다.

다시 새벽이 찾아왔다. 나는 의자를 침대에 가까이 기댄 채 턱을 괴고 이탈리아를 내려다보았다. 그녀의 얼굴은 더욱 검게 변해가는 중이었다. 마치 지나간 밤이 그녀 위에 드리워진 그림자들을 아직 거두지 않은 것처럼. 사실 얼굴의 검은 그림자는 혈액이 응고했다는 증거였다. 그리고 그것은 시신이 부패하기 시작할 때의 첫 징후였다. 나는 내 피부도 그녀처럼 검붉은 빛을 띠고 있는지 확인하려고 팔을 바라보았다. 하지만 여명에 비친 나의 육체는 온전히 그대로였다.


잠시 후 장의사가 노크를 하고 방으로 들어왔다. 검은 선글라스는 그의 머리 위에 걸쳐져 있었다. 그의 흰색 셔츠는 재킷의 검은 깃 사이에서 어슴푸레하게 빛났다. 옆에서 한 청년이 그를 돕고 있었다. 그들은 병실 밖으로 관을 내려놓았다.

―안녕하세요.

그가 말했다.

―안녕하세요.

나는 그의 인사에 대답하며 이제는 대화를 나눌 여력이 생긴 평온한 얼굴로 고개를 끄덕였다. 나는 선글라스를 벗은 그의 눈을 바라봤다. 이내, 그가 자신의 직업이 갖고 있는 잔인한 면모를 잘 이해하고 있는 사람이라는 걸 알 수 있었다.

―밖으로 좀 나가주셔야겠는데요.

내가 나가자 관이 들어왔다. 그와 함께 관을 든 청년도 정장에 넥타이를 매고 있었다. 마른 몸에 수줍은 표정을 한 여자 간호사도 그들을 도우러 나타났다.

누군가 길 건너에 바가 있다고 알려주었다. 바 옆에는 하늘색 수영장이 있었는데 사용한 지 오래됐는지 먼지가 잔뜩 쌓여 있었다.

―지금 몇 시나 됐습니까?

나는 계산대 뒤에서 냅킨을 정리하고 있는 노인에게 물었다.

―여섯시가 조금 지났네요.

나는 커피 한 잔을 마셨다. 배는 고프지 않았지만, 비닐 포장지 냄새가 나는 브리오슈 하나를 사서 먹었다. 나는 그것을 두 번 정도 베어먹고는 나머지를 우산 받침대처럼 보이는 통 안에 던져버렸다.

―또 오세요.

바를 나서는 내 등뒤에 대고 노인이 말했다.

그때 버스 한 대가 바다를 가르는 배처럼 도로의 고요한 침묵을 깨며 달려왔다. 앞으로 노인과 내가 다시 만날 일은 없을 것이다. 그가 만든 커피는 정말이지 역겨웠다. 이 풍경도, 지평선 너머로 사라지는 진흙 평원도 다시는 볼 일이 없을 것이다. 나는 이곳에서 새로운 삶을 시작하게 될 거라고 생각했었다. 그리고 새로운 모험이 시작되기를 꿈꾸었다. 그러나 이제 이곳에는 바람 한 점 없는 대기가 셀로판지처럼 사물들의 움직임을 차단하면서 광활한 전원의 풍경 위로 펼쳐져 있었다. 이탈리아의 죽음은 태양이 솟아오르는 그 드넓은 땅 끝까지 퍼져나가고 있었다. '안녕, 내 사랑, 영원히 안녕.'

이탈리아는 공단으로 된 베개를 베고 관 안에 누워 있었다. 장의사들은 그녀의 머리를 단정히 빗기고 셔츠와 치마를 입혀놓았다. 그녀를 감싸고 있는 화려하고 사치스러운 장식들은 그녀의 비천한 출신과는 대조적으로 보였다. 그녀는 시집가는 시골 처녀나 종교 행렬에 등장하는 그 지방 성녀의 조상처럼 보였다. 얼굴에 크림이나 왁스를 발랐는지 볼에는 윤기가 흐르고 있었다. 하지만 그런 모습은 그녀를 더욱 비참하게 보이도록 했다.

　─구두 한 짝이 안 보이는데요.

장의사가 말했다.

나는 병원 앞 공터에서 전날 밤 그녀의 발에서 벗겨진 굽이 가늘고 높은 와인색 구두를 발견했다. 그리고 그 구두를 그녀에게 신겼다. 어느 거리를 배회했는지 모르지만 그녀의 구두 밑창은 검게 물든 채 닳아 있었다. 그녀의 구두는 다른 무엇보다 내게 강렬한 인상을 남겼다. 나는 그 구두를 신고 힘겹게 걸어다녔을 그녀의 모습을 떠올렸다. 이제 자신에게 별 소용이 없어진 그 구두를 그녀는 애지중지했을 터였다. 나는 마지막으로 그녀의 발목을 어루만졌다. 잠시 후 그들은 관을 덮었다.

우리는 장지를 향해 떠났다. 나는 차를 운전할 기력도 마음도 없었고, 금장 버클 장식이 달린 벨트를 맨 그 말없는 남자 옆에 가만히 앉아서 가고 싶었다. 나는 자동차를 잠그고 장례차가 있는 곳으로 걸어갔다. 장의사는 차에 오르기 전 겉옷을 벗어 관에서 조금 떨어진 옷걸이에 걸어두었다. 그의 재킷은 이탈리아가 쉬고 있는 관을 스치고 있었는데 묘지에 도착할 때까지 계속 그럴 것 같았다. 나는 그의 허물없고 친근한 모습이 마음에 들었다. 그리고 차를 모는 장의사와 차 안 모두 흠잡을 데 없이 훌륭해 보였다. 나는 의자 깊숙이 앉아 아늑함을 느꼈다. 장례차에서는 백단향이 퍼져나오고 있었다.

우리는 낡고 오래된 도로 위를 달렸다. 도로변에 있는 수풀들은 듬성듬성 고개를 내밀었고, 키 작은 야생 산사나무와 마디가 거친 올리브나무들이 늘어서 있었다. 야자수 몇 그루도 아스팔트 위로 가지를 늘어뜨리고 있었다. 아무렇게나 자란 나무와 수풀들은 멀리 보이는 공장들처럼 드문드문 눈에 띄었다. 제멋대로 보이는 그 풍경 속의 모든 것들은 서로 조화를 이루지 못한 채 힘없이 소외된 것처럼 보였다. 어쩌면 그곳에 살고 있는 사람들의 영혼 역시 그와 같을지 모른다. 아니 어쩌면 그 어지러운 혼란 속에도 나름의 질서가 있을 것이다. 그런 생각에 이르자 나는 그 낯선 풍경들에 놀라지 않게 되었고, 서서히 그 무질서함에 익숙해지기 시작했다. 그리고 그 안에서 묘한 매력까지 발견했다. 나는 선글라스도 없이 창밖을 내다보고 있었다. 한낮의 청명한 햇살은 주위의 모든 것들을 세세히 드러내면서 내게로 미끄러져 들어왔다. 나는 우리가 마침내 묘지를 향해 달려가고 있다는 사실을 깨달았다. 하지만 연옥을 통과하는 듯한 그 길이 그리 슬프지만은 않았다.

장의사는 말없이 차를 몰았다. 포마드를 발라 윤이 나는 머리카락과 땀에 젖은 얼룩 하나 없이 깨끗한 셔츠 깃은 창밖의 어수선한 풍경들과는 너무나 어울리지 않아 보였다. 그는 끊임없이 달렸고, 계속 흔들리는 차 속에서도 꼿꼿이 목을 세우고 흐트러지지 않았다. 묘지로 향하는 그 노정은 삶에서 동떨어져 나온 시간처럼 느껴졌다. 지나치고 있는 그곳은 물론이고 옆 자리에 앉아 있는 운전사와 나의 감정들 모두는 똑같은 비애에 젖어 있었다. 차 뒤쪽에 놓인 이탈리아의 관은 커브 길을 돌아 가장 험난한 도로를 지나는 순간에도 카펫이 깔린 바닥 위에서 별달리 움직이지 않았다. 어쩌면 이탈리아의 몸은 지나치게 넓고 화려한 관 속에서 흔들리고 있었을지 모른다. 안젤라, 지금 난 동정이나 그 어떤 위안을 구하고 있는 것이 아니다. 날 믿어다오. 나조차도 왜 이런 기억들을 떠올리고 있는지 모르겠다. 술을 많이 마신 사람이 소변을 볼 수밖에 없는 것과 같은 이치겠지. 그런 사람은 눈에 보이는 아무 벽이나 모든 것을 쏟아부을 만한 구멍을 찾아 배설을 하기 마련이다.

벽돌집들과 남색 타일을 붙인 집들에 이어, 지극히 서민적인 건물들과 작은 발코니 같은 소박한 시골 사람들의 삶이 잘 닦아놓은 유리창 너머로 스쳐 지나가고 있었다. 그들은 모두 장례차를 보고는 가까이 다가왔다. 성호를 긋는 사람이 있는가 하면 장례차에 대한 미신 때문에 액땜을 하느라 가랑이 사이를 만지는 사람도 있었다. 먼지가 날리는 공터에서 공놀이를 하던 아이들도 우리를 돌아다보았다. 여자들은 창문 밖으로 내다보고 있었고, 바 앞에서 신문을 읽고 있던 남자들은 고개를 들어 우리를 쳐다봤다. 그곳에선 많은 사람들이 한가로운 시간을 보내는 중이었다. 그제야 나는 그날이 토요일이라는 사실을 깨달았다.
　우리는 어느 성당 앞을 지났는데, 그곳의 계단은 지나치게 경사가 급해서 금방이라도 거리로 무너져내릴 듯했다. 계단 위에는 예복을 차려입은 한 무리의 사람들이 있었다. 그들 중에서 납작한 장밋빛 베레모를 쓰고 팔에 어린 여자아이를 안은 비쩍 마른 여자가 급히 우리를 쫓아왔다. 나는 호기심으로 가득 찬 그 여자의 유혹적이고 생기 넘치는 눈동자와 마주쳤다. 어린아이가 입고 있던 주름치마는 여자의 팔 때문에 팬티 있는 데까지 들어올려졌다. 나는 어린아이의 보랏빛 다리에서 눈을 떼지 못했다. 내 눈앞을 지나가는 모든 것들이 무언가를 상징하는 암호처럼 보였다. 어쩌면 그것은 정말 불륜으로 낙인 찍힌 어떤 운명의 암울한 자취였는지도 모른다. 그리고 그 운명의 암호는 내가 맞닥뜨리고 있는 혼돈 속에서 스스로를 드러내려 했는지 모른다. 내게 그 노정(路程)은 비현실적이었지만 상징적이었고, 꿈속에서나 볼 수 있는 광경들이었다. 어린아이의 창백한 다리는 마네킹처럼 생기가 없어 보였고, 아이의 얼굴은 여자의 품에 묻혀 보이지 않았다. 아이가 무서워해서인지 여자는 나를 증오에 찬 시선으로 노려보았다.

나는 내게 쏟아질 당혹스런 시선들을 피하기 위해 주위를 둘러보기를 그만두었다. 대신 쓰레기 더미가 널려 있고 모기 떼가 그 위를 날고 있는 물 마른 더러운 개천에서 눈을 떼지 않았다.

내 옆의 장의사는 묵묵히 자신의 일을 수행하고 있었다. 차가 마을 한가운데로 들어서자, 그는 마을 사람들에게 고인에 대한 애도를 표시할 수 있는 기회를 주려는 듯 속도를 늦췄다. 그는 얼굴 표정을 바꾸었고 더욱 분명한 의도를 드러냈다. 그는 죽은 이를 위해 마지막 행렬을 이끌어야 하는 자신의 쓸쓸한 임무를 충실히 다하고 있었다. 그는 자신의 생각을 접어둔 채 담담히 그곳을 지나갔다. 하지만 난 그의 모습에서 아이러니한 일면을 발견할 수 있었다. 죽은 자의 마지막 작별 의식은 그에겐 어떤 희극적인 유희이기도 했다. 그는 마치 해골 마스크를 쓰고는 지나가는 사람들에게 낫을 휘두르며 겁을 주는 소년처럼 묘한 즐거움을 느끼는 듯했다. 그제야 나는 그의 검은 선글라스에 여러 가지 많은 용도가 있음을 알아차렸다. 그는 천천히 차를 움직이며 거리에 있는 사람들을 벽으로 몰아붙였다. 그러고는 끊임없이 무어라 중얼거리면서 그들의 시선을 거둬들였고, 그들이 자기 앞에 머리를 숙이도록 만들었다. 뒤에 남은 사람들은 겁에 질린 군중처럼 떠나가는 그를 우두커니 바라보았다.

얼마 후 마을을 떠난 우리는 바다에 도착했다. 그것은 미처 예상하지 못한 일이었다. 나는 작은 창에 이마를 대고 바다를 바라봤다. 고요한 하늘색 물결은 순식간에 내 눈과 그늘진 콧등 사이로 밀려들어왔다. 그러나 바로 그 순간 눈앞에서 기차가 지나가며 진동을 일으켰고, 나는 깜짝 놀라 본능적으로 유리창에서 얼굴을 뗐다. 철로가 도로와 그토록 가까이 놓여 있었는지 미처 알지 못했다. 기차는 멀리 사라져갔고 다시 바다가 나타났다. 그곳의 방파제들은 별로 두텁게 쌓여 있지 않은 채 바닷물 속에 잠겨 파도를 맞았고, 그 뒤로는 모래사장과 철길이 놓여 있었다. 하지만 철길과 모래사장 사이의 거리는 채 한 뼘도 되지 않아 보였다. 구부러진 안테나들이 숲을 이룬 형형색색의 음울한 건물들은 눈에 보이지 않는 저 멀리까지 해변을 따라 빽빽이 늘어서 있었다.

네 엄마와 너를 까맣게 잊고 있었던 난 서둘러 연락을 해야 했다. 그동안 너희 두 사람을 마음 한구석에 잠시 밀어두고, 나와는 별로 상관없는 사람들처럼 여기고 있었던 게 사실이다. 나는 엘사를 마치 친구의 아내처럼 생각하고 있었고 그건 너에 대해서도 마찬가지였다. 나는 나 자신이 어느 누구의 아버지가 아니라 그저 불쌍하게 버려진 고아라고 생각했던 것이다. 유리창에 비친 내 눈동자는 어찌할 바를 모르는 바보처럼 어른거리고 있었다.

우리는 거대한 수도꼭지가 그려진 광고판을 지나갔다. 이제 지금까지 지나온 길들보다 훨씬 넓은 도로를 달리고 있었다. 드디어 확 트인 도로가 나오자 장의사는 기어를 바꿔 아스팔트 위를 질주하기 시작했다. 다른 차들도 마찬가지로 길을 따라 속도를 내면서 달렸다. 그는 중앙분리대도 없는 도로를 아무 거리낌 없이 무시무시한 속도로 내달렸다. 나는 거기까지 오는 동안 모든 사람들이 장례차 안에 실제로 관이 들어 있는지 확인해보고 싶어한다는 걸 알게 되었다. 자칫 그 운전자들은 우리가 나르는 관에 지나치게 주의를 빼앗긴 나머지 우리 차에 부딪힐지도 모른다. 결국엔 우리 모두 언젠가는 죽을 운명이었다. 그렇다면 장의사를 옆에 두고 장례차 안에서 죽음을 맞이하는 것도 그리 나쁘지 않을 것 같았다. 그 찰나의 순간, 나를 기다리고 있던 운명의 끝은 바로 그것이라는 생각이 들었다. 하지만 나의 동반자는 아무것도 모른 채 미래에 대한 예견과는 거리가 먼 얼굴로 운전을 하고 있었다. 두 손을 핸들에 올려놓고, 시선은 검은 렌즈로 가린 채로.

우리는 연료를 넣기 위해 주유소에 멈춰 섰다.

—시장하지 않아요?

그는 주유소 가솔린 펌프 너머로 보이는 유리 건물을 바라보며 내게 물었다.


하지만 이탈리아는 우리와 함께 내리지 않았다. 지난번 마지막으로 어느 휴게소에서 멈췄을 때도 그녀는 잠이 들었는지 아니면 자는 척하고 있었는지 차에서 내리지 않았었다. 나중에 내가 세차 기계의 커다란 푸른 솔을 보고 나서 몸을 돌렸을 때 차 안에 있던 그녀는 잠에서 깨어 나를 바라보고 있었다. 그때 나는 다시 그녀를 잃어버린 듯한 기분이

들었었다. 그러면서 결국 우리의 모험이 성공하지 못할 거라고 생각했었다. 난 휴게소 식당의 주차장에서 이미 그녀가 죽을 것을 예감하고 있었던 것이다.

장의사는 차가운 쌀 요리와 생수를 주문하고는 셔츠 깃 안에 세심하게 냅킨을 끼워넣은 채 음식을 먹었다. 식사를 하는 동안 그는 무척이나 조심스러웠다. 나는 지루함이 느껴질 정도로 차분한 그의 모습을 지켜보고 있었다. 그것은 분명 그가 지닌 분위기이기도 했지만 직업적 행동이기도 했다. 그의 도도한 자태는 마지막으로 행할 의식을 앞두고 옆에 있는 사람에게 인내심을 가지도록 종용하는 것 같았다.

우리 주위에 앉은 사람은 아무도 없었다. 나는 그 장의사와의 여행에서 경험한 것들을 다시 생각해보기 시작했다. 앞으로 그보다 더 나은 여행 동반자는 만날 수 없으리라. 그는 고개도 숙이지 않고 포크만을 움직여 음식을 먹었다. 나는 과일 한 접시와 맥주 한 병을 시켰다. 차가운 맥주를 마시며 창밖 너머로 그늘에 세워둔 장례차를 바라보았다. 그런데 플라스틱 포크로 포도를 집다가 그만 검은 포도 과즙이 튀고 말았다. 포도 과즙은 장의사의 셔츠 깃 가까이까지 튀었다. 그는 그 작은 사고에 어쩔 줄 몰라했다. 그는 깨끗한 셔츠에 오랜 시간 공들여 냅킨을 둘렀지만 우연찮게도 냅킨으로 미처 가리지 못한 셔츠 자락에 얼룩이 지고 만 것이었다. 그는 가슴에 두르고 있던 냅킨을 팽개치고는 생수로 셔츠를 적셔 얼룩을 문질렀다. 나는 차마 미안하다는 말조차 꺼내지 못하고 가슴에 딱 달라붙은 젖은 셔츠 안으로 드러난 그의 검은 털들만 보고 있었다. 그는 선글라스를 벗어 테이블 위에 올려놓았다. 선글라스를 벗은 그의 눈은 상상했던 것보다 훨씬 작았다.

나는 다시 맥주병을 들어 마지막 한 방울의 거품까지 말끔히 들이켰다.

─커피 하실래요?

그가 물었다.

─아니요. 괜찮습니다.

그는 자리에서 일어나 손에 커피잔을 들고 돌아왔다. 그는 커피를 다 마시고 나서 뜯지 않은 설탕 봉지를 집어 재킷 주머니에 넣었다. 그런 후엔 더이상 선글라스를 쓰지 않았다. 그는 생각에 잠긴 듯 테이블 위에 놓인 선글라스를 만지작거리며 안경 다리를 접었다 폈다 했다. 나는 고장난 라디에이터가 밑에 놓인 창가에 기대어 밖을 내다보았다. 라디에이터의 튜브에는 묵은 먼지가 잔뜩 쌓여 있었다.

─돌아가신 분이 애인이었나요?

그는 뜻하지 않은 질문을 던졌다. 그것은 갑작스레 불어오는 바람처럼 난감한 질문이었다.

─왜 그렇게 생각하시죠?

나는 그를 돌아보지 않았다. 창가에 놓인 맥주병은 유리창에 반사되어 때 묻은 표면이 초록색으로 빛나고 있었다.

─고인은 결혼반지가 없는데 당신은 있으니까요.

─아마 손에 끼지 않아서 그렇겠죠.

─아닙니다. 여자들이란 항상 손에 결혼반지를 끼죠.

─잃어버렸을 수도 있어요.

─그럼 생활비를 아껴서라도 다시 삽니다. 여자들은 빚을 져서라도 다시 산다고요.

차라리 그가 계속 입을 다물고 있었더라면 더 좋았을 것이다. 그의 목소리는 조금 전까지 보여주었던 침묵에 비해 그다지 매력적이지 않았다.

─그녀를 많이 사랑했나요?

―그런 건 왜 물으시죠?

―이야기를 좀 나누려는 것뿐이지 다른 뜻은 없어요.

그는 선글라스를 들어 햇빛에 검은 렌즈를 비춰보며 말했다.

―일 년 전에 저도 아내를 잃었습니다.

그는 정확한 동작으로 두 손을 나란히 벌려 다시 선글라스를 꼈다. 검은 선글라스의 단단한 다리는 그의 귀 뒤로 미끄러져 들어갔고, 그는 위치가 제대로 됐는지 확인했다. 그런 다음 자리에서 일어나며 말했다.

―그만 갈까요?


차를 모는 그의 모습은 슬퍼 보였지만 슬픔을 느낀 사람은 아마도 그가 아니라 나였을 것이다. 우리가 달리고 있던 도로는 물결치는 잿빛 진흙탕처럼 보였다.

―그녀를 몹시 사랑했어요.

나는 더듬거리며 낮은 목소리로 말했다.

―아주 많이.


한참을 지나 우리는 국도 옆 공터 한가운데 있는 하얀 샛길에서 멈춰 섰다. 검은 장례차는 아무렇게나 세워놓았다. 샛길 옆에는 커다란 뽕나무가 있었는데 나는 내 몸보다 더 뜨거운 그 나무에 등을 기댔다. 그러고는 머리를 숙인 채 울음을 터뜨렸다. 장의사는 아무 말 없이 내 앞에 서 있었다. 처음에 그는 내 쪽으로 몸을 기울여 울고 있는 나를 위로하며 용기를 내라는 말을 잊지 않았다. 이윽고 그가 다시 몸을 곧게 펴고 섰다. 그때 그의 무릎에서는 삐그덕 하는 소리가 들렸다. 풀밭에선 높이 자란 풀들을 간질이며 지나는 바람 소리가 음악처럼 들려왔다. 나는 그에게 모든 것을 털어놓았다. 이제 막 태어난 너와 엘사에 대해서 그리고 이탈리아에 대해서 숨김없이 말해주었다. 그에게 이탈리아의 이름을 말할 때마다 나는 그녀를 떠올리며 눈물을 흘렸다. 도저히 울음을 멈출 수가 없었고, 제대로 말도 잇지 못하며 흐느꼈다. 그러면서 아까 마신 맥주가 속에서 끓어오른다는 듯 자꾸 트림을 해댔다.

장의사는 가끔씩 내게 고개를 돌려 동정 어린 시선을 보냈다. 그의 눈빛은 인간적인 연민으로 가득 차 있었다. 그는 고통으로 일그러진 나의 입술과 붉게 충혈된 눈을 바라보고는 다시 바람에 물결치는 수풀 위로 시선을 떨구었다. 바람은 여전히 휘파람 소리를 내며 하늘 위로 불고 있었다. 그는 담배에 불을 붙였다. 그러고는 조용히 담배를 피우다 하얀 오솔길 위에 꽁초를 떨어뜨렸다. 그리고 고개를 숙인 채 구두 끝으로 담배를 비벼끄면서 말했다.

—사람이 죽을 때도 살아 있을 때와 마찬가지죠. 제 아내도 낙엽처럼 조용히 저세상으로 떠났어요.


우리는 다시 출발했고 얼마 남지 않은 우리의 여행도 별일 없었다는 듯 전과 같아졌다. 그는 고개를 뻣뻣이 세우고 운전했고, 나는 창에 이마를 대고 있었다. 하지만 우리의 내면엔 서로 닮은 영혼이 자리 잡고 있었다. 적어도 우리는 서로를 이해하는 마음을 느낄 수 있었다. 마치 먹잇감을 쫓아갔다가 놓치고 나서 어두운 숲속에 함께 누워 피로와 굶주림으로 힘겹게 숨을 몰아쉬고 있는 두 마리 늑대 같았다.


묘지에 도착했을 때 주변의 공기는 놀랄 만큼 뜨겁게 달궈져 있었다. 묘지 주변은 화산 분화구를 연상시키는 수직의 가파른 땅이었다. 경사로를 따라 늘어선 밝은 황토색의 집들은 바위 속의 유황 덩어리들처럼 보였다.

무거운 전통 의상을 입은 여자들은 검은 스타킹과 작업용 신발을 신고서 어깨에는 숄을 걸치고 있었다. 그들은 묘지로 향하는 움푹 팬 길 한가운데로 걸어가는 중이었다. 비켜날 기척도 보이지 않고, 염소들처럼 의심에 찬 눈길로 우리가 탄 장의차를 뚫어져라 바라보았다. 마침내 우리는 철문 앞 공터에 도착했다. 그곳에 있는 사람들은 덜 낯설었고 우리처럼 평범한 옷을 입고 한 소형차 주위에 서 있었는데 꽃 장식도 없는 관을 운구해 온 이상한 장례차의 느닷없는 출현에 하나같이 놀란 얼굴들이었다. 장의사는 재킷을 꺼내기 위해 몸을 뒤로 돌렸다.

— 서둘러 관리자를 만나봐야겠군요.

그리고 그는 관처럼 딱딱해 보이는 검은 가죽 가방을 들고 나갔다. 그는 묘지 입구에 세워진 철문 기둥을 지나 아무런 주저 없이 왼쪽으로 걸어갔다. 모든 묘지들은 같은 구조를 가지고 있는 것일까? 그는 이미 알고 있던 곳이라는 듯, 정적만이 감도는 그곳에서 민첩하게 움직였다. 그는 마구간을 찾아낸 말처럼 성큼성큼 걸어가고 있었다. 그러곤 어느새 부채처럼 펼쳐진 하얀 비석들 너머로 사라졌다. 우리 차 옆에 세워져 있던 소형차는 먼지를 일으키며 묘지를 떠났다. 나는 차에서 내려 묘지를 등지고 장례차 뒤에 서서 땅에 검은 얼룩을 남기며 오줌을 누었다.

장의사는 푸른색 작업복을 입은, 자기보다 키가 조금 더 작은 남자와 함께 다가오고 있었다. 그들은 헤어지기 전에 몇 마디 말을 주고받았다. 장의사는 내게 와서 말했다.

— 해넘이 때 문을 닫는답니다. 서둘러 신부님을 모셔와야 해요.


관은 벌써 땅에 내려졌고, 그 옆엔 인부들이 파낸 흙이 무더기로 쌓여 있었다. 신부의 사제복은 바람에 흔들렸고, 그가 들고 있는 줄에 매달린 향로 역시 흔들리고 있었다. 향로에서 피어오르는 향기는 우리들 사이로 조용히 퍼져나갔다. 한 절름발이 남자가 제자리에 서서 보수를 받기 위해 기다리고 있었다. 그 남자를 고용한 사람은 장의사였다. 그 절름발이 남자는 그것도 마치 고용 조건의 일부라는 듯 너무나도 침통한 얼굴로 그곳에 서 있었다. 그 자리엔 묘지 관리인도 함께 있었다. 우리는 다 같이 이탈리아의 관을 들었지만 하관 작업은 쉬운 일이 아니었다. 장의사는 겉옷을 벗은 채 셔츠 하나만 걸치고 있었다. 땀으로 흠뻑 젖은 그의 이마는 바람에 날려온 흙으로 더럽혀져 있었다. 그러나 힘겨운 노동은 오히려 나의 마음을 위로해주었다. 숨이 막힐 듯 뜨거운 바람이 불고 있었지만 나는 평온함을 느꼈다. 나는 두 손으로 이탈리아의 관 위에 첫 흙을 뿌렸고, 그 뒤로 관리인이 리듬을 타며 관 위에 흙을 쏟아부었다. 순간 이루 말할 수 없는 슬픔이 밀려왔지만, 몸이 피곤했기 때문에 그 고통은 서서히 누그러졌다.

절름발이 남자는 밝은 빛깔의 머리카락에 얼굴을 파묻고 무표정하게 서 있었다. 그 모습은 밭에서 캐낸 뒤 내버린 양파 같았다. 내 형제 같은 장의사는 이제 어느 정도 안정을 되찾은 듯 평온해 보였다. 그는 해넘이 속에서 자신의 일을 끝마쳤다. 그가 숨을 쉴 때마다 벨트에 장식된 버클이 조금씩 흔들렸다. 너무도 긴 하루였다. 그는 비행을 하듯 정확한 각도로 하늘을 쳐다봤다. 이제 머지않아 어둠이 내릴 것이고 장의사도 사례비를 받은 후 쉴 수 있겠지. 이탈리아는 내 손으로 뿌려준 새 흙 속에 누워 있었다. 안젤라, 그녀는 땅 속에 묻혔고, 우리가 사랑했던 짧은 시간도 그녀와 함께 묻히고 말았다.

그때, 새의 그림자 같은 어두운 그림자가 보였다. 한 시골 남자가 조금 떨어진 곳, 묘지와 분리되어 있는 벽감 뒤에 숨어서 우리를 지켜보고 있었다. 자세히 보니 그는 어린아이처럼 작은 체구의 노인이었다.

그는 손에 모자를 들고서 그곳에 서 있었다. 조금 전 내가 이탈리아의 관 위에 흙을 뿌렸을 때만 해도 그는 거기에 없었다. 아니 어쩌면 내가 그를 못 봤던 것인지도 모른다. 그는 홀연히 그 자리에 나타난 것 같았다. 그는 이미 나를 알고 있는 사람처럼 아무런 호기심도 없이 내 눈을 바라보고 있었다. 나는 더이상 그에게 신경 쓰지 않았지만 그래도 여전히 그 노인의 시선이 내 뒤에 머물러 있는 듯한 느낌을 지울 수 없었다. 바로 그 순간, 나는 이탈리아의 방에서 봤던 흑백 사진 속의 젊은 남자를 기억해냈다. 그는 바로 이탈리아의 아버지였고, 그녀의 마음에 씻을 수 없는 상처를 남긴 사람이었다. 나는 그에게 다가가려고 뒤를 돌아보았다. 하지만 그는 이미 사라지고 없었고, 그 자리엔 벽감 위를 스쳐 지나는 바람 소리와 아무것도 구별할 수 없을 만큼 어두운 그늘만 남아 있었다. 어쩌면 나는 지나가는 구경꾼을 그로 착각했었는지도 모르겠다. 안젤라, 아무튼 난 그를 용서했다. 그러면서 한편으론 나의 아버지 또한 용서했다.


묘지에는 아직 이탈리아가 묻혀 있음을 알리는 비석이 없었다. 장의사는 묘지 관리인과 상의해서 아무런 장식도 없는 단순한 형태의 비석을 골랐다. 그러나 어찌 됐든 열흘 안에 마련되기는 어려운 상황이었다. 관리인은 내게 모눈종이 노트와 펜을 건네주며 말했다.

—비석에는 뭐라고 새겨드릴까요?

나는 볼펜 끝으로 종이에 구멍을 내면서, 고민 끝에 그녀의 이름만을 적었다. 그녀를 위해 해줄 수 있는 건 그것 말고는 아무것도 없었다. 메워진 흙구덩이 주위에 있는 사람들은 누군가 먼저 가기를 기다리며 서로의 눈치를 살피고 있었다. 장의사는 성호를 그으며 자리를 떠났고, 절름발이 남자도 천천히 그 뒤를 따랐다. 그녀와의 작별을 앞두고 있었지만 내게는 특별히 생각해놓은 이별의 절차 같은 것은 없었다. 하지만 언젠가 그 순간을 회상하며 비어 있는 뭔가를 다시 채워넣으리라 생각했다. 그때는 부질없어 보였던 것들을 내 추억 속에서 잊지 못할 소중한 기억으로 간직하고자 했다. 나는 흙을 한 줌 집어 주머니 속에 넣거나, 그녀가 남긴 재처럼 손에 쥐고 있으려 했다. 하지만 그러는 대신 나는 흙을 입 안에 넣고 씹기 시작했다. 무슨 특별한 이유가 있었던 건 아니다. 그녀에게 마지막 인사를 하고 싶었는데, 내 입 안을 그녀가 묻힌 곳의 흙으로 채우는 것보다 더 나은 방법을 떠올리지 못했던 것뿐이다. 나는 다시 흙을 뱉어내고는 손등으로 입술과 혀에 남아 있는 것들을 남김없이 닦아냈다.

장의사는 내가 준 수표로 지불해야 할 모든 장례 비용을 치르고 돌아왔다. 나는 문 닫힌 묘지 앞에서 벽에 기대어 그를 기다리며 자동차를 타고 오면서 보았던, 절벽 아래 있는 마을의 불빛들을 바라보고 있었다. 어느덧 세상은 완전히 어둠에 휩싸여 있었다. 장의사도 역시 나처럼 벽에 기대어 섰다. 그러고는 재킷 주머니에서 휴게소에서 넣어 온 작은 설탕 봉지를 꺼냈다. 그는 봉지를 뜯더니, 설탕을 입 안에 털어넣었다. 우리는 아주 가까이 있었기 때문에 설탕 알갱이가 아작아작 씹히는 소리가 또렷이 들려왔다. 그 소리는 나를 오싹하게 만들었다. 그는 녹고 있는 설탕의 달콤한 맛을 보려고 혀로 입맛을 다셨다. 그러면서 내가 바라보고 있는 마을을 내려다보았다. 그 위 어두운 절벽은 불빛들 속에서 부유하고 있었다.

—모르겠어요.

그가 말했다.

—뭘요?

─죽는 건 너무 억울해요.

그는 설탕이 고인 마지막 침을 넘기며 말했다.

─그렇지만 어쩔 수 없이 따라야 하는 순리죠.

나는 묘지 쪽을 바라봤다. 이제 그녀는 고통을 느끼지 않을 것이다. 그런 생각이 들자 위로가 되었다. 그것은 그녀를 위해서도 좋은 생각이었다.

아다는 내 앞 가까이에 서 있었다. 나는 십오 년 전처럼 높은 절벽을 올려다보고 있는 중이었다. 그리고 너는 어두운 절벽 아래에서 흔들리고 있던 불빛들 중 하나였고. 안젤라, 왜 너를 여기까지 데려왔는지 모르겠구나. 그러나 지금 나는 그 절벽 위에 서서 내 옆에 있는 너를 인질처럼 꼭 안고 있다. '자, 이탈리아, 이 아이가 내 딸이야. 안젤라, 고개를 들어 얼굴을 보여드려야지. 어서 부인께, 아니 여왕님께 인사를 하려무나. 이탈리아, 나를 쏙 빼닮았지? 내 딸은 지금 열다섯 살이야. 전에는 무척 말랐었는데 일 년 전부터 엉덩이가 조금씩 커졌어. 지금은 그럴 나이지. 밖에서 친구들과 어울려 외식을 하기도 해. 하지만 헬멧을 제대로 잠그지 않아 걱정이야. 내 딸은 완벽하지도 특별하지도 않아. 그저 다른 아이들과 다를 바 없는 평범한 아이야. 이 세상 어디에서나 볼 수 있는 그런 아이지. 하지만 안젤라는 내 소중한 딸이야. 이 아이는 내가 가진 전부라고. 날 봐, 이탈리아. 여기 있는 이 빈 의자에 앉아 나를 보라고. 정말 이 아이를 데려가려고 온 거야? 잠시만, 가지 말고 그대로 있어줘. 한 가지 말하고 싶은 게 있어. 그동안 어떤 일이 있었는지 말해줄게. 내가 남겨둔 삶을 찾아 다시 일상으로 돌아왔을 때 난 더이상 어떤 감정도 느끼지 못했어. 고통도 위안도 없었지. 하지만 안젤라는 우리보다 훨씬 강한 아이였어. 이탈리아, 네게 집 안에 퍼져나가는 어린아이의 향기가 어떤 것인지 말해주고 싶어. 그 향기는 집 안 곳곳으로 스며드는 행복한 그 무엇이었지. 나는 딸아이의 요람으로 다가가 땀에 젖은 아이의 머리를 한참이나 바라봤어. 잠에서 깬 아이는 미소를 지으며 발을 빨고 있었지. 갓 태어난 아이는 깊은 눈망울로 나를 바라보고 있었어. 딸아이는 옛날에 네가 나를 볼 때처럼 그렇게 나를 보고 있었지. 안젤라는 내겐 축복과도 같은 아이야. 이 아이는 하늘이 주신 선물이었어. 그러나 난 내 딸을 안을 용기가 없었어. 조금 있으면 비행기 한 대가 착륙할 거야. 지금 그 안엔 울고 있는 여자가 있어. 살이 조금 찐 쉰세 살의 중년 여자가 작은 가죽 가방을 턱까지 끌어안고 울고 있을 거야. 그 여자가 바로 내 아내야. 어느새 그녀의 향기도 나이를 먹고 시들해졌지. 아마 지금쯤 구름을 바라보며 우리 딸아이를 생각하고 있을 거야. 이탈리아, 어서 황새처럼 그 구름을 가르고 나의 안젤라를 돌려보내줘.'

―교수님……

나는 자리에서 벌떡 일어났다. 살아오면서 단 한 번도 그렇게 일어나본 적이 없었다.

―수술이 거의 끝나가고 있습니다.

―수치는?

―모두 정상입니다.

그 말에 나의 심장은 터질 것만 같았다. 나는 아다의 팔을 부여잡고 잠시 침묵을 지켰다. 하지만 곧 얼굴을 감싸며 흐느끼기 시작했다. 그리고 너무나 감격한 나머지 바지에 찔끔 오줌을 지리고 말았다.

다시 내 귓속으로 주위에 흐르는 소리들과 벅찬 감정들이 소용돌이를 일으키며 한꺼번에 밀려들었다. 동료들의 목소리, 가운이 스치는 소리, 그리고 문 열리는 소리들이 들리기 시작했다. 알프레도는 피로 얼룩진 가운을 입고 있었다. 그것이 네 수술이 끝난 후 내가 처음 본 광경이었다. 수술 장갑을 벗은 그의 손은 하얗게 질려 있었다. 그는 그 손을 내밀며 나에게 다가왔다.

―생각했던 것보다 시간이 좀 걸렸네. 두개골 때문에 문제가 있었지. 심하게 함몰된데다 피를 너무 많이 흘려서 지혈하기가 어려웠다네.

그의 수술모는 땀으로 지저분하게 젖어 있었고, 입 주위에는 마스크 자국이 남아 있었다. 그의 얼굴은 마치 정신 나간 사람처럼 보였다. 그는 말을 빨리 하고 있었는데 명확하게 들리지는 않았다.

―더이상의 혈관 파열이나 뇌손상이 없기를 바랄 뿐이네.

나는 말없이 깊은 안도의 숨을 내쉬었다.

―지금 검사중인가?

―응, 아다에게 확인을 부탁했네. 검사가 끝나려면 시간이 좀 걸릴거야.


너는 머리를 붕대로 감싸고 중환자실로 옮겨졌다. 간호사는 조심스럽게 천천히 수술대를 밀고 갔다. 지금 너는 유리로 둘러싸인 병실 안에 누워 있다. 그 옆에서 나는 눈을 감고 있는 너의 얼굴과, 네가 숨을 쉴 때마다 가슴팍에서 오르락내리락하는 침대 시트를 지켜보고 있다. 아다는 네게서 인공호흡기를 떼고 마취펌프를 제거했다. 그녀는 너의 상태를 지켜보느라 무척이나 애를 썼다. 그녀는 아주 세심하게 튜브를 끼고 있는 네 주위에서 분주히 움직였다. 긴장한 그녀의 얼굴은 창백했고, 입술은 바짝 말라 있었다.

—가서 좀 쉬세요.

내가 말했다. 그녀는 마지못해 내 말을 따랐다. 안젤라, 지금 너는 다시 나와 함께 있다. 이곳엔 우리 둘뿐이란다. 난 너의 팔과 이마를 조심스럽게 어루만지고 있다. 지금 너의 머리는 초승달 모양의 지지대로 받쳐져 있구나. 한동안 그렇게 있어야 한단다. 혈액순환에 문제가 생기는 걸 막기 위해 목의 근육을 늘여 고정시켜야 하기 때문이지. 그리고 머리는 심장보다 높이 두어야 한다. 귀는 요오드로 소독되어 갈색이었고, 뺨에는 아스팔트에 긁힌 흔적이 여전히 남아 있구나. 하지만 걱정하지 마라. 그건 저절로 아물어 없어질 테니까. 남은 흉터들은 내가 직접 레이저로 없애주마. 참, 머리에 쓸 모자를 사줘야겠구나. 셀 수 없을 만큼 많은 모자를 사줄 테니 걱정하지 마렴. 네 친구들은 너를 보러 병문안을 올 테고, 붕대를 감은 네 모습을 보고는 웃음을 터뜨리겠지. 어쩌면 그 아이들은 학교에 안 가도 되는 널 부러워할지도 모르겠다. 그러고는 가져온 시디들을 침대 위에 늘어놓은 뒤 음악을 틀어주고 네게 담배를 건넬지도 모르겠구나. 네 어깨쯤 오는, 레게 머리를 한 그 키 작은 녀석도 아마 함께 오겠지. 그 녀석이 네 남자친구니? 난 그놈이 마음에 든다. 그리고 그놈의 머리 모양도 마음에 든다. 네가 좋아하는 것은 나도 좋아하니까. 앞으로 롤러블레이드를 타볼 생각이다. 네 것처럼 검은색에 바퀴가 많이 달린 것으로. 그래서 일요일이면 숲으로 둘러싸인 거리에서 너와 함께 타고 싶구나. 타다가 넘어져서 너를 웃게 만들고 싶다. 네 가슴에서 흐느끼는 듯한 이상한 소리가 나는구나. 다시 인공호흡기를 연결해줄 테니 그대로 있어라. 하지만 넌 조금씩 움직이며 내 손을 꽉 쥐는구나.

—안젤라, 이제 정신이 드니? 내 말이 들린다면 어서 눈을 떠보거

라. 나다, 아빠야.

그리고 넌 꿈에서 깨어나듯 힘들이지 않고 아주 자연스럽게 눈을 떴다. 그 검은 눈동자로 너는 나를 바라보았다.

그때 아다가 황급히 달려왔다.

—무슨 일이죠?

그녀는 네가 깨어난 줄 모르고 흥분해서 말했다.

나는 눈물로 범벅이 된 채 너를 바라보며 한없는 미소를 지었다.

—반응을 보였어요.

내가 말했다.

—조금 전에 내 손가락을 쥐었어요.

—그건 단지 반사작용일 수 있습니다.

—아니요. 눈까지 떴어요. 틀림없소.


알프레도는 깨끗이 씻은 뒤 옷을 갈아입고는 말끔한 차림으로 돌아왔다. 그는 시합에서 우승한 선수처럼 어깨를 으쓱해 보이며 소독된 비닐 캡을 구두에 씌우고 나타났다.

—수술중 뇌압 이상이라든지 극도의 빈혈 증세나 일시적인 심장 정지 등은 정말 예상하지 못한 일이었네.

—알아.

—잘되기만을 바랐네.

—자넨 훌륭히 해냈어.

그는 허리를 숙여 너의 몸에 자극을 주며 반응들을 살폈다. 그 순간 너는 또 한 번 눈을 떴다. 이제는 너의 나른하고 천진난만한 시선을 알아볼 수 있을 것만 같았다. 알프레도는 진단 목록에서 처방약들을 확인하고 다시 약간의 마취제를 주입하기로 했다. 수술 후 첫 스물네 시간

동안은 절대적인 안정이 필요했다. 그런 다음 그는 아무런 인사도 하지 않고 휑하니 사라졌다. 그는 다시 이혼남의 생활로 돌아갈 것이고, 필리핀 가정부가 청소해놓은 집으로 향할 것이다. 중환자실의 동료들은 그가 가는 것을 쳐다보지도 않고, 환자의 기록들을 살펴보며 교대 시간에 대해 이야기를 나누고 있었다. 오직 아다만이 떠나가는 그를 바라보며 미소를 보냈다. 그는 당직 의사가 아니었지만, 너를 수술해주려고 일부러 가던 길을 돌아왔다. 어쩌면 그는 아다에게서 소식을 전해들은 뒤 그녀의 부탁을 받고 수술을 결심했는지도 모른다.

네 엄마는 벌써 병실 밖에 와 있었다. 그녀의 외투와 가방 그리고 얼굴이 보였다. 그녀는 지독히도 병원을 싫어해서 수술이 어떻게 이뤄지는지 알지 못했고, 중환자실에 들어와본 적도 없었다. 네 엄마는 한쪽 벽에 쳐진 하얀 플라스틱 커튼 옆에 서서 너를 바라보고 있었다. 어쩌면 아까부터 거기 와 있었는지도 모르겠다. 나는 우연히 시선을 돌려 그 자리에 있는 네 엄마를 보았지만, 처음에는 간호사인 줄로 착각했다. 구부정하고 흐트러진 모습으로 나타난 그녀는 어느새 많이 늙어 있었다. 안젤라, 그때 네 엄마의 표정이 어땠는지 아니? 네 엄마는 신생아실의 유리창 너머로 아기를 바라보듯 널 보고 있었다. 그것은 바로 원숭이처럼 붉은 살갗의 갓난아이를 바라보며 젖몸살을 앓고 있는 어미의 표정이었다. 그녀는 힘없이 늘어진 배를 하고 서서 그렇게 너를 바라보았다. 하지만 슬퍼 보이진 않았고 그저 멍하기만 했다. 그녀는 안으로 들어오지 않고 그곳에 서 있었다. 나는 일어나 그녀에게로 갔다. 그러고는 떨고 있는 그녀를 포옹했다. 암모니아 냄새가 진동하는 황량한 그곳에서 나는 네 엄마에게 묻어온 그리운 집 냄새를 맡았다.

—어때요?

—살아났어.

나는 네 엄마가 가운과 마스크를 착용하는 걸 도와주었고, 구두에 비닐 캡을 씌워주고 나서 머리에 또다른 캡을 씌워주었다. 네 엄마는 몸을 구부려 너를 가까이서 바라보았다. 머리에 감은 붕대와 가슴에 달린 심전도 기구들, 그리고 네 코와 혈관에 꽂힌 튜브들과 요도관까지 차례로 쳐다봤다.

—몸을 만져도 돼요?

—그럼, 물론이지.

순간, 네 엄마의 눈에서 흘러내린 눈물이 너의 가슴에 떨어졌다. 이내 그녀는 손으로 눈물을 훔쳤다.

—이렇게 몸에 아무것도 걸치지 않고 있으면 춥지 않을까요?

—괜찮아, 일정한 온도로 유지되고 있어.

—그럼 감각은 살아 있는 거죠?

—그럼.

—지금은 의식이 없는 거예요?

—아니. 약물 때문에 생긴 일시적인 혼수상태야.

엘사는 입을 벌린 채 고개를 끄덕였다.

—아, 그럼……

나는 다시 그녀를 껴안았다. 그녀의 몸은 전보다 작고 구부정했다. 운명이 불도저처럼 그녀를 휩쓸고 지나간 것이다.

—돌아오는 내내 비행기가 추락하기를 바랐어요. 우리 딸이 죽는 모습을 차마 볼 수 없었어요.

그녀는 더이상 아무 말도 하지 않았다.


네 엄마는 네 곁에 앉아 있었다. 조금은 기운을 차렸는지 이제는 안정을 되찾은 얼굴이었다. 그녀의 모습은 자식을 지키려고 온 힘을 다하는 해파리처럼 보였다. 너와 네 엄마 사이에는 다시 원초적인 끈끈한 애정이 흐르고 있었다. 너와 네 엄마는 벌써 두 사람만의 고요한 세계에서 부유하는 중이다. 오늘 밤 엄마는 너를 지켜보다가 고개를 떨군 채 잠이 들겠지만, 너의 손만은 절대 놓지 않을 거다. 그리고 내일이면 벌써 너를 위해 해야 할 일들을 정확히 파악해서 나나 아다 아니 그 누구보다도 훌륭히 해낼 테고. 너를 간호하고 네가 회복되어가는 조짐들을 알릴 사람도 바로 네 엄마일 거야. 그녀는 모니터를 체크하고 네가 맞고 있는 정맥주사까지 일일이 확인하겠지. 그러고는 수저로 네 입에 먹을 것을 떠넘겨주고 옆에서 약물치료도 도울 거다. 그녀는 절대로 자리를 뜨지 않고 핼쑥해진 모습으로 너를 지켜볼 테고, 마침내 너와 함께 집으로 돌아올 거야. 앞으로 네 머리카락이 자라면 그녀도 너처럼 머리카락을 싹둑 자를 것이다. 그래서 이번 여름엔 똑같이 짧은 머리에 선글라스를 끼고 자매처럼 사진을 찍겠지.

난 이제 너를 네 엄마에게 맡기련다. 십오 년 전 네가 태어났을 때 그랬듯, 두 사람만의 애틋하고 친밀한 시간을 가질 수 있도록 말이다.

—곧 돌아올게.

나는 그녀의 머리에 키스했다.

이제는 내가 커튼 옆에 서서 유리 너머로 네 엄마와 너를 바라보고 있구나.

십오 년 전, 네 엄마는 마치 내가 계속 옆에 있었던 것처럼 아무것도 묻지 않았다. 며칠 후 우리는 널 요람에 넣어 집으로 데려왔다. 너의 탯줄이 아물어 떨어져나갔을 때, 우리는 예전에 둘이서 사랑을 나누었던 소나무 숲을 다시 찾았고, 너의 행운을 빌며 나무 구멍 안에 탯줄을 넣어두었단다. 안젤라, 난 네 엄마를 사랑한다. 예전의 모습을 사랑했듯이 지금 그대로의 모습으로 사랑한다. 이제 우리는 먼지 날리는 결승점을 향해 내달리는 두 명의 나이 든 선수란다.

밖에는 조금 전부터 비가 내리기 시작했다. 빗줄기는 젖은 먼지처럼 보이는 물방울들을 흩뿌리고 있다. 나는 로커로 가서 옷을 갈아입고 병원을 나왔다. 한참 빗속을 걷다가 세련된 분위기의 이 카페에 들어왔다. 카페 안은 점심시간이면 빈자리 하나 없이 채워질 테이블들로 가득하다. 하지만 지금은 한산하기만 하구나. 나는 점심시간에 팔고 남은 샌드위치들을 둘러보고 나서 바깥바람이 들어오는 입구와 가까운 자리에 앉았다. 지금 내 가운뎃손가락엔 너의 반지가 끼워져 있다. 언제 들어갔는지 모르지만 지금은 빼내려 해도 빠지지 않는구나. 밖에는 여전히 비가 내린다. 언젠가 비 내리는 이 도시의 한 귀퉁이에서 이탈리아와 나는 마지막으로 사랑을 나눴지. 그녀가 어디에 있든, 비 오는 날이면 나는 그녀가 지난 생을 후회하지 않을까 하는 생각이 들었다. 그녀는 태곳적부터 내려온 꼬리뼈처럼 내 안의 일부로 남아 있다. 내 안에서 그녀는 불완전한 진화의 흔적처럼 그리고 내가 간직한 빛의 환영처럼, 어쩌면 허공 속의 신비로운 존재처럼 살아 숨쉬고 있다. 이제 배가 고프구나. 웨이트리스가 주문을 받으러 이쪽으로 오고 있다. 납작한 얼굴의 그녀는 줄무늬 앞치마를 두르고 팔 아래에 쟁반을 낀 채 걸어온다. 그녀가 내 이야기에 등장하는 마지막 여자겠구나.

# 옮긴이의 말

기차에 오른 한 여자가 있다. 좌석을 예약하지 않은 여자는 빈자리를 찾아 주위를 두리번거린다. 아주 젊지도 아름답지도 않은 여자…… 그러나 그녀는 세상에 알려지지 않은 자신만의 비밀을 간직한 듯 보인다. 그리고 상상은 시작된다.

마거릿 마찬티니가 소설 『그대로 있어줘』를 구상하게 된 에피소드다. 소외된 영혼들에게 관심을 기울여온 마찬티니는 기차에서 우연히 눈에 띈 여인을 보고 주인공 이탈리아를 상상하기 시작했다. 그리고 그녀에게 자신의 영혼을 불어넣어 지상에서 가장 희귀하고 비극적인 연인을 탄생시켰다.

이야기는 남자 주인공 티모테오의 회상으로 시작된다. 어느 날, 예기치 못한 딸의 사고로 티모테오는 인생에서 가장 절망적인 순간을 맞는다. 유명한 외과의사로서 쌓아온 모든 명성과 지위도 사경을 헤매는 딸

앞에선 무기력할 뿐이다. 혼수상태에 빠진 딸 곁에서 오랫동안 마음속에 감춰온 이야기를 고백하는 티모테오. 그것은 자신의 곁을 떠나려는 딸의 영혼을 붙들기 위한 마지막 몸부림이다. 절망적인 그의 회상 속에서 잊혀졌던 이탈리아는 다시 살아나기 시작한다. 그리고 서서히, 유리조각처럼 치명적이고 태곳적부터 이어져온 진화의 흔적처럼 지울 수 없는 사랑의 기억이 밀려온다.

세상 그 무엇도 온전히 자신의 것으로 가져보지 못한 불행한 여인과 누가 봐도 남부러울 것이라곤 없어 보이는 남자. 서로 맞닿을 수 없는 극점처럼 아득히 멀기만 한 두 남녀의 사랑은 아찔할 만큼 처절하다. 그러나 사랑에는 용기가 필요하다는 작가의 말처럼, 이탈리아는 티모테오를 위해 전부를 던진다. 자신의 비참한 과거와 초라한 현실, 그리고 가없이 순수한 열정과 광기까지도.

누군가의 남편, 누군가의 아버지이기 이전에 한 남자로서 지독하게 외로운 삶을 살아온 티모테오. 바람을 피우는 아버지와 그런 남편과 이혼한 뒤 외롭게 살다가 돌아가신 어머니, 빼어난 지성과 미모를 갖춘 여성이지만 오히려 그 흠잡을 데 없는 완벽함 때문에 속내를 털어놓을 수 없는 아내. 이렇듯 티모테오는 이탈리아를 만나기 전까지 그 누구에게도 제대로 된 사랑을 받아보지 못한 불행한 남자다. 그런 그 앞에 나타난 이탈리아. 깡마르고 볼품없고 심지어 천해 보이기까지 하는 그녀. 그런 그녀를 보며 티모테오는 거부하려고 발버둥치지만 그녀가 불러일으키는 낯선 욕망은 아무리 해도 뿌리칠 수 없다. "내 취향에 맞는 것은 단 한 가지도 없었다. 하지만 그녀는 다른 누구도 아닌 이탈리아였고, 이유는 알 수 없었지만 나는 그녀의 모든 것이 좋았다. 그날 밤, 그녀는 내가 갈망하는 모든 것이었다."

지독히도 약하고 가련할 정도로 누추하며 보잘것없는 여인. 그러나 그 여인의 사랑은 그 어떤 논리나 이유나 설명도 훌쩍 뛰어넘고 마는, 강하고 근원적인 열정이다. 그리하여 티모테오의 지독한 고독은 그녀에게서 안식처를 찾는다. 그리고 이탈리아는 그 가련한 남자를 조용히 받아들인다. 티모테오에게 이탈리아는 잃어버린 모성과 부성을 대신하는 정신의 연결고리이자 그 자신의 연민을 투영하는 대상이다. 두 사람은 하나의 영혼을 지닌 쌍둥이처럼 각기 다른 상처를 안고 있으면서도 심연에서 하나의 탯줄로 연결된 떼려야 뗄 수 없는 관계다.

이탈리아가 외면적 결핍을 의미한다면, 티모테오는 치유할 수 없는 내면의 결핍을 안고 살아가는 인물이다. 작가는 서로 소통하지 못하는 인간의 고독을 두 인물을 통해 표현해낸다. 두 사람 사이를 오가는 강렬한 이끌림은 그래서 더욱 운명적이고 가혹하다. 결국 가면을 벗고 다가서야만 보일 수 있는 심연의 상처들이 그들을 서로 사랑하게 한 것이다.

이탈리아가 임신한 사실을 알게 된 티모테오는 그때까지의 삶을 정리하고 그녀와 새 인생을 시작하기로 결심한다. 그러나 바로 그날, 그는 아내 또한 아이를 가졌다는 소식을 듣고 절망한다. 어쩔 수 없이 아내를 선택한 '무정한 연인'을 이탈리아는 원망하거나 비난하지 않는다. 대신 자신의 운명을 예감한 듯 조용히 티모테오의 아이를 없앤다.

그러나 마침내 아내가 딸 안젤라를 무사히 낳은 순간, 티모테오는 깨닫는다. 자신은 절대로 이탈리아를 떠날 수 없음을…… 그는 이탈리아와 함께 그녀의 고향 마을이 있는 남부로 떠나기로 결심하지만, 어느새 그녀에겐 피할 수 없는 죽음의 그림자가 다가온다. 그리고 태어나지 못한 티모테오의 또다른 아이처럼 그들의 사랑도 이 세상에서 이루어지지 못한 채 결국 그녀는 안타까운 죽음을 맞는다.

어쩌면 그의 딸 안젤라는 이탈리아의 생명과 맞바꾼 아이인지도 모른다. 티모테오가 그렇게 소중한 딸과 좀처럼 가까워지지 못한 이유도 이탈리아와 잃어버린 아이에 대한 죄책감 때문은 아니었을까? 안젤라가 죽음의 문턱을 넘나들 때, 티모테오는 딸에게 말한다. "그대로 있어줘." 다시는 사랑하는 사람을 떠나보내지 않으려는 아버지의 간절한 마음은 십오 년 동안 가슴 깊이 묻어두었던 이탈리아에 대한 사랑과 함께 되살아난다.

배우의 길을 가다 어느 순간 작가적 열정을 발견했다는 마거릿 마찬티니. 그녀는 어둠 속에 있는 사람들이 오히려 앞을 더 잘 볼 수 있다고 말한다. 세상과 동떨어진 채 가장 근원적인 모습으로 서로에게 다가서는 두 사람의 사랑은, 티모테오의 고백처럼 누군가의 영혼 깊이 남는 것이 얼마나 어려운 일인지를 눈물겹게 보여준다.

기차에서 만난 여인에게서 영감을 얻은 후로 마거릿 마찬티니는 5년 동안이나 이 소설에 몰입했다고 한다. 자신의 모든 것을 쏟아부었다고 공언할 만큼 소설 속 주인공들은 등장인물 이상의 특별한 의미를 지닌다. 이 작품을 쓰는 일은 나락으로 떨어진 두 연인을 지상으로 끌어올리는 동시에, 그들과 함께 괴로워하고 내면 깊이 교감하면서 용기와 슬픔을 나누는 과정이었다고 작가는 전한다.

이탈리아와 티모테오처럼 삶의 경계선에 서 있는 사람들은 한눈에 서로를 알아본다. 상대의 고통이 자신의 상처와도 맞닿아 있다는 것을 본능적으로 직감하는 것이다. 가장 은밀하고 아픈 기억들을 공유하는 사람들에게 사랑은 구원을 위한 탈출구이자 존재의 이유이다. 그대로 있어줘. 그것은 내 곁에 가까이 있어야 할 사람, 사랑하는 바로 그 사람을 향한 간절한 외침이다.

2005년 가을

한리나

옮긴이 **한리나**

단국대학교 국어국문학과를 졸업하고 이탈리아 시에나 국립언어학교를 수료한 뒤, 볼
로냐대학에서 이탈리아 현대문학을 공부했다. 현재 전문번역가로 활동중이며『페데리
코 펠리니의 영화 만들기』『정말 그럴까?』등을 우리말로 옮겼다.

문학동네 세계문학
그대로 있어줘

| | |
|---|---|
| 초판인쇄 | 2005년  9월 20일 |
| 초판발행 | 2005년  9월 30일 |

| | |
|---|---|
| 지 은 이 | 마거릿 마찬티니 |
| 옮 긴 이 | 한리나 |
| 펴 낸 이 | 강병선 |
| 책임편집 | 이수은 박여영 오경철 |
| 펴 낸 곳 | (주)문학동네 |
| 출판등록 | 1993년 10월 22일 제406-2003-000045호 |

| | |
|---|---|
| 주    소 | 413-756 경기도 파주시 교하읍 문발리 파주출판도시 513-8 |
| 전자우편 | editor@munhak.com |
| 전화번호 | 031) 955-8888 |
| 팩    스 | 031) 955-8855 |

ISBN  89-546-0013-1  03890

www.munhak.com